ADMiS FONCTION PUBLIQUE

3e édition

Entretien avec un jury

Méthode et exposés commentés

Olivier Bellégo
Directeur des concours du centre de gestion de la fonction publique territoriale du Rhône et de la métropole de Lyon

Vuibert

ISBN : 978-2-311-20325-7

Conception couverture : Atelier Didier Thimonier
Conception maquette : Bleu T
Composition : Michelle Bourgeois

Sommaire

PARTIE 1

Connaître la nature de l'épreuve

FICHE 1 UNE ÉPREUVE D'AVENIR

• Une vaste réforme des concours et examens a été mise en œuvre, qui, sans remettre en cause le principe même du concours, s'est attachée à simplifier et à professionnaliser les épreuves. On ne peut nier en effet que nombreux étaient les concours et examens dont les épreuves ou les sujets demeuraient très éloignés des missions exercées par les membres des corps ou des cadres d'emplois auxquels ces concours ou examens donnaient accès.

• Le Livre blanc sur l'avenir de la fonction publique, remis par Jean-Ludovic Silicani, conseiller d'État, aux ministres chargés de la Fonction publique le 18 avril 2008, préconisait la professionnalisation des modes de recrutement en donnant plus de place aux compétences qu'aux connaissances trop académiques et en ouvrant les concours aux professionnels du recrutement. Pour autant, le Livre blanc soulignait « que le concours externe est perçu comme une garantie de recrutement impartial et juste : les agents et les citoyens sont attachés à ce que le concours reste la voie de droit commun pour accéder à la fonction publique. Le concours est également le moyen de remettre à égalité des individus dont les cursus de formation n'ont pas la même valeur symbolique : le fait que tous les candidats puissent passer des épreuves identiques constitue en quelque sorte une nouvelle chance pour ceux d'entre eux qui n'ont pas pu accéder aux écoles et aux universités les plus prestigieuses ».

• Le rapport de la mission préparatoire au réexamen général du contenu du concours d'accès à la fonction publique de l'État, dit Rapport Deforges (janvier 2008), a marqué également une étape importante dans le processus de modernisation des concours. Il s'est attaché à analyser « des concours où les savoirs académiques sont trop exclusivement valorisés » et a recommandé de « professionnaliser les épreuves » et de « mieux greffer leur contenu sur les compétences attendues ».

• Notons toutefois que la professionnalisation et la simplification des concours ne datent pas d'aujourd'hui : engagées voici une dizaine d'années, elles ont, par exemple, fait disparaître l'épreuve de dictée des concours d'adjoint administratif territorial et d'agent technique territorial, aboli l'épreuve de résumé de texte des concours de rédacteur territorial. Ce mouvement s'est récemment accéléré, avec la réforme, par exemple, des concours d'attaché territorial ou l'examen d'attaché principal et celle des concours d'accès aux instituts régionaux d'administration (IRA) qui permettent le recrutement des attachés affectés dans les différents services de l'État.

• Dans la fonction publique territoriale, la construction depuis 2010 d'un nouvel espace statutaire (NES) aujourd'hui achevée modifie fondamentalement les concours et examens d'accès à un grand nombre de cadres d'emplois de catégorie B : les cadres d'emplois de technicien territorial, de chef de service de police municipale, d'animateur, d'assistant de conservation du patrimoine, de rédacteur, notamment, sont ainsi totalement réformés, avec un recrutement par trois voies de concours (externe, interne, troisième voie) au premier grade (niveau bac), par trois voies de concours également au deuxième grade (niveau bac + 2), sans parler des examens de promotion interne et d'avancement de grade.

• Dans tous ces concours et examens, l'unique épreuve orale d'admission devient une épreuve d'entretien d'une durée de 20 minutes, qui débute par un exposé du candidat sur son parcours ou son expérience, et se poursuit par des questions du jury permettant d'apprécier les aptitudes du candidat à exercer les missions dévolues au cadre d'emplois.

• Dans ce contexte, l'**épreuve d'entretien avec un jury** devient l'une des épreuves « reines » d'un grand nombre de concours et examens.

• C'est pourquoi nous avons décidé de consacrer la totalité de cet ouvrage à cette épreuve qui laisse trop souvent les candidats démunis, balançant entre le soulagement d'une épreuve ne comportant généralement pas – sauf exception – de programme, qui ne leur semble pas, bien à tort, requérir de connaissances particulières, et l'inquiétude légitime face au manque de repères pour s'y préparer efficacement. Cette préparation est d'autant plus nécessaire que, s'agissant des concours et examens de la fonction publique territoriale, le décret n° 2013-593 du 5 juillet 2013 a généralisé la note éliminatoire dans toutes les épreuves d'admissibilité et d'admission : ainsi, **un candidat qui obtient moins de 5 sur 20 à l'épreuve d'entretien est éliminé**, quelle que soit la moyenne générale de l'ensemble de ses notes. Le jury est ainsi doté d'une arme puissante pour empêcher l'admission d'un candidat dont il considère que l'entretien révèle qu'il ne démontre pas les connaissances et les aptitudes requises pour devenir lauréat d'un concours ou d'un examen.

• Cet ouvrage entend tout à la fois vous guider dans la recherche des informations utiles à la réussite, vous montrer comment valoriser au mieux votre parcours et votre expérience, tout en vous donnant des conseils – fondés sur l'expérience des examens et des concours – pour vous faire valoir au mieux le jour de l'épreuve. Il attire, enfin, votre attention sur la nature des connaissances de base indispensables à la réussite.

FICHE 2 UNE ÉPREUVE STRATÉGIQUE DANS LA FONCTION PUBLIQUE TERRITORIALE

Sans viser l'exhaustivité, un coup de projecteur sur quelques concours d'accès aux différentes fonctions publiques permet de mesurer la place stratégique de cette épreuve et tout l'intérêt de s'y préparer avec soin.

1. En catégorie C

Filière administrative

Concours	Épreuves	Coefficient et durée de l'épreuve d'entretien	Description de l'épreuve d'entretien
Concours d'adjoint administratif de 1re classe (externe, interne, troisième concours)	Quatre épreuves obligatoires : deux épreuves écrites d'admissibilité (coefficient 6 au total) et deux épreuves orale et pratique d'admission (coefficient 4 au total)	Durée : 15 minutes ; coefficient : 3	L'**entretien** vise à évaluer l'**aptitude du candidat et sa motivation** à exercer les missions dévolues au cadre d'emplois, ainsi que ses **connaissances de l'environnement professionnel** dans lequel il sera amené à exercer ses fonctions. Pour le concours interne et le troisième concours, l'entretien tend également à apprécier l'**expérience** du candidat.

Filière médico-sociale

Concours	Épreuves	Coefficient et durée de l'épreuve d'entretien	Description de l'épreuve d'entretien
Agent spécialisé des écoles maternelles de 1re classe (concours externe)	L'entretien est l'unique épreuve d'admission de ce concours qui comprend également une épreuve écrite d'admissibilité affectée d'un coefficient 1.	Durée : 15 minutes ; coefficient : 2	Un **entretien** permettant d'apprécier l'**aptitude du candidat et sa motivation** à exercer les missions dévolues aux membres du cadre d'emplois ainsi que ses **connaissances de l'environnement** professionnel dans lequel il sera appelé à exercer ses fonctions (coefficient 2).

Agent social de 1re classe (concours sur titres)	L'entretien est l'unique épreuve d'admission de ce concours qui comprend également une épreuve écrite d'admissibilité affectée d'un coefficient 1.	Durée : 15 minutes ; coefficient : 2	Un entretien permettant d'apprécier la **motivation** du candidat et son **aptitude à exercer les missions** incombant aux membres du cadre d'emplois concerné.
Auxiliaire de soins de 1re classe (concours sur titres), auxiliaire de puériculture de 1re classe (concours sur titres)	L'entretien est l'unique épreuve de ce concours.	Durée : 15 minutes	Un entretien permettant d'apprécier les **capacités professionnelles** du candidat, ses **motivations** et son **aptitude à exercer les missions** incombant aux membres du cadre d'emplois.

2. En catégorie B

Filière administrative

Concours	Épreuves	Coefficient et durée de l'épreuve d'entretien	Description de l'épreuve d'entretien
Rédacteur (concours externe)	L'entretien est l'unique épreuve d'admission de ce concours, qui comprend également une épreuve écrite d'admissibilité affectée d'un coefficient 1.	Durée : 20 min, dont 5 min au maximum d'exposé ; coefficient 1.	L'entretien ayant pour point de départ un exposé du candidat sur sa **formation** et son **projet professionnel** et permettant au jury d'apprécier sa **capacité à s'intégrer dans l'environnement professionnel** au sein duquel il est appelé à exercer ses fonctions, sa **motivation** et son **aptitude à assurer les missions** dévolues aux membres du cadre d'emplois.

Rédacteur principal de 2e classe (concours externe)	L'entretien est l'unique épreuve d'admission de ce concours, qui comprend également deux épreuves écrites d'admissibilité affectées au total d'un coefficient 2.	Durée : 20 min, dont 5 min au maximum d'exposé ; coefficient 1.	L'entretien ayant pour point de départ un exposé du candidat sur sa **formation** et son **projet professionnel**, permettant au jury d'apprécier ses **connaissances**, sa **motivation** et son **aptitude à exercer les missions** dévolues aux membres du cadre d'emplois et à **encadrer** une équipe.

Filière médico-sociale

Concours	Épreuves	Coefficient et durée de l'épreuve d'entretien	Description de l'épreuve d'entretien
Assistant socio-éducatif (assistant de service social, conseiller en économie sociale et familiale, éducateur spécialisé), éducateur de jeunes enfants	L'entretien est l'unique épreuve d'admission de ces concours, qui comprennent également une épreuve écrite d'admissibilité affectée d'un coefficient 1.	Durée : 20 min, dont 5 min au maximum d'exposé ; coefficient 2.	L'entretien portant sur la **motivation** du candidat et sur son **aptitude à exercer les missions** incombant aux membres du cadre d'emplois.
Moniteur éducateur et intervenant familial, technicien paramédical	L'entretien est l'unique épreuve d'admission de ce concours, qui ne comprend pas d'épreuve écrite.	Durée : 20 min, dont 5 min au maximum d'exposé.	L'entretien ayant pour point de départ un exposé du candidat sur sa **formation** et son **projet professionnel**, permettant au jury d'apprécier sa **capacité à s'intégrer dans l'environnement professionnel** au sein duquel il est appelé à travailler, sa **motivation** et son **aptitude à exercer les missions** dévolues aux membres du cadre d'emplois.

Filière animation

Concours	Épreuves	Coefficient et durée de l'épreuve d'entretien	Description de l'épreuve d'entretien
Animateur (concours externe)	L'entretien est l'unique épreuve d'admission de ce concours qui comprend également une épreuve écrite d'admissibilité affectée d'un coefficient 1.	Durée : 20 minutes dont 5 au plus d'exposé ; coefficient : 1	Un entretien ayant pour point de départ un exposé du candidat sur sa **formation** et son **projet professionnel** permettant au jury d'apprécier sa **capacité à s'intégrer dans l'environnement professionnel** au sein duquel il est appelé à travailler, sa **motivation** et son **aptitude à exercer les missions** dévolues aux membres du cadre d'emplois.
Animateur principal de 2e classe (concours externe)	L'entretien est l'unique épreuve d'admission de ce concours qui comprend également une épreuve écrite d'admissibilité affectée d'un coefficient 1.	Durée : 20 minutes dont 5 au plus d'exposé ; coefficient : 1	Un entretien ayant pour point de départ un exposé du candidat sur sa **formation** et son **projet professionnel** et permettant au jury d'apprécier ses **connaissances en matière d'animation sociale, socio-éducative ou culturelle**, sa **motivation à exercer les missions** dévolues au cadre d'emplois et son **aptitude à l'encadrement**.

3. En catégorie A

Concours	Épreuves	Coefficient et durée de l'épreuve d'entretien	Description de l'épreuve d'entretien
Attaché territorial (concours externe)	L'entretien constitue l'une des quatre épreuves obligatoires de ce concours qui comporte deux épreuves écrites d'admissibilité (coefficient 7 au total) et deux épreuves orales d'admission (coefficient 5 au total).	Durée : 20 minutes ; coefficient : 4	Un entretien visant à apprécier, le cas échéant sous forme d'une **mise en situation professionnelle**, les **connaissances administratives générales** du candidat et sa capacité à les exploiter, sa **motivation** et son **aptitude à exercer les missions** dévolues au cadre d'emplois, notamment dans la spécialité choisie.

Attaché territorial (concours interne)	L'entretien est l'unique épreuve obligatoire d'admission de ce concours qui comprend également une épreuve écrite d'admissibilité affectée d'un coefficient 4.	Durée : 25 minutes, dont 10 minutes au plus de présentation ; coefficient : 5	Un **entretien** débutant par une **présentation par le candidat de son expérience professionnelle et des compétences** qu'il a acquises à cette occasion. Cet entretien est suivi d'une conversation visant à apprécier, le cas échéant sous forme d'une **mise en situation professionnelle**, la capacité du candidat à **analyser son environnement professionnel** et à **résoudre les problèmes techniques ou d'encadrement** les plus fréquemment rencontrés par un attaché. Cette épreuve doit permettre au jury d'apprécier l'**expérience professionnelle** du candidat, sa **motivation** et son **aptitude à exercer les missions** dévolues au cadre d'emplois, notamment dans la spécialité choisie.
Attaché territorial (troisième concours)	L'entretien est l'unique épreuve obligatoire d'admission de ce concours qui comprend également une épreuve écrite d'admissibilité affectée d'un coefficient 4.	Durée : 25 minutes, dont 10 minutes au plus d'exposé ; coefficient : 5	Un **entretien** ayant pour point de départ un **exposé du candidat sur son expérience et les compétences** qu'il a acquises à cette occasion, sur la base d'un document retraçant son parcours professionnel, remis par le candidat au moment de l'inscription et établi conformément à un modèle fixé par arrêté du ministre chargé des Collectivités territoriales. L'entretien vise ensuite à évaluer, le cas échéant sous forme d'une **mise en situation professionnelle**, la capacité du candidat à **s'intégrer dans l'environnement professionnel** au sein duquel il est appelé à exercer, sa **motivation** et son **aptitude à exercer les missions** dévolues au cadre d'emplois, notamment dans la spécialité choisie.

FICHE 3 UNE ÉPREUVE STRATÉGIQUE DANS LA FONCTION PUBLIQUE D'ÉTAT

La réforme et la fusion des nombreux corps de l'État et l'organisation de concours communs progressent, mais le nombre de concours différents ne permet évidemment pas ici un inventaire exhaustif. Nous privilégions donc les concours d'accès aux **instituts régionaux d'administration** (IRA).

Les instituts régionaux d'administration (IRA)

Les instituts régionaux d'administration sont des écoles d'application à vocation interministérielle, situées à Bastia, Lille, Lyon, Metz et Nantes. Leur principale mission est d'assurer la formation professionnelle initiale (12 mois), après concours, des attachés d'administration des différents services de l'État.

Un concours ouvrant à des emplois de nature différente permet d'accéder aux IRA.

Il s'agit du concours dit « généraliste » qui conduit les attachés à effectuer des missions variées telles que la gestion des ressources humaines et des moyens matériels, les études dans des domaines juridiques, économiques ou sociaux, l'encadrement et l'animation d'équipes, la conduite de projets.

1. Concours externe

- L'entretien, d'une durée de 25 minutes et affecté d'un coefficient 4, constitue l'une des quatre épreuves obligatoires de ce concours qui comporte deux épreuves écrites d'admissibilité (coefficient 8 au total) et deux épreuves orales d'admission (coefficient 5 au total). Il est ainsi doté d'un coefficient 4 sur un total de 13.
- Il s'agit d'un **entretien** avec un jury dont le but est d'évaluer les **qualités personnelles** du candidat, son **potentiel**, son **comportement face à une situation concrète**, le cas échéant sous forme de mises en situation.
- Il débute par une **présentation par le candidat de son parcours et de sa motivation.** En vue de l'épreuve d'entretien, le candidat admissible adresse une fiche individuelle de renseignements au service gestionnaire du concours.

2. Concours interne

• L'entretien, d'une durée de 25 minutes et de coefficient 4, est l'unique épreuve obligatoire d'admission de ce concours qui comprend également une épreuve écrite d'admissibilité affectée d'un coefficient 4.

• Il vise à apprécier la **personnalité**, les **aptitudes** du candidat ainsi que sa **motivation** et à reconnaître les **acquis de son expérience professionnelle**. Pour conduire cet entretien qui a pour point de départ un **exposé du candidat sur son expérience professionnelle**, d'une durée de dix minutes au plus, le jury dispose du dossier constitué par le candidat en vue de la reconnaissance des acquis de l'expérience professionnelle (RAEP). Le candidat est également interrogé sur des questions relatives aux **connaissances administratives générales**.

• En vue de l'épreuve orale d'admission, le candidat établit un dossier de reconnaissance des acquis de son expérience professionnelle qu'il remet au service organisateur.

3. Troisième concours

• Comme au concours interne, l'entretien, d'une durée de 25 minutes et de coefficient 4, est l'unique épreuve obligatoire d'admission de ce concours qui comprend également une épreuve écrite d'admissibilité affectée d'un coefficient 4.

• Il vise à apprécier la **personnalité**, les **aptitudes** du candidat ainsi que sa **motivation** et à reconnaître les **acquis de son expérience professionnelle**. Pour conduire cet entretien qui a pour point de départ un **exposé du candidat sur son expérience professionnelle** d'une durée de dix minutes au plus, le jury dispose du dossier constitué par le candidat en vue de la reconnaissance des acquis de l'expérience professionnelle.

• En vue de l'épreuve orale d'admission, le candidat établit un dossier de reconnaissance des acquis de son expérience professionnelle qu'il remet au service organisateur.

ASTUCE DU CANDIDAT :
Pour s'y retrouver dans les différents concours de l'État, un site, à partir d'un menu déroulant, permet d'accéder aux différents concours puis aux sites des autorités organisatrices :
www.concours.fonction-publique.gouv.fr

FICHE 4 TROUVER DES INFORMATIONS POUR SE PRÉPARER À L'ÉPREUVE

1. Des ouvrages et des sites de préparation

Privilégiez toujours les informations « de première main » : nombreux sont les ouvrages sur les épreuves ou les sites commerciaux qui proposent des préparations payantes. Efforcez-vous de repérer si les informations sont fiables : assurez-vous notamment que les dernières réformes des épreuves ou des programmes ont bien été prises en considération. L'offre est en effet excessivement abondante, et certaines informations sont parfois trop décalées par rapport à la réalité des épreuves.

2. Les informations communiquées par les autorités organisatrices

Il est très fréquent que les candidats, les autorités organisatrices peuvent en témoigner, attendent les tout derniers jours pour s'informer sur la nature exacte des épreuves en entrant en relation par courriel ou par téléphone avec les organisateurs. Si cette démarche est louable, elle n'est certainement pas la plus efficiente.
Sans exclure d'entrer en relation directe avec les organisateurs, vous avez tout intérêt, très en amont des épreuves, à visiter méthodiquement leurs sites pour réunir le plus d'informations possible.

3. Le règlement général des concours

• Il est fréquent que les organisateurs de concours adoptent un règlement général rappelant les principales règles applicables aux concours et examens qu'ils organisent. Vous pouvez y trouver des informations générales utiles pour vous familiariser avec les modalités d'organisation des épreuves.

• Dans un règlement général des concours, on peut par exemple voir rappelées les règles suivantes :

Accès à la salle de concours ou d'examen

• Chaque candidat doit se présenter le jour et à l'heure figurant sur sa convocation. En cas de force majeure invoquée par le candidat, le jury examine la possibilité de l'interroger un autre jour ou à une autre heure que ceux initialement prévus, sous réserve toutefois que le déroulement des épreuves orales ne soit pas achevé.

• L'accès de tierces personnes au concours est admis par le jury, sous réserve d'une demande préalable, d'un comportement correct et d'une discrétion absolue. Afin de ne pas perturber le bon déroulement des épreuves, le jury peut limiter le nombre de personnes ainsi autorisées à assister simultanément à des épreuves orales.

Tenue et comportement

• Les candidats doivent porter une tenue correcte et décente. Ils doivent faire preuve d'un comportement posé et sérieux, et ne pas perturber le bon déroulement de l'épreuve.

• Le jury, qui assure la police du concours ou de l'examen professionnel, peut décider de l'exclusion en début ou en cours d'épreuve de tout candidat, dont la tenue ou le comportement sont de nature à perturber le déroulement de l'épreuve ou à compromettre l'égalité de traitement des candidats.

Vérification de l'identité des candidats

• Au début de chaque épreuve, les surveillants vérifient l'identité de chaque candidat au moyen de la convocation et d'une pièce d'identité avec photographie, à savoir carte nationale d'identité, passeport, permis de conduire ou titre de séjour.

Épreuve avec préparation préalable

• Les candidats sont invités à tirer au sort un sujet qui peut, suivant la nature de l'épreuve, comporter un ou plusieurs documents ou questions. Le tirage au sort est effectué soit devant le jury ou les examinateurs, soit devant les surveillants désignés par l'autorité organisatrice.

• Les candidats ne sont en aucun cas admis à procéder au tirage au sort d'un deuxième sujet.

Déroulement de l'épreuve

Durant l'épreuve orale et le cas échéant durant la préparation préalable, il est strictement interdit aux candidats de communiquer entre eux et d'utiliser des documents et brouillons autres que ceux remis par l'autorité organisatrice. Les candidats ne doivent pas écrire sur les sujets qui leur sont remis, qu'ils doivent restituer au jury ou aux examinateurs à la fin de l'épreuve.

4. Des brochures (ou notices) d'information sur les concours

• Sur les sites des centres de gestion de la fonction publique territoriale, organisateurs depuis le 1er janvier 2010 de la quasi-totalité des concours d'accès à la fonction publique territoriale, vous trouverez très fréquemment des brochures de présentation des concours et examens.

• Il existe un centre de gestion (CDG) par département, que vous pouvez aisément trouver sur Internet au moyen de n'importe quel moteur de recherche en tapant « centre de gestion » suivi du numéro de département.

• Deux centres de gestion sont interdépartementaux (CIG), celui de la petite couronne de la région Île-de-France, dont la compétence s'exerce sur les départements des Hauts-de-Seine, de Seine-Saint-Denis et du Val-de-Marne, et celui de la grande couronne pour les Yvelines, l'Essonne et le Val-d'Oise.

• Sur le site du CIG de la petite couronne, www.cig929394.fr, une rubrique « concours », puis « se préparer », vous permet d'accéder à un menu déroulant par filière et cadre d'emplois. Bien d'autres sites, comme celui du Centre de gestion du Rhône (www.cdg69.fr) rendent également disponible ce type d'information.

• Parmi les nombreux documents en ligne concernant les concours et examens, vous trouverez des notices de présentation. Au-delà du rappel des intitulés réglementaires des épreuves, ces notices contiennent des précisions utiles pour se préparer aux concours.

Exemple : Concours d'assistant territorial socio-éducatif, spécialité **assistant de service social :**

• la notice en ligne sur le site du CIG de la Petite couronne rappelle l'intitulé réglementaire de l'épreuve, « une épreuve d'entretien avec le jury permettant d'apprécier la motivation du candidat et son aptitude à exercer sa profession dans le cadre des missions dévolues au cadre d'emplois concerné (durée : 20 minutes ; coefficient : 2) », avant de préciser que « cet entretien permet d'évaluer la motivation et les compétences professionnelles du candidat ainsi que sa **connaissance de l'environnement institutionnel** au sein duquel il exerce son métier : il requiert également du candidat une **connaissance de l'actualité sanitaire et sociale** ».

• Ainsi, la lecture de cette notice attire fortement votre attention sur la nécessité de connaître l'environnement (le cadre) institutionnel dans lequel vous exercerez votre métier après réussite au concours mais aussi l'actualité en lien avec ce métier.

5. Le cadrage des épreuves

Les informations accessibles sur les sites ne s'arrêtent pas là : vous trouverez parfois des documents de « cadrage » des épreuves qui vont beaucoup plus loin dans la description de celles-ci.

Exemple : concours externe d'**ingénieur territorial**.
Vous trouverez sur le site www.cig929394.fr un document de plusieurs pages présentant très précisément le déroulement de l'épreuve d'entretien du concours.

Cette note de cadrage, à caractère national, est également accessible sur les sites d'autres centres de gestion organisateurs de ce concours, comme le Centre de gestion du Rhône (www.cdg69fr)

6. Les rapports des présidents de jurys

- À l'issue des opérations de concours, les présidents de jurys rédigent fréquemment un rapport (compte-rendu) sur l'ensemble du concours. Si le contenu de ce document ne leur est nullement imposé, leurs auteurs ont souvent le souci de s'en servir pour transmettre des informations utiles aux candidats des sessions suivantes.

Exemple : Concours d'**attaché territorial**, session 2014

Que trouve-t-on sur le site www.cdg69.fr ?

- Le rapport du président du jury de la session 2014 de ce concours donne notamment les précisions suivantes :

« L'épreuve d'entretien permet au jury d'apprécier les aptitudes professionnelles du candidat : culture générale administrative et territoriale, motivation professionnelle, connaissances dans la spécialité et capacité à les exploiter, aptitude à exercer des responsabilités d'encadrement, aptitude à communiquer, facultés d'analyse et de réflexion, ouverture d'esprit, curiosité intellectuelle, etc. Les candidats doivent démontrer leur motivation et leur capacité à accéder à un cadre d'emplois de catégorie A de la filière administrative et à assumer les missions et les responsabilités correspondantes.

Le jury souligne que les candidats étaient dans l'ensemble plutôt bien préparés à l'épreuve. Comme lors des sessions précédentes, le jury a interrogé quelques candidats d'excellent niveau, qui se sont distingués par leurs connaissances générales, leur maturité et leur dynamisme. Le niveau d'ensemble des candidats a paru nettement en hausse au concours externe, notamment dans la spécialité "Administration générale".

FICHE 4

Les défauts fréquemment relevés concernent tout d'abord le manque d'ouverture des candidats par rapport au domaine de spécialité qui peut être le leur, du fait de leur formation ou de leur expérience professionnelle. Il faut rappeler que le cadre d'emplois des attachés territoriaux correspond à une diversité de métiers administratifs. Il est donc attendu des candidats qu'ils ne se limitent pas à un domaine spécialisé mais montrent leur curiosité pour le monde des collectivités territoriales dans son ensemble, pour les réformes projetées ou en cours et qu'ils sachent témoigner d'un minimum de réflexion personnelle sur ces sujets. Ce défaut est naturellement plus marqué au concours interne. Si la plupart des candidats maîtrisent les connaissances et les méthodes liées aux fonctions qu'ils exercent, certains témoignent d'une trop faible connaissance générale des collectivités et de l'environnement territorial.

Le jury a de nouveau constaté que certains candidats, notamment au concours interne et au troisième concours, ne mesurent pas véritablement les attendus de l'épreuve et semblent aborder l'entretien comme une formalité se limitant à une conversation plus ou moins structurée sur leur parcours professionnel. Les candidats doivent être en mesure de faire comprendre au jury leurs motivations pour présenter le concours et être capables de se projeter dans les fonctions qu'ils aspirent à exercer, en les mettant en rapport avec leurs acquis, leurs souhaits d'évolution et les qualités qui sont les leurs.

On comprend à cette seule lecture combien accéder à ce type d'information aide à se préparer.

Astuce du candidat

J'ai remarqué que les autorités organisatrices utilisent souvent le courrier de convocation aux épreuves pour rappeler des informations utiles aux candidats. Lorsque j'ai reçu ma convocation une dizaine de jours avant mon épreuve d'entretien, j'ai découvert que je disposerai de 10 minutes pour présenter l'exposé sur mon expérience professionnelle, avant que l'épreuve se poursuive sous la forme d'échanges avec le jury.

J'ai également appris que je ne disposerais d'aucun document pendant l'épreuve, et qu'il me fallait donc mémoriser mon exposé.

N'ayant pas pris le soin de m'informer suffisamment auparavant, je n'avais pas perçu ces contraintes, et la lecture attentive de ma convocation m'a permis de revoir ma préparation... et de réussir l'examen.

FICHE 5 UN ENTRETIEN, UN JURY

1. Un entretien

• L'intitulé de cette épreuve ne doit pas vous abuser : une épreuve d'entretien n'est nullement une épreuve consistant en une aimable conversation avec les membres d'un jury.
Nombreux sont les candidats qui imaginent à tort que savoir converser suffit, que l'épreuve se déroule « à bâtons rompus », qu'occuper le terrain permet d'éviter les questions embarrassantes, bref que le candidat, dans ce type d'épreuve, est au moins autant le maître du jeu que le jury lui-même.

• À y regarder de plus près, on se rend compte que cette épreuve, quel que soit le niveau du poste et des responsabilités auquel le concours ou l'examen permet d'accéder, s'apparente à un **entretien de recrutement** d'autant plus exigeant que la réussite au concours ou à l'examen détermine rarement l'accès à un poste donné : la mission déléguée au jury par le recruteur est de s'assurer de l'aptitude du candidat à exercer toutes les missions, le cas échéant dans une spécialité donnée, incombant au cadre d'emplois ou au corps auquel le concours ou l'examen donne accès (*cf.* fiche 17 p. 58).

• À cette fin, le jury entend vérifier le plus exactement possible votre motivation, votre expérience, vos aptitudes, vos connaissances, et il utilise le plus souvent une grille d'entretien détaillée qui découpe le temps de l'épreuve en séquences distinctes, dotées d'un minutage et d'un barème précis, avec le souci que le même instrument de mesure soit utilisé pour l'ensemble des candidats. Cette grille est déterminée par l'intitulé réglementaire de l'épreuve.

• À titre d'exemple, une épreuve d'entretien avec un jury portant sur la motivation et les aptitudes à exercer les missions incombant au cadre d'emplois comprendra non seulement un temps de vérification des connaissances professionnelles mais aussi une évaluation de la perception du cadre dans lequel le candidat va exercer son métier : de même qu'un candidat qui postule un emploi dans le secteur privé sera inévitablement interrogé sur l'entreprise qui cherche à pourvoir un poste, de même un candidat qui se présente à un concours permettant, par exemple, d'accéder à la fonction publique territoriale aura à répondre à des questions portant sur cette fonction publique et sur les collectivités territoriales.

CONSEIL DU FORMATEUR :
Lorsque vous vous inscrivez à un concours ou à un examen, prenez le temps de vous arrêter sur l'intitulé réglementaire de l'épreuve.
Si l'intitulé de l'épreuve d'entretien ne comporte ni temps de préparation, ni sujet

tiré au sort, sauf information complémentaire éventuellement portée à votre connaissance par l'autorité organisatrice, l'entretien se déroulera « en temps réel », l'épreuve démarrant à l'instant même où vous vous installez devant le jury.

2. Un jury

Combien de personnes ?

• Selon les autorités organisatrices, vous serez entendu à cette épreuve par un jury plénier (qui peut par exemple comprendre douze ou quinze personnes), ou par une partie du jury (par exemple six personnes), ou encore un trinôme d'examinateurs.
La réglementation générale applicable aux concours et examens de la fonction publique territoriale (décret n° 2013-593 du 5 juillet 2013) précise que « les épreuves orales spécialisées peuvent être corrigées par deux personnes ».

• Les autorités organisatrices déterminent le mode d'organisation de l'épreuve en fonction du nombre de candidats. Plus le nombre de candidats est important, plus la répartition du jury en un grand nombre de sous-jurys est fondée.

Conseil du formateur :
Pas de panique si vous découvrez le jour du concours que ce ne sont pas deux personnes mais neuf personnes qui vous auditionnent.
Cela ne change rien à l'exercice, même si c'est évidemment plus impressionnant.
Vous ne serez pas exposé à un plus grand nombre de questions, pour peu que vous preniez le soin de développer suffisamment chacune de vos réponses.
Simplement, vous aurez peut-être le sentiment que le jury « passe du coq à l'âne » : rien de surprenant, chaque membre du jury peut souhaiter poser « sa » question parce qu'elle lui paraît importante pour vous évaluer, même si elle ne s'inscrit pas toujours dans la logique de celle posée par l'intervenant précédent.

Qui sont les membres du jury ?

• Les textes réglementaires qui déterminent l'organisation des concours précisent la qualité des membres des jurys. Dans les concours et examens organisés par l'État, les qualités des membres varient considérablement d'un concours à l'autre.

• Dans les concours et examens d'accès aux cadres d'emplois et grades de la fonction publique territoriale, même si certains textes apportent des précisions supplémentaires pour la composition de tel ou tel jury, un décret en Conseil d'État (décret n° 2013-593 du 5 juillet 2013) valable pour tous les concours et examens de la fonction publique territoriale dispose que chaque jury de concours (également baptisé jury plénier ou jury réglementaire, au sens où il s'agit du jury qui choisit le cas échéant les sujets, prononce l'admissibilité, lorsque cette phase existe et, obligatoirement, l'admission des candidats) est composé d'au moins six membres. Ce décret précise en outre que les jurys sont composés de trois collèges égaux, celui des **élus locaux**, celui des **fonctionnaires territoriaux**, celui des **personnalités qualifiées**, et que, lorsque le jury se constitue en groupes d'examinateurs, la composition des groupes ainsi constitués respecte la répartition en trois collèges égaux.

- Cela signifie que le jury d'oral, s'il comprend par exemple trois personnes, sera composé d'un élu local, d'un fonctionnaire territorial et d'une autre personne qui peut, par exemple, appartenir à une autre fonction publique que la fonction publique territoriale.
- Soyez attentif si les membres du jury – c'est une pratique courante – se présentent en début d'épreuve, en déclinant leur qualité, sans indiquer généralement leur collectivité ou administration. Face à un jury qui comprendra un ou plusieurs élus locaux, il va sans dire que vous serez évidemment très attentif à ce que rien dans vos propos ne laisse transparaître un jugement de valeur déplacé à l'encontre des élus.

Vous connaissez un membre du jury : que faire ?

- Lorsque la réglementation des concours et examens le précise, la composition du jury est affichée sur les lieux d'épreuves, ce qui vous permet de repérer en amont de l'épreuve si vous connaissez ou non un membre du jury. Dans ce cas, vous pouvez en informer l'organisateur qui pourra, si le mode d'organisation l'autorise, vous rattacher à un autre jury.
- Les membres du jury ont souvent connaissance, soit avant l'épreuve, soit en début de journée, de la liste des candidats qu'ils vont entendre, ce qui leur permet de demander des permutations dont vous ne vous rendrez même pas compte.
- Si d'aventure il était inévitable que vous soyez auditionné par un jury dont vous connaissez un des membres, les autorités organisatrices fixent des règles de nature à garantir l'impartialité du jury et à ne pas vous « déstabiliser », comme le « retrait » du membre du jury en question (il ne se retire pas physiquement mais reste en retrait en ne prenant part ni à l'entretien, ni à l'évaluation, ni à la notation).

FICHE 5

Ce retrait est par exemple opéré par un membre du jury qui estime que sa relation hiérarchique avec un candidat risque d'empêcher une totale impartialité. Le juge administratif affirme, toutefois, de manière constante que le lien hiérarchique entre un candidat et un membre du jury n'est pas en lui-même de nature à porter atteinte à l'égalité des candidats dès lors qu'il n'est pas prouvé que le membre du jury en question ait fait preuve de partialité.

FICHE 6 TRANSFORMER L'ÉCHEC EN RÉUSSITE

• En France, la communication des documents administratifs est régie par la loi du 17 juillet 1978 qui a institué la Commission d'accès aux documents administratifs (Cada).

> Afin d'assurer la transparence de l'action administrative et l'information des citoyens, la loi du 17 juillet 1978 reconnaît à toute personne un droit très large d'obtenir communication des documents détenus par une administration, quels que soient leur forme ou leur support. Ce droit s'exerce à l'égard de toutes les administrations publiques ainsi qu'à l'égard des organismes privés chargés d'une mission de service public.
>
> *Source :* www.cada.fr

• Autorité administrative indépendante, la Cada a rendu un très grand nombre d'avis, notamment en matière de concours et d'examens, et confirmé le caractère communicable de nombreux documents liés à leur organisation.

• Ainsi, les copies, leurs fiches de correction, les barèmes et les corrigés sont des documents communicables, de même que les bordereaux (fiches d'entretien) des épreuves orales. Vous pouvez donc, si, malheureusement, vous avez échoué à un concours ou à un examen après avoir notamment passé une ou plusieurs épreuves orales, demander à l'autorité organisatrice de vous communiquer le document sur lequel les membres du jury ont porté leur appréciation et leur note lors de votre prestation. L'autorité organisatrice vous demandera simplement de vous acquitter des frais de reprographie et d'envoi en recommandé par ses soins du document demandé, qui n'excéderont pas quelques euros.

• Prendre connaissance des annotations portées par le jury pourra vous permettre d'identifier vos points faibles et de les dépasser par une préparation ciblée :
– identifier le champ des **connaissances** que vous maîtrisez mal (par exemple : « maîtrise très insuffisante de l'environnement institutionnel ») ;
– vérifier si les appréciations laissent apparaître une maîtrise insuffisante des **règles de l'épreuve** qui a pesé sur l'évaluation du jury (par exemple : « exposé excessivement court sur l'expérience professionnelle, insuffisamment structuré ») ;
– analyser avec attention l'appréciation générale souvent portée par le jury en conclusion de l'entretien : elle peut souligner le **défaut majeur** qui vous est

reproché (par exemple, « n'a pas réussi à convaincre le jury d'une réelle motivation » ou « ne fait pas la preuve de ses aptitudes à l'encadrement »).

- Sachez dépasser la déception de l'échec et la critique stérile pour comprendre, au-delà des mots employés par le jury, **ce qui a le plus pesé sur la note finale.** Faites le lien entre ces appréciations et les attentes du jury souvent clairement exprimées dans le rapport que le président du jury dresse au terme du concours ou de l'examen : peut-être avez-vous justement commis **l'erreur grave que le jury récuse**, erreur que vous pourrez facilement dépasser une fois que vous l'aurez identifiée.
- Vous pouvez également demander à l'organisateur du concours des explications sur les causes de votre échec, qui peuvent vous être données téléphoniquement, et vous pouvez même solliciter à cette fin un rendez-vous. Si les pratiques des autorités organisatrices varient, toute demande d'explication est parfaitement légitime.
- Ne vous leurrez cependant pas sur la portée d'une telle démarche : elle n'aboutira jamais, sauf erreur matérielle avérée, à une modification des résultats. Même si vous contestiez ceux-ci devant le juge administratif, **une éventuelle annulation contentieuse du concours n'aurait pas pour effet de vous rendre admis**, le juge s'interdisant toujours de substituer sa propre appréciation à celle du jury souverain en matière « d'appréciation de la valeur des épreuves », c'est-à-dire des candidats aux épreuves.

PARTIE 2

Valoriser son parcours

FICHE 7

PRÉSENTER SON PARCOURS ET SON EXPÉRIENCE PROFESSIONNELLE

1. Maîtriser le temps imparti

• De nombreuses épreuves d'entretien (**voir fiches 2 et 3**) débutent par un exposé du candidat sur son expérience professionnelle, le plus souvent d'une durée de **5 minutes**, parfois d'une durée de **10 minutes**.

• Ce type d'exposé ne s'improvise évidemment pas le jour de l'épreuve : vous avez tout intérêt à le **préparer** soigneusement et à le **mémoriser**. Il est également vivement conseillé de s'entraîner **en temps réel** devant un tiers (choisissez un proche ou un ami) afin de vérifier que l'exposé n'est ni trop court, ni trop long. L'idéal est que, ayant mémorisé votre exposé, vous parveniez à le livrer sans donner au jury l'impression que vous récitez un texte appris par cœur, travers que les membres des jurys déplorent parfois.

• Le jury a généralement pour consigne de ne pas intervenir pendant votre exposé et de vous laisser disposer de la totalité du temps qui vous est imparti. Si le jury intervient pendant le temps de l'exposé, c'est pour vous inviter à continuer si vous vous arrêtez très prématurément ou s'il vous sent « en perdition » et cherche à vous redonner confiance. En revanche, si vous continuez à exposer au-delà du temps réglementaire, le jury vous interrompt afin d'aborder la phase suivante de l'entretien.

• Les barèmes de notation peuvent évidemment varier d'une autorité organisatrice à l'autre et d'une session à l'autre. Ils sont en revanche identiques pour tous les candidats à une même session, afin de respecter le principe fondamental de l'égal traitement des candidats.

À titre d'exemple, les jurys choisissent souvent d'accorder à l'exposé un nombre de points proportionnel à sa durée réglementaire au sein de l'épreuve. Un candidat dont l'exposé aura une durée très insuffisante au regard du temps imparti sera inévitablement pénalisé, de même qu'un candidat qui, interrompu par le jury à la fin du temps réglementaire, n'aurait pu livrer l'essentiel.

2. Valoriser l'essentiel

Les jurys déplorent souvent que les exposés soient, selon le cas :
– trop anecdotiques ;

– trop plats ;
– exclusivement chronologiques ;
– abusivement valorisants ;
– dénués de toute motivation ;
– vides de tout projet ;
– stéréotypés ;
– incomplets ;
– exagérément détaillés ;
– insuffisamment détaillés ;
– peu compréhensibles ;
– déséquilibrés ;
– trop tournés vers le passé…

Nous verrons dans les fiches suivantes comment éviter tous ces travers.

3. Semer des « petits cailloux »

- Le temps de l'exposé, contrairement aux temps suivants de l'entretien, vous appartient totalement, puisqu'il ne donne lieu à aucune intervention du jury. Dès que votre exposé est achevé, le jury reprend la main.
- Pour autant, vous pouvez, de manière non négligeable, influer sur la suite de l'entretien en semant dans votre exposé des « petits cailloux » que le jury ramassera.
- Un « petit caillou », c'est un terme ou une expression que vous utilisez sans la développer parce que vous souhaitez que le jury s'en saisisse pendant le temps qui suit l'exposé. En d'autres termes, vous vous efforcez d'emmener le jury sur un terrain que vous connaissez et qui vous permet de vous valoriser.
- Les fiches suivantes vous permettront également de vous familiariser avec cette technique.

CE QU'IL NE FAUT PAS DIRE, CE QU'IL FAUT DIRE

Pour vous permettre une première approche d'un exposé pertinent, cette fiche vous propose un exemple caricatural d'exposé raté suivi d'un modèle simple d'exposé réussi.

1. Ce qu'il ne faut pas dire

« J'ai commencé comme agent le 13 mai 2001. Je m'occupais des achats de la commune. Après, le 18 juin 2009, j'ai muté et je suis devenue secrétaire du chef du service des finances dans une commune un peu plus grosse. J'ai beaucoup aimé faire des finances parce que cela correspond bien à mon amour des chiffres.
Le 11 septembre 2012, j'ai été nommée adjoint administratif sur mon poste et j'ai muté après les municipales – pour des raisons que je n'ai pas besoin de vous expliquer ! – sur un autre poste, toujours dans les finances, dans une commune un peu plus importante.
Je veux devenir rédacteur parce que cela me semble mérité après 15 ans de carrière et parce que je n'ai pas envie de plafonner. »

Les défauts de cette présentation :
– aucun projet n'y apparaît : quelle motivation tant lors de l'accès au premier poste que lors des choix ultérieurs ?
– le parcours paraît plus subi que choisi ;
– la description des fonctions est inexistante ;
– le degré de précision des dates est inadapté et laisse craindre un attachement scrupuleux à des détails très secondaires ;
– le registre de langue est inadapté au grade postulé.

2. Ce que vous pouvez dire

Bonjour, je m'appelle Dorémie Fassol et je travaille actuellement dans une commune de 10 000 habitants.
Après un rappel de ma formation initiale, je vous présenterai mes différentes expériences professionnelles, en mettant en valeur ce qu'elles m'ont apporté, avant de conclure en vous expliquant pourquoi je me présente à cet examen professionnel.

Après un brevet des collèges, j'ai préparé et obtenu un CAP puis un BEP de comptabilité en 1995.
Je suis entrée dans la vie professionnelle en 1996. J'ai d'abord travaillé pendant 5 ans comme aide-comptable dans une petite entreprise agricole, où j'ai approfondi mes connaissances en comptabilité. J'ai ensuite été recrutée, toujours comme aide-comptable, dans une moyenne entreprise de bâtiment, qui a déposé son bilan en 2004. J'y ai appris à travailler en équipe au sein d'un secrétariat dans lequel j'ai pu apprendre l'ensemble des tâches incombant traditionnellement à une secrétaire tout en continuant à me perfectionner en comptabilité.
Une personne de ma famille travaillant déjà dans la fonction publique territoriale, je connaissais la diversité des métiers au service du public qu'elle propose, offrant à la fois une stabilité de l'emploi et un déroulement de carrière. J'ai donc assez naturellement recherché un emploi dans la fonction publique territoriale. La commune où j'habite cherchant un agent d'accueil, j'ai postulé et ai été recrutée comme agent administratif en 2005. J'y ai appris à accueillir et orienter le public et ai découvert la grande diversité des services offerts par une commune à ses habitants.
J'ai préparé au CNFPT[1] et réussi le concours d'adjoint administratif en 2008. J'ai eu l'opportunité d'évoluer dans la même collectivité où j'ai été nommée assistante du responsable des affaires scolaires. J'y ai appris, au-delà des activités classiques de secrétariat que je maîtrisais déjà, à établir les plannings du personnel de service, à élaborer le budget du service, à gérer la régie de recette et d'avance. Assistant aux réunions de service dont j'établis les comptes-rendus, j'ai pris peu à peu la mesure des fonctions d'encadrement en observant mon chef de service.
Le moment m'a semblé venu d'accéder au cadre d'emplois des rédacteurs afin d'exercer de nouvelles responsabilités. L'expérience que j'ai acquise me donne l'envie d'encadrer une équipe de quelques agents. Je pense pouvoir mettre en œuvre dans un tel poste mes qualités d'organisation et d'écoute. J'en ai terminé. Je suis prête à répondre à vos questions.

Les points forts de cette présentation :
– un plan est annoncé et suivi ;
– la motivation de l'accès à la fonction publique territoriale est clairement exprimée ;

1. CNFPT : centre national de la fonction publique territoriale, notamment en charge des formations de préparation des fonctionnaires territoriaux aux concours et examens.

– les compétences acquises sont valorisées ;
– le grade postulé est inscrit dans un projet crédible ;
– l'expression est claire et d'un bon niveau.

On verra, dans les fiches 12 et 13, qu'il est possible et souhaitable d'aller encore plus loin dans la mise en valeur de l'expérience et des compétences, soit en les soulignant avec plus d'insistance au cours d'un exposé chronologique, soit même en bâtissant l'exposé de son parcours et de son expérience autour des compétences acquises.

FICHE 8

CONSEIL DU FORMATEUR :
Si vous passez une épreuve qui comprend la communication au jury d'un document retraçant votre parcours et votre expérience professionnelle, soyez particulièrement attentif à ce que votre exposé ne comporte pas de distorsions par rapport aux informations communiquées au moyen de ce document.
Les jurys font parfois part aux organisateurs de leur déception lorsqu'ils ont entre les mains avant l'épreuve un document très bien renseigné... et entendent ensuite un exposé indigent et confus qui leur laisse le sentiment dommageable que le candidat auditionné n'est pas l'auteur du document.

FICHE 9 ÉVITER LES EXPRESSIONS « PIÈGES »

- Tout comme dans les **fiches 10 à 13**, le texte d'un exposé préparé puis mémorisé par un candidat à un examen d'avancement de grade dans la fonction publique territoriale est reproduit.
- Les commentaires relatifs à cet exposé s'attachent surtout à repérer des **expressions « pièges »** au sens où elles risquent de conduire le jury à poser des questions embarrassantes pour le candidat. Si toutefois vous placez à dessein dans votre exposé des expressions destinées à susciter des questions du jury parce que vous souhaitez précisément que le jury vous pose ces questions, il ne s'agit plus alors d'expressions « pièges » pour vous mais de questions « appâts » pour le jury.

Bonjour,
Je vais vous parler de mes principales expériences professionnelles qui m'ont permis d'acquérir certaines compétences de gestion, d'encadrement de services et de conduite de projets ces dernières années.
Après des études universitaires pluridisciplinaires en administration économique et sociale, j'ai très vite opté pour le secteur public.
D'ailleurs, les différents contrats et postes que j'ai pu occuper m'ont permis de renforcer cet intérêt pour le service public[1] notamment en milieu communal, du fait de la diversité des missions, de la proximité des services et des usagers et de l'étendue du patrimoine à gérer.
1. En gestion, organisation de service, j'ai eu la chance[2] de commencer sur un poste de chargé de mission au sein d'un secrétariat général d'une commune de moins de 30 000 habitants.
J'avais été recrutée pour effectuer une mission de réorganisation de ce secrétariat et de définition de procédures. Concrètement c'était[3] : la redéfinition du courrier arrivée-départ, la mise en place d'une procédure de recrutement d'agent administratif polyvalent, le pré-contrôle de légalité des actes et du suivi du contentieux avec une assistance juridique externe.
Je me suis également occupée très vite[4] de l'organisation du conseil municipal avec une redéfinition des procédures et une uniformisation des dossiers, rapport de présentation et note de synthèse.
Cette polyvalence et ce contact avec les différents services m'ont naturellement amenée à m'orienter vers un vrai[5] poste de direction de services.
2. J'ai donc appris à gérer l'humain[6] avec une quarantaine d'agents d'entretien, autant d'Atsem[1] et une vingtaine de gardiens d'équipements sportifs.

1. Atsem : agent territorial spécialisé des écoles maternelles.

L'objectif étant la mise en place de deux projets de services permettant d'organiser les équipes dans le respect de la réorganisation générale de la collectivité que le directeur général conduisait autour de trois départements regroupant les services de prestations au public, les services de ressources internes et les services de gestion du patrimoine.

Dans le cadre de cette réorganisation, j'ai travaillé étroitement avec mes collègues des ressources humaines et des finances[7]. À partir de la projection des effectifs sur 4 ans, j'ai pu mener des concertations avec les agents sur leurs missions, avec redéfinition des postes permettant une réelle revalorisation[8] des métiers par filière aboutissant également à un plan de formation[9] et à l'externalisation d'une partie des prestations de nettoyage.

La conséquence en termes d'organigramme a été le rattachement des Atsem au département des prestations, direction de l'éducation, et le maintien des agents d'entretien et gardiens d'équipements au département du patrimoine.

3. Depuis 4 ans, je suis sur un poste[10] de direction administrative au sein des services techniques et à ce titre j'assure la coordination des autres directions techniques : cela passe par l'organisation des réunions hebdomadaires, le suivi des objectifs communiqués par la direction générale, le respect des procédures internes et de la réglementation. Je m'occupe également de l'assistance à la gestion des ressources humaines[11] internes au département, de la prédéfinition des besoins de formation et de la gestion prévisionnelle de nos effectifs et postes à pourvoir au sein des services techniques. Enfin, troisième mission importante, je suis responsable de la procédure d'élaboration budgétaire au sein du département et du contrôle des engagements financiers.

J'ai également gardé en gestion directe la direction de pôles organisés autour de chefs de pôle, chefs d'équipes et d'agents de la filière technique et administrative dans les domaines de l'assurance, le secrétariat technique, la gestion de la flotte automobile et l'entretien ménager des bâtiments.

Depuis un an, je suis l'adjointe du nouveau directeur général des services techniques qui a souhaité que nous formions un véritable collège de directions techniques travaillant en parfaite transversalité sans contrainte d'échelon hiérarchique supplémentaire[12].

Aussi, compte tenu de mes expériences acquises et des résultats que j'ai pu obtenir au cours de ces différentes missions, il m'est paru naturel[13] de passer cet examen professionnel à un moment de ma carrière où je peux valoriser ces compétences et continuer à en développer d'autres.

Commentaires :

1. Question possible : « Pourquoi cet intérêt pour le service public ? »

2. Méfiez-vous de cette expression. Vous risquez une question du genre : « La chance est-elle le principal moteur d'une carrière de fonctionnaire ? »

3. Plutôt : « Mes principales missions consistaient en… »

4. Plutôt : « J'ai également été chargée… »

5. Supprimez le « vrai », sous peine de devoir répondre à une question du type : « Existe-t-il de "vrais" postes de direction et de "faux" postes de direction ? »

6. Question possible : « Croyez-vous vraiment que l'on puisse "gérer l'humain" ? »

7. Question possible : « Budget, finances, est-ce la même chose ? »

8. Question possible : « Vous avez évoqué une réelle revalorisation des métiers… Avez-vous des exemples de fausse revalorisation ? » C'est évidemment une question piège induite par l'expression malheureuse « réelle revalorisation ».

9. Question possible : « Beaucoup déplorent la disparition des formations initiales d'application : qu'en pensez-vous ? »

10. Plutôt : « je suis responsable de… »

11. Question possible : « Ressources humaines ou personnel ? »

12. Question possible : « La transversalité rend-elle la hiérarchie inutile ? » Autre question possible : « La transversalité, est-ce vraiment efficace ? »

13. Essayez de fonder encore davantage votre volonté d'accéder au grade recherché.

FICHE 10 « SEMER DES PETITS CAILLOUX » (1)

- L'objet des **fiches 10 et 11** consiste à relever les expressions sur lesquelles le jury pourra revenir après l'exposé parce qu'elles peuvent donner lieu à des échanges intéressants avec le candidat.
- Si vous choisissez de « semer des petits cailloux », efforcez-vous de le faire lucidement : il serait désastreux de semer sans y prêter attention un petit caillou qui ferait naître une question qui vous mettrait gravement en difficulté !

Bonjour,
Je vais vous exposer mon déroulement de carrière qui peut se présenter en deux temps, un début de carrière en tant que contractuel[1] cadre A, puis en tant qu'agent titulaire de la fonction publique territoriale. Je vous préciserai les compétences que j'ai développées au cours de mon parcours professionnel. Enfin, je présenterai ce qui aujourd'hui justifie mon souhait d'obtenir le grade de...[2]
Après des études d'administration économique et sociale (option gestion territoriale), j'ai décidé d'orienter ma carrière vers la fonction publique. J'avais le souhait de m'investir sur des missions de service public. Par ailleurs, les collectivités territoriales et les services de l'État[3] présentent des opportunités de projets intéressants dans des domaines variés, et une perspective d'évolution de carrière vers des responsabilités élargies.
J'ai ainsi débuté ma carrière dans des collectivités locales[4] sur des postes d'attaché en tant que contractuel. À X, j'étais chargé de missions auprès du directeur général des services et responsable à ce titre du suivi des séances du conseil municipal et des bureaux municipaux dont j'assurais également les comptes-rendus. J'avais par ailleurs en charge le secteur des assurances et la passation des marchés de fournitures et services pour la commune. Ce premier poste, où j'étais positionné sur des fonctions polyvalentes et en relation de travail avec les différents services de la ville, m'a permis de me familiariser avec le fonctionnement administratif territorial au sein d'une commune de 46 000 habitants.
Après deux années d'expérience, je me suis investi dans une autre collectivité locale[5] où je me suis plus particulièrement spécialisé dans le domaine des marchés publics. Responsable adjoint des marchés publics à la direction générale des services techniques de la ville..., j'ai acquis une réelle[6] expertise dans le domaine de la réglementation des marchés publics et de son évolution.

J'ai organisé les procédures sur des marchés[7] de toutes natures. En tant qu'adjoint, j'ai débuté une première expérience d'encadrement[8] d'une équipe.

J'ai ensuite eu l'opportunité de m'impliquer dans la mise en œuvre d'un projet d'envergure à l'occasion des créations de poste de chargé de mission dans les ministères en 2002 sur le plan Biotox. Ce plan était destiné à lutter contre une attaque chimique ou bactériologique et à renforcer la détection d'une contamination possible de l'air ou de l'eau. À ce titre, j'étais chargé d'assurer le suivi et la gestion des achats de traitements médicaux pour les victimes éventuelles d'une attaque chimique ou bactériologique et de mettre en place une procédure de marchés publics au sein de la direction générale de la santé.

Fort de ces premières expériences variées et de ma réussite au concours d'attaché territorial en 2007, je me suis orienté vers des responsabilités élargies sur un nouveau poste en collectivité territoriale, à X. J'exerce ainsi la fonction de responsable administratif et budgétaire au sein d'un service chargé de doter en équipements pédagogiques *x* lycées publics.

Ce poste m'a permis d'avoir des missions fonctionnelles et opérationnelles. Parmi les missions fonctionnelles, j'encadre une structure composée de six agents (un cadre A, trois cadres B, et deux agents de catégorie C) chargés d'assurer la passation des procédures de marchés publics et leur exécution. Je gère également le budget du service (*x* euros). J'assure enfin l'interface entre la direction et les unités juridiques et financières de la région, dans le cadre de la préparation des délibérations des élus et des présentations de dossiers en commission d'appel d'offre. Je suis correspondant qualité pour la mise en œuvre de la certification ISO 9001 sur la passation des marchés. Parmi les missions opérationnelles, je contribue à la mise en œuvre de la politique régionale d'équipement des lycées. Je négocie avec les proviseurs et les représentants des académies les dotations en matériel mobilier et pédagogique répondant à leurs besoins. J'ai pris l'initiative de concevoir et mettre en œuvre une politique de collecte et de gestion des déchets d'activité issus des établissements. Ce poste m'a permis de développer des compétences en conduite de projets[9]. Je me suis appuyé sur un comité de pilotage associant des compétences et des acteurs multiples de la Région, de l'Éducation nationale ou des organismes institutionnels (ADEME). J'ai appris à déléguer, fixer des objectifs, évaluer et contrôler. Je me suis investi pour communiquer sur les enjeux et les avancées du projet.

Mes expériences m'ont permis de bien connaître le fonctionnement des collectivités territoriales et d'acquérir une expertise dans le domaine réglementaire des marchés. Je me suis adapté à des domaines et techniques variés et j'ai travaillé avec des personnalités d'horizons divers : élus et cadres[10] d'une ville moyenne, direction générale de la Santé, Éducation nationale.

Ces acquis me permettent d'envisager des prises de responsabilités étendues, d'une part dans le management d'équipes ou de services pluridisciplinaires, d'autre part dans le pilotage de projets complexes. La préparation de l'examen de… est, pour moi, un élément important dans la réalisation de cet objectif. Plus précisément, j'envisage de postuler sur des postes de directeur général adjoint[11] dans des communes de plus de *x* habitants et à terme de directeur général des services. Mes atouts sont la diversité de mon parcours qui me permet de me familiariser rapidement dans des domaines pluridisciplinaires (administration générale, marchés, enseignement, enfance, santé, etc.).

La nomination au grade de… après quatre ans dans le grade de… m'offrira de nouvelles opportunités. Il me semble qu'occuper un poste de direction est plus légitime avec l'examen[12] de …

Commentaires :

1. Question possible : « La généralisation du contrat, est-ce la mort du statut ? »

2. Plutôt : « d'accéder au grade de… ».

3. Question possible : « Pourquoi avez-vous d'abord choisi la fonction publique territoriale et non la fonction publique de l'État ? »

4. Plutôt : « territoriales ».

5. Plutôt : « dans une autre commune qui comptait, elle, *x* habitants… ».

6. Vous risquez la question : « Vous avez parlé de "réelle expertise". Voulez-vous dire qu'il existe de fausses expertises ? »

7. Question possible : « Qu'entendez-vous par organisation des procédures sur des marchés ? »

8. Question possible : « Qu'est-ce qu'encadrer ? »
ou : « Selon vous, qu'est-ce qu'un bon chef de service ? »
ou encore : « Pour bien encadrer une équipe, est-il nécessaire de savoir faire ce que chaque agent fait ? »

9. Question possible : « Qu'est-ce que la conduite de projet ? »
ou : « Quel est le rôle d'un comité de pilotage ? »

10. Question possible : « Dans certaines communes, le maire assure lui-même les fonctions de directeur général des services : qu'en pensez-vous ? »

11. Question possible : « Parlez-nous des emplois fonctionnels. »

12. Question possible : « On reproche souvent aux concours et examens leur caractère académique : qu'en pensez-vous ? »
ou : « Pensez-vous un (grade : par exemple un attaché) nommé à l'ancienneté moins légitime qu'un (grade) nommé après réussite au concours ? »

FICHE 11 « SEMER DES PETITS CAILLOUX » (2)

Dans cette fiche, nous poursuivons l'exercice d'identification des « petits cailloux », semés volontairement ou non, qui peuvent être « ramassés » par le jury.

Je vous propose de vous présenter mon parcours professionnel et ma motivation dans le temps qui m'est imparti.
De formation juridique supérieure, j'ai également depuis longtemps une attirance pour l'architecture et je dirais comme fil conducteur que mon parcours professionnel est sous-tendu par cette association entre mon savoir-faire, le droit, et ma rencontre avec l'urbanisme.
Cette formation juridique associée à une connaissance du monde associatif dans le domaine de la restauration du patrimoine, où je me suis occupée de chantiers, a été la porte d'entrée dans le monde des collectivités locales[1].
Embauchée[2] comme contractuelle j'ai été ensuite lauréate du concours d'attaché territorial.
Dans un premier temps, j'ai occupé un poste de juriste dans une collectivité de *x* habitants au sein d'un service urbanisme et foncier.
Ce poste m'a permis d'exercer mon expertise juridique et de découvrir les rouages administratifs[3].
Mes fonctions de conseil, synthèse et veille juridique ont été complétées par une formation qualifiante « droit et sécurité ».
Cette prise de poste d'environ 3 ans m'a donné l'envie d'élargir mes compétences et mon rôle dans ma collectivité. Les relations de travail et de confiance[4] instaurées avec l'équipe de 12 personnes, les élus, prestataires et administrés m'ont permis d'évoluer.
Dans un second temps, il m'a été proposé le poste de directeur adjoint du service urbanisme, foncier, habitat et environnement, dénommé ensuite « direction de l'aménagement ».
Mes fonctions et mes missions ont donc évolué en parallèle.
D'une part[5], j'avais la volonté d'élargir mon champ d'investigation. En effet, l'urbanisme et l'aménagement du territoire touchent notamment plusieurs domaines : l'habitat, la politique de la ville et l'environnement.
J'ai eu pour mission de développer deux pôles : environnement et ensuite habitat[6] que j'ai délégués en partie aujourd'hui comme les missions sont clairement établies[7].
Ces missions m'ont permis de m'enrichir et de travailler pleinement en transversalité avec les services et également à une échelle de territoire intercommunale.

Afin de valoriser cette expertise urbaine, j'ai suivi une formation au CNAM plus centrée sur la conduite de projet urbain[8] et la communication.
Autre élément d'évolution important dans ce changement de poste, mon positionnement au sein de la direction de l'aménagement.
En tant que directrice adjointe, je dois également assurer des missions d'encadrement[9] au sein d'une équipe de douze personnes.
Je suis la personne relais[10] entre les élus, directeurs et les agents.
Exercice de cadre intermédiaire[11] parfois délicat mais qui permet d'acquérir écoute, diplomatie pour asseoir mon positionnement.
Aujourd'hui, j'aspire à prendre pleinement ces responsabilités de directrice pour pouvoir à la fois continuer d'apporter mon expertise dans l'aménagement du territoire et dans l'encadrement d'une équipe[12].

Commentaires :

1. Plutôt : « territoriales ».

2. Plutôt : « recruté ».

3. Question possible du jury : « Qu'avez-vous découvert d'essentiel sur "les rouages administratifs" ? »

4. Question possible : « La confiance est-elle suffisante dans l'exercice des responsabilités ? »

5. Le « d'une part » appelle un « d'autre part »… qui ne vient pas !

6. À expliquer davantage pour que le jury comprenne bien.

7. Cette formulation manque de clarté.

8. Question possible du jury : « Qu'entendez-vous par "conduite de projet urbain" ? »

9. Question possible du jury : « Qu'est-ce qu'encadrer ? »

10. On préfèrera une formulation plus neutre, du type : « Je joue un rôle de relais. » En toute hypothèse, cette présentation, fondée, est de nature à susciter des questions sur le partage des responsabilités entre élus et « administratifs ».

11. Cette expression est plutôt employée s'agissant de cadres de catégorie B.

12. Allez un peu plus loin dans votre motivation pour l'accès au grade de…

FICHE 12 STRUCTURER UN EXPOSÉ VALORISANT LES COMPÉTENCES (1)

Comparons deux exposés (**fiches 12 et 13**).
Le premier valorise les compétences dans le cadre d'une présentation essentiellement chronologique.
Le second (**fiche 13**) va plus loin encore dans la formulation des compétences acquises dans les différentes responsabilités exercées.

Je vais vous exposer les grandes lignes de ma carrière, tout en soulignant les compétences que j'y ai acquises puis je vous ferai part de ma motivation pour accéder au grade d'… par cet examen.
Au terme de mes études à l'Institut d'études politiques de Paris, dans la section « service public » qui préparait notamment aux concours administratifs, j'ai, après des études complémentaires de bibliothécaire, intégré la fonction publique territoriale au moyen d'un recrutement sur titre en qualité de responsable d'une bibliothèque municipale pour adultes.
Mon projet initial était de devenir secrétaire de mairie, sans doute par tradition familiale, mon père étant haut fonctionnaire des Douanes françaises, comme l'un de ses frères, avant de devenir fonctionnaire international à l'Onu, son frère aîné secrétaire de mairie comme leur père. Entre ces différentes fonctions publiques, la fonction publique territoriale me paraissait présenter l'avantage d'une grande proximité avec l'usager du service public et d'une carrière plus librement menée que dans la fonction publique d'État.
Dans mon premier poste, j'ai appris à exercer la **responsabilité d'une petite équipe** de bibliothécaires tout en mesurant comment adapter les outils théoriques que j'avais découverts pendant mes études à la satisfaction des attentes du public de la bibliothèque. La responsabilité d'un groupe de travail sur l'histoire locale m'a aussi enseigné les rudiments de la **conduite de projet** en m'imposant d'organiser la réflexion commune dans le cadre d'un agenda exigeant.
Après trois années de **découverte de l'encadrement et de la conduite de projet**, la réussite au concours d'attaché territorial m'a donné l'opportunité d'**éclairer les choix** de la municipalité en matière d'informatisation de la bibliothèque. J'ai, dans ce cadre, comparé les offres, mesuré leur pertinence au regard des besoins de la ville et présenté au bureau municipal les différentes options possibles.

Le départ en retraite d'une collègue et la volonté du secrétaire général de nommer à son poste un jeune attaché chargé de **réorganiser le service** m'ont conduit à postuler dans cette même collectivité le poste de responsable des affaires générales, en charge des élections, de l'état-civil, de la police municipale et de l'environnement, responsabilité que j'ai exercée pendant une année avant d'accepter celle de directeur de cabinet du maire.
Alors que le poste de responsable des affaires générales m'avait permis d'**approfondir mes connaissances juridiques** et d'**encadrer une équipe** plus importante que précédemment, la responsabilité de directeur de cabinet m'a permis de **mieux connaître les rouages d'une commune de 30 000 habitants** tout en développant des compétences en matière de **communication** et de **développement économique**, secteurs dont j'exerçais directement la responsabilité.
Au terme du mandat du maire, j'ai obtenu le poste de directeur de la médiathèque d'une autre commune de 30 000 habitants qui m'a permis de mettre au service de la **réorganisation** de cet équipement mes connaissances techniques tout en apprenant à **encadrer** une équipe de 25 personnes.
Après quatre années très enrichissantes à ce poste, qui m'ont également donné l'occasion de participer à différents **groupes projets**, comme celui de la mise en place de l'évaluation des 650 agents de la commune, je suis devenu responsable du service *x* dans un établissement public local notamment chargé de… D'abord chef de service, j'y suis devenu directeur adjoint puis directeur, encadrant *x* chefs de service et *x* agents. Dans cet établissement, j'ai pris une part active à différents groupes projets, notamment un groupe en charge de…, un groupe constitué pour rédiger… puis conduire l'élaboration d'un projet de…
Je me sens aujourd'hui en capacité d'accéder à un niveau supérieur d'encadrement et de pilotage de projets complexes faisant appel à la réflexion stratégique. Aussi je souhaiterais rejoindre une direction générale de commune de taille moyenne (de 40 000 à 80 000 habitants) en qualité de directeur général adjoint.
L'examen d'… est pour moi un élément important de la réalisation de cet objectif.

Les points forts de cette présentation :
– un plan est annoncé et suivi ;
– des savoir-faire (encadrement, conduite de projet, etc.) y sont utilement valorisés ;
– l'expression est claire.

Elle n'en présente pas moins quelques limites :
– la motivation initiale de l'entrée dans la fonction publique occupe une place un peu excessive avec une insistance trop marquée sur la tradition familiale ;
– la volonté d'accéder au grade par l'examen pourrait être encore davantage explicitée ;
– **il est possible d'aller plus loin encore (voir fiche 13) dans la mise en valeur des compétences acquises.**

FICHE 13 STRUCTURER UN EXPOSÉ VALORISANT LES COMPÉTENCES (2)

- Cet exposé est présenté différemment des exposés précédents dans la mesure où, sans abandonner une présentation chronologique des principales missions qui permettent de comprendre le parcours du candidat, il valorise fortement les compétences acquises à l'occasion de l'exercice de chacune de ces missions.
- On mesure ici que l'exhaustivité n'est pas requise, pas plus qu'une précision exagérée au niveau des dates, mais qu'un bon exposé sur l'expérience et le parcours doit valoriser les compétences acquises et laisser percevoir un projet convaincant.

À l'issue d'une licence de droit public, j'ai intégré en 1991 un département au sein duquel j'ai exercé différentes missions en matière de ressources humaines.
Afin de vous exposer mon expérience professionnelle, j'ai choisi de vous présenter trois expériences professionnelles, trois missions qui m'ont particulièrement marqué par leurs richesses, leur apport, et m'ont permis à chaque fois de développer de nouveaux savoirs et de construire de nouvelles compétences.
La première de ces missions concerne la mise en place, l'organisation et l'animation d'une cellule emplois jeunes créée en mars 1997. À cette date, l'exécutif départemental décide de créer 100 postes d'emplois jeunes et une cellule au sein de la direction des ressources humaines dédiée à la gestion des ressources humaines des emplois jeunes. Je suis en charge d'animer l'équipe en question (7 personnes). Je pense avoir acquis au cours de cette expérience trois types de compétences.
Tout d'abord, des compétences en matière de gestion des ressources humaines.
J'ai aidé à l'établissement des descriptions des profils des postes d'emplois jeunes et à l'étude de l'évolution des profils de poste dans les services.
J'ai organisé et participé aux commissions d'audition et de recrutement, accompagné l'intégration des jeunes dans les services.
Enfin, j'ai animé et coordonné la conception, la préparation et l'organisation des formations des jeunes et des tuteurs.
Puis, des compétences en matière de management.

J'ai animé et coordonné l'équipe de six agents (deux assistantes secrétariat logistique, deux gestionnaires paie et suivi financier, deux gestionnaires formation, suivi des jeunes). J'ai pour cela réalisé les descriptions des postes, animé des réunions hebdomadaires, accompagné le travail de chacun.
J'ai, par ailleurs, organisé et animé de nombreuses réunions avec les responsables de services, les jeunes ou les tuteurs.
J'ai réalisé de nombreux entretiens avec les jeunes, soit pour les accompagner dans la définition de leur projet professionnel, soit pour leur rappeler les règles du monde du travail, soit encore dans le cadre de médiations entre le jeune, le tuteur et le responsable.
Enfin, des compétences en matière d'animation de projet transversal.
Tout au long de ce dispositif, j'ai organisé, préparé et suivi le comité de pilotage composé d'élus et de divers cadres de l'administration.
J'ai organisé et animé des réunions, avec les responsables des emplois jeunes et les tuteurs, relatives, soit au suivi de l'intégration des jeunes, soit à l'évolution des profils de postes, soit à la formation. J'ai mis en place et coordonné le réseau tutorat.
Au cours du dispositif emplois jeunes, ma hiérarchie m'a demandé de réfléchir à la manière dont nous pourrions étendre à l'ensemble des agents le processus formation proposé aux emplois jeunes. Ce processus de formation permettait aux jeunes, à partir du niveau repéré, d'acquérir des compétences nécessaires au développement de leurs activités au sein des services et de leur projet professionnel.
Ainsi, en 2002, je suis devenu chef de projet pour la création d'un centre de ressources et de formation. Cette seconde expérience m'a permis d'acquérir des compétences en matière d'ingénierie de la formation et de management de projet.
J'ai en effet animé, suivi et mis en œuvre le projet de création d'un centre de ressources et de formation. Pour ce faire, j'ai déterminé des objectifs, créé et organisé un comité de pilotage, proposé des étapes, évalué…
J'ai par ailleurs **développé des compétences en ingénierie de la formation** : en élaborant des parcours et plans individuels de formation, en établissant des cahiers des charges, en assurant la coordination de l'ensemble des prestations, en conseillant et orientant les agents dans un parcours de formation, en accompagnant et soutenant les agents dans leur démarche d'apprentissage, en concevant, organisant et animant des sessions de formation[1].

Enfin, la dernière expérience que je souhaitais vous présenter, est celle (exercée depuis fin 2004) de **collaborateur de l'élu en charge des ressources humaines et du développement du service public.**
Dans cette fonction qui consiste notamment à assister l'élu pour la définition de la politique des ressources humaines et à suivre la mise en œuvre des orientations de cette politique, je pense avoir essentiellement acquis des compétences en matière de management stratégique[2].
Il s'agit en effet d'analyser les évolutions de l'environnement, de conseiller l'élu sur les risques particuliers à la mise en œuvre de la démarche politique, d'établir des argumentaires stratégiques sur les modalités de mise en œuvre de la démarche politique, d'élaborer une stratégie de négociation, de mobilisation et d'adhésion des acteurs.
Dans ce cadre, j'ai aidé l'élue avec laquelle je travaille, en collaboration[3] étroite avec le directeur des ressources humaines, à porter une politique des ressources humaines orientée autour du développement par les compétences. J'ai participé à la mise en place de l'évaluation et à l'accueil des *x* agents Tos transférés, à la mise en place de management participatif nécessaire à l'accompagnement du changement. Enfin, j'ai participé au pilotage du dialogue social, en participant à toutes les instances paritaires et réunions avec les organisations syndicales[4] et représentants du personnel, en suivant et impulsant la mise en place des décisions.
Tout au long de mon parcours, j'ai souhaité à la fois me présenter aux concours de la fonction publique territoriale et poursuivre mes études, acquérir de nouvelles connaissances dans le cadre de la formation professionnelle.
Ainsi, j'ai été lauréat du concours[5] de rédacteur en (année) et lauréat du concours d'attaché territorial en (année).
J'ai terminé une maîtrise de droit public en 1993 (cours du soir), effectué un diplôme universitaire de formateur d'adultes en 2001 et enfin obtenu un master 2 fonction, formation, développement des compétences en 2007.
L'ensemble de ces expériences a confirmé mes choix premiers de travailler pour une collectivité territoriale dans le cadre du service public[6] et de la fonction publique. Ce goût prononcé pour la « chose publique », pour l'ensemble des questions relatives à la manière dont nous pouvons vivre ensemble, puis plus tard pour l'ensemble des questions relevant de l'intérêt général[7], je l'ai découvert et développé dans le cadre de ma formation initiale, mon engagement associatif et mon expérience d'élu local[8].

Aujourd'hui, je présente l'examen de… pour poursuivre prochainement ma carrière[9] en retrouvant un poste dans l'administration, un poste de proximité avec les agents tout en restant dans la conduite de projets[10] liés à l'accompagnement des changements individuels et collectifs. Dans cette perspective, la recherche d'un nouveau poste tant dans ma collectivité que dans une autre nécessite l'accès au grade de...

FICHE 13

Commentaires :

1. Question possible : « Beaucoup déplorent la disparition des formations initiales d'application. Qu'en est-il et qu'en pensez-vous ? »

2. Question possible : « Quelle est, selon vous, la qualité essentielle d'un manager ? »

Autre question possible : « Le management peut-il ne pas être stratégique ? »

3. Question possible : « Peut-on définir le fonctionnaire comme un collaborateur de l'élu ? »

4. Question possible : « Quel est le rôle des syndicats dans la fonction publique ? »

5. Question possible : « Le concours n'est-il pas aujourd'hui un outil de recrutement inadapté ? »

6. Question possible : « On parle de crise du service public : qu'en pensez-vous ? »

7. Question possible : « L'intérêt général est-il autre chose que la somme des intérêts particuliers ? »

8. Question possible : « Élu local et fonctionnaire, quelle différence entre le rôle de l'un et de l'autre ? »

9. Question possible : « CDD, CDI, généralisation du recours au contrat… Peut-on encore parler de carrière dans la fonction publique ? »

10. Question possible : « Qu'entendez-vous par conduite de projets ? »

FICHE 14

DES GUIDES POUR PRÉSENTER PARCOURS ET EXPÉRIENCE (1) : LES TROISIÈMES CONCOURS

• Plusieurs documents officiels existent, qui peuvent vous guider dans la présentation de votre parcours ou de votre expérience professionnelle.

• Obligatoirement joints aux dossiers d'inscription à certains examens ou concours, ils constituent en outre des modèles dont chacun peut s'inspirer pour mettre en valeur son parcours ou son expérience professionnelle afin de ne rien omettre d'essentiel.

Les dossiers d'inscription aux troisièmes concours (ou concours de troisième voie)

• Les concours de troisième voie, ou troisièmes concours, nouvelles voies d'accès aux fonctions publiques instituées en 2001, entendent contribuer au renouvellement de celles-ci en proposant des concours spécifiques, ouverts, selon le cas :
– aux élus ayant exercé un mandat électif local pendant une durée réglementairement fixée (quatre ans dans la plupart des concours accessibles par cette voie, huit ans pour quelques concours) ;
– aux responsables associatifs (le plus souvent pendant quatre ans) ;
– aux personnes ayant exercé une ou plusieurs activités professionnelles privées, les fonctions accomplies dans le cadre de ces activités professionnelles devant correspondre à un domaine précis recouvrant celui des missions auxquelles le concours donne accès (généralement pendant quatre années).

• Même si vous n'êtes pas candidat à ce type de concours, vous trouverez dans ce dossier des informations utiles pour construire un exposé sur votre expérience et votre parcours professionnels. La rubrique « **informations sur l'activité** » de l'attestation suivante contient en effet une typologie très pertinente, permettant de rendre compte :
– d'une **perception claire des missions** : réalisations effectuées dans l'emploi, pour quels publics ? avec quels objectifs ?
– de la **maîtrise des outils** : avec quels outils, informations, méthodes ou démarches ?
– du **degré d'autonomie et d'initiative** : seul ou en équipe ? sur la base de consignes ou non ? avec une marge d'initiative personnelle ou non ?

– de la **place dans la hiérarchie** : nombre de supérieurs hiérarchiques, nombre d'agents encadrés ;
– de la **connaissance des partenaires** : interlocuteurs internes et/ou externes.

• Le modèle de présentation fixé par arrêté ministériel pour la présentation du parcours professionnel requise dans les dossiers d'inscription aux troisièmes concours est celui qui suit.

ATTESTATION PROFESSIONNELLE POUR LES CANDIDATS AUX TROISIÈMES CONCOURS
Nom et adresse du candidat : ....
Informations concernant l'employeur Désignation de l'employeur .... (raison sociale statut) .... Adresse : .... Tél : .... Domaine(s) d'intervention ou mission(s) de l'employeur (exemple : social, culturel, sportif, médiation, économique) : Date de création de la société : Nombre de salariés employés :
Informations concernant le service dans lequel se trouve l'emploi Intitulé du service : Date de création du service : Nombre de salariés employés :

FICHE 14

Informations concernant les emplois occupés par le candidat Intitulé de l'emploi : Date de création de l'emploi : Date d'embauche dans cet emploi : Finalité de l'emploi :
Place de cet emploi dans la société
Activités principales réalisées dans le cadre de cet emploi Nature de l'activité ou des activités ☐ Activité de conception ☐ Activité de communication ☐ Activité d'encadrement ☐ Activité de gestion ☐ Activité de production ou tâches d'exécution ☐ Autre :
Informations sur l'activité

Réalisations effectuées dans l'emploi. Pour quels publics ? Avec quels objectifs ?	....

FICHE 14

FICHE 14

Avec quels outils, informations, méthodes ou démarches ? Seul ou en équipe ? Sur la base de consignes ou non ? Avec une marge d'initiative personnelle ou non ? Nombre de supérieurs hiérarchiques ? Nombre d'agents encadrés ? Interlocuteurs internes et/ou interlocuteurs externes ?	....
	Commentaires ou illustrations de cette activité par un ou plusieurs exemples : ....

Informations concernant l'établissement de l'attestation

Cette attestation a été établie avec la collaboration de M. : ....

....

En qualité de : ....

Cette attestation est la propriété exclusive du candidat. Elle est faite pour valoir ce que de droit.

Lieu et date de l'établissement de l'attestation ....

....

Le candidat	Pour l'employeur Nom et qualité

FICHE 15

DES GUIDES POUR PRÉSENTER PARCOURS ET EXPÉRIENCE (2) : LES EXAMENS PROFESSIONNELS

• Plusieurs examens d'avancement de grades de catégorie C et des concours de la fonction publique territoriale comportant un exposé du candidat sur son expérience professionnelle font référence à un arrêté du 29 janvier 2007 fixant le modèle de document retraçant l'expérience professionnelle des candidats. Dans la fonction publique territoriale, le décret n° 2013-593 du 5 juillet 2013 dispose que « les candidats aux concours ou examens comportant des épreuves prenant en compte les acquis de l'expérience professionnelle fournissent un document établi conformément aux dispositions d'un arrêté du ministre chargé des collectivités territoriales », ci-dessus référencé et reproduit en page suivante.

• Tout l'intérêt de ce document, même pour les candidats qui ne se présentent pas à ce type d'examen professionnel, est de permettre à chacun, dans la préparation de tout examen ou concours comportant un exposé sur l'expérience professionnelle, de disposer d'un outil permettant de retracer les grandes lignes de sa carrière, avant d'en mémoriser les axes essentiels et, surtout, de proposer, dans la colonne « nature des activités », des **items qui peuvent être utilisés pour valoriser les expériences et les compétences acquises :**
– principales missions ;
– responsabilités confiées ;
– réalisations ;
– publics visés ;
– outils ou méthodes employées ;
– travail en équipe.

• Ce document attire également l'attention sur l'opportunité de valoriser le cas échéant, au-delà de la formation initiale, la **formation continue**. Au candidat de privilégier, s'il a suivi de nombreuses formations, celles qui vont convaincre le jury d'une réelle motivation pour l'acquisition de nouveaux savoirs, savoir-faire ou savoir-être, d'autant plus valorisantes qu'elles contribueront à la maîtrise des aptitudes à assumer les missions incombant au grade, corps ou cadre d'emplois postulé.

FICHE 15

DOCUMENT RETRAÇANT L'EXPÉRIENCE PROFESSIONNELLE
DU CANDIDAT À L'EXAMEN PROFESSIONNEL DE...

Nom et prénom du candidat : ....
Date de naissance : ....
Date d'entrée dans la fonction publique : ....
Date d'entrée dans la fonction publique territoriale (si différente) : ....
Autre expérience professionnelle que dans la fonction publique : OUI – NON
Si oui, préciser la durée : ....

Expérience professionnelle dans la fonction publique ou dans le secteur privé

EMPLOYEUR (désignation, adresse, téléphone, domaine d'intervention)	SERVICE D'AFFECTATION (désignation, nombre d'agents ou de salariés)	INFORMATIONS SUR LES EMPLOIS OCCUPÉS PAR LE CANDIDAT		
		PÉRIODE D'EMPLOI (dates de début et de fin)	INTITULÉ DE L'EMPLOI	NATURE DES ACTIVITÉS (principales missions, responsabilités confiées, réalisations, publics visés, outils ou méthodes employées, travail en équipe...)

Formation initiale ou validation des acquis de l'expérience du candidat

DIPLÔME PRÉPARÉ (intitulé précis)	SPÉCIALITÉ éventuelle	NIVEAU de certification du diplôme (*)	OBTENU (oui/non)	ANNÉE d'obtention	PAYS de délivrance du diplôme

(*) Niveau V : BEP, CAP, diplôme national du brevet ; niveau IV : baccalauréat, brevet de technicien ; niveau III : BTS, DUT ; niveau II : licence, master 1 ; niveau I : doctorat, master 2.

Formation continue

INTITULÉ PRÉCIS DU STAGE SUIVI	ORGANISME DE FORMATION	ANNÉE	NOMBRE DE JOURS

Attestation établie le : ....
Signature du candidat :
Cette attestation est la propriété exclusive du candidat, qui certifie l'authenticité des informations. Elle est faite pour servir et valoir ce que de droit.

FICHE 16 DES GUIDES POUR PRÉSENTER PARCOURS ET EXPÉRIENCE (3) : REP ET RAEP

• La reconnaissance de l'expérience professionnelle (REP), également connue sous l'intitulé reconnaissance des acquis de l'expérience professionnelle (RAEP), est un dispositif permettant aux candidats qui ne détiennent pas le diplôme requis de se présenter à des concours externes en faisant valoir leur expérience professionnelle pour remplacer le diplôme requis ou compléter un diplôme de niveau inférieur à celui requis.

• Il n'est évidemment pas possible de reproduire ici l'intégralité des documents que les candidats doivent remplir pour se porter candidats aux concours externes grâce à ce dispositif, mais vous pouvez très utilement vous reporter au site www.cnfpt.fr, rubrique « les concours et examens », puis « commission d'équivalence de diplômes », puis « brochures d'information et décisions d'inscription REP concours ».

• Choisissez un dossier (par exemple le dossier REP du concours d'ingénieur territorial), vous y trouverez un ensemble de tableaux à compléter permettant de rendre compte de manière très exhaustive d'un parcours et d'expériences à partir des rubriques suivantes.

1. Votre parcours, vos missions
2. Le contenu des missions exercées : les activités, les tâches
3. Votre expérience concrète
Pour chaque activité, les responsabilités exercées :
– Animation d'équipe
– Gestion de budget et moyens
– Initiative, autonomie
– Animation de réseaux, partenariat
– Montage de projets
– Expertise, technicité
– Conception, proposition
– Management d'un service hiérarchique
– Évaluation
– Représentation de la collectivité
4. Management
5. Environnement de travail
6. Parcours de formation

• Les différents items proposés dans la rubrique 3, sans être exhaustifs, fournissent des clés d'entrée particulièrement utiles pour mettre en avant, au-delà d'une présentation chronologique du parcours, la nature et le degré des responsabilités exercées (par exemple, pour une personne qui se présente à un concours ou examen d'accès à un grade dans lequel l'encadrement joue un rôle essentiel : l'animation d'une équipe, le management d'un service hiérarchique) comme les qualités essentielles nécessaires à leur exercice (la capacité à être force de proposition, à être autonome, ou encore à prendre des initiatives).

PARTIE 3

Savoir-être

FICHE 17 UN ENTRETIEN DE RECRUTEMENT ?

• Même si les membres du jury ne partagent pas toujours tous cette approche, on peut dire sans hésitation que **l'entretien avec un jury s'apparente à un entretien de recrutement** : certes, un concours ou un examen est rarement destiné à pourvoir un poste clairement identifié mais donne plutôt vocation à accéder à un type de mission ou à un grade donné, ce qui le différencie d'un processus de recrutement.

• Pour autant, au moment où il vous évalue et vous note, le jury se détermine fondamentalement à l'aune de la question suivante : ce que vous dites, votre manière de vous comporter tout au long de l'entretien conduiraient-ils ou non à vous recruter ou à vous faire accéder au niveau de responsabilité postulé ?

• Même si les critères de notation ne sont pas ceux-là, le jury, tout au long de l'entretien, au-delà de ce que vous dites, prend en compte les critères suivants.

1. Votre gestion du temps

– Êtes-vous capable de ne pas vous perdre dans les détails, de distinguer l'essentiel de l'accessoire ?
– Êtes-vous à même de percevoir si le jury attend une réponse brève ou développée ?

2. Votre cohérence

– Êtes-vous capable d'organiser, même sommairement, vos réponses ?
– Dites-vous une chose puis son contraire ?
– Donnez-vous toujours raison au jury lorsque celui-ci vous contredit ou essayez-vous légitimement de défendre vos idées ?
– Refusez-vous obstinément de convenir d'une absurdité ?

3. Votre gestion du stress

– Votre installation, votre comportement physique pendant l'épreuve révèlent-ils une incapacité préoccupante à maîtriser votre stress ? Traduisent-ils un relâchement ou une décontraction non compatible avec les fonctions ou le grade postulé ?
– Êtes-vous capable de livrer vos réponses sans précipitation excessive, sans hésitations préoccupantes ?
– Êtes-vous capable de regarder les membres du jury dans les yeux pour vérifier la réception de vos propos ?

– Prenez-vous suffisamment de temps pour comprendre une question avant d'y répondre ?
– En difficulté sur une question, gardez-vous une confiance en vous suffisante pour la suite de l'entretien ?

4. Vos aptitudes à communiquer

– Avez-vous le souci d'être compris ?
– Vous adressez-vous à l'ensemble du jury ou privilégiez-vous un seul interlocuteur ?
– Votre élocution est-elle trop rapide ou trop lente ?
– Des tics de langage ou des formules d'hésitation nuisent-ils à la compréhension de votre propos ?

5. Votre juste appréciation de la hiérarchie

– Votre attitude est-elle adaptée à votre « condition » de candidat face à un jury ?
– Êtes-vous péremptoire, excessivement sûr de vous, contestez-vous les questions posées ?
– À l'inverse, donnez-vous systématiquement raison au jury sans chercher à argumenter ?

6. Votre curiosité intellectuelle, votre esprit critique

– Manifestez-vous un réel intérêt pour le monde qui vous entoure ?
– Êtes-vous capable d'opposer des arguments fondés à ceux du jury ?
– Faites-vous preuve d'originalité dans votre manière de répondre aux questions ?
– Savez-vous profiter d'une question pour valoriser des connaissances pertinentes ?

FICHE 18 « CONNAIS-TOI TOI-MÊME » (1) : L'ANALYSE TRANSACTIONNELLE

• Pour travailler à donner une bonne impression au jury, encore faut-il que vous vous connaissiez vous-même afin de parvenir à nouer avec le jury la relation (certes brève, mais ô combien déterminante) de la meilleure qualité possible.

• Deux outils peuvent vous y aider :
– un outil emprunté à l'analyse transactionnelle ;
– un outil utilisé en *process communication*.

L'analyse transactionnelle[1]

Elle fournit un outil très utile pour analyser et comprendre tant votre comportement que celui des autres, à partir des « **positions de vie** ».

• Eric Berne, médecin psychiatre américain, fondateur de l'analyse transactionnelle dans les années 1950 à 1970, a émis l'hypothèse que le jeune enfant « possède déjà certaines certitudes sur lui-même et le monde qui l'entoure [...], certitudes qu'il va sans doute conserver tout au long de sa vie et que l'on peut résumer comme suit : je suis OK ou je ne suis pas OK, vous êtes OK ou vous n'êtes pas OK ».

• La position de vie est la valeur que je donne à moi-même et aux autres, l'idée positive (que l'on nomme ici OK et que l'on symbolise par un +) ou négative (que l'on nomme « non OK » et que l'on symbolise par un –) que j'ai de moi, des autres et du monde.

• On identifie quatre positions de vie :
– Je suis OK / vous êtes OK (+/+)
– Je ne suis pas OK / vous êtes OK (–/+)
– Je suis OK / vous n'êtes pas OK (+/–)
– Je ne suis pas OK / vous n'êtes pas OK (–/–)

• Dans la position +/+, « J'ai de la valeur et l'autre a de la valeur », je me respecte et respecte l'autre, je l'accepte tel qu'il est, j'ai conscience de ma valeur et de la sienne, nous sommes égaux. Cela implique que je considère ce que l'autre me dit, que je lui parle d'une manière adulte, que j'envisage notre rapport sous l'angle de la coopération et du partage.

• La position –/+, « Je ne vaux rien, mais l'autre a de la valeur », se traduit par une dévalorisation de soi, l'autre ou les autres sont beaucoup mieux que moi, ils y arrivent mieux, ils sont heureux, et je ne le serai jamais...

1. Pour plus d'informations, voir www.analysetransactionnelle.fr

• Dans la position +/–, « J'ai de la valeur, mais l'autre ne vaut rien », je pense que je vaux mieux que les autres, et je peux le manifester de deux manières, condescendante (« vous n'y arriverez pas, permettez que je fasse à votre place ») ou agressive (« Vous êtes incapable, faites comme je vous dis de faire »). Je domine et je dévalorise l'autre.

• Dans la position –/–, « Je ne vaux rien, et vous non plus », j'ai une image très négative de moi-même et du monde. Je n'attends rien des autres parce que je les pense aussi mauvais ou incapables que je pense l'être.

• Parfois, je trouve des mots et j'adopte des comportements qui visent à donner à voir à l'autre autre chose que ce que je pense réellement de lui : il peut m'arriver par exemple de dire à une personne pour qui je n'éprouve aucune considération que je suis heureux de travailler avec elle, parce que j'ai compris que cette appréciation était de nature à nous permettre de dépasser ensemble des jugements négatifs sans doute réciproques pour parvenir à collaborer efficacement. On parle alors de **position de vie « sociale »** (ici, +/+).

• Chacun peut ainsi choisir de s'écarter plus ou moins de sa **position de vie existentielle,** celle qui s'enracine dans ses convictions essentielles, pour adopter, en fonction de la situation, une position de vie sociale parfois radicalement différente.

• Il va sans dire, mais mieux vaut le dire, que, quelle que soit votre position de vie existentielle, vous avez tout intérêt, en situation d'examen ou de concours face à un jury, à adopter une position +/+ :
– vous n'êtes pas celui qui ne sait rien face à un jury qui saurait tout ;
– vous n'êtes pas celui qui sait tout face à un jury qui ne saurait rien ;
– vous n'êtes pas celui qui ne sait rien face à un jury qui ne saurait rien.

• Plus précisément, vous savez des choses, vous ne savez pas tout, le jury sait des choses, le jury ne sait pas tout non plus.

• Pour autant, le jury est souverain, et même si vous savez des choses que le jury ne sait pas, adoptez une posture modeste qui ne laisse pas entendre au jury que vous en savez plus que lui, sans pour autant renoncer à faire valoir ce dont vous êtes certain alors même que le jury ne le saurait pas…

• Les candidats qui choisissent résolument une posture +/– vont droit à l'échec, le jury ne pouvant que sanctionner durement un candidat sûr de lui et dominateur qui serait persuadé d'en savoir plus que lui et laissant entendre par son attitude qu'il joue le jeu parce qu'il y est contraint mais qu'il sait que sa propre valeur excède largement celle du jury qui prétend l'évaluer…

FICHE 19

« CONNAIS-TOI TOI-MÊME » (2) : LA *PROCESS COMMUNICATION*

• Au-delà des postures de vie, chacun, en situation professionnelle, adopte des comportements dictés par une relation au travail et aux autres en situation professionnelle qui lui est propre. La *process communication* (ou *process com*) range chacun de nous dans quelques grandes familles :
– le promoteur ;
– le rebelle ;
– le persévérant ;
– l'empathique ;
– le travaillomane ;
– le rêveur.

• Le promoteur est tourné vers l'action, aime agir seul, est motivé par les challenges. Il a besoin de défis à relever, et travaille dans l'excitation.
Le rebelle, spontané, créatif, adore ou déteste les gens et aime attirer l'attention sur lui. Il a besoin de relations ludiques pour donner le meilleur de lui-même.
Le persévérant est dévoué, consciencieux, il est capable de juger rapidement et aime être leader. Il a besoin d'être reconnu pour son travail, son implication et ses convictions.
L'empathique est chaleureux et attentif aux autres, sensible à l'ambiance, et a avant tout besoin d'être reconnu en tant que personne.
Le travaillomane, logique, organisé, efficace, est tourné vers l'action. Il a besoin d'être reconnu pour son travail et ses compétences.
Le rêveur, enfin, calme, introverti, est à l'aise dans la réalisation de tâches concrètes et aime travailler seul. Il a besoin de temps et de calme pour réussir son travail.
Mais tout, fort heureusement, n'est pas aussi simple, et s'enfermer ou enfermer quelqu'un dans une famille serait contraire à l'esprit même de la *process communication* ; celle-ci distingue en effet base et phase : notre **base**, constituée dans notre enfance, ne varie pas et conditionne notre manière d'être et nos besoins, tandis que nous pouvons changer de **phase** et présenter les caractéristiques d'autres types de personnalités que notre base.

• Une des vertus de la *process communication* est de permettre à chacun de mieux se connaître mais aussi de mieux connaître les autres et de savoir alors adopter avec les autres le langage le plus opérant. Un des slogans de la *process communication* est que la manière de dire est plus importante que ce que l'on dit : "*If you want them to listen to what you say, talk their language.*" (« Si vous voulez qu'ils entendent ce que vous dites, parlez leur langage. »)

- Il est évidemment impossible, en situation de concours ou d'examen, d'adapter totalement votre discours à ce que chaque membre du jury veut entendre. Cependant, vous connaître vous-même et savoir ce que vous entendez valoriser de ce que vous êtes est certainement un atout précieux. De même, identifier à l'occasion des questions posées par tel ou tel membre du jury, si elles sont très « typées », à quelle « famille » il appartient, vous permet d'employer un langage facilitant sa pleine compréhension de vos propos.

FICHE 20 NOUER UNE RELATION DE CONFIANCE AVEC LE JURY

1. Comportez-vous normalement

• L'épreuve commence avant même que vous soyez assis. Vous n'en êtes généralement pas conscient, mais, avant même que vous commenciez votre exposé ou répondiez à la première question posée, le jury « se fait une idée » de qui vous êtes. Votre manière de vous déplacer pour rejoindre la table et la chaise qui sont vôtres pendant toute l'épreuve, la façon dont vous regardez les membres du jury avant de vous installer, les quelques paroles que vous prononcez, votre manière de vous asseoir et de prendre possession de « votre » espace disent déjà quelque chose de vos qualités et, le cas échéant, de vos défauts.

• Il est plus que recommandé de dire « bonjour », en évitant un ton trop désinvolte, voire « bonjour mesdames, bonjour messieurs », sous réserve d'éviter un ton excessivement cérémonieux, de marquer une petite pause avant de vous asseoir, permettant au jury de vous y inviter et, si le jury ne vous y invite pas, de vous asseoir tranquillement.

• Vous pouvez prendre le temps de poser votre montre sur la table, sans donner toutefois l'impression au jury, par une lenteur excessive ou un soin suspect à placer votre montre au meilleur endroit possible, que vous… joueriez la montre pour retarder le démarrage de l'épreuve.

• Ne cherchez pas à serrer la main des membres du jury, cela ne se fait pas et pourrait être interprété comme une manière abusive de « forcer la relation » avec le jury dont la posture est plutôt du type *"Don't invade my privacy"* (« N'envahissez pas mon espace privé »), pour reprendre une expression anglo-saxonne. Est également vécue par le jury comme une invasion gênante de son espace personnel la posture d'un candidat trop penché en avant, aux gestes trop amples, qui se rapprocherait ainsi excessivement du jury jusqu'à le gêner.

• Les jurys sont souvent étonnés par le comportement de candidats qui se ruent vers leur chaise sans un regard pour eux et commencent à parler avant même d'y être invités, méconnaissant – sous l'effet du stress – les règles élémentaires de politesse.

2. Respectez le jury

• Consciemment ou non, certainement sous l'effet du stress, les candidats se comportent parfois comme s'ils souhaitaient imposer leur propre loi au jury, oubliant que celui-ci apprécie souverainement la qualité de leur prestation et demeure du début à la fin de l'épreuve maître du jeu.

• Dans ce cadre, il est fortement déconseillé d'essayer de continuer à parler lorsque le jury vous invite à terminer (c'est assez fréquemment le cas lorsque le candidat a mal « calibré » l'exposé sur son expérience et son parcours, a besoin de plus de temps que le temps réglementaire pour livrer ce qu'il a prévu de livrer et feint de ne pas entendre le jury qui l'invite fermement à conclure). L'effet est doublement désastreux, d'une part parce que votre manque de maîtrise du temps est manifeste – et quel (futur) employeur pourrait s'en satisfaire ? – d'autre part parce que refuser d'obéir à une instruction fondée augure mal de l'attitude professionnelle du fonctionnaire que vous êtes déjà ou souhaitez devenir et qui se trouvera inévitablement placé dans une position hiérarchique impliquant le respect des instructions.

• Un autre comportement qui indispose le jury : lui demander de donner la bonne réponse à une question qu'il vous a posée et à laquelle vous ne savez pas répondre. Cette attitude est toujours perdante, qu'elle soit interprétée par le jury comme un soupçon de votre part sur ses compétences ou que celui-ci vous fasse grief de feindre de vouloir apprendre en toute circonstance et d'accorder le plus grand prix à ses paroles.

• Les jurys sont également gênés par les candidats qui, au terme de l'épreuve, les interrogent : « Alors, cela s'est bien passé ? J'ai été comment ? » À éviter, donc, absolument.

• Enfin, prêtez-vous sans réticence à la reformulation voire à la répétition lorsque – cela peut arriver – deux membres du jury vous posent à quelques minutes d'intervalle la même question : un « je l'ai déjà dit tout à l'heure » ne peut que faire mauvaise impression. De même, vous n'êtes pas habilité à contester les questions posées par le jury, même si vous les pensez décalées par rapport à vos attentes.

3. Ne faites pas semblant

• Les premières questions du jury naissent le plus souvent des termes que vous avez vous-même employés dans votre exposé lorsque l'épreuve en comporte un. Il est donc inutile et dangereux d'employer des mots ou de mobiliser des concepts dont vous maîtrisez mal le sens.

À ce propos, lorsque vous êtes incapables de répondre à une question, le jury vous saura gré d'avouer votre ignorance et de ne pas masquer le vide par des formulations pompeuses ou absconses qui ne sauraient faire illusion et inquiètent quant à l'attitude du fonctionnaire lorsqu'il ne sait pas répondre à une question d'un supérieur ou d'un collaborateur, partenaire ou encore « client ».

- Pour autant, vous ne pouvez évidemment pas éluder toutes les questions : sachez mesurer que, même si vous n'avez pas immédiatement réponse à une question, vous êtes fondé à reconnaître que vous ne pouvez apporter une réponse précise tout en proposant une ouverture bienvenue qui permettra de convaincre de vos capacités à « rebondir » en mobilisant des connaissances intéressantes au bénéfice d'une démonstration convaincante (« Je ne peux répondre précisément à votre question, mais il me semble qu'elle renvoie à un débat d'actualité entre… et…, portant sur… »).
- Ne faites pas non plus semblant de comprendre une question que vous n'avez pas comprise : vous risqueriez d'emprunter une piste semée d'embûches, que le jury pourrait vous faire grief d'avoir choisie sans vous assurer préalablement que c'est bien la bonne piste.

Astuce du candidat :

Avant, quand je ne comprenais pas une question d'un interlocuteur, je lui disais : « Excusez-moi, mais je n'ai pas compris la question », ou « Pourriez-vous répéter votre question ? »
Avec un peu d'expérience, je dis aujourd'hui : « Si je comprends bien, vous me demandez de » (ou « vous me demandez si »). Cela me donne la possibilité de reformuler moi-même ce que j'ai compris, et, le plus souvent, mon interlocuteur s'en contente. Si jamais j'ai vraiment mal compris, celui-ci me remet sur le bon chemin, mais il ne peut pas me faire grief d'avoir tenté une reformulation qui lui fera peut-être comprendre que sa question initiale n'était pas formulée suffisamment clairement.

Conseil du formateur :
N'adoptez pas un rythme de parole si lent et si solennel que le jury pensera au mieux que vous essayez de « jouer la montre » parce que vous n'auriez pas grand-chose à dire, au pire que vous vous exprimez toujours de cette façon et que travailler avec vous serait alors particulièrement difficile.

FICHE 21

MAÎTRISER LA COMMUNICATION NON VERBALE

1. La communication, principalement non verbale

- On considère généralement que 70 % de la communication ne passe pas par les mots, mais par la posture, les gestes, les mimiques, le ton.
- Votre posture, votre comportement pendant l'épreuve doivent délivrer le message que vous êtes une personne ouverte, équilibrée (assise bien droite, utilisant bien l'espace, sachant regarder la personne qui lui parle et les membres du jury quand elle parle…).

Un candidat avachi, ou replié sur lui-même, crée un *a priori* défavorable inévitablement pénalisant.

- L'exposé, lorsque l'épreuve en comporte un, ne vous permet pas toujours suffisamment de regarder les membres du jury : la réflexion projette très généralement vers le haut un regard vide, avec des clignements d'yeux, qui ne cherche pas à recueillir des informations sur l'environnement mais à traquer des idées « à l'intérieur de la tête ». La concentration vous conduit parfois à regarder fixement la table qui est devant vous ou vos mains posées sur celle-ci : évitez également la tête baissée, le regard obstinément dirigé vers le bas, qui s'accompagnent souvent, la tête étant penchée vers le bas ce qui rend impossible la projection de la voix, d'un marmonnement peu audible.
- Dès que vous avez livré votre introduction et votre annonce de plan, qui peuvent nécessiter un effort intense de remémoration, efforcez-vous de regarder équitablement les membres du jury afin de vérifier la réception de votre propos.
- Ensuite, pendant le temps de la conversation, efforcez-vous de regarder le membre du jury qui vous pose une question, et lorsque vous répondez, regardez-le mais regardez aussi les autres membres du jury afin de recueillir des informations sur la manière dont vos propos sont reçus et aussi d'éviter une « entrée dans le jeu » un peu agressive du membre ou des membres du jury que vous ne regarderiez jamais…

ASTUCE DU CANDIDAT :
J'avais une manie : lorsqu'un membre du jury parlait, j'opinais du chef sans discontinuer. Une fois, un membre du jury a volontairement délivré une absurdité, et j'ai machinalement opiné du chef alors que je savais que cette observation était absurde. Je me suis vraiment trouvé bête et cela m'a déstabilisé. Je pense que ce membre du jury l'a fait exprès parce qu'il avait repéré chez moi ce tic, dont j'ai depuis réussi à me guérir.

2. Mettez vos gestes au service de votre message

• Que vous en soyez conscient ou non, vos gestes, quels que soient les mots que vous employez, délivrent leur propre message :
– un avant-bras à la verticale au-dessus de la table, un pouce et un index serrés l'un contre l'autre traduisent votre volonté de souligner un point précis ;
– si vous pointez le doigt vers le haut, vous attirez encore davantage l'attention sur l'importance de votre message ;
– vos deux avant-bras en avant, parallèles à la table, coudes au niveau du corps, paumes vers le haut tournées vers le jury, traduisent votre envie de convaincre par la sincérité de vos propos ;
– rapprocher ses mains, doigts tendus contre doigts tendus, léger mouvement du menton vers l'avant signifient une volonté de vous affirmer face au jury, voire de reprendre la main si d'aventure vous l'aviez perdue ;
– les avant-bras serrés le long du corps, repliés vers vous, les paumes qui se frottent disent votre désir de vous protéger ;
– se frotter les mains puis les serrer fortement l'une contre l'autre laissent entendre que vous avez envie de conclure ;
– le buste tourné vers le côté, et non plus face au jury, laisse transparaître une volonté que l'épreuve prenne fin, comme si vous souhaitiez vous échapper ;
– serrer les poings, tourner le buste vers le côté traduisent un désaccord, une opposition ;
– les mains qui disparaissent sous la table, posées l'une sur l'autre sur les cuisses, trahissent votre résignation.

CONSEIL DU FORMATEUR :

Attention aux gestes parasites : ne vous balancez pas sur votre chaise, ne tripotez pas vos cheveux, votre stylo, contrôlez vos jambes.
Rien n'est plus agaçant qu'un candidat qui passe son temps à jouer avec le bouton terminal de son stylo à bille, et un jury agacé sera porté à ne pas valoriser autant qu'elle le mériterait votre prestation.
Asseyez-vous toujours confortablement sur votre chaise, pas sur le bord de la chaise, ce qui vous place en déséquilibre et peut vous empêcher d'utiliser vos bras et vos mains pour appuyer vos propos.

• Entraînez-vous à repérer ces gestes chez les autres, tant dans la vie quotidienne qu'en situation professionnelle, et soyez attentif aux messages qu'ils délivrent sans que leurs auteurs en soient conscients. Cette observation sur la durée vous conduira ensuite à éviter les gestes pénalisants et, surtout, vous permettra d'**ajuster vos gestes à vos propos**.

Par exemple, votre réponse à une question du jury qui vous interroge sur ce qui vous motive fondamentalement dans votre volonté d'entrer dans la fonction publique sera très mal servie par une tête baissée, des mains sous la table posées l'une sur l'autre. En revanche, des paumes vers le haut qui ponctueront le propos accroîtront votre force de conviction.

Autre exemple, délivrer une réponse dont vous n'êtes absolument pas sûr un doigt pointé vers le haut pour souligner l'importance de votre message sera particulièrement malvenu si votre réponse est gravement erronée.

Astuce du candidat :

Lors de ma dernière épreuve d'entretien, je n'ai pas compris ce qui m'arrivait : tout se passait bien, les deux membres du jury qui conduisaient l'entretien intervenaient à tour de rôle et semblaient satisfaits de mes réponses. Cela a duré pendant une quinzaine de minutes. Tout d'un coup, le troisième membre du jury, que j'avais complètement oublié parce qu'il n'était jamais intervenu depuis le début de l'épreuve, m'a posé de manière agressive une question que je n'ai pas bien comprise. Cela m'a complètement déstabilisé pendant les dix dernières minutes de l'épreuve. J'ai compris trop tard que son agressivité était due au fait que je ne lui avais pas accordé un seul regard depuis le début de l'épreuve. J'ai échoué d'un point et je suis persuadé que si j'avais pris le soin de l'associer visiblement en le regardant dès le début de l'épreuve, l'issue aurait été favorable.

FICHE 22 RESTAURER UNE RELATION DE CONFIANCE AVEC LE JURY

- Il n'est pas rare que soudain, en cours d'épreuve, vous soyez si troublé que vous semblez ne plus comprendre les questions du jury et perdre totalement pied, alors même que, jusqu'alors, tout se passait plutôt bien.

- Les causes de ce trouble soudain peuvent être très diverses :
– vous prenez soudain conscience de l'importance de l'enjeu, et cette prise de conscience accroît votre stress ;
– vous jugez, peut-être à tort, que la réponse que vous venez d'apporter n'est absolument pas celle qui était attendue ;
– vous avez conscience d'une contradiction flagrante entre ce que venez de dire et ce que vous disiez plus tôt ;
– vous redoutez le temps de l'entretien qui s'ouvre devant vous, par exemple celui consacré à des questions institutionnelles que vous pensez mal maîtriser.

- Les quelques conseils qui suivent visent à vous permettre de dépasser ces difficultés.

D'abord, pensez à respirer. Pas de trop longues apnées ! Il est fréquent que les candidats respirent mal, que l'angoisse de la compréhension des questions posées et de la bonne réponse les enferme dans une respiration haletante et les empêche de reprendre leur souffle. Lorsque le stress vous envahit, expirez longuement, avalez votre salive, respirez… et répondez.
Des silences sont autorisés. Si une question vous paraît complexe, vous avez le droit de prendre le temps de la réflexion. Vous pouvez y consacrer quelques secondes avant de vous risquer à une réponse. Ce bref silence est de loin préférable à une précipitation qui vous expose à une réponse incohérente.
Vous n'êtes pas le meilleur juge de la qualité de votre prestation. Il arrive assez fréquemment que vous pensiez que l'entretien se passe mal, alors même que le jury a, lui, le sentiment que l'épreuve se déroule de bonne façon. C'est si vrai que parfois, à l'inverse, alors que vous pensez avoir livré une prestation très satisfaisante, la note obtenue est loin d'être à la hauteur de vos attentes.

- Sachez que les membres du jury se fixent généralement pour règle – ou se voient fixer pour règle par les autorités organisatrices – d'adopter une **attitude empathique** à l'égard de tous les candidats, quel que soit le niveau de leur prestation. L'avantage est que vous ne devriez jamais vous sentir infantilisé par le jury ; l'inconvénient est que, si le jury ne prend pas le soin de vous montrer que vos réponses ne le satisfont pas, par des mimiques interrogatives ou dubitatives, par une insistance sur certaines questions (« Pensez-vous vraiment que… ? » ou « Êtes-vous vraiment certain de ce que

vous venez de dire ? »), vous risquez de ne pas être pleinement conscient de ce qui se joue réellement.
Vous n'êtes pas une victime, les membres du jury ne sont pas vos bourreaux. Vous n'êtes ni celui qui sait tout, ni celui qui ne sait rien. Les membres du jury ne sont ni ceux qui savent tout, ni ceux qui ne savent rien.

À partir de là, vous avez le droit de ne pas tout savoir, et vous pouvez dire que vous ne savez pas. Mieux vaut d'ailleurs souvent avouer son ignorance que faire semblant de savoir. Vous pouvez aussi approcher une réponse que vous ne trouvez par en vous plaçant sur un terrain voisin (exemple : « je ne saurais pas répondre à votre demande de chiffrage, mais j'ai en tête un autre chiffre qui donne des indications intéressantes… »).

- Lorsque vous êtes absolument sûr d'une réponse et lorsque le jury semble douter de la véracité de cette réponse, n'hésitez pas à argumenter pour convaincre.

- **Sachez reconnaître une erreur, mais sachez également ne pas « lâcher » trop vite.** Vous pouvez très bien dire, par exemple : « Oui, effectivement, j'ai fait erreur en affirmant que… Toutefois, ce que je voulais souligner tout à l'heure, c'était que… ».
Donnez de la cohérence à l'ensemble de votre propos. Il ne vous est nullement interdit, si vous constatez un risque de contradiction entre certains de vos propos, de le souligner vous-même : « À la réflexion, ce que je suis en train de vous dire m'amène à nuancer la réponse que je vous faisais tout à l'heure » ou « Finalement, le problème n'est pas tant, comme je le disais tout à l'heure un peu rapidement, de…, mais bien plutôt de… ».
Ne recherchez pas la perfection du langage. Un registre relâché est évidemment prohibé (*cf.* fiche 24), mais, s'agissant d'une épreuve orale, une syntaxe un peu heurtée, quelques phrases inachevées parce que vous modifiez en cours de route la construction de votre réponse, ne posent aucun problème. À vouloir constamment construire des phrases parfaites, vous risqueriez de vous épuiser… et de lasser le jury qui pourrait être tenté de vous interrompre pour vous contraindre à davantage de spontanéité. Si vous n'en abusez pas, celle-ci est bienvenue, et l'humour lui-même, pratiqué avec discernement, est possible, même si vous n'êtes pas, un jour d'épreuve, dans les meilleures conditions pour vous y essayer.
Toutefois, les tics de langage (« effectivement », « naturellement », « en fait », « bien évidemment »…) sont à prohiber, d'autant qu'ils parasitent parfois votre discours en laissant entendre autre chose que ce que vous croyez dire :

– « naturellement », « bien évidemment » attirent l'attention sur le fait que ce que vous affirmez est loin d'aller de soi et peut requérir pour convaincre un argumentaire que vous ne maîtrisez pas ;
– « effectivement » peut mettre le jury sur la piste des objections non dites qui sous-tendent vos « effectivement ».
Si possible, préparez-vous à plusieurs avant le concours ou l'examen, et enregistrez-vous afin de repérer tant vos tics de langage que les formules d'hésitation (« ben », « heu »…) qui pourraient peser sur l'évaluation de votre prestation.

CONSEIL DU FORMATEUR :

Mieux vaut mal commencer et bien terminer… que l'inverse

Encore plus que dans une épreuve écrite, les évaluateurs ont naturellement tendance à oublier quelque peu un démarrage laborieux si la qualité de la prestation est ensuite croissante et à rester portés jusqu'au moment de la notation finale par la bonne qualité d'ensemble.
À l'inverse, une fin de prestation très médiocre risque de peser lourdement sur l'ensemble, même si la prestation a parfois été de bonne qualité…

FICHE 23 S'INTERDIRE LA « LANGUE DE BOIS »

• Pour s'exprimer clairement, il convient d'éviter la **langue de bois**, le remplissage, ou, pour reprendre une expression inventée par Bertrand Poirot-Delpech (journaliste, écrivain, académicien aujourd'hui disparu, passionné, notamment, par l'évolution de la langue française), le « RAS », « **remplissage n'ayant rigoureusement aucun sens** ».

« La parole publique, écrivait Bertrand Poirot-Delpech, est confisquée par quelques centaines d'hommes politiques, patrons, experts variés, publicitaires et communicants qui manient langue de bois, euphémismes, jargons technocratiques, métaphores passe-partout et formules faussement savantes, pour capter nos suffrages, masquer la vérité, endormir nos vigilances, nous imposer "idées", images, camelote.
Les victimes de ces tromperies les recopiant par contagion, c'est tout le langage qui risque d'être bientôt perverti en machine à vendre, vidé de sens, suspect, ridiculisé. [...] »

• Dans un article du *Monde* (13-14 juillet 2008), Max Dorra, écrivain et professeur de médecine, se livre à « la chasse aux perroquets », ou « ébauche d'un dictionnaire des idées reçues et formules absurdes employées dans les médias ». Citons par exemple :
« **Fort** [**signal** -]. Ultime recours des pensées flasques.
[...]
Quelque part. Évocation de ce qui n'est ni dans le temps ni dans l'espace, mais dans une autre dimension. Utilisé en général pour se donner un air vaguement analytique. Permet de jouer à l'initié. (Il est recommandé de prendre un air mystérieux.) »

• On peut donner de nombreux autres exemples de formules creuses, passe-partout, parfois inutilement ronflantes, qui ne font guère illusion et se révèlent particulièrement contre-productives.

• Les expressions galvaudées sont certes significatives d'une époque : est-ce un hasard si, aujourd'hui, on « gère des problèmes », on « pallie des difficultés par des biais » et si l'« on se doit d'apporter des réponses » ?
Toutes ces expressions traduisent un renoncement à résoudre les problèmes, une tentation d'y remédier provisoirement par des moyens détournés, une tendance à ne reconnaître comme obligations que celles que l'on s'impose à soi-même.

Malheureusement, les candidats qui disent « gérer un problème » pensent « régler», ceux qui emploient « pallier des difficultés » s'imaginent « résoudre » ; confondant les « biais » et les « moyens », ils pensent « doivent » et écrivent « se doivent ».

- Et que dire des mots que beaucoup de candidats affectionnent (*stigmatiser, mettre en exergue*…) et que l'on trouve employés dans des sens si divers que l'on soupçonne que trop rares sont ceux qui en connaissent le véritable sens ?
- Nous vous proposons donc les reformulations suivantes :

Vous dites trop souvent :	On risque de vous faire grief…	Préférez :
Absolument, tout à fait	de vous laisser intoxiquer par des formulations galvaudées, de « prendre la pause » pour tenter de séduire	Oui
C'est un vrai problème, c'est une vraie difficulté	d'évoquer de faux problèmes ou difficultés lorsque vous employez seulement le mot problème ou difficile	C'est un problème, c'est une difficulté
Un message fort	de tenter de donner une importance excessive à ce qui n'en a peut-être guère	Un message
Naturellement, bien évidemment	de tenter de présenter comme vérités indiscutables des affirmations contestables ou qui mériteraient d'être fondées sur des arguments plus solides que ceux que vous employez	*ne pas employer ces mots ou expressions*
Il va sans dire que	de parler pour ne rien dire : s'il est inutile de dire, ne dites pas !	*ne pas employer cette expression*
Vous n'êtes pas sans ignorer	de ne pas maîtriser la double négation, ou de penser que vous êtes le seul à savoir	Vous n'êtes pas sans savoir , ou, mieux encore : vous savez
Un certain nombre de mesures (le gouvernement a pris -)	de ne savoir ni combien ni lesquelles	Des mesures
Un vaste processus de	de vous laisser intoxiquer par des formulations galvaudées, d'affaiblir le sens en voulant donner à peu de frais trop d'importance à ce qui n'en a peut-être pas autant que vous le dites	Un processus de

FICHE 23

Vous dites trop souvent :	On risque de vous faire grief...	Préférez :
En quelque sorte, pour ainsi dire	d'être imprécis	*ne pas employer ces mots ou expressions*
De tous temps...	d'ignorer l'histoire, de ne pas craindre les absurdités liées à des anachronismes flagrants	*dater précisément... ou ne pas employer cette expression*
La société d'aujourd'hui, la société contemporaine, notre société d'aujourd'hui	de parler beaucoup pour peu dire	La société
Incontournable	de vous laisser intoxiquer par des formulations galvaudées	Indispensable Essentiel Fondamental Inévitable
Finaliser	de vous laisser intoxiquer par des formulations galvaudées	Terminer Achever Parachever Mener à bien Mener à terme
Gérer un problème	de vous laisser intoxiquer par des formulations galvaudées, de confondre souvent gestion de problème et résolution de problème	Résoudre un problème *(si l'enjeu est bien de trouver une solution et d'aller au-delà d'un palliatif cherchant seulement à limiter les dégâts que le problème pourrait poser)*
Pas de souci	de vous laisser intoxiquer par des formulations galvaudées et lénifiantes qui évitent de nommer les choses par leur nom	Il n'y a pas de problème, cela ne pose pas problème
Impulser	de vous laisser intoxiquer par des formulations galvaudées	Générer, créer, donner naissance à, encourager
Initier	de vous laisser intoxiquer par des formulations galvaudées d'origine anglo-saxonne (*to init* signifie « commencer »)	Commencer, débuter, lancer, mettre en chantier, démarrer

Vous dites trop souvent :	On risque de vous faire grief…	Préférez :
Pallier à des difficultés	d'employer incorrectement le verbe *pallier*, transitif direct, de confondre souvent *pallier* et *résoudre*	Pallier des difficultés, si vous voulez dire *« trouver un remède provisoire », ou* résoudre des difficultés, *si la solution est pérenne*
Des biais	de confondre souvent *biais* et *moyens*	Des biais *si vous voulez dire « moyens détournés », autrement dites* des moyens, des solutions, des remèdes
Je me dois de	de confondre souvent (vague) obligation et devoir	« Je me dois » *si vous parlez d'une obligation que vous vous imposez à vous-même.* « Je dois » *si cette obligation vous est imposée par la société, par le droit…*
Les tenants et les aboutissants	de vous laisser intoxiquer par des formulations galvaudées	Les causes et les conséquences

FICHE 23

FICHE 24 CHOISIR LE BON REGISTRE DE LANGUE

• S'exprimer clairement, c'est adopter le **registre de langue** adapté à l'épreuve, en sachant ne pas abuser du registre soutenu tout en se gardant du registre relâché. On l'a dit, la perfection de l'expression n'est pas requise, et il convient de trouver un juste équilibre entre langage soutenu et langage « normal » (degré 0) pour laisser percevoir au jury à la fois :
– que l'on possède le vocabulaire correspondant au grade postulé ;
– que l'on pourra, dans le cadre des missions confiées au grade postulé, faire la preuve par le registre de langue utilisé que l'on a bien le niveau requis ;
– que l'on est capable de varier les registres, notamment dans les relations avec l'usager ou le « client », les collaborateurs, les partenaires.

• Afin de vous permettre de vous familiariser avec le concept de « registre de langue », nous vous proposons un rapide exercice.
Notez que, dans le registre « relaché », on distingue généralement le langage familier et le langage vulgaire. Nous avons volontairement laissé ici de côté le langage vulgaire afin de ne pas heurter, mais remarquons que la différence entre le langage « relaché » et le langage vulgaire est souvent ténue et subjective.

Dans les tableaux suivants, des mots manquent, appartenant à différents registres de langue.
À vous de compléter ces tableaux.

Registre de langue		Exemple 1	Exemple 2	Exemple 3	Exemple 4
Soutenu	Littéraire	La maréchaussée	Se fourvoyer		Un errement
	Technique			Décéder	Un dysfonctionnement
Degré zéro		La police	Se tromper		
Familier		Les flics		Casser sa pipe	Un loupé

FICHE 24

Registre de langue		Exemple 5	Exemple 6	Exemple 7	Exemple 8
Soutenu	Littéraire				
	Technique	Les espèces La monnaie fiduciaire			Le centre pénitentiaire
Degré zéro			Je t'aime	Se soûler	
Familier		L'oseille La thune Le pèze Le fric	J'te kiffe grave J'tai dans la peau		La tôle

Corrigé

Registre de langue		Exemple 1	Exemple 2	Exemple 3	Exemple 4
Soutenu	Littéraire	La maréchaussée	Se fourvoyer	Trépasser	Un errement
	Technique	**Les forces de l'ordre**	**Commettre une erreur**	Décéder	Un dysfonction-nement
Degré zéro		La police	Se tromper	**Mourir**	**Une erreur**
Familier		Les flics	Se gourer	Casser sa pipe	Un loupé

Registre de langue		Exemple 5	Exemple 6	Exemple 7	Exemple 8
Soutenu	Littéraire	**Les pécunes** **Le viatique** **Le pécule**	**Va, je ne te hais point** **Je suis épris de toi**	**S'enivrer**	**La geôle** **Les fers**
	Technique	Les espèces La monnaie fiduciaire		**S'alcooliser** **S'aviner**	Le centre pénitentiaire
Degré zéro		**L'argent**	Je t'aime	Se soûler	**La prison**
Familier		L'oseille La thune Le pèze Le fric	J'te kiffe grave J'tai dans la peau	**Se cuiter**	La tôle

• Pour conclure cette fiche, le meilleur des modes d'expression peut être inspiré par ce vers de Paul Verlaine : « Sans rien en lui qui pèse ou qui pose » (*L'Art poétique*, 1874).

FICHE 25 SE GARDER DU JARGON ADMINISTRATIF

• S'exprimer clairement, c'est également se méfier du « **jargon administratif** » : curieusement, certains candidats pensent convaincre le jury de leur capacité à accéder au grade postulé en utilisant cette langue que l'administration affectionne trop souvent au détriment d'une communication efficace avec ses usagers ou « clients ».

• L'administration a en effet tendance à utiliser un langage qui lui est propre, affectionnant particulièrement des expressions « bavardes » ou lénifiantes, dans le but de donner un caractère solennel à ses messages, de valoriser ses actions, de masquer ses insuffisances, d'atténuer le caractère impératif de l'ordre ou absolu du refus…

• Quelques exemples de ce « **jargon administratif** » dont tout candidat (et, plus largement, tout citoyen) doit se méfier.

Style administratif	On pourrait remplacer par :
Votre lettre en date du…(date)	Votre lettre du…(date)
Je porte à votre connaissance	Je vous informe
Je vous fais connaître	Je vous informe
Votre autorisation vient à expiration	Vous n'êtes plus autorisé
Un refus a été opposé à votre demande	Votre demande a été refusée
Il ne nous a malheureusement pas été possible de réserver une suite favorable à votre demande	Votre demande a été refusée
Vous voudrez bien me faire retour du document	Rendez (restituez) le document
Je fais l'objet d'une mesure de suspension	Je suis suspendu
Ces dispositions se proposent de réglementer	Ces dispositions réglementent
Ce rapport se plaît à signaler	Ce rapport signale
Une erreur s'est glissée dans ce document	Ce document est erroné

• Méfions-nous également du « non-dit » qui parasite parfois le message d'origine.

Message d'origine	On risque de comprendre :
Une erreur s'est glissée dans ce document	Je me suis trompé mais je ne veux pas l'avouer
Nous avons pris un certain nombre de mesures	Je serais incapable de vous dire précisément quelles mesures nous avons prises
Je vous remercie de votre très précieuse collaboration	Votre travail ne nous sera pas d'une grande utilité

Message d'origine	On risque de comprendre :
Nous nous sommes livrés à une enquête approfondie	Nous avons opéré une vague vérification
Un contrôle très sérieux nous a permis de…	Nous avons opéré une vague vérification
Une impérieuse nécessité nous a contraints à…	Ne me demandez surtout pas laquelle !
Nous ne ménagerons pas nos efforts pour…	Nous attendrons que ça se passe…

Conseil du formateur :

Ne nous y trompons pas : les expressions ci-dessus relevées ne sont pas intrinsèquement fautives et peut-être même la lecture qui en est ici faite révèle-t-elle un esprit critique un peu excessif. Cette lecture vise essentiellement à attirer votre attention sur le fait que la répétition d'expressions trop galvaudées affaiblit considérablement la portée de votre propos.

Ayez toujours à l'esprit que les jurys entendent chaque jour un nombre important de candidats et que l'inévitable répétition qui en résulte les conduit à accueillir favorablement les modes d'expression qui évitent le trop convenu et à pénaliser les formules « passe-partout » qui perdent sens tellement elles sont utilisées.

PARTIE 4

Posséder les connaissances requises

FICHE 26 N'EMPLOYER QUE DES TERMES DONT ON CONNAÎT LA DÉFINITION (1)

• Il est évidemment impossible de donner ici toutes les définitions que devraient maîtriser tous les candidats dans l'ensemble des épreuves d'entretien, tant sont divers les cadres d'emplois et corps accessibles au moyen de cette épreuve d'entretien avec un jury.

• Quelques définitions basiques sont cependant de nature à être utiles à nombre de candidats, étant précisé que chacun a tout intérêt à se doter de définitions précises liées au champ des compétences attachées au grade, cadre d'emplois ou corps postulé.

1. Au sujet de la culture

Barbare : l'origine grecque du mot renvoie à « chant d'oiseau » et à « bégaiement ». Est ainsi désigné celui qui ne parle pas le grec, c'est-à-dire, selon une logique ethnocentrique, qui ne parle pas du tout. De là, le barbare est celui qui n'est pas civilisé, ou que je tiens pour tel parce qu'il n'appartient pas à ma civilisation.

Chauvinisme : attachement excessif à son village, à sa région, à son pays, à sa patrie…

Communiquer : échanger des informations. J'émets un message vers un destinataire et celui-ci réagit au message que je lui envoie, m'adresse un message en retour auquel je peux répondre, etc. La presse, la télévision, le cinéma, le fax, le CD-audio ou le CD-rom, etc. sont des moyens d'information. Le téléphone, Internet, etc. des moyens de communication.

Culture : l'étymologie même du mot *culture* rend la culture proche de la nature : le mot *culture* vient du latin *colere*, qui a donné le mot *agricultura*. Pour les Latins, la culture se réfère ainsi d'abord à la culture du champ puis à la culture de l'esprit *(animi cultura)* qui, chez Cicéron, désigne la philosophie. Cette expression de culture de l'esprit est reprise par Francis Bacon, philosophe anglais (1561-1626) pour désigner l'activité intellectuelle et la pratique des lettres.
Il faut attendre le XVIIe siècle pour que le philosophe allemand Samuel von Pufendorf (1632-1694), auteur du *Droit de la nature et des gens* (1672) qui fonde le droit sur un contrat social, emploie pour la première fois le mot *culture* en l'opposant à la nature.

Les enrichissements successifs de l'idée de culture permettent de la définir à la fois comme les croyances, les comportements, le langage, le mode de vie propres à un groupe d'individus à une période donnée. Ce sens est très proche de celui du mot ***civilisation***, qui désigne l'ensemble des croyances, des conventions sociales, et l'état d'avancement social qui caractérise une société. Le terme allemand *Kultur*, né au XIXe siècle, signifie à la fois culture et civilisation.

La culture est ainsi un moyen de cohésion de tout groupe social, en même temps qu'un moyen d'exclusion du groupe de ceux qui ne possèdent pas les mêmes modes de représentation, les mêmes moyens d'expression, etc.

Ensemble des **connaissances acquises** par un individu, sens très proche de la « culture générale » tant recherchée chez les candidats aux concours administratifs, la culture individuelle est, comme la culture du groupe, instrument de cohésion et d'exclusion : certains individus se considèrent ou sont considérés comme cultivés, parce qu'ils maîtrisent les mêmes connaissances, adoptent les mêmes pratiques culturelles, et se reconnaissent entre eux comme cultivés. Ainsi voit le jour une conception élitiste de la culture.

Ethnocentrisme : tendance à juger les autres groupes sociaux, les autres peuples, à l'aune des valeurs de son groupe social ou de son pays en les considérant comme universellement valables.

Étranger : l'une des étymologies de ce mot est *extra neus*, « né ailleurs ».

Informer : transmettre des messages. L'émetteur transmet un message reçu par un destinataire. Le message est « pré-conçu » et n'est pas modifié par la réaction immédiate du destinataire.

Tolérance : est tolérant (du latin *tolerare*, « supporter ») celui qui respecte les opinions et la liberté d'autrui. François-Marie Arouet, dit Voltaire (1694-1778), est au XVIIIe siècle un défenseur infatigable de la tolérance, dénonçant le fanatisme et « l'enthousiasme » qui conduit les hommes à se battre aveuglément pour des idées au nom desquelles ils persécutent les autres : son engagement dans l'affaire Calas en fait sans doute l'un des premiers intellectuels engagés, avant même que ce mot d'intellectuel, apparu pendant l'affaire Dreyfus, n'ait vu le jour. Il publie en 1763 son *Traité sur la tolérance à l'occasion de la mort de Jean Calas*. Jean Calas, protestant injustement accusé du meurtre de son fils, torturé, exécuté, est réhabilité en 1764 grâce à l'engagement de Voltaire.

2. Au sujet de l'État

Anarchique : du grec *an*, privatif, « sans » et *arkhia,* « autorité, chef » signifie étymologiquement « caractérisé par l'absence d'autorité politique » ; le sens de désordonné, irrationnel... est un sens dérivé de ce premier sens.

Décentraliser : rendre les collectivités territoriales plus autonomes en leur transférant le pouvoir de décision. On parle aussi de décentralisation fonctionnelle lorsque des institutions dotées de la personnalité morale sont dotées de nouvelles compétences.
Décentraliser peut aussi être entendu au sens de « déplacer le centre », même si ce sens est proche de celui du mot *décentrer*.
Évidemment, pour que la décentralisation produise ses effets, l'État doit transférer aux collectivités territoriales les moyens juridiques et matériels d'exercer leurs compétences.

Déconcentrer : transférer du pouvoir de décision à des agents et organismes soumis à l'autorité centrale. Le préfet, par exemple, est une autorité déconcentrée puisqu'il exerce localement (au niveau du département ou, s'agissant du préfet de région, de la région) des compétences au nom de l'État et sous son contrôle hiérarchique.

Démagogue : du grec *dêmos,* « peuple », *dêmagôgos,* « qui conduit le peuple ». Le démagogue flatte les aspirations, les préjugés, les instincts... du plus grand nombre dans le but de conquérir ou de conserver le pouvoir, d'augmenter sa popularité.
Les difficultés que rencontrent tous les gouvernements dans la mise en œuvre de réformes impopulaires alors que la popularité est nécessaire au renouvellement de leur mandat conduisent à s'interroger sur la démocratie : peut-elle être autre chose que démagogie ? Comment une démocratie peut-elle conduire des réformes impopulaires ?

Démocratie : du grec *dêmos,* « le peuple » et *kratos,* « l'autorité », ou *kratein,* « gouverner ». La démocratie est un régime dans lequel le peuple gouverne (le peuple est souverain) ; en France, démocratie est presque synonyme de République, mais la démocratie peut s'exercer dans un cadre monarchique : c'est le cas des monarchies constitutionnelles européennes (Pays-Bas, Norvège, Royaume-Uni, Suède, Danemark, Espagne).
En démocratie, le peuple peut exercer sa souveraineté :
– directement : on parle alors de démocratie directe ; le référendum, par lequel le peuple est appelé à adopter par son vote une loi ou des dispositions

constitutionnelles, est un procédé de démocratie directe (ou, pour certains auteurs, semi-directe) ;
– indirectement en élisant ses représentants : on parle alors de démocratie indirecte ou représentative.

État : structure politique et administrative dont l'autorité s'exerce sur un peuple et sur un territoire. Autre définition : un territoire, un peuple, un gouvernement.
Historiquement, les États ont commencé à se constituer en Europe au début du XVIe siècle (France, Grande-Bretagne, Espagne) avec la concentration du pouvoir entre les mains du souverain : la désagrégation du Saint Empire, l'échec des prétentions pontificales à diriger la chrétienté, l'affaiblissement du système féodal permettent au roi d'asseoir son pouvoir ; l'instauration d'armées et d'impôts permanents, la création d'officiers royaux renforcent l'autorité de l'État, même si les particularismes demeurent parfois très vifs. Dès le XVIe siècle naît l'idée que l'État peut coïncider avec la nation, mais c'est le XIXe siècle qui verra en Europe se constituer de nouveaux États autour des nationalités.

Fascisme : idéologie du régime totalitaire instaurée en Italie par Benito Mussolini de 1922 à 1945, tire son nom des « faisceaux », paquets de verges liées par une courroie de cuir que les licteurs – officiers qui marchaient devant les principaux magistrats – portaient lorsqu'ils précédaient un magistrat investi de la puissance publique *(imperium)* sous l'Antiquité romaine ; choisis comme emblème par Mussolini pour enraciner son régime dans la Rome impériale. C'est, au-delà, une idéologie politique qui a également inspiré le nazisme en Allemagne.

Gouvernement : organisation, structure politique de l'État.

Institutions : ensemble des formes ou structures fondamentales d'organisation sociale, telles qu'elles sont établies par la loi ou la coutume dans un groupe humain, et, spécialement, celles qui relèvent du droit public.

Libéral : indulgent, ouvert, il admet sans les critiquer les idées ou les comportements d'autrui.
Mais « libéral » qualifie aussi celui qui fait siennes les idées libérales, du **libéralisme**, doctrine économique et politique qui érige la liberté individuelle comme valeur suprême de la société. Cette doctrine, nourrie d'apports successifs au cours des siècles, trouve son fondement dans les théories de John Locke (1632-1704), philosophe anglais auteur de *L'Essai sur l'entendement humain* et des *Deux traités du gouvernement civil* (1690) ; théoricien du

contrat social, il reconnaît à l'individu, afin de le protéger de l'absolutisme, des droits naturels imprescriptibles antérieurs à la vie en société.

Nation : le 11 mars 1882, Renan prononce à la Sorbonne sa célèbre conférence « Qu'est-ce qu'une Nation ?» dans laquelle il fait reposer celle-ci non seulement sur la langue, la géographie, la race... mais aussi sur une volonté de vivre ensemble fondée sur un passé commun et un avenir à bâtir : « C'est l'aboutissement d'un long passé d'efforts, de sacrifices et de dévouements, avoir des gloires communes dans le passé, une volonté commune dans le présent, avoir fait de grandes choses ensemble, vouloir en faire encore, voilà les questions essentielles pour être un peuple » ; « l'existence d'une nation est un plébiscite de tous les jours. » En même temps, la nation est décrite comme un patrimoine à faire fructifier : « La possession en commun d'un riche legs de souvenirs », « faire valoir l'héritage qu'on a reçu indivis. »

Parti : organisation politique dont les membres mènent une action commune pour donner ou conserver le pouvoir à une personne, à un groupe, pour faire triompher une idéologie.

Politique : il convient, classiquement, de distinguer la politique au sens noble (les Anglais emploient le mot *policy*) de la politique politicienne *(politics)*.
Issu du mot grec *polis*, qui peut être traduit par « ville, cité ou État » (dans ses premières utilisations grecques, il signifiait d'abord « citadelle, forteresse », inscrivant la citoyenneté dans la participation à l'effort militaire ; le sens du terme de *police* apparaît ainsi comme particulièrement proche de son étymologie *polis*), qui a donné *politikos*, « de la cité », la politique est d'abord l'art ou la science qui traite des rapports de pouvoir, de l'État, la façon de gérer l'État.
Le mot *politeia*, un des dérivés de *polis*, signifie « organisation civile d'une cité, communauté de citoyens, régime politique ».
Le mot *politique* est apparu en français au XIIIe siècle, ses mots dérivés ne voyant le jour que plus tardivement : *politicien* à la fin du XVIIIe siècle (Beaumarchais) ; *apolitique*, *politiser*, *dépolitiser*, *politisation* au XXe siècle.
La politique, c'est aussi l'utilisation par l'État (ou par d'autres collectivités, comme les collectivités territoriales) de ses moyens pour atteindre des objectifs : on parle alors de politique économique, sociale, culturelle. On touche là au sens le plus noble du mot *politique*, comme volonté d'action.

Régime : ensemble des formes ou structures fondamentales d'organisation sociale, telles qu'elles sont établies par la loi ou la coutume dans un groupe humain et, spécialement, celles qui relèvent du droit public.

République : forme de gouvernement où le pouvoir et la puissance ne sont pas détenus par un seul, et dans laquelle la charge de l'État n'est pas héréditaire.

Terrorisme : idéologie politique qui prône la terreur. Si le terrorisme apparaît particulièrement présent au XXe siècle (avec, notamment, le terrorisme palestinien d'après-guerre, le terrorisme allemand, irlandais, italien), on peut parler de terrorisme aussi bien au lendemain de la Réforme en Europe (XVIe siècle) que sous la Révolution française lorsque, en 1793 et 1794, la Convention, confrontée à des périls tant intérieurs qu'extérieurs, entreprend d'exterminer les ennemis de la Révolution (« la Terreur »).
Le terrorisme révolutionnaire contemporain vise non seulement à obtenir des concessions des gouvernements soumis au chantage des enlèvements et des attentats mais aussi à obliger les régimes à devenir si répressifs que le peuple se soulèvera contre eux : tel était le projet des terroristes allemands ou italiens des années 1970. Notons également que les Résistants, sous l'occupation allemande, étaient qualifiés de « terroristes » et que l'histoire ne les aurait pas qualifiés de « Résistants » si l'ordre contre lequel ils luttaient n'avait pas été renversé. On a pu ainsi dire que « l'histoire est écrite par les vainqueurs ».

Totalitarisme : système politique (et l'idéologie qui le fonde) dans lequel le pouvoir tend à contrôler l'ensemble de la société en exerçant une emprise totale sur les esprits. Il repose sur le culte du chef (grand timonier, *duce*, *conducatore*, *Führer*, *lider maximo*...), le monopole idéologique (toute autre idéologie est mensonge, déviation, folie...), le contrôle de tous les pouvoirs et de tous les moyens d'expression et un système policier puissant qui permet ce contrôle.

FICHE 27 N'EMPLOYER QUE DES TERMES DONT ON CONNAÎT LA DÉFINITION (2)

Nous poursuivons ici l'approche de définitions « à large spectre » pouvant à ce titre être utiles dans nombre de concours et examens.

1. Au sujet de l'éducation

- En matière d'**éducation**, on parle aujourd'hui de l'Éducation nationale, qui a remplacé l'Instruction publique ; pourtant, les instituteurs, les professeurs des écoles (les plus jeunes sont issus de l'institut universitaire de formation des maîtres), des collèges, des lycées, des universités ne sont pas des éducateurs, ni des instructeurs, mais des enseignants.
Ainsi, le mot **instruction**, qui peut être défini comme l'action de transmettre des connaissances nouvelles à quelqu'un et comme le savoir, les connaissances ainsi acquises, souffre certainement d'une connotation autoritaire liée à l'histoire (c'est en 1829, sous la Restauration, qu'on voit apparaître en France un ministère de l'Instruction publique) comme aux autres acceptions du mot : on parle de l'instruction militaire, formation dispensée aux jeunes recrues par l'instructeur, et l'instruction est aussi l'ordre de service d'un supérieur à un subordonné, sans parler de la phase de la procédure pénale pendant laquelle le juge recherche les preuves, les témoignages...
- L'**enseignement**, action et manière de transmettre des connaissances (du latin *insignire*, « signaler »), est dispensé au moyen des différentes branches de l'organisation scolaire et universitaire, enseignement primaire, secondaire, supérieur, technique, professionnel, qu'il soit délivré par des établissements privés (enseignement privé) ou publics (enseignement public).
Le sens du mot **formation** n'est guère différent, mais la « forme » (prendre forme, donner forme) tire ce mot vers une acception assez proche de celle du mot *instruction* : former, c'est transmettre un ensemble de connaissances qui ne saurait être remis en question par celui à qui on le transmet, c'est faire entrer dans un moule préconçu dans lequel l'élève doit se couler.
Le mot **éducation** (du latin *educatio*), lui, fait sortir la transmission de connaissances du cadre de l'enseignement : l'éducation, mise en œuvre des moyens propres à assurer la formation et le développement d'un être humain, incombe non seulement aux enseignants mais aussi aux parents.
- La **pédagogie** (du grec *paidos*, « enfant », *paidagogia*) est la science de l'éducation des enfants.

• L'**initiation** (du latin *initiare*, « commencer ») est l'action de révéler ou de recevoir la connaissance d'une pratique, les premiers rudiments d'une discipline. Les sociétés « primitives » s'organisent autour de rites initiatiques qui marquent le passage de l'enfance à l'âge adulte ; les sociétés modernes adoptent, elles aussi, des pratiques qui peuvent être analysées comme des rites initiatiques : permis de conduire, baccalauréat...

• L'**analphabète**, privé (*a* privatif) de l'*alpha* et du *bêta*, est non seulement privé de l'accès aux mots par la lecture et l'écriture, mais handicapé par ce manque : aux termes de la définition de l'Unesco, « est fonctionnellement analphabète une personne incapable d'exercer toutes les activités pour lesquelles l'alphabétisation est nécessaire dans l'intérêt du bon fonctionnement de son groupe et de sa communauté ». Largement répandu dans les pays dits en voie de développement (entre le tiers et la moitié de la population adulte), l 'analphabétisme a presque totalement disparu dans les pays développés.

• L'**illettré**, lui, est capable de déchiffrer un texte mais il n'en comprend pas le sens. On mesure l'**illettrisme** en testant la compréhension d'un texte simple et de données chiffrées à partir desquelles des calculs simples sont demandés.
En France, les tests psychotechniques systématiquement pratiqués dans le cadre des journées de préparation à la défense (JPD) ainsi que les tests pratiqués lors de l'entrée en sixième permettent de mesurer cet illettrisme. On estime que 10 % des adultes sont illettrés.

2. Au sujet de l'environnement

Biocénose : ensemble équilibré d'animaux et de plantes occupant de façon cyclique ou permanente un biotope donné.

Biomasse : masse totale des êtres vivants subsistant en équilibre sur une surface donnée du sol ou dans un volume d'eau donné.

Biotope : aire géographique de dimension variable, souvent très petite, offrant des conditions constantes ou cycliques aux espèces constituant une biocénose déterminée.

Écologie : terme forgé par le biologiste allemand Ernst Haeckel (1834-1919), signifiant « science de l'habitat » (du grec *oïkos*, « maison », et *logos*, « science »). Étude des relations réciproques entre les êtres vivants et leur environnement.

Courant politique issu de la transformation de certains mouvements associatifs prônant la protection de la nature en partis politiques formulant un projet de société global.

Écosystème : ensemble d'une biocénose et d'un biotope.

Environnement : ensemble des éléments naturels et artificiels qui entourent un individu humain, animal ou végétal, ou une espèce.

Éthologie : étude du cycle reproductif des espèces vivantes.

3. Au sujet des modes de représentation

Chimère : vaine imagination, projet irréalisable.

Cosmogonie : théorie, scientifique ou mythique, expliquant la formation de l'univers ou de certains objets célestes.

Eschatologie : étude des fins dernières de l'homme et du monde.

Mysticisme : croyance, doctrine philosophique faisant une part excessive au sentiment, à l'intuition.

Mystique : relatif au mystère, à une croyance cachée, supérieure à la raison, dans le domaine religieux.

Mythe : image simplifiée, souvent illusoire, que des groupes humains se forment au sujet d'un individu ou d'un fait, et qui influe sur leur comportement ou leur appréciation.

4. Au sujet du progrès

Évolution : transformation graduelle et continuelle.

Progrès : changement graduel d'une situation par amélioration ou, s'agissant d'une maladie, par aggravation.

Progression : mouvement, marche en avant.

Réforme : changement important apporté à une institution en vue de l'améliorer.

Révolution : changement brusque et violent dans une société.

FICHE 28

MAÎTRISER LES OUTILS ESSENTIELS DE L'ACTION ADMINISTRATIVE (1) : LES FONCTIONS PUBLIQUES

• Ici encore, nous ne pouvons être exhaustifs, mais nous livrons quelques données utiles à tout candidat à un concours ou examen administratif.

• L'un des premiers outils de l'action administrative, c'est l'**administration** elle-même.

La **fonction publique** comprend tous les agents occupant des emplois permanents de l'État, des collectivités territoriales, et leurs établissements publics. Plus précisément, il existe en France **trois fonctions publiques** : la fonction publique d'État (2,6 millions d'agents environ), la fonction publique territoriale (1,8 million d'agents), la fonction publique hospitalière (1,14 million d'agents), soit au total plus de 5 millions de fonctionnaires.

Les employeurs des fonctionnaires territoriaux comptent 36 658 communes, 20 000 établissements publics locaux, 101 départements et 13 régions à compter de 2016, soit plus de 55 000 employeurs différents.

Les fonctionnaires territoriaux exercent environ 250 métiers différents. Pour autant, à la différence de l'État qui compte environ **300 corps**, moitié moins qu'il y a une dizaine d'années, la fonction publique territoriale ne compte que **53 cadres d'emplois** (par exemple, le cadre d'emplois des animateurs territoriaux, celui des attachés territoriaux, ou encore celui des adjoints techniques territoriaux).

Un cadre d'emplois ou un corps regroupe des agents dont les emplois et les métiers sont très proches. Chaque cadre d'emplois ou corps est régi par un décret portant statut particulier qui précise notamment les missions incombant au cadre d'emplois ou au corps et les moyens d'y accéder.

• Les **filières** sont un moyen aisé de regrouper les cadres d'emplois au sein de « grandes familles » de métiers. On recense ainsi huit filières dans la fonction publique territoriale :

– administrative ;
– technique ;
– culturelle ;
– sportive ;
– médico-sociale ;
– animation ;

– police municipale (parfois également dénommée filière « sécurité ») ;
– sapeurs-pompiers.

À titre d'exemple, la filière animation contient les cadres d'emplois d'adjoint d'animation et d'animateur. La filière administrative comprend les cadres d'emplois d'adjoint administratif, de rédacteur, d'attaché territorial, d'administrateur.

Chaque cadre d'emplois ou corps est divisé en **grades** qui distinguent les agents en fonction de leur expérience, de leur ancienneté, de leur qualification ou de leur responsabilité. Parmi ces grades, on distingue le grade de recrutement et les grades d'avancement. Au sein d'un grade, un fonctionnaire bénéficie en fonction de son ancienneté d'avancements d'échelons.

Par exemple, le cadre d'emplois des attachés territoriaux comprend les grades d'attaché territorial, d'attaché principal, de directeur.

Le grade d'attaché territorial est un grade de recrutement, accessible par concours, tandis que le grade d'attaché principal est un grade d'avancement, de même que le grade de directeur. L'accès au grade d'attaché principal est possible soit par ancienneté, soit par examen professionnel. Le grade de directeur n'est accessible que par ancienneté.

• Les cadres d'emplois et corps sont répartis en trois **catégories hiérarchiques**, qui correspondent :
– pour la catégorie A, à des fonctions de conception et de direction ;
– pour la catégorie B, à des fonctions d'application ;
– pour la catégorie C, à des fonctions d'exécution.

À titre d'exemple, le décret portant statut particulier du cadre d'emplois des attachés territoriaux dispose que « les attachés territoriaux constituent un cadre d'emplois administratif de catégorie A ».

Au cours de sa carrière, un fonctionnaire peut accéder à un cadre d'emplois ou corps de catégorie supérieure soit par concours, soit par promotion interne avec ou sans examen professionnel.

• Le **recrutement par concours** est la règle en matière de recrutement dans la fonction publique, même si cette règle connaît des dérogations.

On distingue :
– les concours **externes**, dont l'accès est conditionné par la détention de titres ou diplômes ou, depuis la loi du 17 février 2007, par la reconnaissance de l'expérience professionnelle en complément ou en lieu et place de diplôme. Le niveau de diplôme requis est lié à la catégorie hiérarchique du cadre d'emplois.

Pour un cadre d'emplois de catégorie A, le concours externe est accessible à partir du niveau minimum de la licence (niveau II). En catégorie B, le recrutement par concours externe s'effectue, le plus souvent, à partir du niveau baccalauréat (niveau IV) pour l'accès au premier grade et à partir du niveau bac + 2 (niveau III) pour l'accès au deuxième grade. En catégorie C, des diplômes de type brevet, CAP et BTS sont requis (niveau V) ;
– les concours **internes**, ouverts à tous les agents publics titulaires ou non titulaires, avec pour condition une certaine durée de services publics, généralement 1 an pour l'accès aux cadres d'emplois de catégorie C et 4 ans pour ceux de catégories A et B.
À noter que tous les cadres d'emplois ne sont pas ouverts au concours interne, notamment ceux qui correspondent à des professions réglementées (comme médecin territorial, sage-femme territoriale ou infirmière territoriale) ;
– les concours de **troisième voie** (ou troisièmes concours) sont ouverts au titre d'une activité professionnelle dans le secteur privé, correspondant aux missions dévolues au cadre d'emplois, généralement pendant 4 ans ; ils sont également accessibles aux personnes qui ont exercé, généralement également pendant 4 ans, des responsabilités associatives, ainsi qu'aux personnes qui ont exercé des mandats électifs locaux.

• Certains cadres d'emplois sont ouverts au recrutement direct sans concours : c'est par exemple le cas du recrutement aux grades d'adjoint territorial d'animation de 2e classe ou d'adjoint administratif de 2e classe.
Il convient également de rappeler que, dans la fonction publique territoriale, la réussite à un concours n'entraîne pas automatiquement la nomination sur un poste. Le législateur a en effet entendu concilier recrutement par concours et libre administration des collectivités territoriales. Alors que l'État, lorsqu'il organise des concours de recrutement, est à la fois organisateur de concours et employeur, dans la fonction publique territoriale les organisateurs de concours sont généralement distincts du futur employeur.

• L'organisation des concours d'accès à la fonction publique territoriale repose à la fois sur l'obligation (sauf exceptions) pour l'employeur de recruter des lauréats de concours et sur la liberté de recruter librement un lauréat de concours. Les candidats qui réussissent un concours sont ainsi inscrits par l'autorité organisatrice du concours sur une **liste d'aptitude** (valable une année renouvelable deux fois à la demande du lauréat, soit trois ans au total), qui leur donne vocation à être nommés dans la collectivité ou l'établissement public qu'ils auront choisi et/ou qui les aura choisis.

FICHE 29

MAÎTRISER LES OUTILS ESSENTIELS DE L'ACTION ADMINISTRATIVE (2) : LES DROITS ET OBLIGATIONS DES FONCTIONNAIRES

- Les fonctionnaires territoriaux sont astreints aux mêmes obligations et bénéficient des mêmes droits que tous les fonctionnaires.
- Les agents publics, fonctionnaires et non titulaires, ont des obligations liées aux missions d'intérêt général qu'ils exercent. En contrepartie, ils bénéficient de droits fondamentaux. Ils sont, vis-à-vis de l'administration, dans une situation statutaire et réglementaire. **La loi n° 83-634 modifiée, dite loi Le Pors, du 13 juillet 1983, précise ces droits et obligations**.
- Nous reprenons ci-après les principales dispositions de cette loi.

Les principaux droits

Les **notes et appréciations** générales attribuées aux fonctionnaires et exprimant leur valeur professionnelle leur sont **communiquées** (article 17).

Le **dossier du fonctionnaire** doit comporter toutes les pièces intéressant sa situation administrative enregistrées, numérotées et classées sans discontinuité.

Il ne peut être fait état dans le dossier d'un fonctionnaire, de même que dans tout document administratif, de ses opinions ou activités politiques, syndicales, religieuses ou philosophiques.

Tout fonctionnaire a accès à son dossier individuel dans les conditions définies par la loi (article 18).

Le **pouvoir disciplinaire** appartient à l'autorité investie du pouvoir de nomination.

Le fonctionnaire à l'encontre duquel une **procédure disciplinaire** est engagée a droit à la communication de l'intégralité de son dossier individuel et de tous les documents annexes et à l'assistance de défenseurs de son choix. L'administration doit informer le fonctionnaire de son **droit à communication du dossier**. Aucune sanction disciplinaire autre que celles classées dans le premier groupe ne peut être prononcée sans consultation préalable d'un organisme siégeant en conseil de discipline dans lequel le personnel est représenté.

L'avis de cet organisme de même que la décision prononçant une sanction disciplinaire doivent être motivés (article 19).

Les fonctionnaires ont **droit, après service fait, à une rémunération** comprenant le traitement, l'indemnité de résidence, le supplément familial de traitement ainsi que les indemnités instituées par un texte législatif ou réglementaire. S'y ajoutent les prestations familiales obligatoires.

Le montant du traitement est fixé en fonction du grade de l'agent et de l'échelon auquel il est parvenu, ou de l'emploi auquel il a été nommé (article 20).

Les fonctionnaires ont droit à :

– des **congés** annuels ;
– des congés de maladie ;
– des congés de maternité et des congés liés aux charges parentales ;
– des congés de formation professionnelle ;
– des congés pour validation des acquis de l'expérience ;
– des congés pour bilan de compétences ;
– des congés pour formation syndicale (article 21).

Le droit à la **formation permanente** est reconnu aux fonctionnaires. Ceux-ci peuvent être tenus de suivre des actions de formation professionnelle dans les conditions fixées par les statuts particuliers (article 22).

Des **conditions d'hygiène et de sécurité** de nature à préserver leur santé et leur intégrité physique sont assurées aux fonctionnaires durant leur travail (article 23).

La cessation définitive de fonctions, qui entraîne radiation des cadres et perte de la qualité de fonctionnaire, résulte :

1° de l'admission à la **retraite** ;
2° de la démission régulièrement acceptée ;
3° du licenciement ;
4° de la révocation (article 24).

Les principales obligations

Les fonctionnaires et agents non titulaires de droit public consacrent l'**intégralité de leur activité professionnelle aux tâches qui leur sont confiées.** Ils ne peuvent exercer à titre professionnel une activité privée lucrative de quelque nature que ce soit (article 25).

Les fonctionnaires sont tenus au **secret professionnel** dans le cadre des règles instituées dans le Code pénal.

Les fonctionnaires doivent faire preuve de **discrétion professionnelle** pour tous les faits, informations ou documents dont ils ont connaissance dans l'exercice ou à l'occasion de l'exercice de leurs fonctions. En dehors des cas expressément prévus par la réglementation en vigueur, notamment en matière de liberté d'accès aux documents administratifs, les fonctionnaires ne peuvent être déliés de cette obligation de discrétion professionnelle que par décision expresse de l'autorité dont ils dépendent (article 26).
Les fonctionnaires ont le devoir de **satisfaire aux demandes d'information du public** dans le respect des règles mentionnées à l'article 26 de la présente loi. (article 27)
Tout fonctionnaire, quel que soit son rang dans la hiérarchie, est **responsable de l'exécution des tâches qui lui sont confiées**. Il doit se conformer aux instructions de son supérieur hiérarchique, sauf dans le cas où l'ordre donné est manifestement illégal et de nature à compromettre gravement un intérêt public.
Il n'est dégagé d'aucune des responsabilités qui lui incombent par la responsabilité propre de ses subordonnés (article 28).
Toute faute commise par un fonctionnaire dans l'exercice ou à l'occasion de l'exercice de ses fonctions l'expose à une **sanction disciplinaire** sans préjudice, le cas échéant, des peines prévues par la loi pénale (article 29).
En cas de **faute grave** commise par un fonctionnaire, qu'il s'agisse d'un manquement à ses obligations professionnelles ou d'une infraction de droit commun, l'auteur de cette faute peut être **suspendu** par l'autorité ayant pouvoir disciplinaire qui saisit, sans délai, le conseil de discipline.
Le fonctionnaire suspendu conserve son traitement, l'indemnité de résidence, le supplément familial de traitement et les prestations familiales obligatoires (article 30).

• Sur la base de cette loi et de précisions apportées par la jurisprudence, soulignons les principaux droits des fonctionnaires :
– le **droit à la carrière** : du recrutement à la retraite, les fonctionnaires peuvent progresser en échelons et en grades ;
– le **droit à une rémunération après service fait**, rémunération qui comprend le traitement, le supplément familial et les indemnités ;
– ils jouissent de la **liberté d'opinion** : aucune distinction ne peut être faite entre les fonctionnaires en raison de leurs opinions politiques, syndicales,

philosophiques ou religieuses, de leur sexe, de leur état de santé, de leur handicap, ou de leur appartenance ethnique ;
– ils peuvent exercer un **droit syndical ;**
– ils bénéficient du **droit de grève**, dans le cadre des lois qui le réglementent (certains fonctionnaires tels que les militaires ne peuvent pas faire grève) ;
– ils ont **droit à la formation** ;
– ils ont **droit à une protection judiciaire** contre des menaces, violences, voies de fait, injures, diffamations ou outrages dont ils pourraient être victimes dans l'exercice de leurs fonctions ;
– ils ont **droit à la réparation du préjudice**. Ce droit est qualifié de « protection fonctionnelle » ;
– ils bénéficient d'un **droit à la protection sociale** et à la santé par le respect de conditions d'hygiène et de sécurité au travail afin que leur santé soit préservée.

• Afin de mener à bien les missions de service public qui leur incombent, les fonctionnaires sont soumis à diverses obligations :
– ils doivent **servir l'intérêt général**, se consacrer à leur emploi et assurer la continuité du service public ;
– ils doivent **se conformer aux instructions de leur supérieur hiérarchique**, sauf si l'ordre est manifestement illégal ou de nature à compromettre gravement un intérêt public. Ils ont une obligation d'obéissance hiérarchique.
– ils doivent respecter le **principe de neutralité** de service public en faisant preuve d'impartialité à l'égard des usagers ;
– ils doivent satisfaire à l'obligation d'**informer**, c'est-à-dire satisfaire aux demandes d'information du public, sous réserve que ces informations soient communicables ;
– ils ne peuvent **cumuler des activités** que dans des conditions strictement fixées par la loi ;
– ils encourent des sanctions disciplinaires en cas de faute commise dans l'exercice ou à l'occasion de leurs fonctions.

• Enfin, insistons sur le devoir de réserve, la discrétion professionnelle et le secret professionnel, notions souvent confondues :
– le **devoir de réserve**, c'est l'obligation pour les fonctionnaires d'exprimer avec retenue leurs opinions. Le respect de cette obligation s'apprécie selon le lien entre l'emploi et l'opinion, le niveau hiérarchique, la détention éventuelle d'une fonction syndicale ou politique ;
– la **discrétion professionnelle** désigne l'obligation pour tous les fonctionnaires de ne pas divulguer des faits ou des informations qui se

révèleraient préjudiciables au service. Elle ne concerne pas les informations que l'administration est tenue de fournir ;
– alors que devoir de réserve et discrétion professionnelle sont protecteurs du service public, le **secret professionnel**, lui, est destiné à protéger les personnes bénéficiaires du service public.
Les fonctionnaires sont tenus au secret professionnel dans le cadre des règles instituées dans le Code pénal. Ils sont donc tenus au secret professionnel en tant que dépositaires de renseignements concernant ou intéressant des particuliers, à moins que les nécessités du service ou des obligations légales ne leur imposent la communication des informations dont ils ont eu connaissance dans l'exercice ou à l'occasion de l'exercice de leurs fonctions. Cette disposition a pour objet de protéger les intérêts matériels et moraux des particuliers. L'obligation n'est pas absolue. La révélation des secrets acquis est parfois permise, voire même obligatoire.
Elle est permise notamment :
– pour prouver son innocence ;
– lorsque la personne intéressée a donné son autorisation.
Elle est obligatoire notamment dans les cas suivants :
– dénonciation de crimes ou délits dont un fonctionnaire a connaissance dans l'exercice de ses fonctions ;
– communication de renseignements, pièces et documents aux autorités de justice agissant en matière criminelle ou correctionnelle ;
– témoignage en justice en matière criminelle ou correctionnelle ;
– communication au juge administratif saisi d'un recours contre un acte administratif ou au juge judiciaire saisi d'un litige des pièces et documents nécessaires au jugement de l'affaire.

FICHE 30

MAÎTRISER LES OUTILS ESSENTIELS DE L'ACTION ADMINISTRATIVE (3) : ENCADRER, MANAGER

1. Qu'est-ce qu'encadrer ?

L'**encadrement** est une expression du pouvoir hiérarchique. Il consiste à :
– clarifier les responsabilités (et les élargir pour faire évoluer les collaborateurs) ;
– fixer des objectifs motivants permettant de renforcer les compétences professionnelles ou relationnelles ;
– clarifier l'autonomie et les délégations accordées à chacun.
Encadrer, c'est travailler à faire travailler les autres, « cadrer » leur travail de manière à ce qu'ils réalisent les objectifs fixés en respectant certaines règles. Encadrer une équipe, c'est la diriger, c'est-à-dire lui donner une direction en définissant des objectifs et en vérifiant s'ils sont ou non atteints.
On dit aussi : **encadrer, c'est donner le sens** (la direction et la signification). Encadrer (dans l'expression *encadrer un texte*), c'est également « mettre en valeur ».

2. Qu'est-ce que la régulation ?

Quotidiennement, un chef de service pratique la **régulation** de son équipe :
– la **régulation professionnelle** consiste à rappeler les objectifs, c'est-à-dire les actions concrètes à réaliser dans un délai convenu et défini ;
– la **régulation hiérarchique** est nécessaire pour recadrer un collaborateur s'affranchissant des repères fondant la relation contractuelle de subordination : le respect des disciplines de travail, des horaires, des temps de pause, des délais, la disponibilité, la réalisation du travail demandé et des objectifs et la présence au poste de travail ;
– la **régulation personnelle** est la plus difficile à réaliser et prend la forme d'un entretien en face à face dont l'objectif est de réaffirmer son autorité hiérarchique, le respect des disciplines de travail et des collègues.

3. Quelques conseils en matière d'encadrement

- Définir des objectifs clairs, concrets et mesurables renforçant les compétences et acceptés par chacun des collaborateurs.

- Définir un cadre de travail clair comportant au moins :
– la définition des responsabilités et des objectifs ;
– la définition des règles du jeu dans l'équipe : partage de l'information, entraide, allocation des moyens, respect du temps, modalités d'évaluation, rémunération et primes, exercice du pouvoir disciplinaire.

- Donner des signes de reconnaissance explicites.

- Pratiquer la reprise d'autorité dès que la règle n'est pas respectée, en trois temps :
– rappel de la règle ;
– constat et validation des faits ;
– demande d'action.

4. Les modes d'encadrement et de régulation

- Deux modes d'encadrement se distinguent :
– « Je vous demande » (mode imposition) ;
– « Je vous écoute » (mode coach).

- De même, il existe deux modes de régulation :
– « Je vous propose » (mode négociation) ;
– « Je vous invite » (mode animation).

5. Les différents types de management

Le management participatif

Fondement : ouverture, négociation.
Fonction : mobiliser, impliquer.
Objectif : que les collaborateurs soient parties prenantes.
Point positif : génère de l'engagement.
Écueil : la démagogie.

Le management délégatif

Fondement : initiative, autonomie, confiance.
Fonction : responsabiliser.
Objectif : que les collaborateurs se responsabilisent.
Point positif : génère du développement.
Écueil : retrait ; laisser-faire.

Le management directif

Fondement : organisation, consignes.
Fonction : structurer.
Objectif : que les collaborations soient efficaces.
Point positif : génère de la sécurité.
Écueil : autoritarisme.

Le management persuasif

Fondement : explication, persuasion, conviction.
Fonction : accompagner, associer.
Objectif : que les collaborateurs adhèrent.
Point positif : génère de la confiance.
Écueil : paternalisme, autoritarisme.

6. La méthode DESC (décrire, exprimer, suggérer, conclure)

Sachez utiliser la méthode DESC quand vous voulez faire prendre conscience à votre interlocuteur d'un comportement préoccupant.

Décrivez les faits

« J'ai constaté trois retards non justifiés la semaine dernière, lundi, mercredi et jeudi. Ces retards désorganisent gravement le service. »

Exprimez votre ressenti

« Je suis surpris que vous ne soyez pas venu m'en parler » ou « Je suis très déçu, je pensais pouvoir m'appuyer sur vous ».

Spécifiez et concrétisez

« Que comptez-vous faire ? Que proposez-vous ? »

Précisez les conséquences, formulez les conclusions

« Merci de reconnaître la situation, j'ai bien noté votre engagement de ponctualité à partir d'aujourd'hui, je vous remercie et je compte sur vous maintenant. Notre équipe s'en portera mieux. »

FICHE 31

MAÎTRISER LES OUTILS ESSENTIELS DE L'ACTION ADMINISTRATIVE (4) : CONDUITE DE PROJET, ÉVALUATION

1. Qu'est-ce que la « conduite de projet » ?

• On appelle **projet** un ensemble finalisé d'activités et d'actions entreprises dans le but de répondre à un besoin défini dans des délais fixés et dans la limite de l'enveloppe budgétaire allouée.
Contrairement aux opérations, qui sont des processus répétitifs, l'essence d'un projet est d'être innovant et unique.
Un projet est une action temporaire avec un début et une fin, qui mobilise des ressources identifiées (humaines, matérielles, équipements, matières premières, informationnelles et financières) durant sa réalisation, qui possède un coût et fait donc l'objet d'une budgétisation de moyens et d'un bilan indépendant de celui de l'entreprise ou de l'administration.
Les résultats attendus du projet sont appelés « livrables ».
Le projet comporte toujours une notion de nouveauté et de changement.

• Le projet cherche ainsi à atteindre un objectif « extraordinaire » (au sens littéral du mot) qui combine quatre aspects :
– fonctionnel : réponse à un besoin ;
– technique : respect des spécifications ;
– délais : respect des échéances ;
– coûts : respect du budget.

• La **gestion de projet** ou **conduite de projet** est une démarche visant à structurer, assurer et optimiser le bon déroulement d'un projet dont la complexité requiert :
– une planification dans le temps ;
– une budgétisation (étude préalable des coûts et avantages ou revenus attendus en contrepartie, des sources de financement, étude des risques opérationnels et financiers et des impacts divers…) ;
– une maîtrise et un pilotage des risques ;
– l'atteinte d'un niveau de qualité souhaité ;
– l'intervention de nombreuses parties prenantes : c'est l'objet des organisations qui identifient maîtrise d'œuvre et maîtrise d'ouvrage ;
– la responsabilisation d'un chef de projet ou d'un directeur de projet, la mise en place d'un comité de pilotage ;
– le suivi des enjeux opérationnels et financiers importants.

L'objectif doit être précisé de façon claire, chiffrée et datée. Le résultat doit être conforme à des normes de qualité et de performances prédéfinies, pour le moindre coût et dans le meilleur délai possible.
Lorsque la gestion de projet porte sur un ensemble de projets concourant à un même objectif, on parle de **gestion de programme.**

2. Qu'est-ce qu'évaluer ?

• L'**évaluation** est une méthode qui permet d'apprécier un résultat et donc de connaître la valeur d'un résultat qui ne peut pas être mesuré. Elle est appliquée dans divers domaines où des résultats sont attendus mais non mesurables, par exemple, en gestion des ressources humaines, l'aptitude d'une personne à tenir un poste de travail. Elle peut s'inscrire dans une démarche qualité.

• Une **démarche qualité** est le processus mis en œuvre pour implanter un système qualité et s'engager dans une démarche d'amélioration continue. Le terme désigne aussi, de façon figurée, les tentatives, la motivation et les approches en vue d'obtenir une certification et de conserver un certificat, par exemple un certificat ISO 9001.
Elle s'applique à tous types d'organisations, publiques, privées, associatives, commerciales, partout dans le monde. Elle repose actuellement sur la norme ISO 9001, dont la certification fait l'objet d'une visite annuelle par un auditeur.
Elle concerne les fonctions suivantes de l'entreprise (ou de l'administration) :
- stratégie ;
- ressources humaines, organisation, gestion des compétences ;
- maintenance des ressources matérielles (locaux, moyens de communication, moyens de transport...) ;
- gestion des projets ;
- communication interne et communication externe ;
- planification de la production et des services ;
- structuration de la fonction étude ;
- gestion des informations provenant des clients ;
- maîtrise des fournisseurs ;
- étalonnage ;
- mesure satisfaction client ;
- audits internes ;
- amélioration continue.

FICHE 32

MAÎTRISER LES OUTILS ESSENTIELS DE L'ACTION ADMINISTRATIVE (5) : DES INSTITUTIONS EN PLEINE MUTATION

- L'environnement institutionnel dans lequel exercent les fonctionnaires est en pleine mutation.
- Lorsque vous vous présentez à un concours d'accès à un grade, un corps ou un cadre d'emplois, préparez-vous soigneusement à des questions portant sur l'**actualité de la fonction publique** à laquelle vous souhaitez accéder où dans laquelle vous entendez progresser.
- Plus précisément, à l'approche de l'examen ou du concours, soyez particulièrement attentif aux grands « chantiers » en cours dans la (ou les) fonction(s) publique(s). Nous en donnons ici quelques exemples.

1. La modernisation de l'action publique[1]

- La **modernisation de l'action publique** a succédé à la **révision générale des politiques publiques** (RGPP), qui avait été lancée dès l'été 2007, au lendemain de l'élection de Nicolas Sarkozy à la présidence de la République : parmi les mesures phares prises dans le cadre de la RGPP, le non-remplacement d'un fonctionnaire de l'État sur deux partant à la retraite, qui a abouti au non-remplacement de 150 000 fonctionnaires partis à la retraite entre 2008 et 2012, soit environ 7 % des effectifs de l'État. Fin 2011, selon une étude de l'Insee, la fonction publique emploie très exactement 5 493 200 salariés, parmi lesquels 134 500 bénéficiaires de contrats aidés.
La RGPP a également abouti à une profonde réforme de l'administration territoriale de l'État (voir en 2.)
- Le **secrétariat général pour la modernisation de l'action publique** (SGMAP) a été créé par un décret du 30 octobre 2012. Placé sous l'autorité du Premier ministre, ce service est mis à disposition de la ministre chargée de la réforme de l'État.
Le SGMAP regroupe l'ensemble des services en charge de la politique de modernisation, jusqu'alors dispersés, et instaure une nouvelle cohérence dans la modernisation de l'action publique.

1. Pour plus d'informations, consulter le site www.rgpp.modernisation.gouv.fr

Pour cela, il réunit en son sein :
– la direction interministérielle pour la modernisation de l'action publique, anciennement direction générale à la modernisation de l'État ;
– la direction interministérielle des systèmes d'information et de communication de l'État (DISIC) ;
– la mission chargée de la mise à disposition des données publiques (Etalab).

• L'évaluation des politiques publiques, l'ouverture et le partage des données publiques, la dématérialisation des démarches administratives, tels sont les principaux axes de la modernisation de l'action publique[1].

• Les **évaluations des politiques publiques** ont pour objectif l'examen des moyens et des impacts réels en vue de rendre les politiques publiques plus simples, plus justes et plus efficaces. Elles sont menées par chaque ministère sous le pilotage du ministre en charge et s'appuient sur une méthodologie dont la première étape repose sur l'écoute et l'analyse des besoins.

2. La réforme de l'administration territoriale de l'État

• Axe essentiel de la RGPP, la refonte des services déconcentrés de l'État (préfectures, directions régionales, directions départementales) a été mise en œuvre mi-2010 en métropole et le 1er janvier 2011 dans les collectivités d'outre-mer.

• Le préfet de région conduit désormais les politiques publiques et assure la cohérence de l'action de l'État dans la région. Il devient responsable de l'application des politiques nationales et communautaires et dispose d'un pouvoir d'instruction et d'un nouveau droit d'évocation sur des sujets qui sont normalement de la compétence du préfet de département mais qui nécessitent une coordination régionale. Il répartit les crédits de l'État entre les départements et entre les actions prioritaires. Il dispose désormais d'une équipe resserrée à ses côtés : le comité de l'administration régionale (CAR).

• S'agissant des directions régionales et départementales, leur nombre est passé de vingt à huit en région et de dix à deux ou trois dans les départements.

Le niveau régional est désormais organisé autour de grandes directions ministérielles :
– les directions régionales de l'environnement, de l'aménagement et du logement (DREAL) résultent de la fusion des directions régionales de l'équipement (DRE), de l'environnement (DIREN), et de l'industrie, de la recherche et de l'environnement (DRIRE) ;

1. Pour plus d'information, consulter le site www.modernisation.gouv.fr

– les directions régionales des entreprises, de la concurrence, de la consommation, du travail et de l'emploi (DIRECCTE), guichet unique des entreprises, ont été constituées par regroupement des directions régionales du travail, de l'emploi et de la formation professionnelle (DRTEFP), de la concurrence, de la consommation et de la répression des fraudes (DRCCRF), du commerce extérieur (DRCE), des délégations régionales au tourisme, au commerce et à l'artisanat (DRCA) ainsi que des éléments des DRIRE antérieurement chargés du développement économique ;
– les directions régionales de la jeunesse, des sports et de la cohésion sociale (DRJSCS) regroupent les directions régionales de la jeunesse et des sports (DRJS), la partie des directions régionales des affaires sanitaires et sociales (DRASS) chargée des missions sociales, et les représentations régionales de l'agence pour la cohésion sociale (ACSE) ;
– les nouvelles directions régionales de l'alimentation, de l'agriculture et de la forêt (DRAAF) intègrent désormais les directions régionales des offices agricoles et constituent à ce titre le service régional de l'office agricole unique, FranceAgriMer.

Le niveau départemental est réorganisé avec un nombre réduit de directions à caractère interministériel, organisées autour de trois grandes problématiques (la protection des populations, la cohésion sociale et le territoire), les deux dernières directions étant parfois fusionnées :
– une direction départementale du territoire (DDT) et, le cas échéant, de la mer issue de la fusion des anciennes directions départementales de l'équipement (DDE), de l'agriculture (DDA) et des affaires maritimes (DDAM) ;
– une direction départementale de la protection de la population (DDPP), fusionnant les anciennes directions départementales des services vétérinaires (DDSV) et d'anciennes unités départementales de la concurrence, de la consommation et de la répression des fraudes (DGCCRF) ;
– une direction départementale de la cohésion sociale (DDCS), issue des anciennes directions des affaires départementales des affaires sanitaires et sociales (DDASS) et de la jeunesse et des sports (DDJS).
Les préfets sont responsables de la mutualisation interministérielle des moyens de l'État (élaboration et mise en œuvre de schémas pluriannuels de stratégie immobilière dans chaque département, mise en œuvre de schémas régionaux et départementaux de mutualisation des moyens des services).
Ils disposent désormais d'une équipe réduite, le collège des chefs de service de l'État dans le département.

3. La réforme des collectivités territoriales

La décentralisation, une définition

La décentralisation est un processus par lequel **l'État transfère des compétences et des moyens d'action aux collectivités territoriales**, avant tout pour agir plus efficacement, mais aussi pour développer la démocratie locale.
Une collectivité territoriale est une personne morale de droit public administrée par une assemblée délibérante et un exécutif élu, exerçant une compétence générale sur son territoire qu'elle administre librement. Elle dispose de moyens financiers (on parle d'autonomie financière) et humains propres.
L'article 72 de la Constitution du 4 octobre 1958 dispose en effet que :
« Les collectivités territoriales de la République sont les **communes**, les **départements**, les **régions**, les collectivités à statut particulier et les collectivités d'outre-mer. Toute autre collectivité territoriale est créée par la loi, le cas échéant en lieu et place d'une ou de plusieurs collectivités.
Les collectivités territoriales ont vocation à prendre les décisions qui peuvent le mieux être mises en œuvre à leur échelon.
Dans les conditions prévues par la loi, **ces collectivités s'administrent librement par des conseils élus** et disposent d'un pouvoir réglementaire pour l'exercice de leurs compétences ».

L'acte I de la décentralisation

Les lois Defferre du 2 mars 1982, relative aux droits et libertés des communes, des départements et des régions, et du 7 janvier 1983, relative à la répartition des compétences entre les communes, les départements, les régions et l'État :
– suppriment la tutelle administrative et financière exercée au nom de l'État par le préfet sur les actes des collectivités territoriales.
À un contrôle a priori, qui permettait au préfet d'annuler les actes des collectivités territoriales qu'il estimait illégaux ou inopportuns, est substitué un contrôle a posteriori, portant sur la seule légalité des actes ;
– font du président du conseil général élu par les conseillers généraux l'autorité exécutive du département, en lieu et place du préfet qui était jusque-là l'exécutif du département ;
– transforment la région, jusqu'alors établissement public, en collectivité territoriale administrée par un conseil élu au suffrage universel direct, le conseil régional, et un exécutif élu par les conseillers régionaux, le président du conseil régional.

Les conseillers régionaux ont été élus pour la première fois au suffrage universel en 1986 ;
– transfèrent des « blocs de compétences » et les ressources correspondantes de l'État vers les collectivités territoriales.

L'acte II de la décentralisation

La loi constitutionnelle du 23 mars 2003 relative à l'organisation décentralisée de la République, qui marque l'acte II de la décentralisation, opère plusieurs modifications importantes, destinées à « bâtir une République des proximités, unitaire et décentralisée » (déclaration de politique générale de Jean-Pierre Raffarin, Premier ministre, le 3 juillet 2002).
Cette loi contient pour l'essentiel :
– l'affirmation du **principe d'expérimentation** de nouvelles compétences par les collectivités territoriales ;
– le **renforcement de la démocratie locale**.

L'article 6 de la loi du 23 mars 2003 ajoute à l'article 72 de la Constitution un article 72-1 qui dispose que :
« La loi fixe les conditions dans lesquelles les électeurs de chaque collectivité territoriale peuvent, par l'exercice du **droit de pétition**, demander l'inscription à l'ordre du jour de l'assemblée délibérante de cette collectivité d'une question relevant de sa compétence.
Dans les conditions prévues par la loi organique, les projets de délibération ou d'acte relevant de la compétence d'une collectivité territoriale peuvent, à son initiative, être soumis, par la voie du **référendum**, à la décision des électeurs de cette collectivité.
Lorsqu'il est envisagé de créer une collectivité territoriale dotée d'un statut particulier ou de modifier son organisation, il peut être décidé par la loi de **consulter les électeurs** inscrits dans les collectivités intéressées. La modification des limites des collectivités territoriales peut également donner lieu à la consultation des électeurs dans les conditions prévues par la loi. »
La loi organique 2003-705 du 1er août 2003 relative au référendum local précise les modalités d'organisation de ce dernier ;
– la **garantie de l'autonomie financière** des collectivités territoriales.

L'article 7 de la loi du 23 mars 2003 ajoute à l'article 72 de la Constitution un article 72-2 qui fixe que :
« Les collectivités territoriales bénéficient de ressources dont elles peuvent disposer librement dans les conditions fixées par la loi.

Elles peuvent recevoir tout ou partie du produit des impositions de toutes natures. La loi peut les autoriser à en fixer l'assiette et le taux dans les limites qu'elle détermine.
Les recettes fiscales et les autres ressources propres des collectivités territoriales représentent, pour chaque catégorie de collectivités, une part déterminante de l'ensemble de leurs ressources. La loi organique fixe les conditions dans lesquelles cette règle est mise en œuvre.
Tout transfert de compétences entre l'État et les collectivités territoriales s'accompagne de l'attribution de ressources équivalentes à celles qui étaient consacrées à leur exercice. Toute création ou extension de compétences ayant pour conséquence d'augmenter les dépenses des collectivités territoriales est accompagnée de ressources déterminées par la loi.
La loi prévoit des dispositifs de péréquation destinés à favoriser l'égalité entre les collectivités territoriales. »

Entre l'acte II et l'acte III de la décentralisation : la réforme territoriale de 2010

a) Des conseillers territoriaux

À l'origine de cette réforme, le Comité pour la réforme des collectivités, dit « Comité Balladur », avait été chargé le 22 octobre 2008 par le président de la République d'élaborer des propositions afin de rationaliser l'organisation des collectivités territoriales en réduisant le « mille-feuille territorial » (cette expression désigne la multiplication des échelons d'administration territoriale, communes, intercommunalités, départements, régions, avec des chevauchements de compétences inefficaces et coûteux). Ce rapport préconisait à terme la disparition des départements au profit des régions et celle des communes au bénéfice des intercommunalités.
Ce rapport a inspiré pour partie la **loi n° 2010-1653 du 16 décembre 2010 de réforme des collectivités territoriales** qui, sans aller jusqu'à faire disparaître les communes ou les départements, visait à renforcer l'échelon intercommunal et à mieux articuler l'exercice des compétences départementales et régionales en remplaçant les conseillers généraux et les conseillers régionaux par un nouveau type d'élu local, le conseiller territorial qui devait siéger à la fois dans l'instance délibérante du département et dans celle de la région.
Ce pan de la réforme est demeuré inappliqué en raison de l'alternance politique de 2012 et de la nouvelle réforme mise en œuvre à compter de 2013.

b) Le renforcement de l'intercommunalité

La loi du 16 décembre 2010 a institué de nouveaux modes de regroupement volontaire des communes :

– les **métropoles**, visant à donner aux grandes agglomérations qui le souhaiteraient un statut de nature à assurer leur rayonnement à l'échelle européenne. Établissements publics de coopération intercommunale à fiscalité propre de plus de 500 000 habitants, les métropoles doivent bénéficier de transferts de compétences des départements et régions (développement économique, transports, éducation, etc.), l'État pouvant leur confier de grands équipements et infrastructures ;

– les **pôles métropolitains**, devant permettre une coopération renforcée entre des EPCI à fiscalité propre formant un ensemble de plus de 300 000 habitants, dont un EPCI de plus de 150 000 habitants, sans que la continuité territoriale entre les EPCI soit exigée. Ils ont pour objet des actions d'intérêt métropolitain en matière de développement économique, de promotion de l'innovation, de la recherche et de l'enseignement supérieur, de la culture, d'aménagement de l'espace, notamment par le développement des infrastructures et des services de transport, afin de promouvoir un modèle de développement durable et d'améliorer la compétitivité et l'attractivité de leur territoire, ainsi que l'aménagement de celui-ci ;

– les **communes nouvelles** constituent un nouveau dispositif de fusion de communes et peuvent être créées en lieu et place de communes contiguës, à la demande des conseils municipaux des deux-tiers des communes membres d'une communauté représentant les deux tiers de la population totale, à la demande d'un EPCI à fiscalité propre ou encore à la demande du préfet. La décision doit être prise par arrêté du préfet, soit après accord unanime des conseils municipaux, soit après accord de deux tiers des conseils municipaux représentant les deux tiers de la population et après consultation des électeurs de chaque commune : plus de la moitié des électeurs inscrits doit y participer, l'accord devant correspondre à un nombre de voix au moins égal au quart des électeurs inscrits. Aucune commune ne peut ainsi être intégrée sans son accord au sein de la commune nouvelle.

Cette loi a également prévu la **possibilité pour des départements et des régions de fusionner**, une telle fusion requérant l'accord de toutes les assemblées concernées et de la population consultée par référendum.

Les dispositions de la loi du 16 décembre 2010 sur l'intercommunalité ont trouvé leur pleine application avec l'objectif ambitieux de parvenir à une **couverture intégrale de l'ensemble du territoire par des intercommunalités au plus tard le 1er juin 2013**.

À cette fin, les préfets ont mené avec les élus locaux, dans chaque département, un travail d'élaboration de schémas de coopération intercommunale, qui devaient être achevés fin 2011 et mis en œuvre en 2012 et 2013, une commission départementale de coopération intercommunale (CDCI) pouvant amender les projets présentés par le préfet.
Depuis le 1er juin 2013, le préfet dispose du pouvoir d'intégrer d'office une commune isolée dans un établissement public de coopération intercommunale (EPCI) à fiscalité propre.

L'acte III de la décentralisation

a) L'évolution des modes d'élection

La **loi organique n° 2013-402 du 17 mai 2013** relative à l'élection des conseillers municipaux, des conseillers communautaires et des conseillers départementaux, abroge l'institution des conseillers territoriaux et divise par deux le nombre de cantons, la circonscription électorale dans le cadre de laquelle sont élus les conseillers généraux. Toutefois, les départements de plus de 500 000 habitants doivent compter au minimum 15 cantons.
Les conseils généraux sont rebaptisés « conseils départementaux » afin de rendre les institutions locales plus lisibles. Chaque département comptera un nombre impair de cantons afin de garantir l'émergence de majorités.
Afin de promouvoir la parité entre femmes et hommes en politique, les conseillers départementaux seront élus au scrutin binominal paritaire, un homme et une femme étant élus dans chaque canton et siégeant ensemble au conseil départemental. Cette réforme s'est appliquée pour la première fois à l'élection des conseils départementaux de mars 2015.
La durée du mandat des conseillers départementaux demeure fixée à 6 ans, mais le renouvellement par moitié de l'assemblée départementale tous les trois ans est aboli, les élections étant désormais organisées simultanément dans l'ensemble des cantons.

Pour les élections municipales, le scrutin de liste mixte, majoritaire et proportionnel, jusqu'alors en vigueur dans les communes de 3 500 habitants et plus est désormais appliqué à toutes les communes à partir de 1 000 habitants, ce qui permet à la fois de développer encore davantage la parité entre femmes et hommes et de mettre en œuvre dès ce niveau le « fléchage » des élus communautaires. Ainsi, à l'élection au suffrage indirect des membres des organes délibérants des institutions intercommunales, membres désignés en leur sein par les conseils municipaux, est substituée une élection directe par les électeurs des conseillers municipaux qui sont « fléchés » sur les listes municipales soumises aux suffrages. Cette réforme a pris effet aux élections municipales de mars 2014.

b) La loi MAPAM du 27 janvier 2014, premier volet de la réforme des territoires

La loi n° 2014-58 du 27 janvier 2014 de modernisation de l'action publique territoriale et d'affirmation des métropoles (MAPAM) rétablit la **clause de compétence générale** pour les régions et départements que la loi du 16 décembre 2010 faisait disparaître à compter du 1er janvier 2015.

Les communes, les départements et les régions disposent en effet de la clause de compétence générale, les articles L. 2121-29, L. 3211-1 et L. 4221-1 du CGCT prévoyant respectivement que le conseil municipal, le conseil départemental et le conseil régional règlent, par leurs délibérations, les affaires de la commune, du département et de la région.

« *L'enjeu de la nouvelle étape de la décentralisation réside dans un approfondissement de la coopération entre les collectivités territoriales en vue d'une clarification de l'exercice des compétences. Si la coopération institutionnelle peut reposer sur des outils bien maîtrisés, à travers les structures intercommunales et les syndicats mixtes, la coopération matérielle, c'est-à-dire la coopération concernant l'exercice concret des compétences, souffre de dispositifs incomplets. Le projet de loi, à travers l'instauration du pacte de gouvernance territoriale, vise à remédier à ces difficultés en créant les conditions d'une véritable appropriation partenariale de l'exercice des compétences par les collectivités territoriales* » (Étude d'impact du projet de modernisation de l'action publique territoriale et d'affirmation des métropoles)

La loi MAPAM entend clarifier les conditions d'exercice de certaines compétences des collectivités territoriales en instaurant des **chefs de file** :

– la région pour l'aménagement et le développement durable du territoire, le développement économique, les aides aux entreprises, l'intermodalité et la complémentarité des modes de transport, le soutien à l'enseignement supérieur et à la recherche ;

– le département pour l'action sociale, le développement social, l'autonomie des personnes et la solidarité territoriale ;

– les communes pour la mobilité durable, l'organisation des services publics de proximité, l'aménagement de l'espace, le développement local.

Le tourisme demeure une compétence partagée entre communes, départements et régions.

Des **conventions territoriales d'exercice concerté des compétences** fixent les modalités d'action commune pour ces diverses compétences.

Le texte institue au niveau régional une **conférence territoriale de l'action publique** qui établira un pacte de gouvernance territoriale. Elle sera présidée par le président du conseil régional et rassemblera les représentants de l'ensemble des exécutifs locaux – régions, départements, métropoles, agglomérations –, ainsi que des délégués de maires et de communautés de communes, et un représentant de l'État (le préfet).

La loi prévoit la fusion, au 1er janvier 2016, de six intercommunalités au sein de la **métropole d'Aix-Marseille-Provence**, l'institution, à compter du 1er janvier 2015, de la **métropole de Lyon** dotée du statut de collectivité territoriale (fusion de la communauté urbaine de Lyon et de la partie urbaine du département du Rhône), la création d'un établissement public de coopération intercommunale à statut particulier dénommé **métropole du Grand Paris** à compter de 2016, regroupant la commune de Paris et l'ensemble des communes des trois départements de petite couronne et les communes franciliennes appartenant à un EPCI comprenant au moins une commune de la petite couronne. La loi ne prévoit pas « la suppression des trois départements de la petite couronne », a affirmé le Premier ministre, mais « la fusion des intercommunalités de la petite couronne au sein d'une superstructure intégrant également le territoire de la Ville de Paris ». Cette métropole sera compétente en matière d'habitat, d'environnement, d'aménagement et de politique de la ville, les transports continuant à relever de la région Île-de-France. Des conseils de territoires prendront en charge les services de proximité.

La loi prévoit l'**élection au suffrage universel direct à partir de 2020 des conseillers communautaires des métropoles**.

Dans le monde rural, seront institués des **pôles d'équilibre et de coordination territoriaux** (PECT), établissements publics (syndicats mixtes) constitués par accord entre plusieurs EPCI à fiscalité propre au sein d'un périmètre d'un seul tenant et sans enclave, correspondant à un bassin de vie ou à un bassin de population. Dans les dix-huit mois suivant sa mise en place, le PECT élabore un projet de territoire définissant les conditions d'un développement économique, écologique, culturel et social du périmètre du pôle.

Des **métropoles de droit commun** seront créées par décret (Toulouse, Lille, Bordeaux, Nantes, Strasbourg, Rennes, Rouen, Grenoble, Nice ; Montpellier et Brest pourront obtenir le même statut pour leur EPCI), se substituant aux intercommunalités existantes avec des compétences étendues (développement économique, tourisme, transports, habitat, environnement, eau, etc.). Seront automatiquement transformées en métropoles les intercommunalités de plus de 400 000 habitants si elles se situent au centre d'une aire urbaine de plus de 650 000 habitants, ou sont des capitales régionales.

Toutes les métropoles seront dotées de compétences très larges, au-delà des compétences communales traditionnelles, le département ou la région pouvant en outre leur transférer l'exercice de certaines de leurs compétences.
Enfin, le pays se transforme en **pôle d'équilibre territorial et rural**, établissement public constitué par accord entre plusieurs EPCI à fiscalité propre, au sein d'un périmètre d'un seul tenant et sans enclave. Géré par une conférence des maires, il élabore un projet de territoire pour les EPCI qui le composent et en partenariat avec eux.

c) La loi du 16 janvier 2015, deuxième volet

L'assemblée nationale a, le **17 décembre 2014**, adopté en lecture définitive le **projet de loi relatif à la délimitation des régions, aux élections régionales et départementales et modifiant le calendrier électoral**. Le nombre de régions passe de vingt-deux à treize. Cette réforme entend remplacer le modèle d'une France essentiellement constituée depuis deux siècles de communes et de départements par une France constituée de régions renforcées, de métropoles (loi MAPAM du 27 janvier 2014) et d'intercommunalités élargies. Cette loi a été promulguée le **16 janvier 2015**.

d) La loi du 7 août 2015 portant nouvelle organisation territoriale de la République (loi NOTRe), troisième volet de la réforme territoriale

Cette loi supprime la clause générale de compétence des départements et des régions. Elle accorde aux régions un pouvoir réglementaire, en disposant qu'« un conseil régional ou, par délibérations concordantes, plusieurs conseils régionaux peuvent présenter des propositions tendant à modifier ou à adapter des dispositions législatives ou réglementaires, en vigueur ou en cours d'élaboration, concernant les compétences, l'organisation et le fonctionnement d'une, de plusieurs ou de l'ensemble des régions. »
Les 13 grandes régions créées en métropole auront compétence sur le développement économique, l'aménagement du territoire, la formation professionnelle, la gestion des lycées et les transports, y compris les transports scolaires. Elles pourront jouer un rôle de coordination en matière d'emploi (« la région participe à la coordination des acteurs du service public de l'emploi sur son territoire ». « Les départements, les communes et leurs groupements peuvent concourir au service public de l'emploi ») et en matière d'environnement.
En matière de développement économique, les régions seront notamment responsables de la politique de soutien aux petites et moyennes entreprises et aux entreprises de taille intermédiaire. Elles devront présenter un schéma régional de développement économique, d'innovation et d'internationalisation (SRDEII) qui fixera les orientations régionales pour une durée de cinq ans.

S'agissant de l'aménagement durable du territoire, les régions rédigeront un schéma régional d'aménagement durable et d'égalité des territoires (SRADDET) dans lequel figureront les orientations stratégiques en matière d'aménagement du territoire, mobilité, lutte contre la pollution de l'air, maîtrise et valorisation de l'énergie, logement et gestion des déchets.

Il est également prévu que les compétences des départements en matière de transports routiers non urbains soient transférées à la région dix-huit mois après la promulgation de la loi. Les services de transport routier départementaux et les transports scolaires seront confiés à la région. Il sera néanmoins possible pour les régions de déléguer leur compétence en matière de transport scolaire aux départements. La voirie départementale demeure la compétence du département.

La gestion des collèges reste de la compétence du département. Il demeure également responsable des compétences de solidarité.

La loi prévoit des transferts et délégations de compétences des départements aux métropoles (aides au titre du fonds de solidarité pour le logement, action sociale, programme départemental d'insertion, aides aux jeunes en difficulté, prévention spécialisée, personnes âgées, tourisme, collèges, routes départementales).

La culture, les sports, le tourisme, l'éducation populaire et les langues régionales relèveront à la fois des régions et des départements. Les ports pourront relever, selon les cas, d'un type ou d'un autre de collectivité territoriale.

Par ailleurs, la loi vise à renforcer les intercommunalités. Les intercommunalités à fiscalité propre passeront de 5 000 à 15 000 habitants et seront organisées autour de bassins de vie. Des dérogations pour les zones de montagne et les territoires peu denses seront possibles avec un seuil minimal fixé à 5 000 habitants. En outre, les intercommunalités de 12 000 habitants au moins, récemment constituées, pourront être maintenues. Elles seront obligatoirement chargées de la collecte et du traitement des déchets, de la promotion touristique, des aires d'accueil des gens du voyage, et, à partir du 1er janvier 2020, de l'eau et de l'assainissement. Les autres compétences se répartiront avec les communes.

La métropole du Grand Paris (MGP), créée comme les autres métropoles par la loi MAPAM, a formellement vu le jour au 1er janvier 2016, mais ne se verra attribuer l'essentiel de ses compétences qu'un an plus tard, début 2017.

À compter du 1er janvier 2018, la collectivité de Corse deviendra une collectivité à statut particulier en lieu et place de la collectivité territoriale de Corse et des départements de Corse du Sud et de Haute-Corse.

FICHE 33 TRAITER DES MISES EN SITUATION

• L'épreuve d'entretien avec un jury peut se prêter à de brèves **mises en situation** proposées par le jury pour mesurer comment, placé dans une situation professionnelle concrète, vous réagissez.

• Par ce type de question, le jury s'attache moins à la réponse elle-même qu'à votre capacité à argumenter : **ce n'est jamais un « oui » ou un « non » qui est attendu en réponse à une question complexe, mais une réponse argumentée et rigoureusement construite**. Les réponses « mi-chèvre, mi-chou » sont généralement peu appréciées et, si le « balancement circonspect » est possible, il conviendra de pencher résolument d'un côté ou de l'autre après avoir balancé en justifiant votre option. Le péremptoire, le « moi je dis que » sans réel fondement seront fort peu appréciés.

• Le **ton « Café du commerce »** (« rien n'est jamais tout rose ni jamais tout gris », « tout finit toujours par se savoir », « c'est toujours les mêmes qui trinquent », « tant va la cruche à l'eau… », « tout n'est jamais qu'un éternel recommencement »…) **ne convient absolument pas** à l'exercice.
Si vous souhaitez utiliser des formules galvaudées, vous pouvez vous donner le temps de la réflexion et prendre du recul en plaçant celles-ci dans la bouche d'autrui et en mettant des guillemets : « On entend souvent dire… », mais cela ne vous dispensera jamais de prendre vous-même position dès lors que le jury vous le demandera.

• Ces **mises en situation** sont évidemment directement inspirées au jury par les **missions** qui vous incomberont dans le cadre d'emplois, le corps ou le grade auquel le concours ou l'examen vous permet d'accéder.
L'évaluation de votre capacité à faire preuve de réactivité dans vos réponses et à faire face à des situations imprévues pourra conduire le jury à vous poser des questions permettant de vérifier **votre capacité à ne pas vous laisser déstabiliser**, comme :
– Un élu vous demande d'appliquer une décision qui vous paraît inadéquate : que faites-vous ?
– Votre directeur général vous demande d'appliquer une mesure illégale : que faites-vous ?
– Vous êtes recruté par mutation externe comme directeur général adjoint dans une commune de 40 000 habitants : que faites-vous le premier jour de votre prise de fonction ?
– Directeur général adjoint, vous devez mettre en œuvre une décision prise par votre directeur général qui soulève une forte opposition de tous les agents de votre secteur : que faites-vous ?

– En fort désaccord avec sa hiérarchie, quelle autre alternative que se taire ou démissionner ?
– Peut-on bien encadrer sans aimer encadrer ?
– Un cadre peut-il avoir raison seul contre tous ?

• Pour vous préparer à ce type de questions, intéressez-vous aux **fondamentaux des missions exercées** qui peuvent par exemple, pour un cadre, s'inscrire dans les thématiques suivantes :
– Qu'est-ce qu'encadrer ?
– Qu'est-ce qui fait la légitimité d'un responsable de service ?
– Faut-il savoir faire pour faire faire ?
– Quel type de management pratiquez-vous ou entendez-vous pratiquer ?
– Qu'est-ce qu'une orientation stratégique, un objectif managérial ?
– Comment articuler confiance et contrôle ?
– Quelles sont les conditions d'une délégation réussie ?
– Comment motiver un collaborateur ?
– Comment évaluer la « manière de servir » ?
– Quelles sont les conditions de l'évaluation réussie d'un collaborateur ?
– À partir d'un cas précis que vous avez connu, que signifie gérer un conflit ?

Ou, plus largement :
– Qu'est-ce que la conduite de projet ?
– Qu'est-ce qui vous paraît essentiel dans la conduite de projet ?
– Qu'est-ce qu'un expert ?
– Qu'est-ce qui rend un expert légitime ?
– La transversalité : mythe ou réalité ?
– Qu'est-ce que l'évaluation d'une action, d'une politique ?
– Comment conduire le changement ?
– Comment vaincre les résistances au changement ?

FICHE 34 MAÎTRISER LES DIFFÉRENTES FORMES D'ENTRETIEN AVEC UN JURY

• Pour terminer, attirons l'attention sur la variété des formes que peut prendre l'entretien avec le jury. Au-delà de l'épreuve d'entretien telle que nous l'avons présentée dans les **fiches 2, 3 et 4**, où toute l'épreuve prend la forme, le cas échéant après un exposé liminaire du candidat sur son expérience et son parcours professionnel, d'échanges sous forme de questions du jury et de réponses du candidat, on trouve aussi dans certains concours des épreuves dites d'entretien ou de conversation avec le jury qui débutent par un **commentaire** ou un **exposé du candidat à partir d'un document** (le plus souvent un texte, mais parfois aussi un sujet de réflexion ou encore un document graphique ou visuel) et comportent un temps de préparation après le tirage au sort du sujet.
C'est par exemple le cas des concours d'adjoint territorial d'animation de 1re classe ou d'attaché territorial de conservation du patrimoine.

Le temps de cet exposé n'est généralement pas réglementairement fixé, et vous devez, pour bien vous préparer à l'épreuve, vous informer, avant tout auprès de l'autorité organisatrice du concours, pour savoir quelle est la durée de l'exposé attendu et si le jury admet ou non une marge de variation autour de cette durée.

• Afin de vous donner quelques conseils de méthode supplémentaires, prenons l'exemple de l'épreuve de conversation avec le jury du concours interne d'adjoint territorial d'animation de 1re classe. L'épreuve consiste en un **entretien avec les membres du jury** à partir, au choix du candidat au moment de l'épreuve, soit d'une question, soit d'un texte, soit d'un document graphique ou visuel choisis de manière à permettre d'apprécier l'expérience professionnelle du candidat, ses motivations et son aptitude à exercer sa profession dans le cadre des missions dévolues à ce cadre d'emplois (préparation : 20 minutes ; durée : 30 minutes ; coefficient : 4).
Si la qualité de la prestation se négocie évidemment toujours pendant le temps de préparation et dépend pour une bonne part du thème, vous devez mesurer en amont de l'épreuve les exigences liées à chaque support, qui peuvent le cas échéant vous conduire à en préférer un *a priori*.

1. Les types de sujets

- Un **sujet de réflexion** induit une « mini-dissertation » sur le sujet à partir d'un libellé généralement court. Il vous faut donc mobiliser rapidement des connaissances et des expériences et les présenter de manière organisée.
- Un **document graphique ou visuel** impose de bien repérer le thème (le sujet abordé) et le cas échéant la thèse (ou les) thèse(s) suggérée(s) (le message que le document cherche à transmettre sur le thème), ce qui peut être une difficulté. N'oubliez pas de présenter le document lui-même (un dessin humoristique, deux personnages dessinés à grand trait, etc.) avant de présenter vos réflexions sur le sujet (thème) lui-même.
- Le **texte** présente l'avantage de contenir de nombreuses informations que le candidat peut valoriser en les commentant et prolonger en les nuançant, en les précisant, voire en les critiquant.

2. Le temps de préparation

- Pendant le temps de préparation, posez la montre pour éviter de « bricoler » la fin de la préparation. Les 20 minutes passent d'autant plus vite qu'elles peuvent être parasitées par des pensées inutiles (« c'est aujourd'hui et je ne suis pas prêt », « mais pourquoi donc suis-je tombé sur ce sujet et sur ce texte »...). Écrivez au moins intégralement les passages stratégiques de l'introduction et de la conclusion.
- Négociez le sens de la démonstration : l'intérêt doit aller croissant. **Il est bien plus important de bien terminer que de bien commencer.** Cela veut dire qu'une fin d'exposé pertinente fait largement oublier un début d'exposé maladroit. Cela signifie également qu'un exposé peu abouti ne vous empêchera pas d'obtenir une note correcte dans la mesure où une bonne conversation fera largement oublier un exposé médiocre. Évitez les pensées négatives sur le chemin de l'oral, au terme du temps de préparation ou pendant votre exposé, du type « tout est perdu ». Rien n'est jamais perdu tant que l'épreuve n'est pas finie. On n'est jamais le meilleur juge de soi-même.
- Comprenez l'idée ou les idées : analysez efficacement, évitez d'être hors sujet. Si vous choisissez le texte, attachez-vous aux concepts principaux, aux verbes, aux articulations logiques : quel est le problème (quels sont les problèmes) posé(s) ? Pourquoi l'auteur a-t-il écrit cela ? Plus précisément, recherchez le **thème** (le sujet) et la **thèse** (que dit l'auteur sur ce sujet), analysez les **moyens** mis en œuvre.

Thème ou thèse ?

Le **thème** d'un texte, d'une phrase, c'est le sujet traité, par exemple :
- les jeunes ;
- la ville ;
- les loisirs.

La **thèse**, c'est la démonstration conduite sur le sujet, par exemple :
- les jeunes sont violents ;
- la ville est invivable ;
- les loisirs dépendent des classes sociales.

À noter que l'on peut trouver des thèses sans thème, par exemple : « tout fout le camp ».

• Vous pouvez proposer un titre significatif du thème et de la thèse du texte si celui-ci ne possède pas de titre ou pas de titre pertinent : c'est excellent stratégiquement, cela suscite l'intérêt du jury et prouve que le texte est compris.

• Pour trouver des idées : **définissez**, **actualisez** (concrétisez l'abstrait, donnez des exemples tirés de l'actualité ou de votre culture, de vos connaissances personnelles) ; trouvez une (des) problématique(s) : celle du texte court ou du sujet de réflexion, la vôtre qui critique le cas échéant le texte ou le sujet.

• Soyez **concis** (ne cherchez pas à tout dire), **objectif**, **ordonné : élaborez un plan**, stratégie de démonstration, fil directeur de votre intervention.

3. Oral, écrit

• Écrivez afin de ne pas être taxé de prétention : un candidat qui se présenterait devant le jury sans aucune note devrait fournir une prestation exceptionnelle pour que cela ne lui soit pas reproché.

N'écrivez pas trop cependant : le **tout-écrit** produit généralement du **tout-lu.** En effet, le candidat qui a trop écrit parvient rarement à se détacher de son texte.

Ne rédigez rien intégralement, sauf, au moins :
- la première phrase ;
- l'annonce de plan ;
- la dernière phrase, afin de finir en beauté (bouquet final).

Vous pouvez aussi très légitimement rédiger intégralement :
- votre introduction ;
- votre conclusion.

• L'avantage d'une introduction écrite est qu'elle vous permet un démarrage suffisamment « confortable » pour évacuer le stress de début d'épreuve.

Qu'est-ce qu'une introduction ?

Même si l'exigence à l'oral est moindre qu'à l'écrit, il n'est pas inutile de se remémorer ce qui est attendu d'une introduction en composition écrite.

La logique même de l'introduction de toute dissertation est de poser un questionnement et d'indiquer sommairement la manière dont le développement qui suit va s'efforcer d'y répondre.

– Entrée en matière : l'actualité du sujet, ou l'histoire du sujet, ou la « géographie » du sujet (vous avez le choix). L'actualité peut être abordée sous forme d'une saynète.

Si vous optez pour une entrée en matière historique, évitez le trop galvaudé : « de tous temps ».

– Si nécessaire, une (ou des) brève(s) définition(s), mais vous pouvez les réserver pour votre développement.

– Problématique : la question se pose alors de savoir si… On peut se demander si…

– Annonce de plan (deux parties de préférence).

• La conclusion écrite, elle, peut vous servir de garde-fou si on vous demande d'abréger : si le temps d'exposé est épuisé (le jury utilise fréquemment un minuteur), le jury vous invite à conclure. Le trouble qui pourrait en résulter sera peu visible si vous avez à portée de main une conclusion déjà prête.

4. La rédaction des notes

• Procédez par feuilles numérotées (inutile de risquer de vous perdre dans vos papiers ! Cela arrive malheureusement, on voit même des candidats ne plus retrouver leurs feuilles en se présentant devant le jury au terme du temps de préparation). Première feuille : l'introduction, dernière feuille : la conclusion, une feuille par partie.

• Écrivez grand et laissez les feuilles sur la table (cela vous évite de trembler visiblement). Attention aux notes illisibles qui vous obligent à déchiffrer !

• Rendez visible la distinction entre idées principales et idées secondaires. Vous ne vous en rendrez pas compte, mais le jury peut regarder les feuilles qui sont devant vous : elles « disent des choses » de vos qualités… ou de vos défauts.

• Si vous êtes en difficulté et ne livrez pas tout ce que vous avez préparé, le jury peut vous inviter à vérifier si vous n'avez pas d'autres choses à dire.

• Tout ce qui est susceptible d'enrichir l'exposé (chiffres, noms, dates, références juridiques...) doit être noté avec d'autant plus d'exactitude et de précision que le stress risque de vous les faire oublier pendant votre prestation.

• Il faut donc des notes, mais ce n'est pas une raison pour vous couper de votre auditoire. Ne vous rattachez pas à tout prix à vos notes si le jury vous pose des questions : sachez marcher sans béquille.

5. Quel plan ?

Le texte

• Si vous choisissez le texte, vous pouvez toujours adopter le type de plan, qu'on peut schématiser ainsi : I. le texte / II. vous.
Plus précisément, la logique de votre exposé sera :
« Le texte dit que et que / mais on peut aussi dire que... et que... »

• Évidemment, cette logique vous permet d'annoncer votre plan avec des formules du type : « Je présenterai dans une première partie les deux idées principales du texte puis je les remettrai en question dans ma deuxième partie. »
Mais il est beaucoup plus habile d'annoncer précisément les arguments à partir desquels vous allez fonder votre analyse du texte (première partie) et ceux qui vont nourrir votre critique du texte (deuxième partie), ce qui donnera par exemple :
« En première partie, je commenterai les deux principaux arguments du texte : la démocratie est aujourd'hui menacée tant par l'abstentionnisme croissant que par la suspicion des citoyens à l'encontre des élus. La seconde partie soulignera que, cependant, l'évolution législative et la participation croissante des citoyens à la vie locale ouvrent un avenir à la démocratie locale. »
Vous pouvez légitimement préférer une annonce moins « lourde » :
« Si la démocratie est aujourd'hui menacée tant par l'abstentionnisme croissant que par la suspicion des citoyens à l'encontre des élus, comme le démontre l'auteur du texte, toutefois l'évolution législative et la participation croissante des citoyens à la vie locale dessinent l'avenir de la démocratie locale. »

• Ce temps d'exposé à partir du texte peut être appréhendé d'une autre manière. On dit parfois que la première partie est un résumé du texte et que la seconde partie est un commentaire à partir du texte. Cette formulation est tout à fait acceptable pour peu que l'on précise que le résumé doit être organisé autour des deux arguments principaux du texte (ou éventuellement trois, mais le plan en deux parties et deux sous-parties s'est largement imposé) et que le commentaire doit également être organisé autour de deux arguments principaux (ou éventuellement trois).

- Vous pouvez aussi adopter un autre type de plan :
– première partie : un argument essentiel du texte, puis un commentaire critique ;
– deuxième partie : un autre argument essentiel du texte, puis un commentaire critique.

- En toute hypothèse, évitez une paraphrase du texte et efforcez-vous d'apporter votre plus-value au texte.

Le sujet de réflexion, le document graphique ou visuel

- Si vous choisissez le sujet de réflexion ou le document graphique ou visuel, c'est une mini-dissertation que vous organisez, structurée par un plan annoncé le plus clairement possible. Cela signifie que vous devez identifier sans ambiguïté le thème du sujet de réflexion ou du document graphique ou visuel et, le cas échéant, la thèse de ce sujet ou de ce document. À partir de là, vous pouvez bâtir une première partie développant cette thèse puis une seconde la remettant en question (la critiquant, la prolongeant, la dépassant).

- La logique d'ensemble est ainsi la même que dans le commentaire de texte ou l'exposé à partir d'un texte, à la différence majeure près que le « oui » (thèse) comme le « mais » (remise en questions de cette thèse) reposent essentiellement sur vos propres connaissances.

6. Comment démarrer votre exposé à partir d'un texte ?

Une introduction type

« Ce texte est issu du quotidien d'information générale… paru le… »
S'il s'agit du site Internet d'un quotidien, vous pouvez souligner que les grands quotidiens ont tous développé des sites Internet qui permettent d'accéder gratuitement à l'information en ligne.
« Cet article est signé de…, qualité (essayiste, économiste, philosophe…) » (Si vous avez des choses à dire sur l'auteur, ne vous en privez pas).

« L'article a pour thème… et l'auteur y démontre que…(thèse) » *(cf.* la distinction entre thème et thèse p. 120)
Vous pouvez ajouter le cas échéant : « Il s'agit d'un sujet d'actualité, dont de nombreux médias se sont fait l'écho ces derniers mois. »
Ou bien : « Cette question n'est pas nouvelle, mais elle a fait l'objet ces derniers mois de nombreux commentaires (de nombreuses analyses). »
Vous pouvez également le cas échéant qualifier le ton du texte (polémique, lyrique, satirique, neutre, humoristique, caustique, sarcastique…).
« Je m'attacherai en première partie aux deux arguments principaux du texte, le constat de fortes inégalités sociales en France, puis l'analyse des principales causes de ces inégalités.
Je présenterai en seconde partie quelques dispositifs destinés à lutter contre ces inégalités, puis j'en soulignerai les limites. »

• Dans votre première partie, vous pouvez mobiliser à l'appui des arguments du texte :
– des définitions ;
– des données chiffrées ;
– des exemples ;
– des auteurs…

• Vous remarquerez que cette technique de plan vous permet « d'être dans les clous » (vous commentez, le texte n'est pas un prétexte, tout en évitant la paraphrase puisque vous adoptez une posture critique par rapport au texte).

7. Le temps de l'exposé

• Dans la presque totalité des cas, le jury n'intervient pas pendant l'exposé. S'il intervient, c'est pour vous aider (silence prolongé, stress visible, hésitation).
Surveillez la montre, réajustez si vous être trop long (lorsque vous passez à votre deuxième partie, vous devez avoir utilisé peu ou prou la moitié du temps) ou trop court.

• Puisqu'il s'agit d'une épreuve orale et que par définition le jury ne dispose que de ce que vous dites pour comprendre votre argumentation, n'hésitez pas à **rendre évidente en cours de route l'architecture de votre exposé** : « voyons d'abord… on vient de voir… voyons maintenant… ainsi, on a vu ».

Le jury vous sera reconnaissant de ce « balisage » qui lui permet de se repérer sans difficulté dans votre exposé. Vous percevrez peut-être que le jury est en attente de votre annonce de plan dont certains prendront sans doute note pendant que vous parlez pour disposer d'un guide de votre exposé. Pour bien « vendre » votre annonce de plan, énoncez-la lentement et clairement.

- L'utilisation d'une formule conclusive est particulièrement bienvenue au moment où vous vous approchez du terme de votre exposé (« Ainsi, pour conclure, il apparaît donc que… »). Cela permet au jury de se préparer à la suite, de se tenir prêt à « lancer » la première question. Un jury surpris par une fin abrupte et inattendue ne sera pas forcément à même de formuler sa question sous la forme la plus aboutie, ce qui n'est guère favorable. Un silence lourd et pesant risque de déstabiliser le jury pas encore prêt à poser des questions ; inutilement déstabilisé, le jury ne sera peut-être pas aussi bien disposé à votre égard qu'il devrait l'être.

CONCLUSION

- Nous espérons que cet ouvrage vous a permis de mesurer que l'épreuve d'entretien avec le jury obéit à des règles précises qui imposent une préparation sérieuse.
- Comprendre que l'épreuve n'est guère éloignée d'un entretien de recrutement, dans la mesure où le jury cherche avant tout à mesurer vos savoir-faire, votre potentiel et votre posture professionnelle en lien direct avec les missions qui vous seront confiées et les fonctions que vous exercerez dans le grade, le cadre d'emplois ou le corps postulé, vous permet de prendre l'exacte mesure des questions qui vous seront posées au terme, le plus généralement, d'un exposé liminaire sur votre expérience et votre parcours.
- Pour autant, ils n'est pas inutile que vous vous prépariez à quelques questions « bateaux » qui trouvent souvent place dans les entretiens lorsque le jury est arrivé au terme des questions incontournables et entend aller un peu plus loin et mesurer votre capacité à faire face à des questions imprévues.
- Aussi, nous vous livrons **quelques questions** auxquelles vous pouvez vous préparer : rien ne dit qu'elles vous seront posées ainsi, mais, souvent inspirées par l'actualité, elles vous permettent de toucher du doigt la variété des questions possibles, qui peuvent être directement liées à des questions abordées lors de l'entretien mais peuvent aussi s'en éloigner si tel est le choix du jury.

Pour mesurer votre curiosité intellectuelle, votre sens critique :
« Votre livre préféré (le dernier livre lu), votre film préféré (le dernier film vu) ? »
« Que pensez-vous de l'attribution du prix Nobel de littérature 2015 à l'écrivaine Svetlana Alexievitch (journaliste dissidente biélorusse) ? »
« Comment expliquer le succès, en 2015, du film *007 Spectre* ? »
« Le roman policier est-il un genre littéraire mineur ? »
« Pourquoi les aventures de Tintin n'ont-elles plus le même succès que celles d'Astérix le Gaulois ? »
« Qui souhaiteriez-vous voir entrer au Panthéon ? »

Pour estimer votre capacité à affronter la complexité :
« Faut-il légiférer pour interdire les "retraites chapeaux" ? »
« Peut-on dire que les fonctionnaires sont des privilégiés ? »
« Le travail du dimanche doit-il être autorisé ou interdit ? »
« Faut-il autoriser l'euthanasie ? »
« Le développement durable est-il un luxe en période de crise économique ? »

« Peut-on parler d'une banalisation du racisme en France aujourd'hui ? »
« Faut-il "sanctuariser" l'école ? »
« La commémoration n'est-elle pas un repli frileux sur le passé ? »
« Faut-il remplacer *La Marseillaise* ? »
« Les lois imposant la parité femme-homme en politique enferment-elles les femmes dans leur condition ? »
« Faut-il limiter le cumul des mandats politiques ? »
« Faut-il être un spécialiste du domaine de sa compétence pour être un "bon ministre" ? »

Pour vérifier votre intérêt pour l'actualité :
« Où en sommes-nous dans la limitation du cumul des mandats politiques ? »
« Quelles sont les dates des prochaines élections en France ? »
« Quels changements majeurs ont été observés à l'issue des élections régionales de décembre 2015 en France ? »
« Qu'est-ce que la modernisation de l'action publique ? »
« Une commune peut-elle encore refuser d'entrer dans une structure intercommunale ? »

• Vous mesurez ici combien la lecture régulière de la presse s'impose plus que jamais à l'approche du concours. Les examinateurs lisent fréquemment *Le Monde* qui peut leur inspirer des questions le jour du concours ou de l'examen : une bonne raison pour fréquenter ce journal plus assidûment que jamais à l'approche de l'épreuve.
Exemple : un membre du jury vient de lire la veille de l'épreuve un article intéressant sur « la troisième assemblée française », définie comme « l'assemblée du premier mot ». Il demande à plusieurs candidats s'ils connaissent « la troisième assemblée française », également parfois baptisée « assemblée du premier mot ». Une question difficile… sauf pour ceux qui ont également lu *Le Monde* la veille ou le lisent régulièrement : il s'agit du Conseil économique, social et environnemental (CESE).

• Cependant, **ne croyez aucune des histoires fantasmées qui se racontent à propos des jurys de concours.**
Peut-être certaines questions ont-elles été réellement posées, comme on le dit, à des concours d'entrée dans certaines grandes écoles, mais certainement pas dans les autres examens et concours…

• On raconte ainsi que des jurys du concours d'accès à une prestigieuse école de commerce auraient posé aux candidats des questions du type :
– « Quelle est la profondeur de la Seine à Paris », voire « Quelle est la profondeur du Danube à Budapest ? ».
L'esquive bienvenue serait : « Sous quel pont ? »
– « Qu'est-ce qui vous sépare d'un imbécile ? »
Une réponse très risquée pourrait être : « Environ un mètre cinquante. »
On dit aussi qu'un jury constitué de trois personnes aurait hélé un surveillant, pointant du doigt le candidat encore assis devant lui : « Monsieur, apportez donc du foin pour cet âne », et que le candidat aurait riposté : « Pour quatre ânes, s'il vous plaît. »
On raconte même qu'un président de jury s'amusait à ordonner aux candidats : « Monsieur, ôtez votre cravate ». Si le candidat s'exécutait, le président du jury l'apostrophait en ces termes : « Comment, monsieur, il suffit qu'on vous donne un ordre pour que vous l'exécutiez ? »

• Ne croyez pas ces histoires… mais préparez vous méthodiquement à cette épreuve à partir des conseils donnés dans cet ouvrage, que nous espérons particulièrement utiles.

Courage et confiance !

Achevé d'imprimer en mars 2016
sur les presses de la SEPEC (France)
Numéro d'impression : 09463160203
Numéro d'éditeur : 2016_0310
Dépôt légal : mars 2016

IMPRIM'VERT®

PEFC™ 10-31-1470 / Certifié PEFC / Ce produit est issu de forêts gérées durablement et de sources contrôlées. / pefc-france.org

3175647R00102

Printed in Germany
by Amazon Distribution
GmbH, Leipzig

Tucholsky Wagner Zola Scott Sydow Schlegel
Turgenev Wallace Fonatne Freud
Twain Walther von der Vogelweide Fouqué Friedrich II. von Preußen
Weber Freiligrath
Frey
Fechner Fichte Weiße Rose von Fallersleben Kant Ernst Richthofen Frommel
Hölderlin
Fehrs Engels Fielding Eichendorff Tacitus Dumas
Faber Flaubert
Eliasberg Ebner Eschenbach
Feuerbach Maximilian I. von Habsburg Fock Eliot Zweig
Ewald Vergil
Goethe London
Mendelssohn Balzac Shakespeare Elisabeth von Österreich
Lichtenberg Rathenau Dostojewski Ganghofer
Trackl Stevenson Doyle Gjellerup
Mommsen Tolstoi Hambruch
Thoma Lenz Hanrieder Droste-Hülshoff
Dach Verne von Arnim Hägele Hauff Humboldt
Reuter
Karrillon Garschin Rousseau Hagen Hauptmann Gautier
Damaschke Defoe Hebbel Baudelaire
Descartes
Wolfram von Eschenbach Hegel Kussmaul Herder
Darwin Dickens Schopenhauer
Bronner Melville Grimm Jerome Rilke George
Campe Horváth Aristoteles Bebel Proust
Bismarck Vigny Barlach Voltaire Federer Herodot
Gengenbach Heine
Storm Casanova Lessing Tersteegen Gilm Grillparzer Georgy
Chamberlain Langbein
Brentano Gryphius
Lafontaine
Strachwitz Claudius Schiller Kralik Iffland Sokrates
Katharina II. von Rußland Bellamy Schilling
Gerstäcker Raabe Gibbon Tschechow
Löns Hesse Hoffmann Gogol Wilde Vulpius
Gleim
Luther Heym Hofmannsthal Morgenstern
Klee Hölty
Roth Heyse Klopstock Kleist Goedicke
Luxemburg Puschkin Homer
Mörike
La Roche Horaz Musil
Machiavelli
Kierkegaard Kraft Kraus
Navarra Aurel Musset
Lamprecht Kind Kirchhoff Hugo Moltke
Nestroy Marie de France
Laotse Ipsen Liebknecht
Nietzsche Nansen
Marx Ringelnatz
Lassalle Gorki Klett
von Ossietzky Leibniz
May
vom Stein Lawrence Irving
Petalozzi
Platon Knigge
Pückler Michelangelo Kafka
Sachs Poe Kock
Liebermann
Korolenko
de Sade Praetorius Mistral Zetkin

Zwölf Reden über die Beredsamkeit und deren Verfall in Deutschland

Adam Heinrich Müller

Impressum

Autor: Adam Heinrich Müller
Umschlagkonzept: toepferschumann, Berlin

Verlag: tredition GmbH, Hamburg
ISBN: 978-3-8424-9222-6
Printed in Germany

Ziel der TREDITION CLASSICS ist es, tausende deutsch- und fremdsprachige Klassiker wieder in Buchform verfügbar zu machen. Die Werke wurden eingescannt und digitalisiert. Dadurch können etwaige Fehler nicht komplett ausgeschlossen werden. Unsere Kooperationspartner und wir von tredition versuchen, die Werke bestmöglich zu bearbeiten. Sollten Sie trotzdem einen Fehler finden, bitten wir diesen zu entschuldigen. Die Rechtschreibung der Originalausgabe wurde unverändert übernommen. Daher können sich hinsichtlich der Schreibweise Widersprüche zu der heutigen Rechtschreibung ergeben.

Text der Originalausgabe

Adam Heinrich Müller

Zwölf Reden über die Beredsamkeit und deren Verfall in Deutschland

Gehalten zu Wien im Frühlinge 1812

Leipzig
Bei Georg Joachim Göschen 1816

HERRN

MORIZ GRAFEN ODONELL

SR. KAISERLICH- UND KÖNIGLICH-
APOSTOL. MAJESTÄT
KÄMMERER UND OBRISTEN

ALS ZEICHEN

DANKBARER VEREHRUNG UND
FREUNDSCHAFT

VOM

VERFASSER

I. Vorwort

Die Betrachtungen über die Beredsamkeit, welche wir miteinander anzustellen im Begriff sind, müssen, so scheint es, auf die Verherrlichung einer benachbarten Nation führen, welche durch die Gewalt und den Reiz der Rede eine Art von Weltherrschaft vorbereitet hat, – und auf eine gewisse Demütigung unseres deutschen Volkes, welches die Kunst, mit der lebendigen Rede zu zwingen und zu verführen, oder sonst den Augenblick zu ergreifen, eigentlich nie besessen, und welches das Wort nie bei der Hand gehabt, sondern meistenteils in der Feder erkalten lassen. –

Können wir Deutsche von Beredsamkeit sprechen, nachdem längst aller höhere Verkehr bei uns stumm und schriftlich, oder in einer auswärtigen Sprache getrieben wird? – Wenn die gesamten Staatsgeschäfte einer Nation mit der Feder abgemacht werden; wenn alle größeren Geister, welche sich in ihr regen und sie ergreifen oder doch berühren wollen, statt der Rednerbühne einen Schreibtisch bereitet finden; wenn die heiligsten und erhabensten Ideen niemals mit der Gewalt, welche die Natur in die Brust des Menschen und in seine Stimme legte, unmittelbar an das Herz der Nation schlagen können; endlich, wenn in der höheren Gesellschaft, wenn da, wo sich alle besonderen Sitten der Nation in eine einzige Sitte vereinigen, wo sich aus unzähligen Beschränkungen und Rücksichten nun die eigentümliche, vaterländische Grazie des Lebens, des Umgangs und der Mitteilung ergeben soll; wenn in der Gesellschaft, da – wo nun endlich alles Vorlaute zur Ruhe gebracht ist, wo niemand reden darf, der nicht zu hören versteht, wo also Schicklichkeit und Anstand nun endlich eine wahre Schule der Beredsamkeit eröffnet hätten – wenn da die Sprache des Landes verdrängt ist von einer fremden, wo sollen die Redner herkommen? Etwa aus der kleinen Provinzialkrämerei des alltäglichen Lebens, oder aus der Gesprächigkeit des häuslichen Elends, – oder aus dem telegraphischen Verkehr, den die Philosophen und Gelehrten der einzelnen Sekten, jeder in seiner besonderen Terminologie, über die weite Fläche von Deutschland hin miteinander treiben? – Und wenn die Natur Talente für die Beredsamkeit über Deutschland so reichlich ausstreute, wie über den Boden irgend eines anderen Landes, so sind es ja in Deutschland nur einzelne, die hören; es gibt kein

Ganzes, keine Gemeinde, keine Stadt, keine Nation, die wie mit Einem Ohre den Redner anhörte. Im Gespräch mit dem einzelnen sind wir zu ungebunden, zu unbeschränkt; wir lassen uns gehn, wir reden nachlässig, und so verliert sich aus der Sprache des Volks der allgemeine, bindende Geist; sie zerbröckelt sich in unzählige Dialekte und Idiome; jede Sekte und jede Kotterie verunstaltet sie in ihrer eigenen Manier. Nun mögen die Klopstock, die Lessing, die Schiller, die Goethe alle Strahlen dieser zerstreuten Sprache wie in einen Brennspiegel versammeln; das, was allen gemeinschaftlich ist in Wort und Klang, mag von einzelnen wirklich niedergeschrieben, auch ausgesprochen werden: die Nation liest sie, verschluckt sie, aber hört sie nicht, spricht ihnen nicht nach. – Wer überhaupt lernt reden aus dem Papier, aus der toten Schrift? Hören muß und gehört werden, wer sprechen lernen will. – *Der Taubgeborne ist notwendig zugleich stumm.*

Die gesamte deutsche Literatur zerfällt in zwei Teile: *der eine* und bei weitem größere Teil begreift die wissenschaftlichen, die Lehrbücher; in diesen zeigen sich Redner, die eigentlich niemanden anreden, sondern in sich selbst hineinsprechen. Während man nämlich in den wissenschaftlichen Werken der Franzosen, z.B. eines Montesquieu, Buffon, d'Alembert, oder Diderot, oder auch in denen der Italiener ganz deutlich im Lesen fühlt, daß man angeredet wird, daß der Autor einen bestimmten Menschen von Fleisch und Bein vor sich hat, den er überreden, den er überzeugen will; während die leichteste Flugschrift der Engländer, wenn es sich nur irgend tun lassen will, an einen bestimmten Menschen, an eine bestimmte Gemeinde oder Korporation gerichtet wird; während die abstraktesten Werke der Alten unser Ohr bezaubern und uns zum Gespräche wohltuend einladen, weil sie für ein lebendiges Ohr geschrieben sind; während nach dem Ausdruck des Quintilian und dem Gefühle der Alten kein Wort zur Audienz der inneren Empfindung oder des Verstandes gelangen konnte, welches im Vorzimmer des Ohrs beleidigt hätte, – baut der deutsche Gelehrte ein Gebäude von Chiffren, sinnreich aber einsam, unerwärmend, unerfreulich, ohne Antwort oder Erwiderung von irgendeiner Seite her! Dies ist der eine, der wissenschaftliche Teil unserer Literatur. Wir finden es auffallend, wenn in einer gewöhnlichen Gesellschaft jemand laut mit sich selbst redet: hier hätten wir viele tausend Redner, die sich öffentlich

vor ganz Deutschland sprechend, und weitläufig sprechend, hinstellen, – ohne irgend jemand anzureden.

Der *andere,* der schöne Teil unserer Literatur, die insonderheit sogenannte Literatur, bietet eine ebenso befremdende Erscheinung dar: Hier zeigen sich nun Redner, die wirklich anreden, welche die Nation oder wenigstens die Edelsten der Nation wirklich vor sich hinstellen im Geiste, die es auf Begeisterung, auf ein Ergreifen der Persönlichkeit anlegen; ja es zeigt sich einer, der, die Seele ganz erfüllt von der Herrlichkeit wie von den Leiden, von dem Beruf wie von dem Mißgeschick seiner Nation, eine Antwort *herausschlagen* will aus ihr, wie einen Funken, oder einen Quell, oder irgend etwas Lebendiges aus dem Felsen; es zeigt sich Schiller, ein Dichter, oder vielmehr ein Redner, der noch überdies in allen seinen Werken und unter den größten und mutigsten Gedanken so stolz und so gebeugt, so wehmütig zugleich klingt, wie, ich möchte sagen, Deutschland selbst[1] klingen müßte, wenn es reden könnte: – dieser ganze Teil unserer Literatur wird nicht gelesen, wird nicht etwa mißgönnt dem Papier, nicht etwa herausgerissen aus den toten Lettern von einer auf ihre Zierden eifersüchtigen Nation, nicht etwa der Buchdruckerkunst zum Trotz zu einer lebendigen Tradition, so wie alle Abdrücke von Corneille und Racine und Ariosto und Tasso heut untergehen könnten, und nichtsdestoweniger sie selbst vollständig fortleben würden in der begeisterten Überlieferung ihrer Mitbürger; – sondern er wird dechiffriert und verschluckt, und wenn sich nicht etwa das Theater einzelner Werke erbarmte, so hätten wir die ganz eigne Erscheinung einer Literatur von wenigstens vierzig Autoren vom ersten Range, die es mit allen Vierzigern (Quarantes) der Welt aufnehmen könnten, und deren Werke kaum ein einziges Mal Von einer menschlichen Brust in den angemessenen, artikulierten Tönen wirklich ausgesprochen worden wären.

Es gibt also nicht bloß lebendige Literaturen und tote Literaturen, sondern auch stumme Literaturen, und unsere Betrachtungen über die Beredsamkeit mußten mit der Klage anfangen, daß die deutsche Literatur bis auf die neuesten Zeiten zu den stummen Literaturen gehört hat.

---

[1] Man erinnere sich, daß diese Reden 1812, ein halbes Jahr vor dem Brande von Moskau, und geraume Zeit vor der Schlacht von Leipzig gehalten wurden.

Ein gewisser allgemeiner Drang zum Vorlesen und Deklamieren der Nationaldichter, so ungeschickt er sich mitunter auch äußern mag, so vielen Anteil auch zuzeiten noch die Eitelkeit und der Eigennutz daran haben mögen, ist dennoch ein erfreuliches Zeichen, daß sich die Verzauberung unsres Ohrs und unsrer Stimme wieder allmählich lösen will, und daß unsre schöne Literatur von dem lebendigen Odem der Rede wieder ergriffen werden soll. Würde in der Erziehung die Hälfte des ungebührlichen Eifers, den man in neueren Zeiten auf den Mechanismus des Lesenlernens gewendet hat, auf den Ausdruck des Tons und die Gebärde der Brust und der Seele im Lesen gewandt, so würde der deutschen Redekunst damit vielleicht mehr gedient, als mit Vorlesungen über die Beredsamkeit.

Indes sind auch solche öffentlichen Vorlesungen über Gegenstände der Wissenschaft oder der Kunst vor einer Versammlung von Personen, die weniger die Absicht, zu erlernen oder Kenntnisse zu erkaufen, als ein allgemeines, wahrhaft menschliches und gesellschaftliches Interesse an den Fortschritten der Bildung vereinigt, förderlich für die Belebung unsrer Sprache, und überhaupt eine neue, sehr ehrenwerte Gattung in Deutschland. Auch der erste, der wissenschaftliche Teil unserer Literatur, will also endlich gesellig werden; es soll nicht mehr ins Blaue und Unbestimmte hin, es soll nicht mehr den Wänden und Wüsten gepredigt werden, man will ein Lebendiges, ein Ganzes, eine würdige Stellvertretung des Publikums, zu dem man spricht, sich gegenüber haben; man sucht die Schranken, man verlangt Antwort und Urteil: die deutsche Wissenschaft zeigt sich auf dem Wege nach einer großen Wahrheit, die bei uns mehr als irgendwo sonst vergessen worden ist, nämlich

> *daß es nur ein einziges Kennzeichen des Verständigen gebe, nämlich die Verständlichkeit, und daß man nur in demselben Grade selbst verstehe, als man verstanden wird.*

Die größten wissenschaftlichen Autoritäten Deutschlands in und außer den hohen Schulen haben in den letzten zwanzig Jahren die Form solcher Vorlesungen gewählt, und haben sie in dieser kurzen Zeit weiter ausgebildet, als es in Frankreich und England, wo sie längst in Gebrauch waren, gelungen ist. Die hier anwesenden, verehrungswürdigen Personen haben mir durch die Güte und Nachsicht, mit der sie auf meine Einladung erschienen sind, die Befugnis eingeräumt, so großen und guten Mustern nachzustreben.

Ich habe meine Rede angefangen mit einer Anklage der deutschen Literatur, sogar mit einer verdeckten Verteidigung derer, die in den höheren Verhältnissen der Gesellschaft sich einer fremden, und dem vaterländischen Sinne nicht eben angemessenen Sprache und Manier der Beredsamkeit bedienen. Denn die Schuld der Verwahrlosung unsrer Muttersprache liegt so wenig in der Gleichgültigkeit der höheren Gesellschaft gegen sie, als in der Nachlässigkeit, der barbarischen Gesinnung der übrigen. Was vermöchte unser, der Kinder dieses Augenblicks, Unart, Wohlwollen oder Abneigung über das innerliche Wesen und die Kraft und das äußere Ansehn einer Sprache, die von Karl dem Großen bis heut, und von dem Gipfel der Alpen bis an die Küsten des Finnischen Meerbusens geredet worden, in der sich alle großen Ideen und Weltschicksale des letzten Jahrtausends ausgedrückt, und die eigentlich zu groß und zu gewaltig ist für irgendeine fürstliche oder akademische Pflege? – Die Schuld liegt in den dermaligen öffentlichen und bürgerlichen Verhältnissen der Nation: daß der ausschließend schriftliche Betrieb der Staats- und gelehrten Angelegenheiten und die Anwendung der französischen Sprache in den höheren Sphären des gesellschaftlichen Lebens, wo allein sich die vaterländische Sprache und Rede würde ausbilden und verfeinern können, die Entwicklung der Redekunst in Deutschland verhindre, habe ich zeigen dürfen, was uns aber in allen redenswerten Dingen entweder zur Schrift oder doch zu einer fremden Sprache verdammt, kann ich nicht zeigen, ohne Dinge zu berühren, über die man nie halb, sondern lieber gar nicht reden sollte.

Halten wir uns also vorläufig an die Erscheinung, wie sie einmal ist. Das Sprechen, das erste unter allen menschlichen Geschäften, wie der erfreulichste und edelste unter allen menschlichen Genüssen, wird in England, Frankreich und Italien mit der natürlichen Vorliebe getrieben, aus der sich notwendig Redner und eine Kunst des Redens ergeben müssen. In Deutschland wird dieses Geschäft im Durchschnitt mit dem anderweitigen Schaffen und Arbeiten, und Essen und Trinken ungefähr in eine Reihe gesetzt. Jene scheinen zu leben, um zu sprechen; wir nur zu sprechen, um die übrigen Lebensfunktionen zu befördern und im Gange zu erhalten. – Ich gestehe es ein, und vergebe dennoch, wie der Verfolg zeigen wird,

der Ehre und dem alten Adel der Sprache nichts, in der ich das Wesen und die Natur der Beredsamkeit zu beschreiben unternehme.

Der größte Redner der deutschen Nation Friedrich Schiller, der die dichterische Form nur wählte, weil er gehört werden wollte, und weil die Poesie eine Art von Publikum in Deutschland hatte, die Beredsamkeit aber keines, – klagt über eine gewisse Flüchtigkeit, oder vielmehr über ein gewisses Verfliegen des Gedankens in der Sprache, klagt, daß die Seele, wenn das Wort ausgesprochen werde, schon weit über dem Worte, oder weit voran vor dem Worte sei. »*Spricht* die Seele,« sagt er, »so spricht, ach schon die Seele nicht mehr.« – Das ist in wenigen Silben das Unglück einer Nation wie die deutsche, die lange in sich und auf ernste und ewige Dinge gekehrt, nun auf einmal gewahr wird, daß sie das äußere Leben, Vaterland und Gesellschaft versäumt hat; daß ihre Gedanken unendlich weiter reichen als ihre Sprache; daß sie viel mehr besitzt, als sie mitzuteilen imstande ist – während sie zu fühlen anfängt, daß die Fähigkeit, ihn mitzuteilen, den Besitz erst zum Besitze; daß die Fähigkeit, ihn auszusprechen, den Gedanken erst zum Gedanken macht; und der wahre Ernst und die eigentliche Ewigkeit des Sinnes nur darin liegt, daß er sich mit dem bürgerlichen und gesellschaftlichen Leben verträgt.

Es gibt in Deutschland ein *Ringen mit der Sprache*, ein Drängen des Unermeßlichen in Worte, ein unglückliches aber rührendes Bestreben, welches nie gelingen kann, nicht weil das Unternehmen etwa über die Grenzen der Sprache überhaupt ginge, aber weil der einzelne mit seinem Gedanken weit vorausgelaufen ist der Nation mit ihrer Sprache, und weil er nun mit den beschränkten Kräften seiner Brust ausdrücken will, wohin er erst die Nation erheben muß, damit er es sagen könne. Der Gesichtskreis der Deutschen, so habe ich das Unglück an einem anderen Orte ausgedrückt, ist unendlich größer als unser Wirkungskreis: unser Gedanke reicht weiter als unsere Sprache.

Die Worte Schillers: *Spricht* die Seele usw. gelten also nicht etwa überhaupt als eine traurige Wahrheit von aller Sprache, sondern von der dermaligen deutschen; die Seele ist nicht etwa an sich vornehmer und größer als die Sprache, sondern die Sprache ist das göttliche Siegel, wodurch alle sonderbaren, eignen und weitläufigen

Gedanken des einzelnen Menschen erst zu ernsthaften und wahrhaftigen Gedanken werden. Das Schönste, was die Seele in ihrem einsamen Bezirke hegt, bleibt Vision und Traum, und ohne Einfluß auf die Welt, also ohne freundliche Bestätigung von außen, bis es deutlich gesagt werden kann, d. h. bis ein überschwengliches Wesen, worin alle vorangegangenen Jahrhunderte, und alle Geschlechter bis auf den Einzelnen, Ärmsten das schönste Erbteil ihres Lebens niedergelegt haben, *die Sprache* es bestätigt; bis der Gedanke durch dasjenige zum Gedanken wird, wodurch der Mensch zum Menschen wird. Kurz, es ist mit dem Besitz der Seele, wie mit allem Besitz; er ist nicht eher sicher, als bis er zum Gemeingut geworden; und dies wird er durch die Sprache. –

Der Deutsche ist in einem unbequemen Verhältnis zur Sprache, er ringt mit ihr, sage ich, er zwingt sie, wozu sie nicht geneigt ist, und sie ihrerseits zwingt ihn durch das ewige Gesetz der Reaktion wieder dahin, wohin er nicht will. So regiert der deutsche Gelehrte auf dem Papier den Staat, gibt Gesetze, verbessert die Sitten, erfindet Terminologien, martert die Sprache, und wird gegen den wirklichen Staat, die wirklichen Gesetze und Sitten nur immer feindseliger gestellt, von den äußeren Bedingungen des Lebens nur immer mehr gepeinigt, von der wirklichen Sprache zerrissen und von der eignen Terminologie verwirrt. In dem einen Augenblick hantieren wir mit der Sprache despotisch und eigenmächtig, als wenn sie ein erfundenes Wesen, eine Art von Chiffre oder Signal wäre, das man willkürlich verändert, wenn der Schlüssel in Feindes Hände gefallen ist; in dem anderen Augenblick hantiert dafür die Sprache mit uns, verwandelt wider unsern Willen die Gedanken unter unsern Händen, zähmt sie, bändigt sie. –

In welchem bequemen, schwebenden Verhältnis steht dagegen der Franzose zu seiner Sprache: *Spricht* die Seele – so hat sie auch genau im Worte Platz. Daher die gewisse Befriedigung im Sprechen, und in dem Gedanken des Gesprochenhabens und Sprechenwerdens, worüber sich wohl spotten läßt, und von Armut reden, die sich leichter in Schranken und zu Rate halten ließe, als der Reichtum –, während wir innerlich, wenn wir gerecht sein wollen, mit Neid anerkennen müssen, daß, wer erst die Sprache in solche Eintracht gebracht hat mit dem Gedanken, mit der Sprache auch zugleich viel anderes gewinnt, was wir entbehren müssen.

Zu dieser Harmonie der Sprache mit dem Gedanken lenken wir aber allgemach zurück, halb von der Not gedrängt, halb getrieben von einem alten, guten, ernsten und göttlichen Verlangen, das nie ganz von uns gewichen ist, und das die deutsche Kunst sogar in diesen letzten Zeiten der Barbarei und Sprachverwirrung bei Ehren erhalten hat. Der Mensch soll nicht denken über die Sprache hinaus, oder in Gedanken weiter schweifen als die Sprache reicht: Die Grenzen der Sprache sind die göttlichen Grenzen, die allem unserm Tun und Treiben angewiesen sind; und diese Grenzen sind keine Mauern; sie wachsen, wie die innerliche, treibende Kraft unserer Seele wächst. Wir sollen alles aussprechen können, was wir denken: denn nur die Gedanken, die das Vaterland mit uns denkt durch die Sprache, sind gute Gedanken. Der einzelne Geist, der hoffärtig heraustritt aus seiner Nation und ihrer Sprache, sich erheben will über sie, muß über kurz oder lang eben so weit unter sie hinab: um so viel er mehr verstehn will als sie, wird er auch weniger verstehn. Kurz, in jedem einzelnen Augenblick versteht er ganz in demselben Maße und nicht mehr, als er verstanden wird.

Ein einzelner deutscher Dichter und Werkmeister hat es auf diese Weise erreicht, im Niveau seiner Nation dreißig Jahre hindurch zu bleiben, und sich in ein bequemes, schwebendes Verhältnis zur Sprache zu setzen. Niemand wird es wagen, in der Größe der Absicht, in der Reinheit und Göttlichkeit des Willens Goethe mit Schiller zu vergleichen; aber es ist dafür auch ein Ebenmaß der Kräfte und des Stoffs, ein Verstand und ein Verstanden werden, kurz eine Wechselwirkung zwischen Goethe und der deutschen Nation, und ein Einfluß Goethes über diese, wie sie nicht leicht von einem einzelnen erfahren. Daß es die Nation selbst ist, nicht etwa ein vorübergehender akklamierender Haufe von Tagesgenossen, was von Goethe ergriffen worden, so erinnere man sich des nun bald vierzigjährigen Werther, der noch heute, nachdem eine ganze Generation und ein wirkliches Gedränge von Revolutionen in den Sitten und Ansichten, wie in der Sprache der Deutschen, vorübergegangen, mit derselben Frische der Beredsamkeit unser Herz anregt. Man erschrickt, wenn man in diesem Romane unverhofft etwa den Schnitt und die Farbe der Kleidung Werthers berührt findet, und nun erfährt, daß man ihn sich in der steifen, gespannten Eleganz jener Zeit denken soll, die uns eigentlich viel altertümlicher dünkt und viel

entfernter liegt, als die Kostüme des Mittelalters. So erhaben ist die Beredsamkeit des Werther über die Mode, daß sie selbst wie die andern lebendigen Menschen die Mode wechselt. Aber das eigentlich Charakteristische in Goethe ist sein Gleichgewicht mit der Sprache, also mit der äußeren Welt, also vor allen Dingen mit der Nation; er hat alles ausgesprochen, ausgeschrieben, ausgedrückt, was er gedacht und begehrt und empfunden. Es war eine glückliche Sinnlichkeit in ihm, die sich von den lebendigen Gestalten des Lebens nie ableiten ließ, eine glückliche Genügsamkeit und Behaglichkeit, die ihn von allen geistigen und philosophischen Schwärmereien seiner Kunstgenossen zurückhielt.

Indes beweisen die Vorrechte einer einzelnen, hochbegünstigten Natur nichts gegen die Regel. Ein gewisses Mißverhältnis zwischen dem Wollen und dem Vermögen ist der charakteristische Grundzug unsrer Literatur. So leicht es wäre, grade in dieser Eigenheit den unvergleichlich hohen Beruf unsrer Nation nachzuweisen, und grade in der Ursache des Verfalls der deutschen Beredsamkeit die sichre Bürgschaft unsrer dereinstigen Größe zu finden, so habe ich dennoch vorgezogen, meine Betrachtungen mit einer unumwundenen Anklage der Deutschen zu beginnen, weil ich darauf ausgehe, sie gründlich und befriedigend zu verteidigen.

Es ist eine goldne Regel, eine Haupterfahrung, die uns bei allen unsern Erwägungen der Redekunst an keiner Stelle verlassen darf, daß nämlich das Gemüt des vollständigen und gesunden Menschen beständig in kriegerischer Disposition und zum Widerspruche geneigt ist. Wollen wir also mit den Waffen der Rede oder des Arms verteidigen, so müssen wir anzuklagen und anzugreifen wissen, was verteidigt werden soll. Der Sachverwalter eines Verbrechers muß die stärkste Anklage gegen ihn führen, um ihn mit wahrem Erfolge verteidigen zu können: der Sachwalter der Tugend muß alle Ränke kennen, die seinen Gegenstand verunglimpfen können, ebenso wie der wahre Gottesgelehrte ohne gründliche Erkenntnis des Teufels nicht zu denken ist. Dies ist die erhabene Kunst, welche unter den Lobrednern des letzten Jahrhunderts den großen Bossuet so weit über den Thomas, und die unter den gerichtlichen Sachwaltern den britischen Redner Erskine weit über alle seine Standesgenossen erhebt. Dies ist die zierliche Kunst, welche die Frauen mit dem sichersten und glücklichsten Erfolge üben, ja das ganze Ge-

heimnis ihrer weltlichen Herrschaft: sie klagen an, was sie verteidigen, raten ab von dem, was sie erreichen wollen: sie verdecken Falten und Eigenheiten der Seele, die sie zeigen wollen, sie scheinen auszuweichen dem, was sie wünschen: kurz dies Geschlecht versetzt alles in die Disposition, es zu verteidigen.

Auf gleiche Weise kann man sicher glauben, daß überhaupt die Anhänglichkeit an einen geliebten Gegenstand noch nicht weit bei uns gediehen, so lange unser Lob noch unbegrenzt ist: aber wenn wir bescheiden werden, im Namen des geliebten Gegenstandes, wenn wir ihn mit Rückhalt, mit Einschränkung und Ausnahmen zu loben anfangen, so etwa, wie ein Bruder von der Schönheit seiner Schwester spricht, dann beschäftigt er uns ganz. Kurz, wo wir aus Liebe ungerecht werden könnten gegen die Welt, und ausschweifend und abgöttisch werden könnten im Lobe, da hat uns die Natur schon wieder sanft in die Bahn der Gerechtigkeit eingelenkt.

Was aber sagt diese ganze Regel: »Wisse anzuklagen, wo du verteidigen willst« – anders als in andern Worten meine frühere Regel: Wisse zu hören, wenn du reden willst; versetze dich in das Herz, dahinein du greifen willst, in den verwirrten Sinn, welchen du bekehren, in die Krankheit, welche du heilen willst. Verstehe, Redner, mich, deinen Gegner, wenn du dich verständlich machen willst: bist du verständlich, dann will ich glauben, dann werde ich es im innersten Herzen empfinden, daß du verstehst. Kurz, es gibt kein Mittel, den Verstand zu beweisen, als die *Verständlichkeit;* kein Mittel, das Geliebte und Verehrte und Angebetete wahrhaft zu verteidigen, zu erheben, als die *Gerechtigkeit.* Möge es uns gleichergestalt mit der deutschen Beredsamkeit überhaupt gelingen: mit Anklage haben wir ihr Lob und ihre Verteidigung eröffnet.

Wer wirken will, muß seinen Gegenstand zu ergreifen wissen: die gemeine Eroberung, Besitznahme und Unterwerfung genügt der größeren Seele nicht. Die Beredsamkeit will ergreifen, aber durch Reiz, durch Motive, die in der Brust dessen liegen, auf den sie es abgesehn: sie will ihre Beute nicht tot haben wie der gemeine Eroberer, aber im vollen Sinne des Wortes lebendig. Sie will eine freie Seele bezaubern und beherrschen; sie will ihren Gegner nur zwingen und reizen, niederzuknien vor der Wahrheit, die größer ist als sie beide. Sobald also der Redner allein spricht, ohne seinen Gegner, vielmehr sobald in der Rede des Redners nicht alle Argumente des

Gegners enthalten sind, sobald ist er seines Gegenstandes Meister noch nicht und seines Sieges nicht gewiß. *Jede wahre Rede ist also Gespräch*: in dem Munde des einen Redners sprechen notwendig zwei, er und sein Gegner.

Das ist der Punkt, wohin meine ganze heutige Darstellung führen sollte. Um die Beredsamkeit in allen ihren unendlichen Formen zu verstehn, muß man das *Gespräch* verstehn. Dies ist es, was Schillern und auch Goethen und Lessingen unwiderstehlich auf die Bühne drängte, wo sich das Streben einer echten und wahrhaftigen Natur in tausendfältigen Wendungen und Gestaltungen des Dialogs auseinanderlegen konnte. Wie konnte das Theater einer zerrissenen Nation an sich reizen, solche Geister reizen; aber einstweilen, und bis sich das Zerstreute und Zersplitterte wieder fügte, und Deutschland wieder auferstand, und dann ein wahres Theater, ein heiliger Spiegel der Nationalschicksale und eine Durchsicht in die freie Zukunft eröffnet wurde, haben diese drei Helden unsrer Literatur das Wesen der deutschen Rede und der Beredsamkeit überhaupt, nämlich das Gespräch in seiner Würde, behauptet. Die dramatischen Werke Schillers, Lessings Nathan, Goethes Tasso und Egmont gehören viel mehr in die Gattung des Gesprächs, als des Dramas.

Ist es nicht ein größeres Gespräch, ein Wechselreden zwischen sich und seinem Gegner, welches der Feldherr in seinem Busen trägt, wenn er seinen Plan entwirft. Kann er siegen, wenn er an irgendeiner Stelle seines Kalküls die Antworten, die Gegenwirkungen seines Feindes unbeachtet gelassen, wenn der Feind ihm größere Argumente und Kräfte entgegensetzt, als von denen er selbst schon überzeugt ist. Mit der Idee des Gesprächs beginnen alle Wissenschaften: zwischen zwei ewig streitenden Formen der Wahrheit, die sich in tausendfältigen Metamorphosen der verschiedenartigsten Naturen, Neigungen, Ansichten und Lebensweisen darstellen, erhebt sich in steigender Herrlichkeit unergreiflich, unergründlich die Eine ewige Wahrheit; aus dem Feuer des Streits und des Gesprächs, bevor es noch zur Asche zusammensinkt, geht sie glänzender, überzeugender, empfundener hervor. Die einzelnen Sprecher verstummen, die Systeme, die sie in hoffärtiger Anmaßung selbst herrschend aufgetürmt, versinken, aber das Wort selbst, das lebendige Wort, das Gespräch und die darin als Seele waltende Wahrheit ist ewig.

III. Von der Kunst des Hörens

Es gibt eine Kunst des Hörens wie des Redens, und da der Redner, meiner Vorschrift gemäß, außer sich selbst noch die Person seines Gegners sprechen lassen soll, so ist klar, daß er die Kunst des Hörens, die Kunst des Innewerdens fremder Naturen, und ihrer Art und Eigenheit in demselben Maße besitzen müsse, als die Kunst des Eindringens in fremde Naturen vermittelst seiner Rede: diese beiden Künste bedingen einander; niemand kann größerer Redner sein als Hörer.

In der Musik wird die Welt diese meine Forderung leicht zugeben; wer singen lernen will, muß ein musikalisches Ohr haben; und wer Musik als Kunst und nicht als bloße Schmeichelei des Ohrs empfinden will, soll sein Ohr für die Musik ausgebildet haben, wie derjenige seine Stimme oder seine Instrumentalfertigkeit, der sie hervorbringt. Überhaupt glaubt man von allen Künsten, daß, um sie zu genießen in der Fülle dessen, was sie gewähren, man sie selbst üben müsse. Nur in der Redekunst soll es hinreichen, daß der empfangende Sinn, das Ohr, offen stehe und über sich ergehen lasse. Man setzt vielleicht dunkel voraus, daß ein Sinn, der täglich geübt werde, durch eine Kunst, wie die des Redens, die in keiner Lage des Lebens ganz entbehrt werden könne, keiner absichtlichen Nachhilfe bedürfe, und daß die Seele, diese Künstlerin aller Kunst, schon von selbst kluge und eifrige Türhüterin des Haupteinganges, der zu ihr führt, sein werde. –

Zuvörderst aber übersieht man dabei, daß die ganze Welt durch die Rede ausgedrückt wird, wie denn überhaupt für alles, was die Welt dem Menschen gewährt, an Gütern, an Schätzen, an Genuß, an Erkenntnis, nur ein einziges würdiges Äquivalent von Seiten des Menschen an die Welt zurückerfolgt: nämlich die Rede, d. h. die vermenschlichte Welt: man übersieht also, daß durch diesen Sinn des Ohrs Großes empfangen wird und Kleines, Gewaltiges und Schwaches, Unermeßliches und Geringfügiges, daß also in sehr verschiedener Art, bald in großer bald in leichter und flüchtiger Manier empfangen werden muß; daß also dasjenige Ohr, welches nur gewöhnt ist zu empfangen: – guten Morgen oder wie geht es? oder was kostet das? – um deswillen nun noch nicht grade geeignet

ist, eine Rede von Johannes Müller an die Schweizer, oder von Gentz für das europäische Gleichgewicht oder irgendeinen andern Wortredner der Völker nach Würden anzuhören. Nicht etwa weil die Kenntnisse, die wissenschaftlichen Vorbereitungen fehlen, die zum Verständnis dieser Redner gehören, sondern weil das Ohr an großartige Wendungen der Rede nicht gewöhnt ist, weil von den breitgetretenen, zerbröckelten Tönen des gemeinen Lebens, worin kein Gesetz herrscht, als das der Not, kein Takt, als der der Faulheit, eigentlich kein Übergang stattfindet zu dem harmonischen Ganzen, was ein überlegender Geist mit Freiheit und rhythmisch angeordnet hat. –

Ferner übersieht man, indem man dem Ohr an und für sich schon die gehörige Bildung zutraut, die Eitelkeit der Menschen; sich untätig verhalten, über sich ergehen lassen, ist keine Kunst, aber zu leiden, mit Verstand und Würde zu *empfangen*, ist überall eine ebenso große Kunst, als zu handeln, oder mit Geist, mit Geschmack und mit Kraft zu *geben*. Aber weil die Kunst des Handelns und so auch des Sprechens sichtbar ist, weil die Wirkung von ihr auszugehen scheint, weil sie ganzen Massen von Menschen und Kräften angenehme Gewalt anzutun scheint; dagegen die Kunst des Leidens und des Hörens weniger in die Augen springt – so ergibt es sich, daß zuletzt in jeder gegebenen Gesellschaft viel mehr Personen reden als hören wollen, während die Natur das ganz Entgegengesetzte zu wollen scheint, indem sie angeordnet hat, daß zwar viele hören können was einer spricht, unmöglich aber einer hören kann, was viele zu gleicher Zeit reden. Die Eitelkeit der Menschen macht, daß das Sprachorgan viel mehr geübt wird als das Ohr, daß man von der Seele, die, wenn irgendwo, so in der Mitte zwischen diesen beiden erhabenen Organen liegt, sich mehr und mehr entfernt, und auf mechanischem Wege die höchste Wirkung hervorbringen will, die dem Geist über den Geist je gelingen kann.

Das Auge empfängt alle Bilder, alle Farben, alle Eigentümlichkeiten der Welt: was gibt es der Welt zurück als seinen zwar ausdrucksvollen, aber stillen Glanz? Der Geschmack, der Geruch, für welche die Natur die zartesten Verhältnisse der Körperwelt zu mischen scheint, was geben sie der Natur zurück? Womit antwortet der Mensch auf alle Wohltaten und Schmeicheleien seines Gefühls und aller dieser Sinne? – Alle seine Schuld bezahlt er, all dieses

unendliche Empfangen vergilt er, auf alle Fragen der Natur antwortet er mit dem Vermögen der Rede: aus allen diesen Bildern, diesem Glanz, diesem Duft, diesem Wohlgeschmack, diesen tausendfältigen Anregungen des Gefühls bereitet sich ein einziger, einfach-unendlicher Stoff: *das Wort.* Der Sinn also, dem die Natur das Vermögen der Antwort beigegeben, der nicht bloß zum Leiden bestimmt ist wie die übrigen, hat einen höheren Beruf als die übrigen. Auch zeigt sich die Wahrheit dieser Behauptung deutlicher darin, daß unser Ohr das Gesetz der Welt ganz für sich, und fast ohne Beihülfe der übrigen empfinden kann: an der Musik ist wahrzunehmen, und die meisten musikalischen Virtuosen bestätigen es, daß dieser Sinn der unabhängigste von allen ist, ja, ich möchte sagen, daß der ganze Mensch sich in das Ohr zurückziehn, mit diesem einen Organe leben, denken und dichten, und alle andere Organe im tierischen Zustande hinterlassen kann. Wie Großes haben die Alten gemeint, als sie von einer Harmonie der Sphären redeten, als wenn die Gesetze der wunderbaren Anordnung des Weltbaus doch eigentlich nur das Ohr empfinden könnte! –

Die Eitelkeit der Menschen nun will lieber auf diesen Sinn wirken, als Eindrücke durch ihn empfangen; darüber geht das Vermögen, höhere Eindrücke dieser Art zu empfangen, und natürlich auch die Kunst, sie durch die Rede zu bewirken, allmählich verloren. Und gesetzt auch, die Natur sorgte für die Bildung des Ohrs, so verdirbt sie der Mensch durch das eitle, unglückliche Bestreben, mehr auf die Welt zurückzuwirken, als diese auf ihn einwirkt. –

Endlich übersieht man, indem man unsrem, der heutigen kultivierten Europäer Ohr von selbst schon die gehörige Bildung zutraut, die Verwirrung und Verkehrung im Reiche der Geister, welche die Buchdruckerkunst angerichtet. – In den Zeiten vor dieser segensreichen, aber auch verderblichen Erfindung, wurde die Kunst der Schrift nur angewendet für die Abwesenden und Nachkommen: für die Gegenwärtigen hingegen, für die Zeitgenossen, für alles, was man mit seiner Brust und Stimme erreichen konnte, galt die lebendige Rede. Es war wie mit den Geldverhältnissen: wo man sich erreichen konnte, da vergalt man einander mit der Kraft seiner Hände und mit Diensten, man zahlte dem Gegenwärtigen und Zeitgenossen mit der Person: nur für die Entfernten, für die Abwesenden, für die Zukunft bediente man sich des Goldes und Silbers. –

Gold und Silber verhält sich zur lebendigen Tat grade wie die Schrift sich zu dem lebendigen Worte verhält. Als sich alle praktischen Verhältnisse des Menschen in Geldverhältnisse, und alles Reden der Menschen in den höheren Geschäften des Lebens, nämlich im Regiment der Staaten und des Reiches der Wissenschaften in schriftliche Verhandlung auflöste; als nunmehr keine unbezahlte, persönliche Hilfsleistung im ganzen Gebiete des bürgerlichen Lebens, als etwa zwischen Eltern und Kindern zurückblieb, als die lebendige Rede nur in den ganz gemeinen und alltäglichen Verhältnissen des Lebens ihr Recht behielt – wem möchte es befremden, daß von da an die Tatkraft dieses Geschlechts gelähmt, die Gewalt des göttlichen Organs der Rede gebrochen und gebeugt, und das Ohr für alle höheren Eindrücke, die man höchst unnatürlicher Weise dem dechiffrierenden Auge zuwies, verschlossen wurde? –

Wurde dieses Geschlecht um die Mitte des sechzehnten Jahrhunderts, wo diese große Verwandlung vor sich ging, plötzlich so gebrechlich, ohnmächtig, oder durchdrungen von dem Gedanken seiner Vergänglichkeit, daß es sich an dem Golde und an der Schrift, an den bleibenden Eigenschaften dieser Dinge festhalten wollte, *oder* ist es nur durch den Mißbrauch jener beiden Gaben, des Geldes, wozu Amerika, der Schrift, wozu die Buchdruckerkunst verleitete, in Tat und Wort so zurückgekommen? – Ich will es nicht entscheiden – aber ich weiß, daß jedes gesunde Gemüt diese Umkehrung der Natur mit mir empfinden und beklagen muß. –

Seitdem die Buchdruckerkunst gemein wurde, verschwindet nun nicht mehr das Schlechte, Falsche und Unbedeutende, wie ehemals gleich nachdem es gesagt wurde, zerfließt nicht mehr in die gemeine Luft, der es mehr angehörte als dem Geist: es bleibt, es rückt in ganzen Geschwadern, nach beschleunigtem Verhältnisse wachsend, wie die *Bibliotheken* unsrer Zeit zeigen, auf die unglücklichen Nachkommen los; genau ebenso wie das ökonomische Unglück, welches in früheren Zeiten von dem Geschlecht, das es betraf, unmittelbar getragen, abgeschüttelt wurde, und dann mit den Leidenden dahinstarb, sich nunmehr, seitdem alle Tat und Handlung in Golde ausgedrückt wird, in schweren und immer schwereren *Schuldenmassen* auf die Nachwelt wälzt. –

Die Organe der Sprache und des Gehörs sind ihrer edelsten Funktionen beraubt, sie feiern, sie verrichten unnütze Dinge oder doch nur den allergemeinsten Hausdienst; nur ganz auf der Höhe des europäischen Lebens, im Privatleben der Franzosen, und im öffentlichen Leben der Briten, den beiden besten Früchten, welche die letztvergangenen Jahrhunderte erzeugt, dauert, wie ich neulich gezeigt, ihre alte Bedeutung fort. Wie kann man also voraussetzen, daß das Ohr schon von selbst hinlänglich gebildet werde, in einer Zeit, wo von allem Klange der Rede, von aller Lebensfülle, von allem Brausen der bürgerlichen Taten, von allem Gesange der Poesie früherer Jahrhunderte nichts zurückgeblieben, als ein einförmiges Rauschen der Bücherblätter in einsamen Gemächern, wie ein ähnliches totes Rauschen der Blätter im Herbst statt allen fröhlichen Tumultes der schöneren Jahreszeit zurückbleibt! –

Nachdem die Rede aus dem Gebiet des Ohrs in das Gebiet des lesenden Auges, nachdem sie aus dem Gebiete der Stimme in den Wirkungskreis der schreibenden Hände einmal höchst unnatürlicherweise versetzt worden, so erstirbt sie nun auch, schrumpft zusammen, vertrocknet mehr und mehr: Das Wort schwindet ineinander und wird mehr und mehr zur Zahl. Alle Wissenschaften, alle bürgerlichen Geschäfte lehnen sich, halten sich an der geliebten Zahl, sie verpuppen sich, wie gefräßige Insekten, in Gespinsten von Zahlen und Formeln. Die Popularität der Kartenspiele zuletzt parodiert auf eine sehr zierliche Weise das ganze sonderbare Wesen, die ganze Zeit spiegelt sich in diesem einfachen Vergnügen: eine Kombination gewisser Zahlenverhältnisse statt des gesellschaftlichen Gesprächs, und ein kleiner Geldkommerz statt der persönlichen Berührung.

– – Sie sehn, ich gehe etwas weit in der rhetorischen Wendung, mit der ich diese Vorlesungen eröffnete, – nämlich in den Anklagen dessen, was zu verteidigen meine Schuldigkeit und meine Absicht ist: zuerst war es Deutschland, in dessen Sprache und in dessen Sinn ich doch eigentlich rede, nun ist es gar das gesamte Zeitalter, das ich doch eigentlich nicht fallen lassen darf, aus dem einfachen Grunde, weil ich einmal nicht heraus, und mir ein andres suchen oder schaffen kann. Aber ist es denn so etwas Kleines, einen vergeßnen, stiefmütterlich vernachlässigten Sinn des Menschen zu verteidigen und zu reiten, da nur noch vier andre sich, gar nicht

einmal zu schließen, sondern nur auf ähnliche Weise abzustumpfen brauchen, damit von dem ganzen Geschlecht, seinem Tun und Treiben nichts Redenswürdiges mehr übrig bleibe? Ist die Kultur dieses adligsten Sinnes und mit ihm die Beredsamkeit wieder herzustellen durch bloße Vorlesungen und Regeln über die Beweisführung, über die Erregung der Leidenschaften usw. in Blairs und Priestleys und Batteuxs Manier? Ganz Griechenland hat Jahrhunderte hindurch sprechen müssen, erst mußte das letzte Bauerweib auf dem Markte von Athen durch bloße Bildung des Ohrs unterscheiden können, was attisch und was schön griechisch war, was nicht, bevor Demosthenes kommen durfte. Dass ein Einziger sprechen kann wie es sich gehört, dazu muß beitragen die Nation, müssen beitragen die Weltumstände, so gut als der, der die Beredsamkeit lehrt. Weil ich eine einzelne Wissenschaft, eine einzelne Kunst erlernen will, so schließt sich deshalb auf so lange die Welt nicht zu, noch steht sie unterdes stille: weil ich nun aber nicht sprechen kann, wenn mein Volk nicht mitspricht, und weil die Welt aber, indem sie fortläuft, stören könnte mein Werk und mein Lernen, und weil sie zuletzt doch all mein Lernen erst erfrischen, beleben muß, und weil es ihr zugute kommen soll, so habe ich mich früh gewöhnt, die lebendige Welt mit der Wissenschaft und Kunst von vornherein zu verweben. Das Band der Dinge ist ja was wir eigentlich suchen; in dem was das Wort und die Tat, den Gedanken und das lebendige Leben miteinander verknüpft, liegt das Geheimnis der Beredsamkeit; läge es in den Häkchen und Fäden, welche Worte an Worte und Redensarten an Redensarten binden, so wäre es von der Silbenstecherei unsres Jahrhunderts längst entdeckt. – So viel zur Entschuldigung, wenn ich oft von etwas mehrerem rede, als der Beredsamkeit.

– – Es gibt also eine Kunst zu hören, und ich bin fest überzeugt, daß wer sie in gehörigem Maße besäße, durch bloßes Ausüben dieser Kunst, durch bloßes sinnreiches und lebendiges Anhören einen andern zum Redner machen könnte. Man kann in jedem Theater bemerken, wie viele Grade gesteigerter Aufmerksamkeit es in einer Versammlung von Menschen gibt, und wie viele Grade der Stille, die in gewissen Momenten jene Atemlosigkeit der ganzen Natur erreicht, die man auf den Gipfeln sehr hoher Berge wahrnimmt: man kann unzählige Arten der Aufmerksamkeit und des Anteils bemerken, und man wird innewerden, daß der Mensch deshalb,

weil, und solange als er hört, nicht auch stumm ist. Der große Schauspieler weiß, was er von den bestimmten und hergebrachten Manieren der Antwort von seiten des Publikums, vom Händeklatschen, und von dem eigentlich schreienden und brausenden Beifall zu denken hat: aber wenn eine große Versammlung von der Macht der Rede so überwältigt wird, daß sie die konventionelle Antwort vergißt, daß sie wie mit einem einzigen Ohre horcht, und jeder Atemzug nur sorgt, wie er sich in die gelegentlichen Pausen der Rede fügt, und einzelne leise, kurze Laute der Bewunderung mit unverabredeter und doch überraschender Gleichförmigkeit aus der immer tieferen Stille heraustreten, wenn die ganze Versammlung sich unsichtbar, aber ganz deutlich aneinander lehnt, jeder empfindet, daß er nur Glied eines größeren Menschen ist, der angeredet wird, dann ergreift auch den Künstler auf der Bühne etwas ihm selbst Unerwartetes, größer als Menschliches, nicht etwa eine gemeine Verwandlung in das was er darstellt, nicht etwa eine Trunkenheit der Begeisterung, aber eine gewisse göttliche Ruhe; das ganze Gerüst von Vorübung und Studium seiner Rolle verschwindet, die Bemühung wird unnütz, das Talent selbst tritt zurück; es ist als wenn ein höherer Geist, der Dichter oder irgendwer sonst den ganzen irdischen Apparat dieser Kunst entrückt hätte, als wenn er durch den Mund des Künstlers redete, und als wenn derselbige Geist in seligem Anschaun seines eignen Werks auch durch das Ohr der Versammlung wieder horchte; es ist als wenn jene glückliche Gemeinschaftlichkeit des Bodens und des Himmels, von der wir in unsrer vorigen Unterhaltung sprachen, alle überkäme, und als wenn zwischen Parterre und Bühne die Grenze des Proszeniums verschwände, welche die Kunst eigentlich immer aufheben sollte, wie die Alten andeuteten, indem sie die Bildsäule des Gottes, die Neueren, indem sie die Musik an diese Grenze hin verlegten. –

Dies sind die Augenblicke, wo jeder im Hören empfindet, daß auch er reden könne: in solchem Moment mag Schiller sich selbst, und außer sich etwas Göttliches, und somit seinen ganzen Beruf in seiner Brust empfunden haben. Wenn wir uns aber erinnern, daß dieser Zustand der Vereinigung in dem Wort, der uns in den dermaligen betrübten Umständen unsres Lebens nur selten, und dann zufällig und vorübergehend befällt, der eigentlich natürliche Zustand des Menschen ist, daß wie das Element des Fisches das Was-

ser, des Vogels die Luft – so das Element des Menschen die lebendige, die gesprochene, die empfundene Sprache ist; wenn wir uns ferner erinnern, daß wir die gegenwärtige unmittelbare Gewalt der Töne, und somit das eigentliche Element unsres Daseins aus allem höheren Leben verdrängt haben, daß wir dieses Element, das nur gehört werden kann, sehen wollen in Zeichen und Schriftzügen, daß selbst die Franzosen in ihrer glänzendsten Zeit es doch auch nur geschmeckt haben – so müssen wir eingestehn, daß wenn auch von Deutschland insbesondre, doch nicht weniger vom ganzen Zeitalter die Klage unsres Dichters gilt: Spricht die Seele usw. – Sie ist um so wahrer, als sie auch vollständig gilt, wenn man sie umwendet und sagt: Hört die Seele usw.

– – Nur unter großartigen Leiden lernt der Mensch großartig handeln, nur durch den Gehorsam lernt er herrschen, nur durch Hören lernt er reden. Das Handeln, das Befehlen an sich, etwa durch ein Vormachen und Vorbefehlen – läßt sich nicht lernen; ebensowenig das Sprechen durch Vor- und Nachsprechen, wie unser ganzes Zeitalter glaubt. Einem großen und beredten Schriftsteller des vorigen Jahrhunderts ward ein vornehmer Zögling gebracht, daß er an dem immer gegenwärtigen Muster seiner Sprache und seiner Schrift die Kunst der Beredsamkeit sich aneigne: Schreibt, antwortete ihm dieser, so will ich Euch sagen ob Ihr schreiben könnt; mehr vermag ich nicht über Euch. Dieser Autor fühlte, daß in dieser erhabenen Kunst kein gemeines Übertragen stattfinde; noch sinnvoller aber hätte er sagen können: lest, so will ich euch sagen ob ihr schreiben könnt; hört mich an, und ich will euch bestimmt anzeigen, ob ihr reden könnt. –

Aber, höre ich mir einwenden, ist denn das Hören, und zwar selbst das recht künstliche Hören, mehr als ein geistiges Nachsprechen; ist denn das Hören nicht eben deshalb die Schule des Redners, weil es ein stilles Angewöhnen des Redens ist? – Was? Genügt es mir, wenn ich rede, daß sich jedes meiner Worte in dem Hörer eindrückt und abformt wie das Siegel in dem Wachs, und daß jede Wendung meiner Rede ihn bewußtlos und durch eine kalte Notwendigkeit stellt und richtet, wie die Wetterfahne der Wind? Ich verlange ja eine Antwort, ich will ja Freiheit gegen mir über, und Selbstbestimmung; keine Maschine, die zu regieren es ja noch mechanische Kräfte in der Welt gibt, und wozu nicht die Wunderkraft

des Wortes erst auf eine lächerliche Weise gemißbraucht werden darf. Sie sollen ja nicht verstummen, sondern sie sollen hören! – Ich will ein Bestimmtes erreichen durch meine Rede – wohlan! weil ich ein Mensch bin; aber noch eifriger will ich, daß meine Rede andre Redner erwecke, daß sie entzünde das Gespräch meines Volks und meiner Zeit, daß sie andern den Mut gebe, zu sagen und auszusprechen die Leiden, die Hoffnungen und den Stolz dieses Jahrhunderts – warum? weil noch außer dem Menschen etwas Göttliches in mir ist, etwas, das ich selbst mit der Erreichung aller meiner Wünsche, und mit der Überredung aller meiner Gegner nicht zur Ruhe bringe! –

Das Hören ist eine Manier des Antwortens; und da in jedem gegebnen Augenblick die Natur, wie der Sprecher im britischen Parlament, nur einem einzigen, der grade zuerst aufgestanden ist, das Wort erlaubt, so hat sie andrerseits die, welche für diesen Augenblick nachstehn, schweigen und hören müssen, mit einer unsichtbaren Beredsamkeit begabt, mit Zeichen, mit einem stillen Widerstreben gegen jede rednerische Gewalttat, mit sehr vernehmlichen Andeutungen, mit sehr empfindlichen Belohnungen, und – was mehr als alles dies ist, in den Augenblicken wahrer Berührung mit dem Redner, oder des vollständigen Gelingens seiner Absicht – mit dem stolzen, verklärten Gefühl des Erfülltseins von demselbigen göttlichen Geist, der durch den Mund des Redners spricht. – Auch hier nötigt die Natur (grade in dem Augenblick des menschlichen Gelingens, wo die Abgötterung anfangen könnte dessen, dem es gelungen ist) sanft zur Gerechtigkeit. So überhaupt, wenn der Mensch am größten wird, so wird er gehorsames Instrument eines höheren Geistes; man kann ihn nicht achten, ohne zugleich etwas Höheres anzubeten; und in ihm selbst –, je mehr äußere Ursachen zum Stolz, um so mehr innere Gründe zur Demut; so wie ich oben zeigte, daß die Liebe zu einem irdischen Gegenstand am höchsten stiege, wenn sie fromm und gerecht würde.

– Vergessen Sie gütigst für den Augenblick uns lesende, schreibende Redner, und alle gelehrte Barbarei und alle Stubenangewöhnungen unsrer Zeit. Denken Sie sich einen lebendigen, improvisierenden Redner, der nicht die eigentliche Rede schon zum voraus an das Papier gehalten hat, den nicht Bibliotheken und Drucklettern und der Flitterglanz des schriftstellerischen Ruhms, auch nicht wei-

ter die stumme Natur mit ihren sogenannten Schönheiten zum Reden begeistert, sondern der menschliche Gesichtszüge vor sich haben muß, den zum Reden antreibt, was den wahren Helden zum Siegen, nämlich die Fähigkeit der Antwort, die Unüberwindlichkeit, die Freiheit, das Heldentum seines Gegners, der, wie die Helden der Ilias, nur redet, wenn er gefragt wird, oder angeredet, oder wenigstens angelächelt, oder doch von nichts Geringerem als einem Gott angetrieben wird. – Solchem Redner gegenüber läßt sich erkennen, daß der Hörer, wenn er schweigt, nicht stumm ist, daß er unaufhörlich eingreift und tragen hilft, daß er mit leisen Bewegungen des Blickes oder der Augenbraunen, mit leisem Zucken der Muskeln, mit unmerklichem Lächeln, mit Rührungen, die kaum den Kristall der Augen anhauchen, mit Atemzügen, mit Pulsschlägen möchte ich sagen, und mit allen den leichten Geberden, die von dem gewöhnlichen Tumult des Lebens übertäubt werden, den gewaltigsten Redner regiert. Glauben sie mir: jeder große Buchredner oder wahrhafte Schriftsteller des achtzehnten Jahrhunderts wurde was er war hauptsächlich durch die Kraft seiner Phantasie, mit der er diese stillen Geberden eines aufhorchenden Volks in die Zwischenräume seiner Reden flocht, mit der er alles Geliebte, Geachtete, Verehrte, alles was je auf seine Bitten gehört, auf seine Fragen geantwortet hatte, im Geist um sich her versammelte: er wurde nur Redner inwiefern er die Kunst besaß in tausendfältigen Weisen und in der freien Manier der verschiedenartigsten Naturen sich selbst anzuhören; nicht die armselige Kunst sich mit gelehrter, einsamer Selbstgefälligkeit selbst im Geiste nachzusprechen, sondern die Kunst sich anzuhören wie ein Dritter, mit Protestation, mit Opposition, mit andern Gesinnungen, nicht bloß mit einem andern Ohr, sondern fast mit einem andern Herzen als dem seinigen. –

Darum gedeiht in Republiken die Beredsamkeit, nicht bloß, weil jedem mitzureden erlaubt ist, sondern weil jeder frühe gewöhnt wird einzugehn in die freie Gesinnung, in das Ohr des Nachbars, weil, wer herrschen will, so vieles Unabhängige, so viel eigentümliche Weise zu hören und zu empfinden, neben sich dulden muß, und so vielen gehorchen muß. Darum ist man auch in unsrer Zeit den Frauen gegenüber gewöhnlich beredter, als den Männern, weil man mit einem zarteren Ohre, mit einer gewissen Empfindlichkeit

des Anstands und der Sitte, kurz mit einem fremden Ohre, dem sich keine Gewalt antun läßt, auf das hören muß, was man sagt. –

Die Kunst zu hören besteht also in der freien Herrschaft, die man über diesen Sinn erhält, in der Fähigkeit im Sinn des andern zu hören, und doch zugleich sich selbst zu hören; kurz, sie besteht, wie alle Kunst, wie insbesondere die musikalische, in der Fähigkeit Akkorde, Harmonien zu empfinden, die nicht jedem angeboren ist, oder nicht etwa deshalb schon geübt wird, weil das Ohr offen steht und mit sich geschehen läßt. – Schärfer den Ton von dem Nichtton und einen Ton von dem andern unterscheidet der Wilde; das Tier sogar ist in der Fertigkeit, die Eindrücke der Sinnenwelt zu zerlegen, ohne weitere Lust kalt zu zerlegen, geschickter als der Mensch; aber den Wohlklang, die Akkorde unter dem was zugleich geschieht, das Ebenmaß, den Rhythmus, die Melodie zwischen dem was aufeinanderfolgt, die Macht, das Feindselige, das anscheinend Unvereinbare, durch ein Gesetz der Harmonie in seiner Brust zu versöhnen, die Kunst, aus den streitenden Kräften dieser Erde sich ein Gefühl der ewigen Ruhe zu bereiten, die Last zweier erbitterten Parteien wie zwei schwere Flügel auf seine Schultern zu nehmen, sich grade mit dem, was die andern Geschlechter der Erde dumpf zu Boden drückt durch sein Gewicht, durch Ebenmaß um so freier zu erheben – darin besteht die adlige Natur des Menschen. – Alle Sinne des Menschen sind für diese schönste Eigenheit empfänglich: aber ihre Lehrmeister, die selbst, ich möchte sagen, unmittelbar von Gott dieses große Gesetz empfangen, und es vor allen andern pflegen und bilden müssen, sind die Organe des Gehörs und der Stimme. Tiefsinnig schweigt die mosaische Offenbarung von allem andern Unterricht Gottes: er lehrt den ersten Menschen nichts weiter als die Sprache, das ganze harmonische Gesetz der Welt; die eigentliche Herrschaft über die Welt ist ihm hiermit übergeben, und die Schöpfung des Menschen ist nunmehr vollendet.

– – Es gilt also nicht von dem menschlichen Gehör, sondern nur von dem spürenden, unterscheidenden Instinkt des Wilden und des Tiers, daß es von Natur schon in der gehörigen Verfassung, und durch bloßes Offenstehn der Ohren schon so gebildet sei als es werden könne. Wie aber, fragen wir, soll das Ohr sich künstlerisch ausbilden, wenn nicht gesprochen wird, wenn das Zeitalter schreibt wo es reden sollte? Wohlan, üben wir diese wichtige Kunst zugleich mit

Sprache als harmon. Gesetz d. Welt

der Gerechtigkeit gegen die großen verstorbenen, und die zu unsrer Freude noch fortlebenden Zierden der Nation, die einsam, ohne Berührung mit dem Volke, zu dem sie sprachen und für das sie lebten, ohne Antwort, als die sie selbst sich zurückriefen indem sie gehorsam eingingen in das Gemüt und die Denkweise der Mitbürger, ohne Belohnung, außer dem zweideutigen, vielbeneideten und viel verbitterten Lobe entfernter Zeitgenossen, denen sie nie ins Auge gesehn, und außer dem Zeitungsruhm, den sie mit den Unwürdigsten ihrer Zeit teilen mußten, die dennoch, ohne alle Gunst der Umstände, ohne alle Witterung des Glücks, diese deutsche Sprache so ausgesprochen haben, so erfüllt und beseelt, daß sie sich heut ganz behaglich anhört, ganz mutig neben die andern vielbegünstigten Sprachen Europas stellen kann. Seien wir gerecht gegen die Dichter und Redner der Nation, indem wir sie lesen lernen, was wir jetzt noch nicht können: ich meine lesen, mit lebendiger artikulierter Stimme, indem wir sie – damit ich mich selbst wiederhole, wo es an seinem Ort ist, »eifersüchtig mißgönnen dem Papier, herausreißen aus den toten Lettern, der Buchdruckerkunst zum Trotz mündlich, wie Frankreich und Italien die seinigen längst, mündlich überliefern« der deutschen Nachwelt, die uns dann, frühe geübt, frühe gewöhnt an die vaterländische Harmonie, in der Kunst zu hören, also auch in der Beredsamkeit übertreffen möge.

IV. Verhältnis der Beredsamkeit zur Poesie

Nachdem wir in unsern bisherigen Unterhaltungen den toten Begriff der Sprache zu seinem Ursprung, nämlich der lebendigen Idee des Gesprächs, zurückgeführt haben, nachdem der Persönlichkeit des Menschen, seiner Brust und Stimme, zurückgegeben worden ist, was ihnen gehört, und was, unnatürlich zur Sache und Ware herabgewürdigt, in den Banden des Buchstabens und der Schrift gefangen lag, so stehn wir nun an dem Scheidewege, wo sich die göttliche Kunst der Rede in ihre beiden Hauptformen, die Beredsamkeit im engeren Sinne des Worts und die Poesie bricht, und wo wir, wenn wir unsrer Verabredung gemäß, der ersteren ungestört folgen sollen, ihres Verhältnisses zur letzteren gedenken müssen. –

»Poesie, sagt Hugh Blair in seinen Vorlesungen über die Rhetorik, ist die Sprache der Leidenschaft oder der in Tätigkeit gesetzten Einbildungskraft, die sich gemeiniglich auch durch einen besonders geordneten Silbenfall unterscheidet. Alle anderweiten Erklärungen der Poesie sind von ähnlichem Schlage: die Kritik bleibt im ganzen genommen dabei stehn, eine gewisse größere Lebhaftigkeit, Bilderfülle oder das wahrzunehmen, was sie mit einem vielbeliebten Ausdruck *Schwung* nennt. So viel scheint bei allen ausgemacht zu sein, daß es aufwärts geht, daß sich etwas geflügelt losreißt von den Banden dieser Erde und seine eigentümliche Bahn verfolgt: über die nähere Bewandtnis der Sache sucht man vergeblich Auskunft. Wenn man alle die Sagen von dem Wahnsinn der Begeisterung betrachtet, der den Dichter ergreifen soll, und erwägt, wie man übereingekommen ist, dem Dichter aus dem Wege zu gehn, ihm gewisse Freiheiten zu gestatten, ihn gewähren zu lassen, ihn zu behandeln wie einen, der sich in sehr unnatürlichem und ungewöhnlichem Zustande befindet, und nun dabei bedenkt, daß der eigentümliche Pulsschlag seiner Werke, nämlich das Silbenmaß wirklich auf etwas Besonderes, von dem übrigen Treiben des Lebens Unabhängiges, seinem eigenen Gesetze Folgendes hindeutet, so ergibt sich, daß, wie es auch in der Ordnung ist, das Wesen des Dichters eigentlich vielmehr empfunden, als durch Worte ausgedrückt worden ist. Es gehört zu dem Wunder der Poesie, daß so viele zu sagen wissen, wie ihnen zu Mut gewesen, da sie von ihr ergriffen wurden, und doch so wenige anzuzeigen vermögen, was

sie denn eigentlich ergriffen hat. – Eine der interessantesten Bemerkungen, die uns zuerst bei der Erwägung des Verhältnisses zwischen der Poesie und Beredsamkeit aufstößt, ist die, daß die Beredsamkeit es allezeit auf einen bestimmten Zweck absieht, während die Poesie überhaupt keinen Zweck, und wenn ja einen, doch gewiß keinen hat, der im Bezirke unserer irdischen Neigungen und Bestrebungen liegt. Es ist eine gewisse Selbstgefälligkeit in den Werken der Dichter, ein sich selbst genug sein, ein sich selbst spiegeln, und, bei aller innern Bewegung im einzelnen, eine Ruhe des Ganzen, die keine Begierde nach außen zuzulassen, und auf dieser Erde eigentlich nur das Gleichartige, in gleicher Seligkeit Befangene aufzusuchen scheint. Das Wort *Schwung* deutet auf eine Art von Anstrengung, von *effort*, und scheint auf diese Beschreibung nicht zu passen – ich bitte Sie aber nicht zu vergessen, daß die Kritiker, wie schon bemerkt, meistenteils nur ihren Zustand und ihr Verhalten bei Gelegenheit der Poesie, nicht aber die Poesie selbst beschreiben; und so bezeichnet denn jenes Wort (Schwung) nur die Resolution, die Art von Anlauf, die sie selbst nehmen müssen, um dem Dichter zu folgen. Aber da es keineswegs zum Wesen des Dichters gehört, daß er sich notwendig erhebe in sogenannte höhere Regionen, da ihm die Tiefe gehört so gut als die Höhe, da die Flügel, die wir ihm beilegen, nur andeuten sollen, daß er im Gleichgewichte sei mit dem Elemente, darin er lebt, daß Hoch und Tief, Groß und Geringe, und alles Maß und Gewicht des gemeinen Lebens vor ihm zuschanden werde – so ist es allerdings belustigend zu sehn, wenn die Kritik, wo sie einen Dichter gewahr wird, sich auf einen Schwung ins Unendliche gefaßt macht, während es doch meistenteils mit einem ruhigen Wandeln in den Tälern dieser Erde schon getan ist. Grade weil der Dichter sich dieser Erde entziehen kann, wann er will, so wird er wahrscheinlich mit besondrer Freiheit und mit besondrer Liebe in den irdischen Verhältnissen verweilen. – Indes ist der Redner befangen, verwickelt in diesen Verhältnissen, er will bestimmte Wirkungen hervorbringen, er will eingreifen in den Gang der Dinge, weil er einer bestimmten Zeit, einem bestimmten Orte angehört. Die Notwendigkeit und der Ernst bezeichnen das Geschlecht des Redners, Spiel und Freiheit das des Dichters. Das unendliche Gespräch aller der vielgestalteten Naturen im Umkreise dieses Lebens, welches ich in früheren Stunden beschrieben, ist zwar der Gegenstand beider: der Redner so gut als der Dichter ver-

einigt die drei Personen des Gesprächs, die beiden streitenden und die höhere friedenstiftende, nur daß er, der Redner, in dem Standpunkte einer der beiden streitenden Parteien residiert und dahin immer wieder zurückkehrt, während dem Dichter wie einem höheren Geist jene dritte heitre friedenstiftende Stelle über aller Zwietracht dieser Erde zur Heimat angewiesen worden, von wo er parteilos und gerecht, zwar tief hinabsteigt in die Herzen der Menschen, in ihre Feindseligkeit und ihren Schmerz, richtend, versöhnend, aber immer zuletzt von jedem irdischen Anfluge reingebadet, sich wieder zu der ruhigen Klarheit seines Wohnsitzes erhebt. Der Redner so gut als der Dichter vermag nichts ohne den Gott, wenn auch jener vielmehr als Held und Streiter für die göttliche Sache, dieser, der Dichter, vielmehr als Priester und Stellvertreter des Gottes erscheint, wie schon die Alten sehr richtig andeuteten; und wenn die höhere Würde der Menschheit eigentlich in der Verbindung des Göttlichen und Menschlichen beruht, und, wie ich neulich zeigte, gerade die Sprache göttliches Siegel oder Kennzeichen aller menschlichen Taten ist, so steht der Redner vielmehr in der Region des Menschen und befangen in der Tat und herabziehend zu ihrer Hilfe und ihrem Gedeihen das Göttliche, der Dichter hingegen vielmehr in der Region des Gottes, und lebend in der Sprache, im Wort, alles Trübe, Schwere und Verwirrte auflösend in die Klarheit seines Elements, und es, wie im Ion des Platon so schön beschrieben wird, hinaufziehend in den Kreis des Göttlichen. Der Redner nach Art des Hausvaters ist befangen in den Geschäften der Erde, schaffend, erwerbend, streitend für das Bedürfnis, für den Staat, die Wissenschaft, den Glauben, ohne Ende herbeiführend die Materialien des Baus, das Feindselige abwehrend und sein Unternehmen durch die Hilfe höherer Mächte verbürgend, indes die Poesie nach Art der Hausmutter alle diese versammelten Schätze ordnet, und in ein ruhiges Ganze zusammenfügt, und zu einem Wohnsitz des Göttlichen einweiht. Die Poesie wie die Hausmutter bleibt frei von den eigentlichen Banden des Besitzes, und während der Redner nach Art des Hausvaters das irdische Eigentum behauptet, verteidigt und auf die Nachkommen eigenmächtig und selbstherrschend überträgt, so ist die ganze Bestimmung der Poesie, wie der Frauen, frei von allen irdischen Banden die heilige Flamme des Lebens und des Sinnes, der das Leben zur Ewigkeit macht, zu bewahren und weiterzugeben. Die starren Gesetze des äußeren bürgerlichen Le-

bens berühren die Frauen so wenig, als die Zwecke, die Pflichten, die Rücksichten des Redners irgend etwas über die Poesie vermögen; und wie sich auf dem Gebiete der weiblichen Wirksamkeit ein eignes und unabhängiges Gesetz der Harmonie bildet, welches wir *Sitte* nennen, so hat auch die Poesie ihre eigne Regel des Wohlklangs, an der sich alle Wogen der Rede brechen: diese Regel, welche über alles Wirken des Redners dieselbe unsichtbare Gewalt ausübt, welche die Sitte über die Geschäfte des Mannes, möchte ich den wahren *Geschmack* nennen, wenn dieses Wort von allem Konventionellen, von aller falschen Verzärtelung und von jedem unedlen Beisatz gereinigt wäre. Sicher haben alle wahrhaft schönen Gemüter unter dem Worte Geschmack diese höhere Regel innerlich gemeint, wenn auch durch Zeiteinflüsse tausend unwesentliche Nebenbegriffe sich angeschlossen hätten. Daher nun in allen Werken der Poesie die tiefe Spur des freien Ursprungs, aus dem sie stammen: daher der eigentümliche Pulsschlag des Silbenmaßes, daher die Freiheit, ich möchte sagen die Selbstbestimmung, ja die Unabhängigkeit jedes poetischen Werkes (dessen Geburt vollendet ist) sogar von dem Dichter, wie des Kindes sogar von der Mutter: es gibt dann noch eine äußere Pflege, Feile, Politur – aber über den eigentlichen Kern des Werkes, über die innerste Flamme des Lebens, die durch ein göttliches Geheimnis entzündet worden, vermag der Dichter so wenig, als die Mutter über ihr Kind: erhalten, reinigen, schützen, auch zerstören läßt es sich oder opfern, aber nicht zurücknehmen, nicht umgestalten! Daher auch die anscheinende Zwecklosigkeit der Poesie, deren wir oben erwähnten, es läßt sich von ihr so wenig als vom Leben selbst der bestimmte Nutzen und die Art der Verwendung angeben, wofür sie eigentlich bestimmt sei. –

In den Werken der Beredsamkeit andrerseits scheint die Unruhe des Ursprungs unverkennbar: statt des einen innern unsichtbaren und geheimen Gesetzes der Poesie, welches sich in dem Ebenmaß der Symmetrie und der Vollendung aller poetischen Werke äußert, scheinen hier vielfältige, äußere, selbst noch unvollendete Gesetze zu regieren; die Bewegung gleicht dem unbestimmten Wellenschlag des Meeres, über das die Strömung, der Zug der Winde und auch der Einfluß der Pflanzen wechselweise gebietet, indes der Puls der Poesie ruhig und einförmig, und fast von allen irdischen Einflüssen

unabhängig fortschlägt. Man muß die Erde im ganzen, und lange Zeiträume hindurch betrachten, dann wird sich auch in den Bewegungen der Gewässer jenes heilige Gesetz des Lebens offenbaren, welches wir in dem abgeschlossenen Leben des Kindes unmittelbar, und wie durch Inspiration empfinden. –

Die Beredsamkeit des einzelnen Redners an sich betrachtet, hat im Vergleich mit der Poesie etwas Fragmentarisches und etwas von der Person des Redners immer Abhängiges; es ist, als wenn sie nicht immer zugleich die ganze Fülle, sondern nur eine Seite des Lebens darstellte, und als wenn der Redner selbst, die Kenntnis seines Charakters und seiner Lebensumstände erst sein Werk erklären müßte. Und doch erscheint auch dann noch sein Wesen einseitig und von höheren Umständen abhängig: man braucht die Werke der antwortenden Redner, man muß die Wechselrede einer ganzen Nation Jahrhunderte hindurch verfolgen, man muß des gesamten Nationalgesprächs inne werden, um dann endlich auch hier in jedem einzelnen Redner, unter allem Schein der Unregelmäßigkeit, wie dort in dem Tumulte der Meereswogen den heiligen Pulsschlag wiederzufinden, den wir unmittelbar empfanden, indem wir die Hand an ein menschliches Herz legten. –

Nirgends zeigt sich die Wahrheit dieser Darstellung deutlicher als in der Betrachtung der britischen Beredsamkeit: jeder einzelne Redner des britischen Parlaments steht auf einem ganz bestimmten Parteistandpunkte, er ist notwendig einseitig und fragmentarisch, wenn man ihn mit dem Dichter vergleichen wollte. Außer diesem Parteistandpunkte trägt er in sich einen instinktartigen Respekt vor seinem Gegner, und – die an Anbetung grenzende Verehrung vor dem ganz unaussprechlichen Wesen, welches britische Verfassung heißt. Er vereinigt also meiner Forderung gemäß die drei Personen des vollständigen Gesprächs: indes residiert er, wie es sich gehört, derb, tüchtig, kriegerisch gesinnt in seinem Parteistandpunkt, und kann durch die einzelne Rede zwar eine erhabene Gesinnung, aber niemals die ganze Fülle des politischen Lebens so ausdrücken, wie der Dichter die Fülle des Lebens, welches er darstellt. Indes ist es eine sonderbare Erfahrung, die der unparteiische Ausländer im fortgesetzten Studium der Parlamentsredner notwendig machen wird, nämlich daß man im Verfolg des Parlamentsgesprächs durch eine lange Reihe von Jahren ganz deutlich unter aller einzelnen

Unregelmäßigkeit, im Gange des Ganzen einen Rhythmus wahrnehmen wird, über welchen die Ausschweifungen der einzelnen Redner so wenig Gewalt haben, als die einzelne Ausschweifung des wahren Dichters über den Rhythmus der Verse und Silben, der ihn einmal ergriffen hat. Der Ausländer nun, im Studium des englischen Parlamentsgesprächs, vereinigt so gut wie der einzelne Redner alle drei Personen des Gesprächs, die beiden streitenden Parteien und das dritte höhere, allen gemeinschaftliche Wesen: weil er aber nicht im Standpunkte einer einzelnen Partei *wohnt*, sondern, wenn irgendwo, so auf der höheren gemeinschaftlichen Stelle, da wo das Gemeingut aller Parteien, nämlich die Konstitution steht, seinen Sitz hat, so befindet er sich in einer ähnlichen Lage, wie, meiner obigen Beschreibung zufolge, der Dichter: er übersieht, ich möchte sagen poetisch, also mit Ruhe, leidenschaftslos, ohne bestimmten Zweck, wie solcher den einzelnen Redner regiert, mit Liebe, und fast ohne Vorliebe das Ganze; und das Gesetz, der Rhythmus dieses Ganzen steht in voller Klarheit vor seiner Seele. – Aus diesen Gründen möchte es wohl dereinst zuerst einem Ausländer gelingen, das innere Leben und Wesen jener Verfassung, des würdigsten Gegenstandes des Neides und der Bewunderung aller europäischen Völker, vollständig auszusprechen.

– In dem Maße, als der einzelne Redner nach der Fülle seines Gegenstandes strebt, wird auch seine Rede rhythmischer, seine Prosa nähert sich der Poesie, nicht etwa indem sie sich poetischer Mittel, Bilder oder gar, wie es mitunter schlechte Prediger auf der Kanzel versucht haben, der Verse und des Reims bedient, sie wird nicht etwa zu dem ekelhaften Zwitter, den man poetische Prosa genannt hat, und die mit den weibischen Männern zu vergleichen sein möchte, sondern wie der recht männliche Mann im Umgang mit Frauen, durch das Gesetz der Schönheit, durch die *Sitte* gedämpft und veredelt wird, so wird der wahre Redner durch den Umgang mit der Poesie, durch das Leben in ihrem Elemente, durch Aufenthalt als Gast in jener göttlichen Region, die sie immerwährend bewohnt, kurz durch den Einfluß des wahren *Geschmacks*', der im Gebiete der Poesie einheimisch ist, auf gewisse Weise verklärt, beruhigt: seine Rede wird, obwohl auf ganz andre eigentümliche, männliche Weise, rhythmisch und vollendet. – Von seiner Art kann er nicht lassen: als Redner muß und soll er bestimmte Zwecke, be-

stimmte Wirkungen hervorbringen wollen; er muß festhalten an Zeit und Ort; an das Universum, an alle Jahrhunderte zugleich lassen sich keine Reden halten; die äußere Form seines Werkes bleibt notwendig Prosa, weil die fortgehenden Weltumstände, die wechselnden Zeiten unaufhörlich darin eingreifen und die Richtung seiner Bahn verändern. Glücklich, wenn zuletzt sein ganzes Leben mit Inbegriff der Werke, so vollständig, so ebenmäßig, so frei, so göttlich erscheint, wie ein einzelnes Werk der Poesie. Seine Lorbeern grünen erst da, wo sein Werk geschlossen ist, und sich über ihn ein Urteil fassen läßt: auf seinem Grabe. Das einzelne Größte, was er getan, trägt den Charakter seiner Zeit, die Farbe seines Orts, und kann nicht erhaben sein über die Unruhe, daraus es entsprungen; der Sturm, den der Redner bespricht, flattert in seinen Haaren und in allen seinen Gewändern: wie kann er der Welt ruhig erscheinen, gegen die er kämpft: wer kann ihn richten, als sein eignes Bewußtsein und die Nachwelt?

– Es fragt sich nun, ob sich in dieser ganzen Darstellung des Verhältnisses der Poesie zur Beredsamkeit keine Parteilichkeit gezeigt hat für eines von beiden. Sie haben mich in diesen Vorlesungen auf einige Stunden für den Wortredner der Beredsamkeit gelten lassen wollen, ich habe mich zu diesem Geschäfte angeboten, weil meine ganze Persönlichkeit, wenn es in der Gegenwart so großer Gegenstände erlaubt ist, einer solchen Kleinigkeit zu gedenken, sich vielmehr auf die Seite der Beredsamkeit, als auf die Seite der Poesie hinüberneigt. Habe ich indes meinen Zweck erreicht, hat meine Rede, oder damit ich wahrer, obwohl nicht ohne einiges Mißbehagen sage, hat meine Feder mir gehorcht, so muß ich Ihnen vielmehr als Wortredner der Poesie, denn als Wortredner der Beredsamkeit erschienen sein; sie muß aus unsrer Betrachtung in einer gewissen Sonnenklarheit hervorgehn, während die Beredsamkeit mit allen Wolken und Nebeln und Stürmen der Erde ringt. Ich habe Deutschland angeklagt, um es würdig zu verteidigen; ich habe gründliche Beschwerde über meine Zeit geführt, um mir die Ehre zu verdienen, ihr Wortredner zu sein; nun beschließe ich die Reihe der Anklagen, indem ich den eigentlichen Gegenstand meiner Rede im ungünstigen Lichte zeige neben einer höheren Schönheit; und doch ist es gerade diese höhere Schönheit, der in Deutschland auf Unkosten der Beredsamkeit schon allzu sehr gehuldigt wird; wie manchen

tüchtigen Entschluß das Vaterland in der kriegerischen Manier des Redners zu verteidigen oder gar zu retten, habe ich in Deutschland zu einem schlechten Sonett, oder zu einem noch schlechteren Trauerspiele werden sehn. Aber freilich gehört zu dem rednerischen, wie zu allem praktischen Wirken einige Mithilfe der Umstände, einige Witterung des Glücks, und daher war es in Deutschland wohl natürlich, daß man, da der irdische Parteistandpunkt, den der Redner braucht, unter unsern Füßen verschwand, sich auf jenen dritten, höheren, reineren Standpunkt zurückzog, der uns allein zu verbleiben schien.

Unerachtet also die Vorliebe der edleren deutschen Naturen für die Poesie schon bis zur Unart geht, so habe ich es in der Vergleichung der Poesie und der Beredsamkeit dennoch auf die Verherrlichung der Poesie angelegt: *zuvörderst*, weil, wie schon gesagt, ihr die Würde der Frauen im Hause gehört, weil ihr der *pas* zukommt, und weil ein Deutscher der ehrenvollen Anerkennung des größten Römers, des Tacitus, nicht widersprechen darf, daß wir die ersten waren, die vor dem andern Geschlechte die Knie beugten, die recht antirömisch ein Recht des Schwächeren anerkannten, während Rom nur ein Recht des Stärkeren. *Dann* aber, weil ich wenigstens streben will, die ganz verschiedene Macht, den ganz eignen Reiz der Poesie auf männliche, prosaische Werke zu begreifen, weil ich mich durch ihr Wesen vervollständigen, weil ich meinen rednerischen Bestrebungen durch den Umgang mit der Poesie, durch gastlichen Aufenthalt bei ihr, den Geist des Anstandes und der Sitte mitteilen möchte, den der Mann im Umgang mit den Frauen gewinnt, und den man mit dem bis jetzt völlig unbegriffenen und unerklärten Worte Geschmack eigentlich gemeint hat. Dies habe ich gewollt, ohne der männlichen Natur der Beredsamkeit und ihrem prosaischen Charakter etwas zu vergeben, ohne alles neidische Bestreben über ihre natürlichen Grenzen hinaus, ohne Begierde nach etwas, was mir einmal nicht gewährt ist, sondern weil ich weiß, daß ich meine Kunst nicht höher ehren kann, als indem ich ihr Gegenteil anerkenne. Unterscheiden Sie wohl die poetische Gerechtigkeit von der rednerischen: jene ist gerecht auf göttliche Weise, die Gerechtigkeit ist ihr ruhiger Zustand; diese ist gerecht mehr auf menschliche, männliche, kämpfende Weise, indem sie sich selbst widerstrebt: von dieser lernt man gerecht handeln, in jedem einzelnen Augen-

blick Gegengewicht, ja Gegengift werden für das Unrecht; von jener lernt man gerecht sein, man lernt die Gemütsverfassung der Gerechtigkeit.

– Wenn nun der Redner im Kampfe für die Gerechtigkeit, der Dichter aber in der ruhigen Übung der Gerechtigkeit lebt und webt, so wird die Stellung des Hörers eines Redners viel Ähnlichkeit haben mit der Lage des Dichters. Wir haben neulich beschrieben, welchen leisen aber gewaltigen Einfluß der Zuhörer über den Redner durch Geberden, Rührungen, ja durch die bloßen Stufen seiner Aufmerksamkeit und seines Schweigens ausübt: wahrlich, diese Gewalt kommt ihm, weil er wirklich auf jene ruhige, leidenschaftslose, selige Höhe des Dichters über die Parteien erhoben wird. Ebenso ist das Verhältnis der Frauen zu den männlichen Geschäften, immer klar ihr Urteil, natürlich wie ihre Briefe und Erzählung, oft, und grade in den verwickeltsten Lagen des männlichen Lebens, oft orakelhaft und unbegreiflich weise; warum? weil sie mit Rücksicht auf die männlichen prosaischen Geschäfte in der höheren, leidenschaftslosen, poetischen Region stehn, weil sie überhaupt, wie jeder dritte bei einem Gespräch, wie jeder teilnehmende Zuhörer, notwendig dahin treten müssen, wo die Gerechtigkeit ein Zustand ist. In dieser leidenschaftslosen, und, erlauben Sie mir immerhin das, wie Sie sehn, sich aufdrängende Wort, in dieser poetischen Stellung sollte eigentlich die Krone jedes Landes stehn, darum haben die Frauen, die Marie Theresien, sie mit so viel Anstand getragen. Endlich wo wird dieser Zustand der Gerechtigkeit so rein gefunden als im Muttergefühle, welches besänftigend schwebt über die kleinen Rhetoren und über die unaufhörlichen Parteiungen der Kinderwelt. Wo auf der Erde lebt ein Herz so gerecht gegen jede Partei, so eingehend in jede der streitenden Neigungen und Wünsche, so allmählich und doch so gewaltig hinaufhebend alle die Gleichgeliebten in eine gewisse Region der Ruhe, die uns durch unser ganzes Leben mit dem Andenken an die Mutter begleitet. Wenn alle Dichter der Welt mit ihren Werken untergingen, so wäre das eigentliche Gesetz der Poesie unmittelbar wiederzuerkennen in seiner reinsten Gestalt in dem Muttergefühle, das nur aussterben kann mit der Welt. – Hier endigen die Beispiele: sie können sich nicht weiter überbieten; um zu empfinden, was ich meine, ist es nun genug.

– Weil die Poesie den *pas* hat vor der Beredsamkeit, so ist sie deshalb nicht etwa von einer vornehmeren Natur, als die Beredsamkeit; sondern beide gehen Hand in Hand, stützen einander, helfen einander, leben wie in einer Art von Ehe – grade wie die beiden Geschlechter, von deren Verschiedenheit alle irdische Unterscheidung herkommt, wie von ihrer wahren Vereinigung das Gesetz aller Gemeinschaftlichkeit auf dieser Erde ausgeht. Die beiden Geschlechter in ihrer Bestimmung und ihrem Verhältnis begreifen, heißt allen Streit, alle Kriege, allen Zwiespalt, die nur Variationen jenes Hauptthemas sind, begreifen: die Ehe verstehn, heißt alle Verbindungen dieser Erde, alles Gemeinsame, verstehn. Dies ist das Maximum der irdischen Weisheit, wiewohl es der Mensch nicht begreifen könnte ohne eine höhere Auskunft darüber. Meine beständige Rückkehr auf dieses Hauptthema des Verhältnisses der beiden Geschlechter hat man mystisch gefunden; die Philosophie aus einer unbestimmten Ferne, aus einer zweideutigen Höhe herabgetragen zu haben auf die Erde und unter die Menschen, ist der ewige Ruhm des Sokrates: in der babylonischen Sprachverwirrung unsrer Zeiten heißt es Mystizismus, wenn man das ganze Leben auf das wichtigste, mittelste, verständlichste, menschlichste Verhältnis des Lebens bezieht, wenn man die menschliche Wissenschaft von demselben Kern abhängig macht, der den menschlichen Staat zusammenhält, und in dieser Manier jenem großen Muster nachfolgt. Wo ist der Mensch? damit ich in seiner Betrachtung all mein Wissen vermenschlichen könnte? – ich sehe nur Männer und Frauen, in ihrer Wechselwirkung erkenne ich erst den Menschen, wie darin sein wirklicher Ursprung liegt: der Mensch selbst ist mir nicht gegeben, damit ich nicht etwa sein Wesen beisteckte, – auswendig lernte und beisteckte; ich muß ihn in Wechselblicken selbsttätig erzeugen; oder wenn mir gezeigt worden wäre, wie er sei, so soll ich mir sein Bild durch eine ewig streitende Betrachtung der Geschlechter ohne Ende erneuern und anfrischen.

– Also so wenig als unter den beiden Geschlechtern, ist ein eigentlicher Vorrang zwischen der Beredsamkeit und Poesie. Und dennoch schien ich im Anfang unsrer heutigen Unterhaltung einen Scheideweg zwischen beiden anzudeuten, als wenn von Vorzug die Rede wäre, den man einem vor dem andern geben müsse? Allerdings halte ich es für die wichtigste und ernsthafteste Alternative, in die jeder tüchtige Mensch beim Austritt aus der Schule und beim

Eintritt in das wirkliche Leben gestellt ist, zu entscheiden, welches der eigentliche Geschlechtscharakter seines Geistes sei, ob er sich mehr hinüberneige zum äußeren, praktischen öffentlichen Leben, also zur Beredsamkeit, oder zu dem innerlichen Wirken der Poesie, zu ihrem häuslichen, weiblichen Wirken, das, unberührt von den Wogen des öffentlichen Lebens, nur leicht bestimmt von den Bedingungen der Zeit und des Orts, eigentlich vielmehr der Ewigkeit und dem ganzen Geschlechte, als dem einzelnen und der Gegenwart angehört. Die Majorität der besseren Naturen muß der Gegenwart, muß dem öffentlichen Leben, also der Beredsamkeit verbleiben: aber besonders in Deutschland kommt es darauf an, sich deutlich sagen zu können, ob man zum Dichter und zu poetischem Leben geeignet sei oder nicht. Hier bei uns grade, weil das öffentliche Leben weniger reizt, als irgendwo sonst, werden in den großen öffentlichen Geschäften die angemeßnen Talente seltner; viele, welche die Natur mit den herrlichsten Anlagen ausschmückte, ziehen sich in eine Art von Dichterwelt zurück; ohne die Resignation, die Bereitschaft des Leidens und der Geduld mitzubringen, welche die poetische wie die weibliche Sphäre erfordert, wollen sie den Geschlechtscharakter ihres Geistes ändern wie ein Kleid, und bringen allen Ungestüm des Herzens, alle Glut der Leidenschaft, alles Feuer irdischer Wünsche, welches im praktischen Leben, wo es hingehört, sich allmählich dämpfen und veredeln würde, mit in eine Region, wo die Gerechtigkeit ein Zustand sein soll.

– Ich muß an dieser Stelle erinnern an das erhabenste Beispiel eines solchen Mißgriffes, an das glücklichste Mißlingen eines solchen Entschlusses, dessen Erzeugnisse noch heut in aller ihrer Disharmonie und Melancholie Deutschland entzücken und erheben, weil sie nämlich das grade redenswerte, nämlich unser Leiden, mit unwiderstehlicher Gewalt ausdrücken, und weil Deutschland im Großen den ähnlichen Mißgriff begangen, weil es unter unbesänftigten Begierden nach europäischer Bedeutung und Unabhängigkeit sich in Dichtungen und Träume verloren hat, die ebensowenig befriedigen können, als jenen dichterischen Redner, den ich meine, seine Werke. –

Schiller war, wie ich schon gesagt habe, zum Redner geboren, und strebte nach Kränzen, die nicht für ihn geflochten waren, und die er doch zu gut kannte, als daß ihn der Lorbeer, den ihm sein Vaterland

wirklich reichte, und mit dem es seinen frühen Sarg umflocht, je hätte befriedigen und entschädigen können. Es war der Lorbeer vielmehr des Helden als des Dichters; der Lorbeer, der ihm, dem Vorkämpfer seiner Nation, gebührte, der gerungen hatte mit der Wahrheit, mit dem Guten, mit der Schönheit, der für alle Ideen, für alle Heiligtümer, und für alles Würdige und Große im Umkreis seines Vaterlandes gestritten, gelebt und sich in seinem eignen Feuer verzehrt hatte. Dieser Lohn konnte ihn nicht befriedigen, nicht etwa weil er unempfindlich dafür gewesen wäre: denn wer hat ausgesprochen wie einem Helden zumute ist wie er? sondern weil er sein ganzes Leben hindurch nach einem andern gestrebt hatte, der ihm nicht beschieden war. Dieser Deutsche, dem, wie ein großer Autor sich ausdrückte, die Natur die Brust und die Stimme gegeben hatte, die Menschheit auszusprechen - und der alle tragischen Gefühle der Menschheit auch wirklich ausgesprochen hat, ohne je eine Tragödie zu vollenden, ohne je lächeln zu können in Tränen, wie die Homerische Andromache, der er den schauerlichen Wechselgesang in den Räubern nachgesungen hat - dieser trefflichste Deutsche endigte mit jenem grausamen Wort der Thekla im Wallenstein über die Lose der Menschheit, das man durch alle seine späteren Werke deutlich hindurchklingen hört: das Schicksal ergreift die Schönheit »und wirft sie unterm Hufschlag seiner Pferde, das ist das Los des Schönen auf der Erde«.

Wir verlassen das Gebiet der Poesie nach der leichten Begrüßung, nach der unerschöpften Betrachtung dieser Stunde: ich zumal, meiner Grenzen mir bewußt, geschreckt durch das erhabene Beispiel, dessen wir uns nur auf dem Gebiete der eigentlichen Beredsamkeit, welches wir jetzt betreten werden, wahrhaft erfreuen können. Ernst ist das Leben, heiter ist die Kunst, sagte Schiller, noch recht streng sondernd, geflissentlich zerschneidend die Gebiete, an deren einem, dem Leben, sein Beruf, an deren anderm, der Kunst, seine Wünsche mit gleich starken Ketten angeschlossen lagen. Könnte ich die noch unentschlossene Jugend meines Vaterlandes, die von jener Zauberstimme der Poesie gelockt wird (welche für sie, wenn sie es so ernsthaft meint als er, eine Sirenenstimme werden kann, wie für ihn), überzeugen davon, daß die Heiterkeit der Kunst, in das ernsthafte Leben mitgenommen, darauf übertragen werden kann. Die Heiterkeit der Kunst ist nicht etwa Leidenslosigkeit, sondern eine

göttliche Ruhe, die der Redner so gut als der Dichter genießen, wenn auch vollständig nur erst durch sein abgeschlossenes Leben ausdrücken kann.

V. Vom guten Geschmack

In dem Umgang mit der Poesie, habe ich gesagt, schleift die Beredsamkeit ihr allzu rauhes, männliches Wesen ab, sie dämpft und mäßigt ihre Leidenschaftlichkeit, sie erfüllt sich von jenem Geiste des Anstands, von jenem Sinn für sittliche und gesellschaftliche Beschränkung, der mit dem Worte *Geschmack* bezeichnet wird. Das Beispiel Frankreichs, des Vaterlands des guten Geschmacks im heutigen Europa, scheint mir zu widersprechen: vielmehr aus dem Umgang mit der Welt, aus den Berührungen des gesellschaftlichen Lebens, aus der Protektion glänzender Höfe, aus dem Wetteifer ausgezeichneter Talente, die sich anerkennen, also achten, also gegenseitig beschränken müssen, wenn sie miteinander bestehen wollen, scheint die eigentliche Blüte des Geschmacks hervorzugehen. In Frankreich scheint vielmehr sich aus der Beredsamkeit der Nation die geschmackvolle Form der Poesie zu entwickeln, als die Beredsamkeit sich im Umgange mit der Poesie zu veredeln und zu läutern. – Aber, könnte man fragen, sind es nicht eigentlich die Alten, deren Studium im heutigen Europa und zumal in Frankreich die Bildung des Geschmacks erweckt hat; war vor dem Wiederaufleben der griechischen und römischen Literatur und Kunst in Europa vom Geschmack die Rede? Hat sich nicht eigentlich das siècle de Louis XIV. nur angeschlossen an das Jahrhundert Leo X., dieses an das Jahrhundert Augusts, wie früher das Jahrhundert des August an das Zeitalter des Perikles, und fließen also nicht alle Schönheiten der Form, die wir in der französischen Literatur entdecken, und die jene geheimnisvolle Forderung des guten Geschmacks befriedigen in letzter Instanz, aus jener griechischen Quelle? Nirgends aber haben sich Poesie und Beredsamkeit gleichmäßiger entwickelt, als in jenem griechischen Vaterlande der Beredsamkeit, nirgends ist die Grenze beider strenger gezogen worden als dort: nirgends fühlt man wie im Studium der griechischen Literatur, daß sie in einem Geschlechtsverhältnis zueinander stehn, daß sie sich untereinander veredeln und vermenschlichen, nirgends sind die Zwittergattungen der poetischen Prosa und der prosaischen Poesie so unerhört, oder doch der Gegenstand eines so entschiedenen Abscheus. Nirgends läßt sich so deutlich nachweisen, daß die später vollendete Beredsamkeit zwar von dem gesellschaftlichen und politischen Leben

erweckt, aber nur im Umgange mit der Poesie veredelt, und den Forderungen eines reinen Geschmacks gemäß ausgebildet worden sei. – Aus dem Kampfe der Parteien, aus der vielfältigen Berührung des gesellschaftlichen Lebens, muß sich ein lebendiges Gespräch, also auch die Beredsamkeit entwickeln, aber der Sinn für die Schönheit muß weit verbreitet sein, er muß wie Luft und Himmel alle Parteien, alle Glieder der Gesellschaft umfangen, wenn die Erzeugnisse der Beredsamkeit jenen unaussprechlichen Reiz erwecken sollen, der umso wunderbarer wirkt, als er unsichtbar, unbegreiflich nur im Ebenmaß, in den Verhältnissen, in der Ruhe des Werks besteht. Das was den Geschmack befriedigt an einem Werke, ist eben jenes Unsichtbare, was alle folgende Jahrhunderte reizt und anspricht: die Zeiten mögen sich ändern, andre Forderungen, andre Sitten, andre Wünsche mögen kommen, den Durst, die Sinnlichkeit des Tages mag man auf andre, mag jede Zeit auf ihre eigentümliche Weise befriedigen – was aber den Geschmack der Seele, den guten Geschmack einmal wahrhaft befriedigt hat, befriedigt ihn immer. Wie die kommenden Zeitalter äußerlich gestaltet sein werden, wissen wir nicht, – daß ihnen Thucydides, Platon, Demosthenes gefallen werden, wissen wir.

– Wie aber wird der Sinn für die Schönheit allgemein, so daß er den Redner im Tumulte des Forums bezwingt, daß er den Sturm der erhabensten Leidenschaft selbst, der Leidenschaft für das Gemeinwesen, für die Gesetze, für das Vaterland mäßigt, daß der Rhetor die gewaltigsten Mächte in seiner Brust ruhen läßt oder der Schönheit zum Opfer bringt? – Die Beredsamkeit muß oft gastlich einkehren dürfen in jener höheren Region, in jener Heimat der Poesie: oft dasselbige Vaterland, in dessen Parteiungen sie lebt, mit dem klaren Auge, mit der ruhigen Seele des Dichters unter ihren Füßen erblicken: sie muß sich oft erhoben haben über ihre Zeit, wenn auch in ihren Werken jede kommende Zeit etwas empfinden soll, was erhaben ist über die Zeit. Also der Konflikt der Kräfte allein, die Bewegung des Marktes, der Reiz der Gegenwart allein ruft nicht hervor, was hinauszuklingen verdient über die Gegenwart: die ewige Schönheit selbst, oder doch ihr Geist, ihre Enthaltsamkeit, ihr Maß, wie die Werke der Poesie es niedergelegt haben für den edelsten Sinn, den Sinn der Rede und des Wortes, – muß den Redner ergreifen. Nun sagt er, was, sobald es gesagt worden, allen

kommenden Jahrhunderten gehört, was also niedergeschrieben zu werden, in die Literatur seines Volks, ja in die Literatur der Menschheit, möchte ich sagen, überzugehen verdient.

– Wie die höhere Gesellschaft aller Nationen des heutigen Europa eine Neigung zeigt sich untereinander zu verbinden und zu verähnlichen; wie ungeachtet aller schroffen Gegensätze in den Meinungen der einzelnen Völker auf der Höhe sich alles wieder ausgleicht, und nach einerlei Form und Geschmack, wenn auch nicht grade nach Einheit der Gesinnung strebt, – dieselbe magnetische Anziehung untereinander zeigen die vier erwähnten Epochen des Perikles, des Augustus, Leo X. und Ludwig XIV., die ich die vornehmen Epochen der Weltgeschichte nennen möchte. Es ist Griechenland, welches in der Weltgeschichte den vornehmen Ton angibt, wie es im heutigen Europa Frankreich ist: Rom und Frankreich eigneten sich nur das Allgemeingültige aus den griechischen Formen an, so wie die heutigen europäischen Höfe das Allgemeingültige von den französischen Formen: wir hätten also die Genealogie des guten Geschmacks nachgewiesen, das Eigentümliche jener vier Epochen war eine höhere Blüte der Beredsamkeit, ihre nächsten Veranlassungen eine lebhaftere Berührung und Wechselwirkung der verschiedenartigsten Talente, aber alles daran was den guten Geschmack befriedigte, die unhandgreifliche Schönheit, welche die Welt bezauberte, ist aus der harmonischen Bildung der Griechen und dem Umgange ihrer Beredsamkeit mit ihrer Poesie herzuleiten. So groß war der Einfluß der griechischen Bildung auf die Nachwelt, daß die Franzosen, welche die Werke der Griechen von den Römern, also aus der zweiten Hand empfingen, noch Gesetzgeber des guten Geschmacks für ein ganzes Jahrhundert und für einen ganzen Weltteil werden konnten. – Ich will nicht leugnen, daß in den drei letzten Epochen des August, Leos und Ludewigs der jedesmaligen Blüte des Geschmacks eine gewisse Einheit der Gesinnung vorausgegangen war, die bei Erklärung dieser Epochen am allerwenigsten vergessen werden darf, und die dem Geschmack einer jeden dieser Zeiten eine ganz eigentümliche Sicherheit, wie seinen Werken einen ganz frischen, unerborgten Glanz mitteilt. So in dem Zeitalter des August der gewaltige Nachklang römischer Freiheit, ein gewisses Heldentum des Herzens, ein Panzer der Gesinnung, den die weiche Brust eines Virgil noch mit Anstand zu tragen weiß, eine gewisse Ritter-

lichkeit, die in harmonischer Verbindung mit einem so sanften Gemüt zumal auf Frankreich eine unwiderstehliche Wirkung machen mußte: so ferner im Jahrhundert Leo X. das Bewußtsein der großen vorangegangenen Glaubensverbindung und der Größe des christlichen Italien, welche den Häuptern der Literatur und Kunst eine Sicherheit, ein Selbstgefühl und eine unzerstörbare Jugendlichkeit gibt, wie die anderen Epochen nicht aufzeigen können: so endlich würde dem Zeitalter Ludwig XIV. ohne die vorhergegangene höchste Ausbildung des Rittertums und der Galanterie, ohne Franz I. und Bayard grade der höchste Reiz mangeln. Aber was ist es, das, wenn durch solche nähere, auch mitunter größere und heiligere Veranlassungen ein Jahrhundert seiner selbst bewußt wird, unmittelbar an die früheren Epochen erinnert? Wie kommt es, daß jede spätere dieser Epochen eine innere Notwendigkeit empfunden hat, sich anzuschließen an die frühere? Wie kommt es, daß grade bei der Verschiedenartigkeit der näheren Veranlassungen der republikanischen Größe der ewigen Stadt, des Glanzes der katholischen Religion im späteren Italien, und der ritterlichen Galanterie von Frankreich, die Führer dieser verschiedenen Literaturen doch solche Verwandtschaft fühlen, daß sie sich aneinander fügen, daß Virgil, Tasso und Racine, daß Cicero, Macchiavelli und Bossuet, kurz, daß alle großen Geister der einen Epoche unwillkürliche Freundschaft empfinden für die der früheren, und daß jede kommende Zeit an diesen Bund des Geschmacks sich notwendig anschließen muß? – Es ist der alte griechische Wein, der sich notwendig im Fasse wieder rührt, wenn es draußen Sommer geworden ist und die Reben wieder blühen. – Es ist die griechische Poesie und ihr harmonisches Verhältnis zu der Beredsamkeit jenes Volks; der gute Ton für die Geister aller Jahrhunderte ist einmal angegeben, sie können der eignen Größe, der eignen Anmut sich nicht bewußt werden, ohne diesen reinsten Formen der irdischen Schönheit zu huldigen! – Sie empfinden mit unmittelbarem Wohlgefallen was sie sind, aber sie erkennen es nur an dem Maßstabe, welchen sie von den Griechen empfangen. – Übersehen wir neben dieser historischen Darstellung des Einflusses der Poesie auf die Beredsamkeit nicht, daß die Forderung des Geschmacks eigentlich nur an die Beredsamkeit gemacht wird oder an die rhetorischen Dichter, an die vornehmen Dichter: man fühlt einen Mißbrauch des Wortes Geschmack, wenn man es auf Homer, auf Dante, auf die Nibelungen, ja selbst auch auf Arios-

to und Shakespeare anwenden wollte, zum deutlichen Zeichen, daß von diesen Dichtern, welche unzertrennlich sind von dem Geiste der Poesie, verschmolzen in die Harmonie der Natur, welche sie aussprachen, vielmehr alles Gesetz des Geschmacks abgeleitet wird, als daß sie selbst irgend einem solchen Gesetze unterworfen werden könnten. – Versetzen wir uns also in unsre Zeit, in eine Zeit, die sich dem Gesetze des Geschmacks unterwerfen möchte, wenn sie es selbst zu finden und auszusprechen imstande wäre; nehmen wir an, wir wüßten von Griechenland so wenig als von Virgil und Tasso und irgendeinem andern Zeitalter, als dem Ludwigs XIV., und versuchen wir aus der instinktartigen Forderung und Nachfrage der gebildeten Leute unsrer Zeit, bloß mit Hilfe der französischen Literatur, das Wesen des guten Geschmacks aufzufinden.

Es gibt nichts abgeschmackteres als das deutsche Wort geschmackvoll; man kann einen Kunstrichter, einen Philologen, einen Dichter, ein Gemälde, ja die unbedeutendste Gartenanlage, oder ein Zimmerameublement nicht schlechter empfehlen, als wenn man sie geschmackvoll nennt. Es ist als wenn sich der Deutsche die Schönheit nur unter der Gestalt großer Vorräte, oder den Wohlgeschmack überhaupt nur bei einem vollen Munde denken könnte. Die Seele, indem sie ihren Geschmack veredelt, wird nicht etwa erfüllt, sondern sie wird vielmehr geleert, sie entäußert sich des unnützen Überflusses, sie ordnet sich, sie fügt sich unter gewisse Verhältnisse, die mit dem mehr und weniger durchaus nichts zu schaffen haben. Durch das Aufhäufen der Erscheinungen und Werke, die im Rufe stehn den guten Geschmack zu befriedigen, wird in der Regel grade der Reiz, den sie einzeln für sich haben mochten, wieder zerstört. Der gute Geschmack offenbart sich vielmehr in dem was verschwiegen, als in dem was gesagt wird, vielmehr im Vermeiden, im zierlichen Ausweichen als im Schaffen, im Geben – vielmehr in der Resignation als im wirklichen und im positiven Genuß. –

Das Wort Geschmack ist uns Deutschen im Anfange des vorigen Jahrhunderts zugleich mit den freien Künsten selbst aus Frankreich zugekommen, in einem Augenblick, wo wir völlig uneingedenk waren des Großen und Unermeßlichen, was wir selbst in früheren Zeiten im Gebiete der Kunst geleistet, und so haben wir denn den unverhofften Reichtum nicht recht zu sortieren gewußt: es war uns in dem Zustande der gelehrten Austrocknung etwas blühendes

angeflogen, ein Füllhorn von Schönheit war über uns ausgeschüttet worden, und so wußten wir denn in dieser Wohltat eine geraume Zeit hindurch nichts wahrzunehmen als die Fülle: ein Stil voller Bilder, ein sogenannter blühender Stil hieß ein geschmackvoller Stil; ein Philolog, der seinen alten kritischen Kram mit Exklamationen über die Schönheit seines Autors durchspickte, hieß ein geschmackvoller Philolog; ein Pedant, der den alten hergebrachten Schulverstand mit einigen eleganten gesellschaftlichen und artistischen Leichtfertigkeiten versetzt hatte, hieß ein geschmackvoller Gelehrter und Kunstrichter.

Es ist offenbar, daß der Mensch an wahrem Reichtum nicht zunehmen kann, ohne sich zugleich immer mehr zu beschränken; jeder Besitz eines geliebten Gegenstandes nimmt vielmehr ungefälliges von uns, schleift vielmehr rohe Seiten unsres Wesens fort, schäumt den unnützen Überfluß ab, als daß er den Vorrat unsrer Güter vermehrte: wir erkennen immer bestimmter unsre Schranken, werden das was wir sein können und sollen, und so schmeckt zuletzt die Welt uns an, sie spürt es jeder Bewegung unsrer Person, jeder Wendung unsrer Werke an, daß wir in vielfältiger Berührung mit ihr gewesen sind. Der gute Geschmack ist eine Eigenschaft, welche sowohl Personen als Werke nur in der menschlichen und bürgerlichen Gesellschaft erlangen können. Von der Schönheit eines Kindes oder irgendeines reizenden Gegenstandes, der entfernt von der bürgerlichen Gesellschaft in seinem eignen Gesetze lebt und blüht, wäre die Forderung des guten Geschmacks so unpassend als von Homer. Diese natürlich schönen Gegenstände können den Geschmack bilden helfen, aber ewig nicht seiner Regel unterworfen oder danach beurteilt werden.

– Es ist in dem menschlichen Gemüte eine dunkle Forderung, daß das gesellschaftliche Leben und alle Werke der absichtlichen Kunst das durch Bewußtsein, durch vielfältige Berührung der Außenwelt, und durch den Einfluß der Regel werden sollen, was jene natürlich schönen Gegenstände bloß dadurch schon sind, daß sie da sind. Der Jonische Himmel, die Jugendschönheit gesangreicher Völker, und alle die Umstände, aus denen die Homerischen Lieder entsprossen sind, wie Zweige aus dem Baume, treffen nicht wieder zusammen: aber alle diese Bedingungen leben, wenn auch zerstreut, fort in der menschlichen Brust; das Wesentliche in ihnen dauert. Nur die Seele

des Homer war so einfach, daß sie alle Vielfältigkeit der Welt durch den *klarsten* offensten Sinn, den Sinn des Auges, in sich einströmen lassen konnte: die Töne, in welchen sie zurückgab, waren dennoch harmonisch. Wir Spätgebornen hingegen, die wir am Ende der Zeiten stehn, müssen gegen die Vielfältigkeit der Welt, gegen die erdrückende Masse der Erscheinungen die Augen schließen: denn wir bringen ihnen eine zerstreute Seele entgegen; wir schließen den klarsten Sinn, damit er uns nicht zerstreue, und öffnen dagegen den dunkelsten Sinn, den Sinn des Geschmacks, um die harmonischen Verhältnisse, die wir mit Absicht erreichen wollen, herauszuspüren. So richtig gewählt und so tief bedeutend ist das Wort *Geschmack!* – Wer vieles genießen will, sagt der Dichter, genieße jedes in seiner Art, so ist er am besten besorgt! Wollen wir Homer und Shakespeare und alle aus dem mütterlichen Schoß der Natur vollständig gerüstet entsprungene Dichter einerseits, aber auch andrerseits, die absichtlichen Werke des Virgil, des Tasso, des Racine, beide genießen, gegen beide gerecht sein, so lassen Sie uns den jedem von ihnen angemeßnen Sinn eröffnen. Es ist ungeschickt auf beiden Seiten, wenn man die Schönheit des Shakespeare bloß schmecken will wie die Franzosen, oder wenn man die Schönheit des Racine bloß sehen will wie die Deutschen. Die eigentümliche Schönheit eines Kunstwerks versteht niemand, der nicht in die Bedingungen eingeht, unter denen der Meister arbeitet, der nicht vorwalten läßt in sich den Sinn und die Gesinnung, die im Meister bei der Entstehung des Werkes vorwalteten.

– Ich darf nunmehr hoffen verstanden zu werden, wenn ich die Dichter der obenerwähnten vier glänzenden oder vornehmen Zeiträume der Weltgeschichte rhetorische Dichter nenne. Die eigentlichen poetischen Dichter, mit deren jugendlicher Schönheit ein gütiges Schicksal die alternde Welt immer wieder hat erfrischen wollen, fallen in die dunkleren Zeiträume zwischen jenen glänzenden. Die französischen Dichter des siécle de Louis XIV., so gut als Virgil, und in vieler Rücksicht auch Tasso gehören der Redekunst: sie stehn unter der Regel des Geschmacks so gut als die Beredsamkeit; sie veredeln sich, sie bilden die eigentümliche Schönheit im Umgange mit den eigentlich poetischen Dichtern; jedes poetische Zeitalter ruft ein rhetorisches hervor; die selbstzufriedene, in sich selbst lebende und blühende Schönheit des Homer ruft den Sophokles hervor, und

noch mehr den Virgil, die Epoche des Dante das Zeitalter des Tasso, der Shakespeare den Pope: die rhetorischen Dichter sind nicht selbstzufrieden und göttlich in sich beschränkt wie die poetischen, sie haben einen äußeren Zweck wie der Redner, sie wollen das innre Leben jener, der poetischen Dichter, äußerlich, im Leben, in der Gesellschaft ausdrücken. Und so bietet die Kunstgeschichte der Welt eine schöne Reihe von wechselnden Zuständen dar, von poetischen Zeiten, die unerbeten, unerfleht, wie ein reines Geschenk des Himmels auf die Erde kommen, und das eigne Maß und Gesetz ihrer Schönheit mitbringen, und von rhetorischen, die in dem großen Stoff des Lebens, in der Gesellschaft auszudrücken, auszuprägen unternehmen, was sie in der Überlieferung aus den Händen ihrer Vorgänger empfangen. Die Gerechtigkeit zugleich gegen den poetischen Shakespeare und gegen den rhetorischen Racine kann also unmöglich schwer sein, da sie so natürlich ist, und das Gegenteil so unvernünftig, als wenn man neben der Blüte die Frucht, oder die Frucht neben der Blüte verachten wollte.

– Wir haben warnen müssen, daß man den Geschmack, der bloß mit der Form und den Verhältnissen der Schönheit zu tun hat, nicht mit ihrem Gehalt verwechsle; daß man den Geschmack nicht aufzuspeichern, aufzustapeln unternehme, wie unsre deutschen Pedanten; wir haben gezeigt, daß es dabei auf mehr oder weniger durchaus nicht, und wenn ja auf eines von beiden, gewiß vielmehr auf das weniger ankomme. Es gibt aber auch eine französische Art, das zarte Wesen des Geschmacks zu mißhandeln, da man ihn mit dem Konventionellen verwechselt, da man ihn fixiert, in Versteinerung übergehen läßt, oder wohl gar auf den konventionellen Geschmack eines einzelnen Jahrhunderts eine Theorie des Geschmacks zu begründen unternimmt. Noch mehr: viele Menschen wollen den Geschmack selbst wieder schmecken, zu welchem Zweck er erst Speise werden, also aufhören müßte Geschmack zu sein, so wie viele Deutsche ihr Sehen selbst wieder sehen wollen, aus welchem wunderlichen Bestreben sich dann beiderseits nur der Tod und das Nichts, aber nicht die Einsicht in die Wahrheit, nicht das Gefühl der Schönheit ergeben kann. Weil aber die Verwechslung des Konventionellen mit dem, was der gute Geschmack anordnet und verlangt, so viel weniger auffällt auf den ersten Anblick, und so viel verderb-

licher auf den Geschmack selbst wirkt, so verdient dieser Punkt eine besondere Erörterung.

Wir fragen z. B.: erfordert der gute Geschmack unerbittlich die Einheit der Zeit und des Orts auf der Bühne? – Der gute Geschmack erfordert, daß jede Kunst in ihren Schranken bleibe, daß sie nicht aus dem Bezirk heraustrete, in den sie gehört, daß sie sich nicht anders geberde als es sich für Ort und Zeit schickt. Es gehört zum Wesen der französischen Tragödie, daß die Einheit der Zeit und des Orts beobachtet werde; – etwa weil die Verwandlung der Szenen, und eine raschere Zeit auf der Bühne unwahrscheinlich wäre? Eine kurzsichtige Kritik hat diesen seichten Grund angegeben, und eine andre noch plattere Kritik hat sich die törichte Mühe geben wollen ihn zu widerlegen, und die Wahrheit gegen die Wahrscheinlichkeit verteidigen wollen. Was? es wäre die gemeine Scheu vor der Störung der Illusion; nichts mehr, nichts höheres? es wäre bloß flache Liebhaberei zur Natürlichkeit, bloß Scheu vor allem Gedanken der Kunst, was die Einheit der Zeit und des Orts zur Bedingung der französischen Tragödie machte, während der französische Zuschauer ja grade in allen andern Rücksichten nichts mehr auf der tragischen Bühne verabscheut, als die gemeine Natürlichkeit, während er verlangt, daß die Kunst grell heraustrete, und sich die Übertreibung sogar, wie der Grieche die Maske gefallen läßt, damit nur das worauf es ankommt, Wort und Tat gehörig, wie auf der griechischen Bühne, verkörpert werde. Hätte das französische Publikum für diese Forderung seines Gefühls wirklich keinen besseren Grund, so wäre sie bloß konventionell, eine schlechte Angewöhnung, ja sie wäre geschmacklos, weil sie allen übrigen Forderungen des französischen Zuschauers widerspräche. – Ich will einen bessern Grund angeben! Die französische tragische Bühne ist ein auseinandergelegter Rednerstuhl, aufgeschlagen für diesen bestimmten Ort, für diese bestimmte Zeit, für diesen Hof, für diese wahre Volksversammlung von Talenten, die über dem Jahrhundert Ludwig XIV. zusammenkamen. Die französische Tragödie geht nicht aus auf die allgemeine Erhebung des menschlichen Gefühls, sie will eine ganz bestimmte Wirkung, einen ganz bestimmten Zweck: Racine hat vor seinem Schreibtisch das Porträt seines großen Monarchen, und sein ganzes Gefolge von Heldentum und Schönheit steht vor seiner Seele; er buhlt weder um den Beifall der Welt, noch ist er sich selbst genug;

er will Frankreich gefallen, und denkt nicht an mehr: er läuft in jeder Tragödie fünfmal Sturm auf das Herz von Frankreich, und wäre Sieger, wenn er durch die Gewalt der Rede seine Nation bezwänge, obschon die ganze übrige Welt unberührt bliebe von seinen Worten. Britannikus *soll* in dieser französischen Hoftracht erscheinen: das römische Kostüm beobachten wäre geschmacklos, weil der Redner aus seinen Schranken treten würde; die Verwandlung der Szene wäre geschmacklos, weil eine Prätension auf Natürlichkeit darin läge, die das ganze übrige Werk und seinen Charakter zerstörte. Die französische tragische Bühne verlangt im Ton aller Schauspieler eine Art von Gesang, der allen gemein ist: man will erinnert sein, daß eigentlich nur einer spricht: der Dichter, der rhetorische Dichter. Spräche jeder Schauspieler in seinem eignen Ton und Rhythmus, so wäre es ebenso geschmacklos, als wenn ein Redner seine Stimme verwandeln, seine Partei nachmachen wollte, während er sie redend einführt. Die französische Tragödie will den Tod nicht auf der Bühne dulden, wie überhaupt die rednerische Handlung durch kein Schauspiel, kein Spektakel irgendeiner Art, durch keine unnützen Requisiten unterbrochen werden soll. – Aus allen diesen Gründen, und weil beide Völker dieselbe Forderung an die Bühne machen, vertragen sich Aristoteles mit seinen Griechen und Frankreich sehr wohl. Es ist keine Forderung, die sich an die Beredsamkeit, an eine Rede, die an ein solches Volk und solchen Hof gehalten wird, machen ließe, welche die französische Tragödie nicht zu vollkommener Befriedigung des Geschmacks erfüllte; ja es läßt sich auf dem ganzen Gebiete der Kunst keine Erscheinung nachweisen, die nach Maßgabe der Umstände so vollständig wäre, was sie sein kann, und so genau der Absicht gemäß das was sie sein soll.

– Sind aber deshalb die klaren hohen Weltgemälde William Shakespeares geschmacklos, weil sie sich nicht an die Einheit der Zeit und des Orts halten, weil die Schauspieler in Stimme und Kleidung sich verwandeln sollen, weil wirkliches Spektakel der Rede zu Hilfe kommt, weil die einzelnen Personen in dem Charakter ihrer Natur handeln und wirken, weil der Dichter sie wirklich entläßt, unabhängig, mündig heraustreten läßt an die Welt, weil sie wie Statuen freistehn: während die Personen der französischen Tragödie halb erhaben, wie im Basrelief, auf einem festen Hintergrunde,

nämlich der Seele des rhetorischen Dichters erscheinen? Sie sehn in diesem Beispiele ganz deutlich, wie der poetische Dichter für Auge und Ohr, der rhetorische Dichter für das Ohr und den Geschmack, nach Art des Redners arbeitet: wie also auch jener nur durch jene, dieser durch diese Sinnenallianz gerichtet werden kann, Shakespeare – und dasselbe gilt von Homer und von allen poetischen Dichtern – ist nicht geschmacklos: sondern seine Werke fallen überhaupt nicht in das Gebiet des Geschmacks, weil die Klarheit seiner Gestaltungen, die tüchtigen, aus der innersten, geheimsten Tiefe der Natur nach außen hin gezeichneten Umrisse seiner Schöpfungen sich überhaupt nicht schmecken lassen, weil sich das Licht nicht mit einem dunkeln Sinne ergreifen läßt. Nicht er ist also geschmacklos, sondern das Urteil über ihn, welches, ganz gegen die sicher und schön durchgeführte Regel der französischen Bühne, verlangt, daß die Intention des Autors sich selbst widerspreche, verlangt, daß er ein andrer sein soll, als der er den Neigungen seiner Nation, seinen eignen Wünschen und seiner Elisabeth gegenüber sein kann – dies Urteil ist geschmacklos, und so liegt überhaupt in sehr vielen Fällen die Geschmacklosigkeit vielmehr in der Ansicht des Kritikers, als in dem Künstler, dem sie Schuld gegeben wird. –

– Die Fähigkeit: der Absicht, den Umständen, der Schicklichkeit, kurz den Bedingungen, welche die Gesellschaft auflegt, gemäß zu handeln, zu sprechen und zu sein, das zu viel zu vermeiden, und – dann immerhin auch – das zu wenige zu ergänzen – ist im allgemeinen genommen *Gerechtigkeit.* Im *wirklichen* Leben, wo sich tausend Gestalten im bunten Gewühle der Erscheinungen dem Richter aufdrängen, ihn zu verführen, zu bestechen drohn, schließt sie die Augen; dies ist die bekannte Gerechtigkeit, welche eine Binde trägt: sie schmeckt das richtige heraus. Es würde paradox scheinen, wenn man vom Oberrichter der Kingsbench in England, oder von den abstimmenden Zuhörern des dortigen Parlamentsgesprächs sagte: der Geschmack sei ihr höchstes Gesetz. Nichtsdestoweniger läßt sich von dem wahren Richter nichts bestimmteres, treffenderes sagen: er ist Richter der Beredsamkeit, die Advokaten, die Parlamentsredner, die Landesgesetze, die Landesgeschichte – alles spricht vor ihm – und über die Beredsamkeit gibt es kein andres Gericht als das des Geschmacks; in allen Verhältnissen des wirklichen Lebens kein unentbehrlicherer Sinn als der des Geschmacks.

Im *idealischen* Leben der Poesie hingegen, wo die Gestalten schon geordnet sind, schon alle einem Gesetz, einer Regel, einem Rhythmus unterworfen, wo sie sich nicht mehr zerstreuen, nicht mehr zerfließen können in Gestaltlosigkeit, da müssen die beiden Haupteingänge der Seele, Auge und Ohr geöffnet werden: diese Gerechtigkeit kann keine Binde tragen, denn sie soll ja ihr Gesetz empfangen von der Poesie, die es aus einer schöneren Welt, aus einer höheren Ordnung der Dinge, sanft vermittelnd ihr herüberreicht.

– Es springt in die Augen, daß das Urteil des Geschmacks nie ruhen, nie stillstehen, nie zur konventionellen Regel werden darf. Wie die wirkliche Welt in rastloser Umgestaltung sich fortbewegt, wie heut in den Umständen dieses Tages unschicklich wird, was gestern schicklich war, in derselben Beweglichkeit folgt das Urteil des echten Geschmacks dem Wechsel der Welterscheinung; nur das Steife, das Starre, das Ungelenksame, die Versteinerung des Konventionellen, dann das Überfließende aus sich selbst, unaufhörlich aus seinen Grenzen herausschwankende, unsichre, ist das ewig Geschmacklose. Der Gipfel des Geschmacklosen ist zu verlangen, wie Lessing sagt, daß allen Bäumen eine Rinde wachse. – Daher sind es reiche Welterfahrungen, vielseitige Wechselwirkungen mit dem lebendigen Leben, die den Geschmack des Menschen anregen und bilden, weil sie ihn fortreißen in den Gang der Welt, weil, im Fügen unter tausend wechselnde Umstände des äußerlichen Lebens, auch seine Seele allmählich sich fügen lernen in die verschiedenartigsten Formen. So erwirbt der Mensch, was ich den *à plomb* des Geistes, die äußere Haltung in der Rede, wie in der Handlung nennen möchte: aber ganz sicher, und ganz bewußt der erhabnen Mitgift des Geschmacks wird der Mensch, zumal der Redner, nur durch den stillen Umgang mit der Poesie, d.h. mit dem Göttlichen.

Das Wesen des echten Geschmacks ist, glaube ich, angedeutet, indem seine Grenzen gezogen sind, was bisher noch nicht geschehen war: das Wesen der Beredsamkeit ist bestimmt, auch – indem ihre Grenzen gezogen sind – gegen das Gebiet der Poesie, von der sie streng getrennt sein soll, damit sie ewigen Umgang und innige Freundschaft mit ihr pflegen könne. Wir haben die rhetorische Poesie, die wesentlich auf unser Gebiet gehört, mit herüber genommen; dafür geben wir der Poesie was ihr gehört, die poetische Beredsamkeit, nämlich jene Meisterwerke zurück, welche durch eine äußere

prosaische Form unsre rhetorische Betrachtung herauszufordern scheinen, wie Don Quixote und Wilhelm Meister, aber durch alle ihre inneren Eigenschaften, ihre Absichtslosigkeit, ihre Freiheit, ihre Ironie, ihren poetischen Bau, in jene Sphäre gehören, über die, da der Geschmack allein unsre Richtschnur sein muß, wir nichts vermögen.

VI. Von der politischen Beredsamkeit und deren Verfall in Deutschland

Demosthenes wurde einst gefragt, welches das erste und wichtigste Erfordernis der Beredsamkeit sei; er antwortete darauf, nach dem Zeugnisse des Cicero und Quinctilian: es sei der *Vortrag*. Auf die Frage, welches das zweite Hauptstück der Redekunst sei, antwortete er abermals, der *Vortrag;* auf die Frage, welches das dritte, gab er dieselbe Antwort. Es sei nicht bloß das erste, sondern das *einzige* Erfordernis, schien er damit sagen zu wollen. – *Wir,* in der Verzauberung der Schrift Befangene, vernehmen diesen Ausspruch des großen Mannes nicht ohne einiges Befremden, und trösten uns über die darin enthaltene Paradoxie damit, daß wir annehmen, der Redner lege dieses ungebührliche Gewicht auf den Vortrag, weil dieser die Schwierigkeit gewesen sei, mit welcher er besonders zu kämpfen gehabt habe. Aber sollte das Geheimnis der Redekunst wirklich wo anders liegen, als in dem Momente, wo sie durch das Ohr in das Herz des Hörers überströmt? Von der dunklen, verborgnen Stelle an, wo der Gedanke des Redners entspringt, bis dahin, wo er in seiner vollendeten Klarheit und Majestät ans Licht tritt, geht er allerdings durch unzählige Verwandlungen hindurch; die mannigfaltigsten Gefühle erwachen, drängen sich durch Seitenwege ihm nach, ergießen sich in ihn, färben, erheben ihn. Aber die allergrößte Verwandlung erfährt er erst, wenn er nun wirklich als lebendiges Wort an die Brust des Hörers schlägt. – Die Verlegenheit, die jeder empfindet, der eine vorbereitete Rede vor einer Versammlung aussprechen will, ist höchst natürlich; sie enthält das einfache Geständnis: »Was ich euch sage, sollte frisch und lebendig aus meinem Herzen in das eurige übergehn, in jedem folgenden Gedanken sollte schon enthalten sein, sollte schon einfließen eure lebendige *Antwort*, und was wir Auge in Auge, an diesem Orte und zu dieser Stunde ineinander finden und lesen, und was nur dieser unvorhergesehene Moment, und kein anderer, je wieder ebenso zusammenfügt. Statt dieser Frische nun bringe ich euch etwas kalt gewordenes, und deshalb schäme ich mich; statt daß meine Rede euch unmittelbar ergriffe, und fester und fester uns umstrickte in dem großen Gedanken, auf den ich es abgesehn, läuft sie nun neben euch her, be-

rührt euch gelegentlich, und wo es etwa der Zufall will, verfehlt euch aber da, wo sie es bestimmt auf euch angelegt hatte, gewiß.«

Man kann eine Rede mit der größten Genugtuung niedergeschrieben haben; und da sie gehalten werden soll, findet man das meiste an der unrechten Stelle. Es ist ein Gefühl, wie es ein junges Mädchen bei der Toilette und bis zu dem Augenblick, wo sie in die Gesellschaft eintritt, haben mag; der Mut, die Zuversicht, die Vorstellung von dem Eindruck, von der bestimmten Wirkung, die sie machen werde, das ganze Gebilde einsamer Selbstgefälligkeit verschwindet vor der völlig unerwarteten, völlig unberechneten Wirklichkeit; was man mitbrachte, worauf man am sichersten baute, gilt wenig, wird überglänzt; man herrscht nicht, wie man geglaubt hat, man muß sich schicken, fügen; die Seele muß in der Geschwindigkeit, mitten in der Versammlung, eine ganz neue Toilette machen. Sie hatte unter den Träumereien am Spiegel vergessen, daß solch eine Versammlung antwortet und ihre besonderen Gedanken hat, und nicht die eigenen Phantasien wieder zurückgibt, wie der Spiegel. – So nun ist es mit der Rede; sie ist eigentlich nicht eher da, als bis sie leibhaftig vor denen ausgesprochen wird, die dadurch ergriffen werden sollen. *Pronunciatio* übersetzt Quinctilian das Wort des Demosthenes; das deutsche Wort *Vortrag* bezeichnet nur unvollständig was er meint. Seine eigentliche Meinung war: es redet ein Gott durch den Mund des Menschen, wo dieser wirklich *redet*; und der Gott soll nicht etwa auf die Hörer warten, sondern diese müssen erst zugegen sein, dann erscheint er. – Das ist der Zauber jener unwillkürlichen Beredsamkeit, welche der große Moment selbst herbeiführt; wenige abgerissene Worte, weil sie recht in die Gegenwart hineinfallen, und der Disposition des Redners, und seiner Versammlung gegeneinander, wie auch den Veranlassungen, dem Gemütszustande recht angemessen sind, können Wirkungen hervorbringen, welche die absichtliche Redekunst nie erreicht. Es gehört ein gewisses Zusammentreffen dazu, welches ganz außer dem Gebiete der einsamen menschlichen Kraft, oder auch der Verabredung liegt, einer Fügung, die, am natürlichsten, göttlichen Einflüssen zugeschrieben wird, wie auch die unerwartete Klarheit göttlicher Ideen, die solchen Wirkungen immer zum Grunde liegen, die Nähe des Überirdischen andeutet. Es ereignet sich dieses Höchste in allen Künsten; und so wird das Hauptstück der Beredsamkeit eine

gewisse gehorsame Stimmung der Seele, wie der besonders tätigen Organe, der Stimme nämlich und des Ohrs sein, damit sie unmittelbar eingreifen können in solches Zusammentreffen, die Nähe des Göttlichen aussprechen und verkündigen können. Diese erhabene Gegenwart des Geistes, wie der Organe, - denn eines ist unzertrennlich von dem andern, - meint Demosthenes unter der *pronunciatio;* und wer will leugnen, daß, wenn irgendeines, so dieses das Hauptstück der Redekunst sei?

Erlauben Sie mir ein Beispiel, welches durch seine Eigentümlichkeit sich besonders empfiehlt, und um so mehr hierher gehört, weil zwei der größten Redner unsrer Zeit, *Burke* und *Fox*, die handelnden Personen sind. Bekanntlich war der britische Parlamentsredner *Edmund Burke* der erste Mensch in Europa, der den Charakter der französischen Revolution erkannte, der schon damals, als noch alle diejenigen, denen es vergönnt war, eine solche Begebenheit frei von allem Privatinteresse zu erleben, noch von ihr befangen und umstrickt waren, ihre Richtung, ihr Folgen nicht bloß erkannt, sondern ausgesprochen hatte. Er war in dem Augenblick der größten Gefahr, die sein Vaterland und diesen Weltteil bedrohte, ich möchte sagen, die einzige Schildwacht, die an ihrem Posten war. Eine beinahe zwanzigjährige Freundschaft, geschlossen an dem einzigen Ort in Europa, wo es der Mühe wert sein kann, Verbindungen auf Leben und Tod einzugehen, teils weil er nie entweiht worden, teils weil es ein ernsthafter Ort ist, und die meisten andern gegen ihn nur Lustörter, im *Parlament von Großbritannien*, verband mit jenem großen Manne den jüngeren *Fox*. Eine Verbindung, die auf nichts anderem beruhen konnte, als auf der Größe und Göttlichkeit ihres Gegenstandes, mußte erschüttert werden, als über das Wesen der bürgerlichen Freiheit, über den altbritischen und neufranzösischen Sinn dieses Wortes, erst ein Streit über die wörtliche Auslegung, dann über die praktische Anwendung sich erhob, und dann unmittelbar das ganze Gebäude dieser Freundschaft ergriff und verzehrte. *Fox* sah in der Revolution nichts, als den Triumph der Sache, für die sie beide gelebt hatten; *Burke* hingegen ihren Untergang, und mit einer Rührung, die zu menschlich ist, als daß sie sich nicht jedem Herzen von selbst darstellen sollte, das Opfer, welches sie ihm selbst abforderte in seinem Freunde. Es kostete ihm den schönsten

Irrtum seines Lebens, die Meinung, die er zwanzig Jahre hindurch von Fox genährt hatte.

Die Trennung war beinahe ein Jahr hindurch undeklariert geblieben. Die Täuschung, einander selbst festzuhalten, nachdem der gemeinschaftliche Boden verschwunden ist, auf dem man miteinander gelebt, nährt jeder, so lange er kann, bewußtlos. – Beide Freunde hatten sich vermieden, und eine heilige Scheu, die solcher Bund, wie solche Trennung wohl verdient, hielt jeden Dritten von aller versöhnenden, wie von aller entzweienden Einmischung zurück. Es war in der Nacht vom 11. zum 12. Februar des Jahres 1791, als diese große Angelegenheit, als die Staatsangelegenheit dieser Freundschaft endlich im Parlamente zur Sprache kam.

Die Beredsamkeit hat nie größere Wunder getan, als in dieser Nacht; alles aber war unerwartet, wie von einer höheren Macht zubereitet. Die beiden Redner, und mit ihnen alle Zeugen, vergaßen sich selbst; die Ordnung des Parlaments, seit einem Jahrhunderte ununterbrochen, stand stille; wo man keinen Namen nennen darf, damit sich die Persönlichkeit nicht aus den großen Verhandlungen ungebührlich heraushebe, da galt es zehn Stunden hindurch nur die Persönlichkeit zweier Mitglieder. Der Anfang war kalt und ruhig; es betraf die Verfassung jenes Teils von Nordamerika, der England nach dem letzten Frieden verblieben war. Es lagen zwei Pläne auf dem Tische, der erste im altbritischen, der andere im neufranzösischen Sinne der Freiheit. Gleichgültige Redner sprachen lange, und die Nacht war schon sehr vorgerückt, als *Burke* das Wort nahm. Nach wenigen schneidenden Urteilen über den vorliegenden Gegenstand und die bisherige Erörterung, ging er mit einer kurzen Katonischen Wendung auf die größere Sache der französischen Revolution über. In der peinlichen Stimmung, in der die Fürsten und Helden von Troja die warnenden Verwünschungen der Cassandra angehört haben mögen, wartete das Parlament auf die Rückkehr des Redners zu dem vorliegenden Gegenstande über eine Stunde lang. Es schien kein Gefühl zu antworten, aber die Scheu der Ehrfurcht, wie vor einem großen Kranken, verhinderte die Unterbrechung; die prophetische Melancholie einer einzigen Seele lag drückend auf der ganzen Versammlung, bis eine Wendung der Rede eine neue, tiefere Erörterung der Folgen der Revolution ankündigte, und somit noch eine Stunde in Beschlag zu nehmen

schien. Ein fast allgemeines Geschrei *zur Ordnung* unterbrach ihn; *Fox* schwieg; der große William *Pitt*, allein in der ganzen Versammlung, erklärte seine Meinung, daß der Redner sehr wohl in der Ordnung sei. Es ward über die Frage gestimmt, und das Parlament von England entschied, daß *Burke* in der Ordnung sei. Hierauf erhob er sich von neuem, und fuhr fort in einem Strom von Beredsamkeit, dem keine Feder folgen konnte. Die Zeitungsschreiber gaben angefangene Perioden, und bemerken zu mehreren Malen in dem Text ihres Berichts die Totenstille, die über der ganzen Versammlung ruhte. Plötzlich, da er das Gemälde der Wirkungen der französischen Revolution mit einem Zitat aus dem Macbeth vollendet hatte, stockte *Burke*. Es war Mitternacht; niemand wagte aufzustehen, und, mit verhaltenen Tränen, mit ungewöhnlich sanfter Stimme fuhr er fort, einen Blick auf Fox werfend: »Das Gift der Revolution ist mit gemeinen Opfern nicht zufrieden; sein Stachel sucht das Hohe auf Erden, das Stolze, das Schöne, das recht Erprüfte, die heiligsten Verbindungen des Lebens, und wird nichts verschonen. Ich selbst, am Rande des Grabes, müde nach dreißigjähriger rechtschaffener Arbeit für England und für die Freiheit, hatte mich umgesehen nach einem Erben, dem ich das Vermächtnis meiner Sorgen, meiner Hoffnungen, meiner geheimen Gedanken über dieses Jahrhundert, und über dieses mein Vaterland getrost übertragen, und dem ich sagen könnte: Vollende, du Glücklicher, was ich gewollt! – Ich habe ihn gefunden; achtzehn Jahre hat er mein Testament und mich, wie das Bild seines Vaters, am Herzen getragen; – die Revolution ist ausgebrochen, und ich habe ihn nicht mehr; ich bin allein, mein Blut ist ausgestorben in diesem Hause, ich sterbe unbeerbt.« – Bei diesen Worten hörte man vernehmlich, daß *Fox*, ohne aufzustehn, den Blick vor sich hingesenkt, sagte: *Unsrer Freundschaft wird das nichts anhaben*. – Lassen Sie es sich von Zeugen beschreiben, wie diese alltäglichen Worte, im Tone einer gewissen Beklemmung und Unsicherheit gesagt, die Versammlung getroffen haben. Fünfhundert Personen waren nunmehr in Zwei verwandelt, in Einen vielmehr; ganz England hing an den Lippen dieses Einen Menschen, der mit einer eiskalten Stimme fortfuhr: »Diese Freundschaft ist zu Ende!« – dann aber plötzlich, wie von dem ganzen Feuer seiner Jugend überkommen, *Fox* und seine Sorgen und seine Jahre abschüttelte, die alten, längst entschlafenen Helden der britischen Freiheit herbeirief, tröstend von der Freiheit sprach, die das

Volk dieser unüberwundenen Inseln eigentlich meinte, er, der Einsame, eine große Partei aus dem britischen Altertum um sich her versammelte, und, wie von einer fernen sonnenhellen Zukunft seines Vaterlandes verklärt, die vierstündige Rede beschloß. Es war ein Viertel nach zwei Uhr morgens; die Versammlung erschrak, als er aufhörte; niemand war zum Reden gefaßt. *Fox* stand auf, und im Augenblicke war die Totenstille wieder da; ein Strom von Tränen brach ihm aus den Augen; er setzte sich sprachlos nieder. Das Parlament wartete einige Minuten; alle Augen gerichtet auf die beiden Freunde, die stumm einander gegenüber saßen. Man fand es unanständig, nach solchem Ereignis weiter zu reden; die Sitzung wurde aufgehoben. –

Ich behalte mir vor, die Geschichte jener merkwürdigen Nacht, in der, wenn je aus dem Gefühle einer Stunde Weltbegebenheiten herzuleiten sind, das Schicksal von England, und von mehr als England, entschieden worden ist, aus allen zerstreuten Materialien, Zeitungsberichten, Parlaments-Rapports, mündlichen Aussagen u. s. f. vollständig zusammen zu tragen.

Man hat in den Künsten die Erfahrung gemacht, daß die größte augenblickliche Wirkung, z. B. die des Schauspielers, die vergänglichste ist; und daß jede Kunst von der ewigen Gerechtigkeit der Weltordnung für die geringere augenblickliche Wirkung entschädigt wird durch die Dauer. Etwas Ähnliches wird der Beschreiber jenes großen Auftritts anerkennen müssen. Nur die äußeren Umstände lassen sich wiederherstellen und festhalten; das eigentliche Wunder der Beredsamkeit ist nur für die beneidenswürdigen Gegenwärtigen. Und wären uns alle Worte jener Nacht zurückgeblieben: wer kann die *Töne* wiedergeben? – Das ist der Vorzug des Dichters! Für alle Leiden, für alle Resignation, für das Entbehren der gegenwärtigen, anwesenden Majestät entschädigt ihn die *Dauer*. Eine Rede, wenn sie einmal erkaltet ist, wenn sie herausgenommen wird aus dem Zusammenhange ihrer Geburt, möchte ich sagen, niedergelegt in die Schrift, kann auf unzählig verschiedene Weise gelesen werden, weil sie eben, ohne ihren Autor, nichts ist, weil sie nicht unabhängig, nicht entlassen ist vom Verfasser, nicht emanzipiert, nicht freigesprochen, wie das Werk der Poesie: so muß der Vorleser den Mangel ergänzen, aus freier Kraft die Seele, die dazu gehört, die Persönlichkeit des Redners hinzutun; und so erhalten

wir etwas andres, als die Rede. Ich glaube, eine Rede läßt sich deutlicher und wahrer beschreiben, als rezitieren, ein Werk der Poesie hingegen trägt seine Seele in sich; es ist völlig unverständlich ohne diese Seele, ohne diesen ganz eigentümlichen Ton und Bewegung: es kann unempfunden durch eine ganze stumme Generation hindurchgehn. Der erste Enkel, der es versteht, und, was ich voraussetze, und was von aller Bildung vorausgesetzt werden sollte, nur die Organe der Stimme und des Ohrs in Bereitschaft hat, kann es nur auf Eine mögliche Weise verstehen und lesen. Ort, Zeit, äußere Umstände, alles, was auf den Redner einwirkt (einen Akkord der äußeren Gegenwart möchte ich es nennen), treffen nie wieder so zusammen, hier nur flammt das Göttliche auf, es erscheint im Fluge. In der Poesie *wohnt* es; diese Akkorde stammen aus der Seele des Dichters; nichts Äußeres, Augenblickliches hat eingegriffen; jedes reine Gemüt, still in sich selbst, und auf die Kräfte, auf die Begebenheiten in seiner menschlichen Brust beschränkt, kann sie wiederherstellen.

Es ist also klar, daß der ganze Standpunkt für die Theorie der Beredsamkeit verrückt wird, wenn man ihr eigentliches Wesen, wie es die ganze neuere Rhetorik tut, in das *Konzept* setzt, in das vorbereitende häusliche Erdichten und Aufschreiben der Rede. Die Rede kann durchaus nicht eher vorhanden sein, als der ganze Akkord von Menschen und Umständen, in den sie eingreifen soll, wirklich da ist; also kann sie nicht eher vorhanden sein, als in dem Augenblicke, wo sie auch schon gesagt werden muß; folglich ist das Sagen, das Aussprechen der Rede nicht bloß das Haupterfordernis, sondern das einzige Erfordernis zur Beredsamkeit; folglich hat Demosthenes recht. – Im britischen Parlament schreibt bekanntlich nur der Anfänger seine Rede auf; und wer eine wahrhafte Rede niederschreiben will, vermag es nur, indem er alle äußern Verhältnisse durch eine poetische Fiktion hinzusetzt, die Rede selbst aber vielmehr durch die Feder ausspricht, als schreibt. – Dies ist die praktische Natur der Beredsamkeit!

Die Schule der Beredsamkeit eröffnet sich also mit der Übung und Bildung der Stimme, wie des Gehörs, und nicht etwa mit dem, was man in unsern Schulen sehr ungeschickt *Stilübung* nennt. *Stil* in der Rede ist jenes Unaussprechliche, und im gemeinen Wege völlig Unerlernbare, welches das lebendige Leben hinzutut. Der Charak-

ter, den die Waffenübung der Seele, den die Heldengenossenschaft mit großen Männern, und ihrer selbst bewußten Meistern absetzt, klingt durch die Rede hindurch, dies ist die Seite, von welcher auch der späteste Vorleser einer Rede gebunden ist; dieser Grund der Rede ist ein bestimmter, der nicht verändert werden darf, nicht verändert werden kann. In den griechischen und britischen Rednern drängt er sich von selbst auf. – Mit dem erhabenen Wesen nun, mit jener freien Eigentümlichkeit einer ganzen Gemeinde von Rednern und Helden, denen sich der einzelne Redner, wenn er nach vielfältigen Kämpfen den Meridian seiner Kraft erreicht hat, mit ebenso freiem Bekenntnis, mit einer Art von männlichem Gelübde anschließt, – soll unsere früheste Jugend vertraut werden; zehnjährige Knaben sollen sich, die Feder in der Hand, diesen Stil des Geistes angewöhnen. Ein gewisses Gesichterschneiden der Seele wird ihnen gelehrt. Erst lernen wir lesen und schreiben, dann den Stil und wären nun ungefähr auf dem Punkte, wo die Griechen aufhörten, als ihre Nationalbildung erreicht war. – Wir aber treten nun erst ins Leben, und lernen stammeln, sprechen, wenn's glückt, reden wenige; überglücklich, wenn in den spätem, reiferen Jahren des Lebens uns etwas entschlüpft, was niedergeschrieben zu werden und zu bleiben verdient; überglücklich, wenn in dieser reiferen Zeit wir endlich einen der großen Autoren der Vorzeit verstehen lernen, und sich dann nun endlich die Mühe bezahlt macht, mit der wir so frühe lesen gelernt. Der Stil aber? des Lebens, der Rede, der Schrift? – wird er in der Stuben-Konversation über die Zeitungen, und über die Schnitzer der Feldherren und Regenten gelernt, oder im Studierzimmer, in den Büros, in den einsamen Werkstätten handwirkender, nachahmender Künste, ohne Händereichen und Gemeinschaft der Geister? – »Ich habe wenige Frauen gefunden, sagt der Verfasser des Woldemar, die ihren Anzug auf eigentümliche Weise zu besorgen wußten«; ich habe wenige Männer gefunden, füge ich hinzu, die nur im Privatleben, wohin alle ihre Sorge gerichtet war, unabhängig gewesen wären und selbständig, und frei von Manier und Ziererei. Wie sollte ich von ihnen verlangen einen Stil, ein freies Eingreifen in das öffentliche Leben, ein sich selbst Behaupten, indem man sich einer ganzen Republik von Geistern anschließt, der Denk-, Sprech- und Handlungsweise einer ganzen Korporation großer Naturen sich mit Freiheit, mit Stolz und Demut unterwirft. Dies ist das Wesen des Stils, worin wir unsere Knaben üben!

Ich glaube, ich habe in einzelnen großen, vielleicht noch allzu harten Zügen ausgedrückt, was der Anfang, was das Ende der Redekunst sei. Der einzelne kann für diese gewaltigste und gegenwärtigste unter allen Künsten nichts tun, als seinen Mund bilden; die Nation bildet im Laufe der Jahrhunderte durch die anbetende Ehrfurcht, mit der sie an ihren Helden hängt, mit der sie alles Große, was ihr Boden erzeugt, zusammenknüpft, wie in ein Pantheon zusammenstellt, das andere Hauptstück hinzu, nämlich den *Stil;* die Nation bildet hinzu jene gewisse harmonische Einheit unter allen Erzeugnissen ihrer Kunst, zumal der höheren Beredsamkeit, um derentwillen nun das einzelne zu bleiben, durch den Stil, durch die Feder fortzuleben verdient. Nichts bestätigt diese Darstellung so als der einzige Schauplatz echter Beredsamkeit, der diesem unserm stummen Jahrhundert verblieben ist, und den ich im Anfange meiner heutigen Vorlesung zu vergegenwärtigen suchte: das britische Parlament.

Die Grundlage der Erziehung des britischen Redners ist der Umgang mit den Alten, die nur versteht, wer sie sich sprechend, nicht aber schreibend denkt; keine Stilübungen, aber vielfältige Versuche in Versen. Die Poesie, die Quelle des Geschmacks, wird gegenwärtig erhalten, künstlich hereingeleitet in die Brust des künftigen Redners. So vorbereitet, ergreift ihn das politische Leben, und das unnachlassende Gespräch des Parlaments, der Gerichtshöfe, und zuletzt der Stil der Redner von England. Dies war die einfache Vorschule des großen William *Pitt-Chatham, Burkes,* des jüngeren und größeren *William Pitt,* und *Foxens,* dieser großen Heerführer der britischen Beredsamkeit, durch deren Mund England gesagt hat, was es sei. Die erhabensten ihrer Werke – eines davon habe ich zu beschreiben versucht – sind hingestorben mit ihnen selbst; – denn es muß bemerkt werden, ausdrücklich bemerkt, daß England noch besteht, nachdem diese Säulen eingestürzt sind, die es zu tragen schienen. Die erhabensten ihrer Werke sind dahin, wie die großen Veranlassungen, die sie erzeugten. Von *Fox* sind kaum wenige Worte erhalten, aber nichtsdestoweniger wird alle Erinnerung an seine Irrtümer und Schwächen niedergehalten, aufgewogen durch den wortlosen Nachklang dessen, was er durch die Gewalt seiner Rede für die Gegenwart gewesen ist. Stat nominis umbra, nur der Schatten seines Namens ist geblieben, und dennoch heute, mehrere Jahre

nach seinem Tode, sind die Gemüter von dem Eindruck seiner Stimme noch nicht zurückgekehrt in ihre alten Fugen. Dieser Wortredner des Verderbens, gepeitscht von allen Furien des Ehrgeizes und einer Sinnlichkeit, wie sie sonst nur der tropische Himmel auszubrüten pflegt, wußte einzugehen in allen Eigensinn, in alle Unart, wie in allen Stolz seines Volkes; die ganze Vergänglichkeit von England, folglich auch alle Macht über die Gegenwart, standen ihm zu Gebote, und die ungezogene, aber im Grunde wohlwollende, schwache und immer berauschte, aber freigebige, großmütige Seele dieses Mannes spiegelte das *wirkliche* England mit allen seinen Einzelheiten und Sichtbarkeiten so deutlich und doch so veredelt ab, daß er der Mann des Volkes bleiben mußte bis an sein Ende.

Ihm achtzehn Jahre zur Seite, und dann fünf Jahre gegenüber stand der königliche Redner *Edmund Burke*, Stellvertreter des *unsichtbaren* Englands, der Geisterseher seiner Geschichte, der Prophet seiner Zukunft; ein rechtschaffenes, still bürgerliches Herz, das nichtsdestoweniger England ganz ausfüllte bis an den Rand; ein behaglicher, sich in alle nahen Umstände einwohnender Geist, dem nichtsdestoweniger Europa zu enge war, und eine Rede, an der selbst die Gegner nichts auszusetzen wußten, als die mitunter allzu blendende Hoheit, die allzu schlagende Kraft und den kassandrischen Trübsinn, in dem sie sich verlor, unter den Gewitterwolken, welche die letzten Jahre seines Lebens hindurch über England ruhten. Ich habe es oben angedeutet, er hatte keine Partei in dem wirklichen Parlament und dem damaligen Volk. Im Parlament, wo sich die Parteien, soviel es gehen will, auch in den Sitzen absondern und gegenüberstellen, setzte er sich unten im Grunde des Hauses allein; William Pitt, die Grenville's und alle Regierenden seiner Zeit horchten still auf ihn; – aber seine Partei war bei denen, die nicht sterben in England wie anderswo, deren Geist fortsitzt im Parlament, wo ihn keine Gegenwart, und sollte sie selbst durch Foxens Mund reden, verdrängen kann. Und so hat er mit dem Beistande dieser Partei, oder – haben sie durch seinen Mund mehr gewirkt und vollendet, als alle Parteien der Zeit durch ihre Heerführer. Wenn die *weltliche* Beredsamkeit, und alles, was die Kunst der Rede über derbe, tüchtige, wohlgenährte, lüsterne Weltkinder vermag, in Fox seinen Gipfel erreicht hat: so hat die *heilige Beredsamkeit* in diesem Jahrhundert nur durch Einen Mund geredet, durch den Mund *Burkes*. Wer

möchte dieser Zeit predigen, ohne die teuren Überreste dieses großen Mannes, insbesondere die der letzten Epoche seines Lebens zu studieren, zu verehren, in allen feierlichen Augenblicken des Lebens; wie in einer Wallfahrt, dahin zurückzukehren. Welcher Ohnmächtige wird es wagen, über die Angelegenheiten der Völker zu reden, ohne die Gewalt über das teure Abwesende, Untergegangene, von unkeuscher Größe Verdrängte, von Burke zu lernen, ohne von ihm zu lernen die gewaltige, ihm ganz eigentümliche Waffe des tragischen Witzes.

Diese beiden großen Redner haben England ausgedrückt, der eine, wie es ist, der andre, wie es war; den beiden andern, den Pitts, den größten Staatsmännern ihres Jahrhunderts, verdankt England, daß es, wie es war, so blieb, und, indem es blieb, größer wurde, als es war. Auch sie haben mit der unmittelbaren Gewalt der Rede viel mehr, als durch schriftlichen Befehl England regiert; sie haben verdient, jener im Rednerstuhl, inmitten des Parlaments und seiner Taten, und der Denkmale seines Lebens, und bestrahlt von dem Glänze seines Vaterlandes, den er entzündet, zu sterben; dieser, der jüngere Pitt, verdient, daß, als er nach sechzehnjährigem Ministerium am Tage nach seiner Verabschiedung ins Parlament trat, und an den Sitzen der Minister vorüberging, diese, die Neuerwählten, ihm instinktartig Platz machten, und das ganze Gespräch der ersten Abende verrückt war, da man diese Stimme von einer andern Seite her vernahm.

Bin ich von meinem Gegenstande abgekommen, habe ich mich bloß überwältigen lassen von der Erinnerung an diese großen Charaktere, oder gab es wirklich keinen kürzeren Weg für die Anregung dessen, was mit diesen Vorlesungen ich eigentlich meine, als sich in die Mitte des Gegenstandes zu versetzen; – die Konzeptansichten der deutschen Redekunst, das stumme Vergnügen, eine Mosaik aus fremder Gesinnung zusammenzusetzen, die rhetorischen Adressen an die Wand, oder wenn's hoch kommt, an den Spiegel, beiseite zu werfen; – und die Meinung, als hätte ich es auf Regeln für die Abfassung und Korrektur solcher Konzepte abgesehen, zu widerlegen, durch eine Erzählung von großen Rednern und ihren Taten? – Entweder wird der *Geist des lebendigen Wortes* geweckt; entweder Deutschland bekennt die unermeßliche Macht der Rede, die es schlummern läßt, oder die es doch vergräbt in die Ein-

samkeit der Bibliotheken; entweder die Jugend erkennt, daß die Frucht alles Denkens und Lernens lebendig auf den Lippen schweben müsse, daß man wohl *dichten* könne für die Welt, so wie die Welt für uns, aber keiner *reden* könne für den andern: oder dies Geschlecht möge nur unter seinen Stilübungen, unter seinen poetischen und philosophischen Phrasen vollends ersterben und verstummen. – Vergiß nicht, möchte ich der Jugend meines Vaterlandes zurufen, die große Lehre des Demosthenes: Was du deiner Zeit etwa Großes oder Tüchtiges zu sagen hast, – und es wird sie nichts treffen, wenn du sie nicht wirklich und leibhaftig anredest, – also, was du wirklich sagst und in Schriften niederlegst, liest nicht der trefflichste Zweite so wieder, wie du es empfunden hast; er trifft deinen Ton nicht, er liest sein Gemüt hinein, seine Zeit und die Umstände seines Orts. Du kannst ihm nicht befehlen, wie er dich lesen soll, so wie es der Dichter kann. Also wirf die Feder beiseite, wo sie nicht hingehört; denke nicht früher an die Nachwelt, als bis du die Gegenwart besorgt, schreibe nicht eher, bis du *reden* kannst, damit du zuletzt wenigstens Gesprochenes niederschreibst, und nicht Gedanken, die schon deine Seele geschrieben hat, statt zu denken, sprechend zu denken; totgebornes, kaltes Wesen, vor dem die besser empfindende, hoffentlich warmblütigere Nachwelt zurückscheuen wird. Sieh, die reichen Saatfelder, die jene großen Redner bestellten; die üppige Frucht, welche sie gebaut, hat die Jahreszeit, hat die Gegenwart, haben die Zeitgenossen weggemäht; sie lebt in der Kraft ihres Volkes und in neuen Ernten fort. Sie haben die Ewigkeit besorgt, indem sie des Augenblicks wahrnahmen; um die Spuren ihres großen Geistes zu kosten, halten wir ängstliche Nachlese auf den Feldern. Seine Werke auf die Zukunft zu bringen, ist, wenn überhaupt eine Rücksicht des Redners, doch nur eine *zweite* Rücksicht: *die Werke des Redners müssen eigentlich sterben, allmählich, wie der Samen in der Erde*, sie werden unlesbar, ihre Farben erblassen; nur die Werke der Poesie haben ewiges Leben; nie verlöschende Farben, oder doch einen Balsam, ein Salz des Lebens in sich, welches sie erhält, solange die Völker leben, welche sie gesungen. Der Redner hat die Gegenwart, der Dichter die Zukunft; resigniere er auf die Zukunft, wie sie auf die Gegenwart Verzicht tut. Was ihnen beiden gemein ist, worin beide eigentlich leben, das ist ja doch ewig! – Seine Werke der Zukunft zu übergeben und zu erhalten, ist des großen Redners *zweite*, sich selbst im Ganzen, wenn auch na-

menlos, in der Begeisterung des Ganzen fortzusetzen, ist des Redners *erste* Rücksicht.

VII. Von deutscher Sprache und Schrift

Ich habe dem lebendigen Wort die Ehre und den Vorrang gegeben, wie es die Natur will: ich habe Deutschland gegenüber einen besonders großen Nachdruck auf diese erhabene Materie gelegt, nicht bloß weil unsre Nation abgefallen ist von dem lebendigen Wort, nicht bloß weil unter allen europäischen Staaten insbesondere die Deutschen der Herrschaft der Feder am meisten eingeräumt, sondern vielmehr weil Deutschland insbesondere berufen ist für das lebendige Wort, weil Deutschland vor allen andern zeigen könnte die Macht und die unendliche Beweglichkeit des Wortes! –

Ich habe mich in einer früheren Stunde, da es an seinem Orte war, über die unzähligen Dialekte, Idiome, wissenschaftliche und gesellschaftliche Kosterieformen unsrer Sprache beschwert: keine europäische Sprache ist nach Maßgabe der Umstände und der Örter, der Gebirge und der Niederungen, wie auch der Grenzberührungen ihrer Nachbarn so verschiedenartig individualisiert worden; keine Sprache ist in so verschiedenartigem Stoffe ausgeprägt worden. Wie wäre es, und würde ich mich über diese Dialekte noch beschweren, wenn diese Sprache einen Mittelpunkt hätte, worin sich alle jene Besonderheiten begegnen könnten, worin alle Breiten und Kürzen, alle Härten und Weichheiten, alle Rauhigkeit und Sanftmut, alle Bildung und alle Unschuld der verschiedenen deutschen Mundarten sich untereinander ausgleichen könnten? Wenn sich also das Ungleiche durch die Berührung und den Zusammenhang veredelte, wenn die ungeheure Skala von Ausdrücken und Tönen in dieser Sprache wirklich sich darstellen könnte in einer einzigen Stimme, und alle schroffen Kontraste sich untereinander dämpfen und mildern möchten dadurch, daß sie einem und demselben harmonischen und philosophischen Gesetze untergeordnet würden? –

Das Allgemeine entsteht nicht durch ein Wegwerfen des Besonderen, die Tugend entsteht nicht durch ein Vernichten jener Kräfte, die durch ihren Mißbrauch das Laster erzeugen, die Vollendung der Sprache nicht durch ein bloßes Absondern der Dialekte, wie man vor dreißig Jahren glaubte, als man einen einzelnen meißnischen oder thüringischen Dialekt zum Hauptdialekt, zum Hochdeutschen, wie man es nannte, zu stempeln sich unterfing, und in dem bestän-

digen Reinwaschen und Abfeilen dieses Dialekts das ganze Kulturgeschäft der Sprache finden wollte! Es ist in Italien nicht wahr, daß mit der Pflege der toskanischen Mundart nunmehr alles getan sei, was für die Sprache jenes herrlichen Landes getan werden könne, obgleich Florenz einen ganz anderen Beruf zur Gesetzgeberin der Sprache für Italien, als Meißen oder Thüringen für Deutschland, nachweisen könnte. In Florenz und den Nachbarstädten ist wirklich zu mehrerenmalen alles Große und Bedeutende zusammengeströmt, was der Boden Italiens erzeugte; es lag inmitten der Kraft, des Reichtums, ja ich möchte hinzusetzen, der Schicksale dieses Landes. Aber auch dort geht der höhere Geist und das Lebensprinzip der Sprache verloren, wenn man den Lauf der Lebenskräfte hemmen wollte, die von allen Grenzen und Küsten des Landes unaufhörlich nach dem Mittelpunkt einströmen müssen.

Was wäre Reinheit und Glätte ohne Kraft; was wäre Schönheit der Form ohne Charakter? und wie erhalten wir die Kraft und den Charakter der Sprache, als indem wir die einsamsten Bergtäler, die entlegensten Küsten, und alle die Stellen, auf denen sich der Mensch mit seiner Stimme der Natur gemäß ausdrückt, unaufhörlich einwirken lassen auf den Mittelpunkt; indem wir die Bildung unaufhörlich anfrischen lassen durch die Unschuld.

– Man denkt sich das Geschäft der Läuterung und Kultur einer Sprache so leicht, weil man das heilige Wesen der Sprache vergißt! Ist es denn bloß Unart des Österreichers, daß er nicht hochdeutsch, oder des Neapolitaners, daß er nicht toskanisch spricht? Hat denn nicht jede Provinz eines Landes ihre sehr vollwichtigen Gründe, wenn sie die Töne so anders formt? Kann es denn der Schweizer ändern, nach Willkür ändern, wenn ihn die breiten, rauhen Töne der Landsleute im Gebirg, und der Ausdruck in den vaterländischen Chroniken mehr anspricht als jene sächsische Buchsprache, die, was das ärgste ist, eigentlich nur geschrieben, nie ausgesprochen worden ist? –

Ich habe mich seit vielen Jahren um die deutsche Aussprache bekümmert, aber noch heut weiß ich keinen Ort in Deutschland anzugeben, wo die Sprache gut gesprochen würde oder nur besser als anderswo. Ich habe wohl Personen angetroffen, von denen in Schwaben, in Franken, in Sachsen, an der Mündung der Elbe wie in

Österreich gesagt werden würde: sie sprechen gut. Aber kein Ort hat dieses Privilegium für sich. Die Örter sind, was die Sprache angeht, gleich gut: sie müssen echt republikanisch alle gelten, sie müssen alle ihre Stimme hergeben, wenn ein guter deutscher Sprecher werden soll, – und so habe ich auch immer gefunden, daß die, welche gut sprachen, an recht verschiedenartigen Stellen von Deutschland gelebt und gesprochen hatten. Sie hatten unter der Rauhigkeit der Gebirgstöne, und unter den weichen, platten Klängen, die das deutsche Niederland spricht, in Städten und auf dem Lande, an den südwestlichen Grenzen, wo die romanischen Sprachen, und an den nordöstlichen, wo die slawischen Sprachen Deutschland berühren – kurz sie hatten aus den verschiedenartigsten Dialekten sich das eigentlich Deutsche herausgehört, herausgefühlt.

Wenn nun was sie herausgehört hätten, niedergeschrieben würde, so wäre es freilich für heute und morgen das beste Deutsch, das reichste, edelste, und im höheren Sinne des Worts gebildetste Deutsch. Aber auch für die Folge der Jahre? – Gewiß nicht. Ein Wörterbuch, aus lauter solchen guten und lebendigen Sprechern abgezogen, kann keine gesetzgebende Kraft erlangen in einem Volke, das innerlich frei ist. Besser ist es, daß solche gebildete Sprache wieder zurückströmt in die Dialekte, sich wieder unaufhörlich erfrischt in dem Bade der Natur, daß, was Mühe, Fleiß und Geschick erreicht haben, sich immer wieder anschließe an jene alte Naturstimme der Gebirge und Täler; daß dieses echte und lebendige Hochdeutsch sich beständig wieder nicht auf unedle Weise vermische, aber – vermähle mit den Dialekten. Also kein Wörterbuch, auch keine Hauptstadt, die nur den Wahn nähren kann, als gebe es in Sprachangelegenheiten einen privilegierten Ort, keine Akademie, deren ganze Kunst doch nur im Waschen, Feilen, Absondern der Sprache, in der Verordnung einer strengen Diät für dieselbe, im Bewirken einer künstlichen Magerkeit bestehen würde – kann helfen. Es muß gesprochen werden, man muß reisen für die Sprache, man muß ihre Dialekte hören lernen, aus der österreichischen, schweizerischen, fränkischen, niedersächsischen Mundart das Deutsche herausfühlen lernen: Die größten Autoren und Sprecher der deutschen Sprache, Goethe, Schiller, Herder, Johann Müller, Gentz usw. verdanken einen großen Teil ihrer Sprachkraft dem

Umstande, daß sie umhergelebt haben in Deutschland oder aus dem Norden in den Süden, aus dem Westen in den Osten verpflanzt worden sind. – Wie müßte grade unsre Sprache mit ihrem Reichtum, mit allen tausendfältigen Sitten und Lebensweisen, die sie jetzt einzeln ausdrückt, ergötzen können, wenn sie nur zwanzig Jahre hindurch ordentlich ineinander gesprochen wäre; wenn die naive Roheit der Naturtöne und Dialekte nicht weiter getrennt wäre von der gebildeten Flachheit der hochdeutschen Buchsprache, und nun durch jede Reihe von Tönen in dieser so veredelten dritten, mittleren Sprache *Deutschland* hindurchklänge, während es doch nur immer Paris ist, das unaufhörlich in Eine Hauptstadt zusammenstrebende Frankreich, welches man durch die französische Sprache hindurchhört.

– So wäre Deutschland, wenn es spräche: wie aber die Umstände jetzt stehn, so spricht es nicht, hört nicht, sondern *schreibt* und liest. Ich habe meine Seele gerettet, indem ich gesagt habe was uns fehlt und wie es sein sollte: jetzt muß ich mich allerdings einlassen auf das was ist, also auf das Schreiben, auf die Beschreibsamkeit unsrer Nation, da von ihrer Beredsamkeit dermalen nicht viel zu rühmen ist. – Was ich von unsern hochdeutschen korrekten Schriftstellern denke, die sich schon vor dreißig Jahren untereinander zu klassischen Autoren ernannten, die Literatur in allgemeinen deutschen Bibliotheken und gelehrten Zeitungen zu regieren unternahmen, und ihr Zusammentreffen frischweg, und ohne die eigentliche Nation weiter zu fragen, für das goldne Zeitalter der Literatur erklärten, habe ich hinlänglich angezeigt. Wenn wir aber auf die eigentlichen Schriftsteller der Nation sehn, so werden wir genötigt, sowohl bei uns, als auch bei unsern Nachbarn und in der Literatur überhaupt, zwei sehr verschiedene Formen der Beredsamkeit zu unterscheiden. Ich muß mich der Deutlichkeit wegen auf einen Autor beziehn, der beide Formen in sich vereinigt, auf Goethe. Vergleichen Sie die Beredsamkeit im Werther und im Wilhelm Meister; Sie werden eine große Verschiedenheit wahrnehmen: es ist ein gewisser Kothurn, eine edle Getragenheit in der Schreibart des Werther, während der Meister, wie das antike Lustspiel, nur auf Socken zu gehen scheint: an Anmut, Lieblichkeit, Beweglichkeit wird W. Meister den Preis davontragen; an Würde, Anstand, einer gewissen allgegenwärtigen Fülle der Brust wird jener Roman mit dem Werther

nicht zu vergleichen sein. Dabei ist freilich nicht zu übersehn, daß der Verfasser des Werther etwas zu tief in dem Ernste des Lebens befangen ist, der Verfasser des Meister hingegen sich etwas zu mutwillig spielend über das Leben erhoben hat; daß jener etwas berauscht unter, dieser etwas allzunüchtern über dem Niveau des ruhigen Lebens steht; daß der Verfasser des Werther etwas zu tief im Rätsel des Lebens verstrickt ist, während der Verfasser des Meister etwas zu keck dem Schicksale seine Netze nachzustricken unternimmt. Es ist nicht zu übersehn, daß Goethe im Werther vielmehr Redner als Dichter ist, obwohl er die Gegenpartei seines Helden und seiner Liebe etwas unrhetorisch in den Schatten stellt, und Albert und die Gesellschaft von Regensburg und die Gesetze der bürgerlichen Ordnung, und alles was in die Schwärmereien des Helden einzugehen strebt, etwas hart behandelt; nicht zu übersehen, daß Goethe im Meister vielmehr Dichter als Redner ist. Aber wir wollen absehn von der Gesinnung des Dichters. Mir scheint es, daß in der Schreibart des Werther und des W. Meister ein Unterschied sei, wie zwischen J. J. Rousseau und Diderot: niemand wird denselben Kothurn, dieselbe Getragenheit und gehaltene Würde im Rousseau wie im Werther, dagegen etwas dem W. Meister nahe Verwandtes, Gefälliges, Leichtes, Bewegliches, Belustigendes in der Schreibart des Diderot verkennen. Man muß Deutscher sein, um die Schreibart des Meister, Franzose, um die Schreibart des Diderot zu empfinden und zu würdigen: indes jeder gebildete Bürger unsers Weltteils empfänglich ist für Werther und Rousseau, und eines wahren Urteils darüber fähig. Diesen wichtigen Unterschied drücken wir folgendergestalt aus: es gibt zweierlei Federn, die *eine* Feder, welche sich geflügelt bequemt in allen Wechsel der Zeiten und Gestalten, welche ohne sich grade zu verwandeln, nach Art des Proteus, dennoch nach Maßgabe des Gegenstandes ernst, leicht, außerordentlich, gewöhnlich, tief und oberflächlich, kurz in gewissem Sinne alles das wird was sie darstellt – diese Feder waltet im W. Meister und im Diderot: die *andre* Feder, die vielmehr wie ein eiserner Stift, wie der *stilus* der Alten geführt wird, der ewige Gefühle und Gedanken, vor allen Dingen aber die ernsthafte Gesinnung des Autors eingraben soll, wie in Wachs oder in Holz und Stein für die Ewigkeit. Wenn die geflügelte Feder vielmehr ihr Gesetz erhält von den Dingen, den Umständen, von der Natur, also vom *Auge* des

Menschen, so ist es vielmehr die Gesinnung, es ist das *Herz*, welches die Hand führt, die mit jener zweiten eisernen Feder schreibt. –

Lassen wir Rousseau, Diderot und Goethe, und wählen wir zu unserm Verständnis noch höhere Beispiele: wer erinnert sich nicht jener Feder, die am Schlusse des unübertrefflichsten aller Romane, des Don Quixote, von dem Autor selbst im Bewußtsein des Gelingens zum Andenken aufgehängt wird; wie eine glorreich geführte Waffe, wie das Schwert, welches der Autor in der Schlacht bei Lepanto trug; kann ich unter meiner geflügelten Feder eine andre gemeint haben als diese, eine geringere als diese; gibt es eine Laune in der Natur, gibt es in dem unendlichen Helldunkel des Lebens irgendeine Schattierung, kann ein menschliches Angesicht in allen seinen Verwandlungen eine Rührung ausdrücken, gibt es eine Temperatur, die das menschliche Herz überhaupt zu ertragen imstande wäre, von dem Fieberfrost bis zur höchsten Glut der Leidenschaft – welche diese Feder nicht wiederzugeben imstande wäre? Und doch wiederholt diese Feder nie die Natur, doch erhalten wir nicht das draußen in den Dingen Befindliche bloß zum zweiten Male zurück; wir erhalten es wirklich aus der zweiten Hand, mit jener ganz anderen tieferen Verständlichkeit, welche die Welt annimmt, wenn wir sie widerstrahlen sehn aus der Seele des Künstlers. Das Kind sucht die Sonne: aber die Sonne blendet; das Kind gewöhnt sich die beleuchtete Natur zu betrachten, aber das unmittelbare Licht der Sonne zu vermeiden. Aber auch die Natur blendet, sie blendet und zerstreut, wenn man sie zu lange betrachtet; wir brauchen einen zweiten, milderen Reflex, und zuletzt wenden wir uns an den Menschen, den der Strahl der Natur erleuchtet, wie der Strahl der Sonne die Natur, d. h. an den Künstler; von diesem nun empfangen wir alles zurück verständlich, klar, in der gehörigen Milde und Besänftigung, ohne Blendung, ohne Zerstreuung. Das ist – ich muß es noch einmal wiederholen, was Milton so zart und schön die Eva bitten läßt, als ihr Jehovah die Sprache lehren will: sie bittet, daß sie von Adam lernen dürfe, weil sie ihn besser verstehe. – Diese durch Künstlerhand vermenschlichte Welt drückt sich in den Gedanken, in Bildern, in den lebendigen Worten zumal höchst vernehmlich aus, aber selbst die stumme Feder kann durch ihre scheinbar so einförmigen Bewegungen das ausdrücken, was ich beschrieben; sie kann es – denn wir haben den Cervantes. Aber

Cervantes vermöchte es nicht allein durch die Feder: daß auch durch die Hand ein Gott reden könne, das eigentlich wissen wir vom Cervantes; auch die geflügelte Feder muß von einer heiligen Gesinnung geführt werden, wenn sie das Größte verrichten soll, obwohl die Gesinnung selbst nicht herauszutreten braucht.

– Betreffend die andre, die ich die *eiserne* Feder nannte, so könnte ich Bossuet, ich könnte Machiavelli zitieren; lassen Sie mich indes zurückkehren zu dem, der meinem Herzen, meiner Neigung und aller unserer Sorge am nächsten steht, zu Burke. Die Betrachtungen über die französische Revolution, die man deutsch lesen kann oder englisch, weil die meisterhafte Übersetzung oft zweifelhaft läßt, wem dieses große Werk mehr angehöre, der deutschen Gesinnung oder der britischen Beredsamkeit, – geben sehr deutlich zu erkennen, was ich die eiserne Feder nenne. Das alte Bild vom Strome gilt insbesondre von dieser Gattung der Schreibart; während die geflügelte Schreibart sich um alle Formen, von allen Seiten her anschmiegt wie die Luft, wie sie eindringt tief in den Stoff, und nach Willkür ihren eignen Zustand, ihr Wetter verändert, so strömt ewig sich selbst gleich, gleich klar und gleich tief, nach einer Richtung, von einer erhabenen Seite her, wie das Wasser eines Flusses, die andre Schreibart. Es ist in aller Flüssigkeit der Sprache doch eine gewisse, eiserne Richtung darin, die wie ein Pfeil nach bestimmtem Ziele läuft. Ich wünschte recht verstanden zu werden: ich meine nicht bloß in den Gedanken und in der Gesinnung, wovon ich hier nicht spreche, sondern Wort, Ausdruck, alles was die Feder gibt, ist gerichtet nach einer bestimmten Seite hin; es steht und läuft, wie in Schlachtordnung, dem bestimmten Feinde entgegen; während in der geflügelten Schreibart die Worte sich nach allen Seiten dehnen und biegen und wiegen, frei und spielend gruppieren. Alle Bewegungen der Natur finden sich in der Schreibart des Cervantes wieder, während die des Burke in einer gewissen erhabenen Einförmigkeit hier schäumt und braust, dort mit ruhiger Gewalt fortdringt, und die Gestirne des Himmels milder zurückstrahlt, immer aber deutlich einen gewissen sanftharmonischen Wellenschlag vernehmen läßt.

– Lassen Sie uns von den erhabensten Beispielen zu den nächsten zurückkehren: ist nicht jene geflügelte Feder grade der Reiz aller Schriften, welche von weiblichen Händen herrühren; was bezaubert

in den Briefen der Madame de Sevigné als dieses leise, zärtliche und doch so empfindliche, schmeichelnde und doch so ernste Berühren aller Verhältnisse des Lebens: es ist eine anscheinend beschränkte Welt in der sich diese Frau bewegt, es sind die Geheimnisse, es sind die Labyrinthe des Herzens, und dann wieder die vielfältigen Kollisionen des Herzens mit der Welt und mit der Gesellschaft, aber wie biegsam legt sich diese Feder um alle Formen des Lebens her; die Schrift *atmet*; wie leicht bewegte Lüfte spielen die Worte durcheinander. Ebenso die Briefe der Lady Montague: in den deutlichsten Umrissen, wie durch eine recht klare südliche Luft angesehn, erscheinen alle Gegenstände, an denen ihre wunderbare Reise vorüberführt. – Daher ist es den Frauen auch so natürlich, daß sie das eigentlich zwecklose Briefschreiben, das Hin- und Herübertragen stiller Weltanschauungen und jeder Erfahrung des Herzens lieben, während doch die meisten Männer nicht ohne einen tüchtigen Grund die Feder zum Briefe ansetzen: es muß etwas bewegt, von seiner Stelle gebracht, erlangt, erprozessiert werden können, wenn ein männlicher Brief abgehn soll.

– Werden wir nicht auch im Laufe unserer Untersuchungen über diese wichtige Distinktion der beiden Hauptgattungen der Schreibart zurückgedrängt auf das, was ich Ihnen als Schema aller menschlichen Distinktionen überhaupt aufführte: kann ich für den beschwerlichen Ausdruck: geflügelte Feder, einen bezeichnenderen Namen finden, als weibliche Feder, und für die eiserne Feder einen besseren, als männliche Feder. Liegt nicht in der ganzen männlichen Bestimmung dieses Gerichtetsein in jedem Momente nach einem bestimmten Zweck, mit allen Gedanken, mit allen Fertigkeiten und allen Neigungen der Seele, während das weibliche Dasein auf einen engen Raum beschränkt, pflanzenartig, möchte ich sagen, nach allen Seiten hinauswächst, sich sanft beugt unter den Stürmen des Elements, in welchem es lebt, sich nach allen Seiten hinbeugt, nicht unmittelbar eingreift in das Treiben der übrigen Wesen, aber Blüten und Früchte und Duft im leisen Gange der Jahreszeiten bringt und gibt. –

Dies ist genau die Empfindung, welche unter allem Getümmel des reichsten, buntesten Lebens Cervantes zurückläßt, am Ende, da wo er die Feder aufhängt neben den Waffen. – Es ist das Weibliche, sagen wir es nur gleich gradheraus, das *Charakteristisch-Poetische* in

der Schreibart des Cervantes, welches den ausgebildeten Mann so anzieht, indes die Frauen, wenn sie ihrer Neigung natürlich folgen, obwohl sie selbst mit der geflügelten Feder schreiben, doch die strengere prosaische Feder lieber lesen werden. Hundert Frauen, die lieber die Clarissa, die Heloise, und den Werther, gegen eine, die lieber den Meister oder den Don Quixote liest. – Wir hätten also wieder das Gebiet der Poesie berührt; auch die Schreibart des Don Quixote oder des W. Meister gehört so wenig als der Gehalt, als der Gedanke dieser Werke in das Gebiet der Beredsamkeit, und wir fänden uns zuletzt beschränkt auf ein durch und durch männliches, ernstes und gleichförmiges Wesen, wir fänden uns hinausgedrängt aus dem Gebiete der freien Phantasie in das bürgerliche und öffentliche Leben, in den Tumult des Markts und der Ekklesie. Wir mußten um der Gerechtigkeit willen, die unser höchstes Gesetz ist, die beiden Gattungen der Schreibart sondern: denn wie viele Ungerechtigkeit begangen worden, da man einerseits von dem Ideal einer gewissen gleichförmigen klassischen Schreibart ausgehend, die romantischen Spiele der poetischen Feder nicht für wahre Kunst der Rede und für Stil hat gelten lassen wollen; und andrerseits den Ernst des praktischen Lebens, wie er sich in den schriftlichen Verhandlungen der Bürger und der Völker und der Wissenschaften ausdrückte, neben der poetischen Feder überhaupt für keine Feder anerkennen wollte.

– Auf einer sonderbaren Schwelle zwischen beiden Gattungen, obwohl er den Kothurn, von dem ich sprach, eigentlich nie abgelegt hat, sooft er auch Form und Richtung seines Geistes zu ändern schien, stand ein großer, uns erst vor kurzem entrissener Landsmann, *Johannes von Müller*. Er gehört der Beredsamkeit an, er hat in jedem Augenblick seines Lebens männlich nach bestimmten Zwecken gestrebt, aber eine gewisse poetische Empfänglichkeit vermochte ihn so oft sein Ziel zu wechseln, daß er mitunter den falschen Schein eines Dichters von sich gibt, so sehr die tüchtige Natur solchem Scheine, wie aller Lüge überhaupt, auch innerlich widerstrebte. Es hat sich nicht leicht solch eine Masse – nicht etwa von Kenntnissen, dieser Begriff wäre zu trocken und zu kalt für die Lebenswärme, für die Begeisterung, womit dieser Mann wußte was er wußte – aber von Bildern des Lebens in eine menschliche Seele zusammengedrängt als in ihm. Nicht leicht hat bei einer gewissen

Unempfänglichkeit für die Dichter selbst, die ihm eigen war, ein Redner so den Buchstaben der Vorzeit zu beleben, zu ergänzen gewußt als er, nicht leicht hat ein menschliches Ohr die Stimmen des Altertums so zu unterscheiden gewußt als das seinige. Ich möchte ihn einen Geisterbeschwörer nennen, wie Burke einen Geisterseher der Vorzeit: mit gewissen Formeln von Ruhm, von Freundschaft, von Freiheit, mit einem beständigen Schlachten- und Waffenruf hatte ihn in früher Jugend das Studium der Geschichte angesprochen, gereizt, und leider für sein ganzes Leben bezaubert; mit diesen Formeln, die er nicht ohne eine gewisse Weihe aussprach, lockte er selbst wieder und beschwor die Geister der Vorzeit: es war bei ihm ein Werk mühseliger Arbeit, was bei Burke natürliche Verfassung der Seele; daher wußte Burke die Geister zu rufen und zu entlassen, während Müller sie heranbeschwor, in immer dichteren Massen um sich her versammelte, bis er zuletzt in dem Gedränge sich selbst verlor. Burke erschienen sie als Geister gewissermaßen verklärt: dem Johann Müller in einer gewissen ungebührlichen Deutlichkeit, mit einem Schein des gemeinen Lebens und in dessen Farben und Art, so daß sie selbst Platz einnahmen, und die Welt und das Zeitalter verwirrten, worin Müller stand, und wohin sie nicht gehörten.

Der treffliche Mann nannte sein Studium der Geschichte ein Wandeln durch die Jahrhunderte, und meinte, ihm stehe nach Belieben die Rückkehr frei in seine Heimat, und fühlte nicht wie er verwirrt wurde durch die zu große Klarheit seines Seelenauges; er zog die Umrisse der einzelnen Gestalten so streng, er wohnte sich, ich möchte sagen, auf jeder Herberge seiner Weltumwanderung gleich so ein, daß er nur mit Schmerz sich davon loszureißen vermochte. So ward sein ganzes Leben eine ununterbrochene Kette heftig ergriffener Freundschaften und bittrer Trennungen; ungebührlicher Hoffnungen und unzeitiger Verzweiflungen. Außer einem Herzen, das wo er stand gleich Wurzel schlug, und einen Bau anfing wie für ferne Jahrhunderte nach ihm, hatte die Natur ihm das unglückliche Geschenk einer geflügelten Einbildungskraft gegeben, die ihn allzu leicht von einem Lande in das andre, von einem Jahrhundert in das andre trug. Eine Eigenschaft demnach, die ich vom Redner begehrte, besaß er im Übermaß: das Eingehen in die entgegengesetzte Partei. Dieser Wortredner seines Jahrhunderts mit

seinem göttlichen Talent für die Sprache konnte keine große Sache, keinen großen Prozeß führen, weil er die Gegenpartei allzu heftig auffaßte, weil er allzu tief einging in das Bedürfnis und in die Situation des Gegners. Daher seine Unbefangenheit, sein Befremden, wenn man ihm vorwarf, daß er seine Partei verlasse: Freund und Feind waren in seiner Seele beides treffliche Leute; es gab im Grunde keinen Streit zwischen ihnen, denn sie hatten beide auf gleiche Weise seine Einbildungskraft entzündet und bestochen, und so erscheint er am Rande seines Lebens auf der Seite, gegen die das ganze Wirken der schöneren Hälfte seines Lebens gerichtet war, und es begleitet ihn nichts in den Tod als der rührende Glaube an jenes Wesen, für welches er in seinem reichen Leben keinen andern Namen gefunden hatte, als den unvollständigen Namen der Freundschaft.

Er hatte in allen das Leben, wenigstens den Schlag des Herzens, wenn auch nicht das höhere Leben empfunden, wie sollte er nicht mit dem Glauben sterben, daß sie sich dereinst untereinander empfinden würden wenn auch seine schöne Seele blutete, daß er sie in der Entzweiung zurückließ, und daß ihm nicht vergönnt war, mit den Herren der Erde Hand in Hand zu wandeln, oder sich mit ihnen auf der Sonnenwolke des Ruhms zu erheben über die Erde. –

Ein großes lehrreiches Beispiel für uns an dieser Stelle unsrer Betrachtungen. Wir haben die Beredsamkeit streng geschieden von der Poesie, wir haben ihr die Flügel genommen, welche wegtragen über Länder, Meere und Zeiten, wir haben sie in die Gegenwart gebannt, auf den Ernst des Lebens, auf bürgerliche Taten beschränkt: die Beredsamkeit konnte nicht erkennen was sie sei ohne die Poesie, wie der Mann erst im Umgang der Frauen erkennt was er sei. Wir mußten die hergebrachten Theorien der Beredsamkeit verwerfen, weil sie die Beredsamkeit für sich betrachten, absondern von ihrem Gegenteil, lostrennen aus dem Verhältnis zur Poesie.

Aber noch lebendiger als diese tote und kalte Theorie zeigte es das Schicksal des großen Rednertalentes bei Johann Müller: er kannte, er verstand das Eigentümliche der Poesie nicht. Hören Sie ihn reden von Homer, den er bewundert; er greift ihn auf nicht wie einen Dichter, sondern wie einen Redner, mit bestimmten Zwecken der Belehrung, der politischen Begeisterung; das weibliche, in sich

selbst geheimnisvolle Wesen der Poesie, die Unabhängigkeit ihrer Erzeugnisse versteht er nicht. Ich wüßte das ganze Problem, das Rätsel seines Charakters, seine reiche Armut, seine zaghafte Entschlossenheit, das eilige Verfliegen seiner Begeisterungen, die weichliche Härte seines Stils, seine treulose Treue, und vor allen den Mangel des Geschmacks selbst in seinen vortrefflichsten Werken nicht anders zu erklären. Die Satzungen der Völker interessieren ihn viel mehr als ihre Sitten: nur die Dichtkunst öffnet den Blick in das geheime Hauswesen der Völker, wovon die Geschichten Johannes von Müllers eigentlich keine Kunde geben. – So viel über die Gebrechen eines großen Mannes: zu unserm Verständnis war ein deutliches Bild dessen, was er gewesen, auch eine Zerlegung seiner Natur notwendig. Dieses nicht ohne Rührung vollbrachte Geschäft, unter welchem wir alle die in früheren Stunden entworfenen Züge des echten Redners zuzammenzufassen strebten, erinnert uns, nun zu sagen, daß er sein Leben hindurch unter allen Irrtümern das Allerhöchste gewollt, und auch in vielen großen Augenblicken seines tatenreichen Lebens die Nähe des Göttlichen empfunden hat. Es war etwas Prometheisches in ihm: er trug das Feuer des Himmels in seiner Brust, aber die Züge des Göttlichen selbst zu schauen, war ihm versagt; die Kriegeslust der irdischen Mächte kannte und verstand er, aber das Wehen ihres Friedens hat seine unruhige Seele eigentlich nie gekühlt. Weil er der Natur selbst ins Antlitz sah, so blendete sie ihn auf allen Wegen: beruhigen kann sie nur, ich wiederhole es, wenn sie widerstrahlt aus der Seele des Künstlers, des Dichters. Burkes gesellschaftliches Leben war geteilt zwischen den Künstlern und den Rednern seines Vaterlandes: kein neuerer Engländer hat den Shakespeare und die Dichter des Altertums verstanden wie er.

VIII. Von dem moralischen Charakter des Redners und der geistlichen Beredsamkeit

Die Alten waren des festen Glaubens, nur der gerechte und rechtschaffene Mann könne ein großer Redner sein: vir bonus, ein guter Mann, sagt Quintilian. Worin besteht die Güte des Mannes, als darin, daß er sich gering achtet neben dem Guten, also in dem Glauben an, in dem Leben für ein höheres Gut. Hätte er kein höheres Gut, als sich selbst, so müßte er alles, was ihm widerstrebte, für verwerflich und schlecht halten; er könnte nicht eingehen in die Güte, in die Seele seines Gegenteils; er könnte sich selbst nicht anklagen, also überhaupt nicht sprechen, sich nicht verteidigen; er könnte nur unterwerfen, aber nicht erheben, nur strafen, aber nicht versöhnen. Die gewaltigste Wendung der Rede, die größte, stolzeste Empfindung des Herzens fehlte ihm, nämlich die freie Demütigung vor dem Höhern.

Als nach dreißigjähriger unbezahlter Heldenarbeit in den Staatssachen von England Burke von der Gnade seines Königs für sich und seine Witwe einen Jahrgehalt empfing – es war wenige Jahre, nachdem er alle Verbindungen seines Herzens England, wie neulich beschrieben, zum Opfer gebracht, und sich mit seinen Ahndungen, seinen Sorgen, und mit den großen Schatten der Vorzeit zurückgezogen hatte, erst in den Hintergrund des Parlaments, dann in die Einsamkeit von Beaconsfield, und er nun allein war – wenn man so sagen darf; es war wenige Tage, nachdem der Tod die größte irdische Hoffnung seines Lebens, seinen einzigen Sohn hinweggenommen, und der große Mann nun daniederlag, wie er sich selbst ausdrückte, – wie eine von jenen alten, morschen Eichen, die der letzte Orkan zu Boden gestreckt hatte vor seiner ländlichen Wohnung – als diese finstren Tage seines Lebens für einen Augenblick erhellt worden waren, mehr dadurch, daß sein königlicher Herr sich seiner in seinem Unglücke hatte erinnern wollen, als durch die freilich sehr notwendige häusliche Erleichterung – da erhoben sich im Parlamente von England, wohlzumerken in der Abwesenheit Burkes, der forthin auf diesem Schauplatz seiner ehemaligen Größe nicht mehr erschien, also in der Abwesenheit des Angeklagten – Mylords von Bedford und Lauderdale, klagend über die königliche Ver-

schwendung, den Mißbrauch der Staatsgelder, und daß nun der eigentliche Grund der Abtrünnigkeit Burkes von seinen Freunden und von der alten Sache der Freiheit gefunden sei. –

Der Herzog von Bedford ist bekanntlich durch die Gnade der Vorfahren Sr. Britischen Majestät der reichste Pair von England; der Graf Lauderdale andrerseits ist einer der gelehrtesten Staatswirte jenes Landes, der folglich über die gerechte Verwendung der öffentlichen Gelder eine Stimme haben mußte. Ein gehöriges Gefühl der Indignation, wie zu erwarten stand, äußerte sich diesmal nicht unter den anwesenden Mitgliedern; die Minister rechtfertigten mit einiger Kälte die königliche Gnade: auch werden selten im englischen Parlament viele Worte verloren über die Angelegenheiten einzelner Personen, nur Burke durfte es wagen, wie wir gesehn, über sich selbst zu sprechen, eben weil, wenn er selbst sprach, fast nicht zu unterscheiden war, was in ihm Burke sei, und was England. So war der Stand der Sachen: die Beleidigung zu groß, die Art der Wunde, eben weil die häuslichen Verhältnisse, weil das ehrenwerte Geheimnis einer rechtschaffenen bürgerlichen Haushaltung angegriffen wurde, zu schmerzlich, als daß Burke hätte schweigen können.

Er hat geantwortet, er hat sich verteidigt: diesmal schriftlich, von seiner ländlichen Wohnung aus; keine Silbe ist verloren gegangen; dieses heilige Testament seines Geistes, diese kurze Geschichte einer großen Seele, die an doppelter Verletzung hier des Schicksals, dort der eignen Freunde seines Lebens blutete, die, aufgefordert an sich selbst zu denken, von der Güte, von dem Verdienst des eignen Charakters zu sprechen, mit einer gewissen natürlichen, leisen Ungerechtigkeit des Schmerzes anhebt, mit ihrem Doppelschmerz vor unsern Augen kämpft, aber alles überwindet, und zu dem Grundgedanken ihres Wesens, zu dem was größer ist als die eigne Güte, und mächtiger als aller eigne Schmerz, und als alle Feinde, zu der Idee des Vaterlandes zurückkehrt – liegt in allen ihren Zügen vor uns. –

Es ist als wenn in diesem Briefe an die Lords von Bedford und Lauderdale, einem der letzten Werke des großen und guten Mannes, sich die irdische Beredsamkeit und die göttliche, jene, die auf der Selbstheit, auf der Leidenschaft beruht, diese, welche aus der

Güte und der Gerechtigkeit kommt, sich um den Besitz dieses gewaltigen, dieses goldnen Mundes stritten. Burke war diesmal in einer Lage, wo es Pflicht ist an sich selbst zu denken, sich selbst zu loben; seine Persönlichkeit war in ihren Grundfesten angegriffen: in solchem Schmerz und bei solcher Beleidigung ziemt es sich, nichts anderes zu sein als Mensch; wenn irgendwo, so schickte es sich diesmal, an nichts anderes zu denken, als an sich selbst. Aber wenn er im Anfange dieses Briefes dem Herzoge von Bedford mit gleichen Waffen vergilt, wenn er ihn auf den Stammbaum seiner Familie und seines Reichtums zurückführt, wenn er ihm zeigt wie die Krone von England ihm auf alle nachkommende Generationen schon vorausbezahlt habe, während sie hier nur nachbezahle, dreißigjährige Arbeiten vergelte, überhaupt im ganzen ersten Teil dieses Werkes fühlen wir, daß Burke den Gegner niederwirft, aber wir sehen den großen Redner noch nicht: wir werden mehr bewegt als erhoben, mehr gepreßt als überwunden.

– Auch er, wenn er sein arbeitsvolles Leben erwogen, und seinen Sohn betrachtet, habe in aufgeweckten Stunden gehofft eine Art von Familienstifter zu werden in seiner Weise, eine Art von Stammbaum zu eröffnen, seinen Enkeln die Bahn zu ebnen, ihnen einen Namen mitzugeben, dessen die Nation noch spät sich erinnern würde, und vielleicht den Nachkommenden vergelten würde die uneigennützige Vorarbeit des Ahnherrn. Aber eine höhere Macht, vor deren dunklen Beschlüssen das leichte, flatternde Wesen unsrer Wünsche wie ein Traum verfliegt, hatte anders verordnet, fährt er fort: bei mir ist die Ordnung der Dinge umgekehrt, die nach mir kommen sollten, sind vorangegangen, die mich wie ihren Ahnherrn verehren sollten, nach denen, in den Wohnungen des Friedens muß ich, gemarterter Greis, sehnsüchtig hinaufschaun wie nach meinem Ahnherrn. Meinen Nachkommen ist nichts zu vergelten, denn ich habe keine mehr: man muß mich selbst bezahlen, die letzten Tage meines Lebens erleichtern, wenn man mir danken will; man tut es reichlich, vielleicht gegen die Grundsätze eurer Staatswirtschaft, aber gewiß nicht gegen die natürliche Ordnung der bürgerlichen Dinge, reichlich, da ich ja viel gearbeitet, und nur kurze Zeit und unter Tränen genießen kann. Ist dies die Sprache gegen meinen königlichen Herrn? unterbricht er sich, – gegen England? dieses Geschwätz von Verdienst, von Bezahlung, von Vergeltung? nichts

habe ich getan, alles ist Gnade, keine Rechnung ist abzuschließen, ich bin der Schuldner, das Vaterland hat von mir zu fordern, ich bin ihm noch die Tage schuldig, die ich zu leben habe, die letzten hinsinkenden Kräfte, die letzten Funken dieses verlöschenden Geistes gehören ihm. Aber das ist die alte Doppelsprache des gebrechlichen Herzens des Menschen: warum soll es jenem frommen Patriarchen der Geduld, dem Hiob anstehn zu schreien über den Schmerz, sich zu widersetzen dem Feinde und der Freundschaft kalter Trostsprecher bei aller Demütigung unter die Ratschlüsse Gottes - und nicht mir. Anders ist die Sprache gegen den Feind, anders gegen meinen königlichen Wohltäter und England! - Wenn ich von Verdienst rede, so gilt das dem Herzog von Bedford und nicht England: denn um ihn habe ich es verdient, grade um ihn, der bei geringen Verdiensten und unermeßlichen Belohnungen sich wärmt, und wächst und immerfort gedeiht am Strahle dieser Sonne der Gerechtigkeit, dieser Verfassung, die ich habe verteidigen und retten helfen. Es ist die besondre Eigenheit dieser Verfassung, daß beide bestehen durch sie, der müßige Besitzer uralter Rechte, und der schweißbedeckte Arbeiter mit dem sorgenvollen Erwerbe dieser Stunde, daß wir beide bestehn durch sie, er, ein sehr junger Mann mit alten Pensionen, ich, ein alter Mann mit sehr jungen Pensionen. Grade diese Eigenheit der Verfassung habe ich verteidigt; für seine Meiereien habe ich gesprochen, und für seine Äcker; und gegen die Revolution, die in der Seele ihrer unschuldigsten Freunde ja nur den einen Zweck hat, Arbeit und Verdienst allein zu erheben, und die müßigen Besitzer zu verdrängen. Wer hat denn die Rechte des Herzogs von Bedford verteidigt, als ich? - Nun verschwindet der Herzog von Bedford - und Burke sich selbst - vor den höheren Gegenständen, die sich aufdrängen, vor den Gefahren, die England bedrohen und die Verfassung; dieses Zion, wie er sie nennt: templum in modum arcis, diesen Tempel in Gestalt einer Burg: Gegenstände, sagt er, gegen die er, und sein Schmerz, und seine Feinde, und selbst der Herzog von Bedford mit allen seinen Feldern, und Schlössern, und Reichtümern viel zu gering seien.

Es ist eine gewisse Region der Tugend, sage ich, eine gewisse Bergesluft der Gerechtigkeit, worin der große Redner atmen muß, wenn die eigentliche Rede beginnen soll: diese Rede kommt, diese Region hat Burke erreicht, er hat sich hindurchgearbeitet durch die

Zuckungen des Schmerzes, durch das Gedränge seines Kummers, durch die Angriffe der Persönlichkeit: die Notwehr, die mehr schlagen muß als sprechen, weil sie keine Zeit hat zum sprechen, ist zu Ende an der Stelle dieser göttlichen Rede wo ich sie abbreche, weil sie selbst vorliegt, und für sich selbst besser sprechen wird, als ich in der Beschreibung vermöchte. Ich höre den Ton, worin sie gesprochen wurde, als der große Mann sie niederschrieb, weil ich manche Zeit meines Lebens damit zugebracht habe, nachzuempfinden, wenn es möglich wäre, wie ihm zu Mute gewesen: ich habe den Ton zu beschreiben unternommen, in welchem diese Rede gelesen werden muß, und die leidensvolle, dunkle Stimmung des Gemüts, aus welcher dieser Sturm der Beredsamkeit hervorbricht. Die tugendhafte Klarheit, in die sich zuletzt alles auflöst, läßt sich nur sehn, nicht beschreiben: ich wünsche Deutschland Glück, daß es auch dieses Werk des göttlichen Redners in seiner eignen Sprache besitzt. Befremdlich ist, daß es nicht schon im Jahre 1797 unmittelbar bei seinem Erscheinen tausenden von unsern taubstummen Sprachgenossen die Zunge gelöst und das Ohr entbunden hat. Mir wenigstens wurde dabei zu Mut, als könne ich auch sprechen.

Diese Rede, besser als irgendein andres Werk unsrer Mitwelt, deutlicher und lebhafter als irgend eines der Vorwelt, zeigt wie niemand für sich selbst, sondern nur im Namen des höheren, und für ein höheres Gut sprechen könne. Ich habe mit Bedacht ein Beispiel gewählt, wo der Redner gedrängt wird von sich selbst zu sprechen, wo seine Persönlichkeit und ihre Rechtfertigung allein im Spiel zu sein schien: denn wie wir überhaupt dem Göttlichen, nicht durch ein Entsagen des Menschlichen dienen können, sondern das Höhere erst recht zu merken anfangen unter Leiden, d. h. wenn wir unser persönliches Wesen am tiefsten und gründlichsten empfinden, wie wir die Höhe erst recht merken neben der Tiefe, so entwickelt sich auch das Göttliche der Rede erst recht inmitten der menschlichsten Angelegenheiten und Schmerzen. Es muß vieles zu verzehren sein, Untergeordnetes, Persönliches, Irdisches - wenn sich diese Flamme entzünden soll.

Auch die Tugend des Redners kann nur eine streitende sein. Ich will ihn auf Knien sehn vor dem höheren Gute, sage ich, aber zugleich aller geringeren Güter und Sorgen sich bewußt: diese Forderung ergeht an den geistlichen Redner so gut als an den weltlichen.

In keine unnatürlichere Stellung könnte sich der Redner versetzen, als wenn es bei ihm Grundsatz würde, von seiner eignen Persönlichkeit zu abstrahieren, und diese ganz aus dem Spiel zu lassen. Es ist genau ebenso untugendhaft sich selbst zu vergessen, als des Göttlichen: ich kann euch das Göttliche nicht zeigen, muß der Redner denken, als durch die Strahlen, die es auf mich geworfen hat; das Licht an sich läßt sich nicht weitergeben, nicht zeigen als allein in dem erleuchteten Gegenstande, und der erleuchtete Gegenstand bin ich, ist meine Persönlichkeit. Je tiefer dieser Glanz hereinscheint in die Angelegenheiten meiner Person, je eigentümlicher der Strahl sich bricht in meinem Herzen, um so begreiflicher wird die Bewandnis, die es mit dem Lichte hat: wozu überhaupt ständen wir in dieser dunkelnden Welt, und hätten nur Farben und Schatten, aber kein Licht, wozu wiese uns die Sonne geblendet zurück, wenn wir sie selbst betrachten wollen, wenn sich das Licht nicht besser verstehen ließe in den gefärbten Schatten, als in sich selbst. Die klarste, sorgloseste Stirn würde einen toten Schimmer zurückgeben gegen das Lebenslicht, welches in jener Verteidigungsrede aus dem finstern, zerrissenen, zerschmetterten Herzen Burkes hervorbricht. Deutlicher wird die Heiligkeit dieses Redners in seiner Behandlung dieser allerweltlichsten, dieser Geldangelegenheit, als sie es in der unmittelbaren Behandlung der heiligsten Ideen nicht werden könnte. –

Wer kennt nicht die berühmte Rede Bossuets auf den Tod des großen Condé, womit der Redner die Reihe seiner Gedächtnisreden beschloß? Ich will nicht weiter reden zum Andenken großer Verstorbener, sagt er: »au lieu de déplorer la mort des autres, grand Prince! dorénavant je veux apprendre de vous à rendre la mienne sainte. Heureux, si averti par ses cheveux blancs du compte, que je dois rendre de mon administration, je reserve au troupeau, que je dois nourrir de la parole de vie, les restes d'une voix, qui tombe, et d'une ardeur, qui s'éteint.«[3] Ist dies ein bloßes rhetorisches Kunst-

---

[3] »Anstatt fremden Tod zu beklagen, großer Fürst! will ich von jetzt ab durch Euch lernen, den meinigen heilig zu machen. Ein Glück, wenn ich, gemahnt durch diese weißen Haare an die Rechenschaft, die ich von meinem Dienst zu legen haben werde, für die Herde die ich mit dem Worte des Lebens speisen muß, die Reste einer Stimme mir erhallte, die verhallt und eines Eifers der verlischt.« (Die Übersetzung ist vom Herausgeber.)

stück, ist es ein bloßer Abgang, wie man im Theater jene nichtswürdigen Herausforderungen des Beifalls nennt, wenn das Kunststück des Schauspielers in den Augenblick hineingedrängt ist, wo er die Bühne verlassen soll, wenn eine Reihe von Sentenzen mit einer gewissen tragischen Pointe beschlossen wird, und es eigentlich vielmehr auf den Schrecken der Zuhörer bei dem plötzlichen Abreißen der Rede, als auf die wahre Wirkung abgesehn ist? Die Wendung des Bossuet ist schön, weil sie natürlich ist, sie ist erhaben, weil sie so menschlich ist: wie Burke von sich ausgeht und in den höheren Gegenständen verloren schließt, so kehrt Bossuet von dem erhabenen Gegenstande, davon er ausging, still in sich selbst zurück. Wir empfinden in beiden Fällen gleich lebhaft, daß uns genuggetan wird, wir empfangen das Göttliche und Menschliche zugleich; beides ist unsere Heimat; aus welchem in das andre wir zurückkehren mögen, immer empfängt uns eine wohlbekannte, eingewohnte Heimat, und dieses befriedigt uns.

Das ist die wohltätige Spur, welche alle echte Beredsamkeit in uns zurückläßt; das Allgemeine und Besondre, das Höhere und das Niedre, der Himmel und die Erde haben sich berührt: der Redner schweigt, wir finden uns wieder in den bekannten Tälern dieser Erde, wir verweilen noch immer in besonderen, wohnen noch immer hier in den Niederungen, aber ein himmlischer Tau ist zurückgeblieben, beglänzt die Erde, und wenn er auch sanft verduftet, indem die Geschäfte der Erde uns forttreiben, so bleibt doch unser ganzes Dasein auf lange Zeit erfrischt. – Darum ist die gewaltigste Wendung der Rede, wie ich im Anfang sagte, die freie Demütigung vor dem Höheren, und der Mensch überhaupt nie unwiderstehlicher und mächtiger als in seiner Demut: je tiefer er sich beugt vor den himmlischen Mächten, um so weniger vermag die gemeine Gewalt dieser Erde über ihn. Darum gibt es im Grunde keine andre Beredsamkeit als die göttliche; und die göttlichste ist keine andre als die allermenschlichste; das im Munde führen, das Auseinanderzerren des Göttlichen an sich, das breite Sichauslassen und Abhandeln und Sichvernehmenlassen von den göttlichen Dingen an sich ist eben so unnatürlich und unrednerisch, als das egoistische Verweilen in den eigennützigen Interessen dieses Lebens. Auf dem Wege, der hinaufführt, wie wir an Burke, auf dem Wege, der hinabführt,

wie wir an Bossuet gesehn, ist das Wesentliche der Beredsamkeit zu ergreifen; weder oben allein noch unten allein ist es zu finden.

– Es kann Ihnen nicht entgangen sein, daß der Gegenstand meiner heutigen Betrachtung die Kanzelberedsamkeit ist, die heilige Kunst der Massillon, Flechier und Bourdaloue: das Wesentliche derselben ist schon erörtert, bevor der Ort erwähnt ist, nach welchem die heilige Beredsamkeit ihren Namen führt. Es ist eine der beneidenswertesten, aber auch leider eine der entweihtesten Stellen dieser Welt. Könnte es eine größere Bestimmung geben, als die, das Vorrecht der Menschheit, die Rede anzuwenden auf die besonders ernsthaften Gelegenheiten des Lebens, den Menschen zu empfangen und zu begrüßen bei seinem Eintritt in die Welt mit der Kraft des Wortes, ihn mit derselbigen zu begleiten durch alle Hauptstationen des Lebens und bis über das Grab hinaus; auch da ihm noch nachzurufen die Abschiedsgrüße dieser Erde, auszusprechen den Gedanken seines Herzens, zusammenzufassen, möchte ich sagen, alle Rede seines Lebens in den einzigen Nachruf; im Namen des Abgeschiedenen zurückzusprechen an die Lebendigen; hinauf- und herunterzureichen, nach diesseits und jenseits herüberzusprechen, zu versöhnen die Unverträglichkeiten der höheren und niederen Dinge ein ganzes Leben hindurch: die Lebendigen zu rufen, die Toten zu beklagen, die Blitze des Schicksals zu brechen mit menschlichem, wie die Glocke unsers Dichters mit ihrem metallnen Munde? –

Kann nun, frage ich, die flache Moral, welche wir an dieser Stelle meistenteils erhalten, und die verderblicher ist als der Anblick des Lasters selbst, weil sie den Wohlgeschmack der Tugend verwässert, weil sie allen Stachel der Seele abstumpft, weil sie das mutige, lebenslustige Herz hinausscheucht aus den Wohnungen des Heiligen, und nur die mattherzige Feigheit sich gegen den Schein und Folgen des Lasters sicherstellen lehrt; kann die geschmückte Magerkeit angewöhnter Formeln, kann das leicht übertünchte Skelett einer toten Abhandlung irgend eine jener großen Bestimmungen erfüllen? – Statt des Himmels empfangen wir eine zusammengeschrumpfte Erde; statt des Göttlichen empfangen wir etwas, von dem sich nichts weiter sagen läßt, als daß es unweltlich, nicht einmal weltlich ist; statt des Geistigen etwas das unkörperlich oder vielmehr auch *nicht einmal* körperlich ist. Lassen wir dieses Unwe-

sen; erkennen und erheben wir die wenigen, welche die Würde der Kanzel behaupten; und fragen wir, was sind die Hauptstücke der geistlichen Beredsamkeit? –

Ermüden Sie nicht, ich muß mich wiederholen; die beiden Hauptstücke sind, das eine: anzuklagen die eigne Anschauung des Göttlichen, die man in sich trägt, die immer noch nicht groß, immer noch nicht menschlich genug ist, die immer wieder verzehrt werden muß und reiner hervorgeht aus ihrer Asche; das *andre:* die noch seltnere Kunst, erlauben Sie mir den Ausdruck, Brücken zu schlagen über den breiten Strom, der die weltlichen Angelegenheiten des Menschen von seinen ewigen trennt, die Kunst Türen durchzubrechen in die übersteinerten Herzen. –

Was soll ich, sagt das gesunde Weltkind, mit eurer breiten und starren Auseinanderlegung geistlicher Dinge: das Heiligste, wenn die Lebenswärme daraus entwichen und es kalt geworden ist – widersteht mir grade wie das Gemeinste, was mir keinen Eindruck des Lebens gibt: mir widersteht es grade weil es wärmer, weil es lebendiger sein sollte, – und weil es durch ein menschliches Herz hindurchgegangen, und dort, grade dort erkaltet ist. Ich will es glauben, daß was ihr mir sagt herstammt aus dem Buche des Lebens selbst, daß ihr eure Weisheit da heraus geschrieben, da heraus filtriert habt: mich aber berührt sie nicht, ich verstehe sie nicht, wie ihr sie gebt. Seht ihr zu wie ihr euch in toten Formeln erbaut: wie ihr es anstellt begreife ich nicht; ich verstehe nicht, was tot ist: ich suche das Leben mir auf, und fände ich es im Allergemeinsten, so erbaut mich das besser als eure Beredsamkeit. Wohlan, zu überreden versteht ihr mich nicht; den Sturm, der in mir braust, beschwören könnt ihr nicht; zwingen? lasse ich mich nicht, denn ohne freie Anerkennung, ohne die innere Einwilligung meines Herzens kann das Göttliche für mich nun überhaupt gar nicht bestehn. Was? und ihr für eure Person wäret nunmehr fertig mit eurem Glauben, ihr hättet ihn abgemacht, während ich ihn noch nicht angefangen? euch wäre ohne euer Verdienst zum ruhigen Besitz gegeben, was mir Kämpfenden versagt ist? ihr wäret fertig mit dem Zweifel, ihr hättet die Ruhe eures Lebens beigesteckt, unter Schloß und Riegel gebracht, wie irgend ein andres Besitzstück, und ich sollte fortringen mit den Gebrechlichkeiten, den Reizungen und den Widerwärtigkeiten der Welt, fortringen mit den Täuschungen der Sinne, den Labyrinthen

des Verstandes und den Irrtümern eines gutwilligen Herzens? – Es war überhaupt nicht viel zu beruhigen in euch, Freunde, wenn ihr schon fertig seid! Seid Vorfechter des Glaubens, so will ich euch nachfechten: was mich bekehren soll, das muß ich streiten sehn! – Ich glaube an den Zusammenhang der menschlichen Dinge; es mag einen göttlichen Gedanken geben, der sie untereinander alle verbindet und beruhigt, aber die menschlichen Dinge schreiten fort, umstalten sich in unendlichen neuen und unerwarteten Bildungen, sie wollen also immer von neuem angeknüpft sein an den Einen göttlichen Gedanken, und das geschieht nicht ohne Schmerz und Kampf: die Dinge wollen unabhängig bleiben, für sich bestehn, sie sind eifersüchtig, sie wollen auch außer dem Zusammenhange mit dem göttlichen Gedanken gefallen; man muß sie bändigen durch Gewalt und Reiz. Gesetzt, ich brächte dir mein zerrissenes, und ich läugne es nicht, rebellisches Herz, und ich bäte dich, du möchtest es anknüpfen an das Ewige, versöhnen mit demselben: wie wolltest du denn dieses Herz angreifen, dessen Neigungen und Sprache du nicht verstehst, und die du einer höchst unnatürlichen Leidenschaft für das Schlechte und Böse in mir zuschreibst? Wie sollte ich, damit ich mich der Worte eines großen Heiligen bediene, ausgehn können durch deine Tür, wenn du nicht einzugehn verstehst durch die meinige?

– Das sind die Forderungen der Zeit an den geistlichen Redner, darum sage ich 1. er soll sich anzuklagen, mit sich selbst zu kämpfen, die Sprache der Gegenpartei zu führen wissen, kurz er soll den Teufel verstehn und den Zweifel; er soll das Geheimnis verstehn, wie es möglich ist, daß ein menschliches Herz abfalle von seiner Bestimmung; er soll die Welt kennen, und alle die irdischen Ketten, welche, bald aus Blumen, bald aus Eisen geflochten, unsre Herzen bestreiten; – er soll die Götzen dieser Welt verstehn, in deren Dienst umhergeschächtert sich der geängstete Mensch zu entschädigen versucht für das Entbehren des Göttlichen. Allerdings gibt es Augenblicke im Leben, wo die Seele, vorbereitet durch langen Kampf, nur das Wort des Rätsels braucht um jenes Göttliche zu erkennen; wo sie ein gewisses Ahndungsvermögen erworben hat unter mannigfaltigen Leiden, und nun durch die kälteste Beredsamkeit, durch den vertrocknetsten Buchstaben hindurch die Lebensader wahrnimmt; und wo ein Wort, ein Name noch so leise, noch so flüchtig

und unabsichtlich ausgesprochen, den ganzen zerrütteten Gesichtskreis des Menschen in seine Fugen rücken kann. –

Ich habe ein solches Vertrauen in die Gewalt der Rede, und weiß aus den Erfahrungen der Geschichte her sehr wohl was ich sage, daß in den äußeren Weltumständen selbst ohne daß wir es ahndeten ein unsichtbares Zusammenneigen, Sichberühren und Versöhnen stattfinden könnte, und daß irgendein einziges Wort dann nur in dem rechten Augenblicke ausgesprochen, die zerrüttete Welt selbst in ihr altes Gelenk wieder einrichten könnte: mit einem ähnlichen Vertrauen spricht Burke in seinem Briefe an Elliot über die Macht des Einzelnen, Verlassensten, Gebeugtesten durch die Rede. – Aber solche Wirkungen streitlos, solche Wunder mit dem bloßen Worte des Friedens hervorzubringen, muß die Befriedigung der Welt in dem Herzen dessen, der das Wort ausspricht, schon kämpfend vollzogen sein, damit er die Beredsamkeit ersetze durch die Vorbereitung und Wahl des glücklichen Augenblicks. Immer will das Wort ergänzt sein durch die Tat, diese möge nun außer dem Worte oder in dem Worte leben und wirken. Das wahre Sprechen also ist eine wirkliche Tat: und es sind solche rednerische Taten, die ich von der Kanzelberedsamkeit verlange.

Sie soll 2. Brücken zu schlagen wissen aus einem Herzen in das andre, und über den Strom, der die Gebiete der beiden Herren trennt, zwischen denen meistenteils unser Herz geteilt ist. In jedem Hauswesen, in jedem Herzen walten leider zwei Herren statt des Einen; das ökonomische Gesetz des Lebens und die höhere, überirdische Forderung der Seele sind uneins miteinander; die Bedürfnisse des Augenblicks verdrängen, übertäuben, unterdrücken das ewige Verlangen des Menschen. Fruchtloses Bestreben dieses zu wecken und zu stillen, ohne jene und den Kampf mit ihnen zu verstehn!

Meine ich aber, daß der Geistliche wirklicher Arzt werden soll, und Landwirt und Kaufmann? Es gibt ein heiliges Eingehn in diese Dinge, in ihre Wesenheit, ohne daß man Hand anzulegen braucht, und die Schlacken und den ganzen Umstand der Gewerbe zu berühren. Es gibt eine heilige Versatilität des Geistes, eine Füglichkeit desselben, die niemand weniger entbehren kann, als der Redner: das war die Meisterschaft Burkes. Es war ein Mann, sagte Dr.

Goldsmith, der, wenn er des Regens wegen zufällig untertrat in dem Flur eines Hauses, und dort den letzten Reitknecht vorfand, und einige Worte mit ihm wechselte, denselbigen Reitknecht in der Überzeugung zurückließ, daß er mit dem ersten Stallmeister der Welt gesprochen habe. – Es war ein Mann, füge ich hinzu, der seine Seele hinaufsteigern konnte, daß sie die Seele eines ganzen Volkes zu sein schien, und der sie wieder einzuschmiegen wußte in den beschränktesten Gesichtskreis des Einzelnen. Er war ein Baumeister solcher Brücken, die ich verlangt habe: jedes Herz war ihm zugänglich; darum ist er uns allen, entferntesten selbst wieder so zugänglich, so verständlich, so nahe: niemandem näher, als dem wahren geistlichen Redner, der ganze Jahre hindurch nicht bereuen wird, die er in dem Studium dieses unvergleichlichen Mannes und seiner Werke zugebracht hat. In den Werken Burkes finden sie die Angelegenheiten der Welt, den Streit der hohen irdischen Interessen, den sie nicht ungestraft versäumen dürfen, schon zugerichtet, schon zubereitet für den heiligen Gebrauch. Der Staat in seiner Seele, wie in seinen Schriften ist eine arx in modum templi, eine Burg in Tempelsgestalt. Man verweilt mit ihm wie in der Vorhalle eines Heiligtums; unberührt, unbefleckt von dem gemeinen Anfluge des Lebens sieht man hinaus über den Markt der Welt; man lernt verstehn die irdischen Mächte, man lernt was dasselbe sagt, sie versöhnen untereinander und mit dem Göttlichen. Im Laufe dieser Werke, die Augen gerichtet auf die Gegenstände, welche er behandelt, wird man fortgerissen in die Dialektik, in den kriegerischen Gang seines Geistes und seiner Rede, und bleibt dennoch ruhig angeschlossen an sein großes Herz.

IX. Von der neueren Schriftstellerei der Deutschen

Die in unsern Tagen am weitesten verbreitete Anwendung der Redekunst ist die Schriftstellerei. Es ist bekannt, daß wenn im Laufe des Jahres Italien etwa 500, Frankreich 700, England 800, so Deutschland auf seinen Messen zwischen 2 und 3000 neue Schriften ans Licht bringt. Die bei weitem größte Anzahl dieser Schriften ist entstanden, nicht etwa weil der Autor eine besondre Veranlassung hatte zu reden, nicht weil irgendeine große Angelegenheit des Augenblicks ihn drängte, sondern weil er sich einmal auf dieses oder jenes Fach menschlicher Wissenschaft gelegt hat und voraussetzt, daß die Welt in einer gewissen gespannten Erwartung sei, überhaupt zu vernehmen, was er eigentlich meine; ferner haben unzählige Bücher gar keine andre Veranlassung ihres Erscheinens anzuführen, als daß dieser und jener Gegenstand, wie sie sich ausdrücken, noch nicht bearbeitet sei. Man hört sehr häufig in den öffentlichen Blättern den Wunsch aussprechen: Möchte sich doch der und der Unterrichtete entschließen, dieses noch völlig unbearbeitete Feld der Literatur zu bebauen, oder diese und jene bedeutende Lücke unserer Literatur auszufüllen. Ja es hat Literatoren in Deutschland gegeben, die, während andre die Kenntnis dessen was geschrieben war, zu dem Geschäfte ihres Lebens machten, sich hauptsächlich darauf verlegten, aufzufinden worüber nicht geschrieben worden sei; aufzufordern, Gegenstände unter den Fuß zu geben, piquante Titel zu erfinden, um den Schriftsteller zu reizen, oder den Buchhändler anzutreiben, daß er wieder den Schriftsteller, wenn nicht durch den Ehrgeiz, doch durch anderweite Mittel reize. Dies sind nun freilich Spekulationen des Gewerbes: indes da jede Spekulation ein Bedürfnis und einen Markt voraussetzt, so müssen auch die Gründe dieser unnatürlichen Erscheinungen nicht in den Schriftstellern und im Buchhandel, sondern in der Nation selbst gesucht werden.

Wir nähren nämlich in Deutschland die dunkle Vorstellung von einem großen geistigen Flächeninhalte unsers Landes, von einem literarischen Areal, das wie der wirkliche Boden unsers Landes auf den höchsten Grad der Kultur getrieben werden, und wo eigentlich kein Fleck unbenutzt bleiben sollte. Der deutsche Patriot hat seine stille Freude darüber, daß überhaupt geschrieben wird, daß eine so

und so große Anzahl von Federn, wie der Staatswirt, daß so und so viele Pflüge in Bewegung sind: nicht grade weil er lesen will, sondern es gehört überhaupt zu dem vollständigen Gefühl seiner Behaglichkeit, daß auch dieses Gewerbe, dieser große Zweig der Industrie noch immer in Blüte stehe; deshalb braucht er gelehrte Zeitungen, die ihn augenscheinlich überzeugen, daß noch alles im alten Gange sei, daß doch eigentlich kein Feld ganz brach liege, und daß der und der wackre und würdige Gelehrte nicht feire: kurz er hat eine allgemeine, väterliche Freude an der literarischen Geschäftigkeit.

– Ich bin überzeugt, daß Sie mir in Erwägung dieses unnatürlichen Zustandes nachträglich verzeihen die Klage, welche ich über die Erfolge der Buchdruckerkunst zumal als Deutscher in einer früheren Stunde zu führen genötigt war. Wenn sich eine Art des Despotismus entschuldigen ließe, so wäre es sicher die, welche das unanständige Gewerbe der Schriftstellerei einer strengen Zucht unterwürfe: selbst in dem glücklichsten Falle, wo große, neue und ergreifende Gedanken durch die Presse mitgeteilt werden, stände dem rechtlichen Mann immer frei zu fragen: aber während in allen übrigen Geschäften des Lebens die Mittel und Ursachen in einigem Verhältnisse stehen müssen zur Wirkung, und große Wirkungen immer große Taten, die freien und kräftigen Anwendungen großer Mittel voraussetzen, soll hier ein so leichtes, ich möchte sagen feiges Mittel, als die Presse, allgemeine Wirkungen auf den Gang des menschlichen Geistes äußern, die Geister regieren, antreiben, entzünden? Es wäre der Welt besser geholfen, wenn der, der einen neuen, großen Gedanken gedacht hätte, genötigt wäre, ihn praktisch in allerhand lebendigen Stoff auszudrücken, oder doch ihn durch die lebendige Rede mitzuteilen: der Gedanke würde sich allmählicher, aber tiefsinniger, gründlicher, anwendbarer ausgesprochen, verbreiten; während er jetzt körperlos in flachen Blättern umherfliegt, vielmehr durch äußeren Glanz und Schein als durch seinen Gehalt wirkt, und von dem Pöbel schon zertreten ist, wenn er endlich durch das Besprechen der Nation eine gewisse innre Reife erlangt hat.

Ich muß oft die Phrase hören: ich bewundre den Mut dieses oder jenes Schriftstellers! Wenn man doch ein großes Wort, welches auf die Schlachtfelder und in die großen Angelegenheiten des Lebens

hingehört, immer aber nur an seiner Stelle ist, da, wo mit der Persönlichkeit selbst gezahlt werden muß, nicht auf das bequemste Geschäft des Lebens anwenden möchte. Eben dieser einsame Mut in den Studierstuben und unter der Druckerpresse, dieses unedle Sichhinaufsteigern zu einer Tapferkeit, die keinen Feind gegen sich über hat, und die noch überdies, wenn sie etwa ganze Stände oder Nationen angreift, allen einzelnen die Türe zum entwischen vorsichtig offen läßt – hat uns um den höheren Mut bringen helfen. Jeder große Entschluß, den dieses Zeitalter eingeben möchte, findet sich gleichsam parodiert durch irgendeinen solchen literarischen Spiegelfechter, der ihn schon in Gedanken und auf dem Papiere ausgeführt hat: die kurzsichtigen Zeitgenossen setzen diese papierne Taten mit den wirklichen Taten in eine Reihe; auf dem Papiere nimmt sich die Sache freundlicher und bequemer aus; dem Helden der Feder ist in Gedanken leichter nachzufechten als dem wirklichen Helden: der Sporn der Taten, der Stachel eines gerechten Hasses stumpft sich ab, und in den besseren Seelen bleibt eine Gleichgültigkeit gegen das öffentliche Leben überhaupt zurück, weil ein einziges Gewerbe über Verdienst und ohne Mühe öffentlich ist, und alle anderen Wege in den Gang des öffentlichen Lebens einzugreifen mit Beschwerden und Mühseligkeiten überladen sind.

Glücklicherweise muß zuletzt das ganze Unwesen sich in sich selbst zerstören; die Fabel von der Wirkung der Schriftstellerei, die eigentlich viel mehr gewirkt hat, als die Schriftstellerei selbst, wie denn sogar in den ersten Tagen der Revolution das Gerücht von dem Einfluß der Autoren auf den Gang der Dinge immer noch viel größeren Einfluß auf die Gemüter gehabt hat, als die Autoren selbst, wird allmählich zu einem Gespötte des Zeitalters; wir fragen uns: hat denn wirklich in jenen früheren Zeiten, wo auch wir dem Jahrhundert unsern Tribut an Irrtümern bezahlten, irgendeine Lektüre uns bestimmt, war es denn ein Schriftsteller, der uns verführte: hatten wir unsern flachen Materialismus von Helvetius, unsre Gleichgültigkeit gegen Glauben und Autorität von Voltaire, unsre geschminkte Philanthropie von Raynal, unsre Vorstellungen von Freiheit und Verfassung von Montesquieu, oder lag nicht die Ursache jener Irrtümer vielmehr in den ganzen Verhältnissen jener Zeit, in ihrer Luft, möchte ich sagen; es war eine schreckliche Epidemie der Geister, die wir in völliger Unwissenheit über ihren Ursprung

und ihre näheren Veranlassungen nicht grade den Gestirnen, aber doch jenen literarischen Meteoren zuschrieben: es ist eine demütigende, aber wahre Bemerkung, dass wir Freiheitsschwindler solche geistige Despoten wie Voltaire, Rousseau und Raynal brauchten, um die eigne Freiheitswut zu erklären, dass wir Freigeister doch wieder der Götzen nicht entbehren konnten, um nur zu erklären, wie wir in den Unglauben verfallen waren.

Die Schriftsteller hatten allerdings einen großen und mächtigen Einfluss auf jene Zeiten, weil sie so genau im Niveau derselbigen standen: es war keine Kleinigkeit, der Vorzug, sagen zu dürfen was so viele dachten, und die Einförmigkeit der Geister wie mit einem Zauberschlage zur *Einheit* und Einigkeit dieser Geister zu erheben. Aber untersuchen Sie es genauer, der Name dieser Rädelsführer des Jahrhunderts, und daß man überhaupt nur wußte, daß sie geschrieben hatten, wirkte eigentlich vielmehr als ihre Schriften, die viel weniger gelesen als gekauft, viel weniger gekauft als gepriesen, vielweniger gepriesen als kalt und mechanisch zu einer Art von Stempel oder Signatur aller Gedanken des Jahrhunderts, wie durch allgemeine Übereinkunft, gebraucht worden sind.

– Nachdem wir aber die Sage von der Wirkung dieser Schriftsteller auf ihr gehöriges Maß zurückgeführt, so können wir allerdings nicht in Abrede sein, daß sie auf einzelne Geister eine Macht ausübten, die der, welche die lebendige Rede mit sich führt, sehr nahe kam. Es waren gesprochene Schriften, sie hatten eine anständige, glänzende, geschliffene äußere Form, sie waren aus dem Mittelpunkte der europäischen Gesellschaft hervorgegangen; sie gehörten durch und durch in das Gebiet der Beredsamkeit. Die Beifallsbezeugungen von ganz Europa, der Anteil der aufgeklärtesten Souverains des Jahrhunderts Josephs, Friedrichs und der Katharina, die, wenn auch nicht eben Gönner der geistlichen Macht, doch durch ihr Betragen gegen jene französischen Autoren eine geistige Macht, außer und neben ihren Thronen feierlich anerkannten, illustrierten die Schriftstellerei überhaupt; man fing mancherlei über eine Republik der Gelehrten zu denken und zu träumen an; es schien für das eigentliche Talent eine Laufbahn ganz außerhalb den bürgerlichen Verhältnissen und ihren Beschwerden eröffnet, eine Lotterie der Talente, in der Voltaire das große Loos gezogen hatte, und, was die Nachkommenden nur sehr allmählich einsehen wollten, für sie

nur einige geringere und sehr viele Nieten zurückgeblieben waren. –

Dieses auf einem fast zufälligen Wege entdeckte Reich der literarischen Macht ward von den vielen bei seiner Fortdauer interessierten Personen nach und nach wirklich organisiert: man brauchte Vorfahren, eine Art von Vorzeit für die Republik: die großen Autoren andrer Nationen und früherer Zeiten, wiewohl sie in ganz andern Intentionen, für ganz andre Zwecke geschrieben, und in einem völlig verschiedenen Verhältnisse zu ihren Lesern gestanden hatten, wurden mit Gewalt herbeigezogen; es wurden, wie zu einer Art von Hofstaat, ihre vornehmen Namen versammelt, wie später die Antiken in Paris: nicht was sie gesagt oder gedacht, vielmehr ihre Celebrität brauchte man, um dem neuen Stande die gehörige Würde zu geben. Die Gewerbe des Buchdruckens und Buchhandels bildeten die ökonomische Grundlage des neuen Staates : die Gelehrten selbst den Stand der Patricier. Es geschah aber bald was in der Geschichte nicht ohne Vorgang war; die Ökonomie trug über den Geist, das Gewerbe über den Adel den Sieg davon: die ihre Hand der mechanischen Besorgung übergaben, die das praktische übernommen und getrieben hatten, fingen sich an zu fühlen; wenige Jahre verflossen, so waren sie die Patronen, und die bisherigen Patricier die Klienten. So wie Mirabeau eine Fabrik gekauft und in den *tiers état* übergegangen war, als das Übergewicht dieses Standes entschieden war; so sahen wir zuletzt die Gelehrten selbst zu Buchhändlern werden, und diese eingebildete Republik so gut als die meisten wirklichen, in allgemeiner Armut, Niedergeschlagenheit, Ohnmacht und Anarchie endigen.

– Wenn ich es deutlich gemacht hätte, wie durch diesen unnatürlichen Zustand die Erziehung der ganzen gegenwärtigen Generation verwirrt worden ist, so würde ich mir kein geringes Verdienst zuschreiben. Wie hat das Namensverzeichnis, der Schematismus – denn mehr war es nicht – jenes literarischen Hofstaats, den man uns, wie zur Anfeurung unsres Ehrgeizes, in unsrer Jugend vorhielt, wie hat der Glanz des Namens, von dem wir schon absichtlich geblendet wurden, als wir noch kein einziges praktisches oder literarisches Verdienst zu beurteilen wußten, unsre Jugend verderbt; wie hat dieser literarische Olymp mit seinen großen Männern uns die wahren Muster, die wahren Götter und Helden der Geschichte ver-

deckt; wie hat dieser imaginäre Staat uns abgewendet von der gründlichen Erwägung des wirklichen. Der Lohn, der Ehrenkranz aller Werke, zumal der schriftstellerischen, wurde uns unaufhörlich vor Augen gehalten, selbiger wo möglich in Zahlen ästimiert, so daß wir über die Betrachtung der unzähligen großen Loose, die allen Wissenschaften und Künsten angesteckt zu sein schienen, nie auch nur zum Einsatz kamen, und daß wir grade in der Zeit, wo die Beredsamkeit zu einem Weltgewerbe wurde, und alle Talente in Beschlag zu nehmen schien, im eigentlichen Sinne des Worts das Sprechen verlernten. Alle Ehren der Welt, allen schon an sich überhäuften Lohn jener französischen, literarischen Oligarchen zusammen genommen, häuften wir im Traum über unsern Scheitel, und so begann dann unsre lasterhafte Jugend mit dem, was sie am Ende der rühmlichsten Laufbahn immer noch weit über alles gedenkbare Verdienst würde belohnt haben.

– Indes schon jetzt ist dieses alles ganz anders: es ist eine Antiquität, wovon wir gesprochen haben: es wird bald dahin gekommen sein, daß wir mit allen Flügeln der Buchdruckerkunst nicht weiter reichen, als mit der gewöhnlichen Stimme; und mit aller Vervielfältigung unsrer Geistesprodukte nicht weiterreichen, als mit einem gewöhnlichen Brief. Die Not hat bereits hinlänglich, wenn auch noch nicht an höhere, doch an nähere Bedürfnisse erinnert; jeder einzelne hat sich die Kraft zugetraut für die Presse zu schreiben, und das Zeitalter auf seine Weise in Bewegung zu setzen, und in dem Maße, als sich die Anzahl der Schreibenden der Anzahl der Lesenden nähert, oder als jene diese übertrifft, legt sich das Schreiben von selbst, und der vermeintlich so mächtige Hebel der Geister, die Buchdruckerkunst, der so töricht gepriesen als gefürchtet worden ist, tritt zuletzt in die Reihe der gewöhnlichen Kopiermaschinen zurück, und dient nur noch für die Zeitungen, Gelegenheitsschriften und Affichen des Tages fort, wo er allerdings unter der übrigen Maschinerie unsres heutigen Lebens ehrenvolle Auszeichnung verdient; so daß der Despotismus etwas lächerlich erscheinen würde, der jetzt noch ein großes Gewicht auf die ganze Anstalt legen wollte, die nur durch ungebührliche Besorgnisse von Seiten der Regierenden einige Bedeutung erhalten könnte.– Diesen Ausgang der Sache übersehen wir jetzt, aber merkwürdig ist allerdings, daß der gute Genius von Östreich auch hier, wie in so vielen andern Fällen,

mit dem eigentlich wesentlichen Gange der Dinge Schritt gehalten hat: daß er, solange die Presse Bedeutung hatte, sie beschränkte, und jetzt, wo man dieses unschuldig gewordene Instrument ohne Gefahr sich, selbst und seiner eignen Ohnmacht überlassen darf, ihr die Freiheit läßt, die eigentlich niemanden mehr beeinträchtigen kann.

– Nichtsdestoweniger wird noch immerfort geschrieben und gedruckt werden, höre ich einwenden! – Allerdings, aber nur die ganz großen Autoritäten, die in allen Jahrhunderten haben sprechen dürfen, werden durchdringen und allein reden: ihnen werden die Vorteile der Buchdruckerkunst zu gute kommen. Das Instrument selbst ist im Laufe der letzten Jahre auf den Gipfel der technischen Vollendung gebracht worden; so bleibt es, so gehört es dem ganzen Geschlechte: eine flache Philosophie, wie die des Voltaire oder des Helvetius wird es nie wieder für sich anwenden dürfen; Gedanken, Ansichten, bon mots über heilige Dinge in Europa mit Windesschnelle umherzutragen wird es nie wieder dienen: die Gedanken fliegen schon von selbst umher auf allen Gassen, man braucht nur zu atmen, um sie zu haben; seine gehörige Weltansicht hat jeder Schulknabe; und das Scherzen über sehr heilige und ernsthafte Dinge? Dafür lassen wir den Hunger sorgen, und die Teurung und den Krieg, und andre uralte scherzvertreibende Mittel. Durch die Buchdruckerkunst wird in der Folge der Zeiten nur wirken können, der, was er sagen wird, vorher ausgesprochen, erlitten, erlebt haben wird; es wird nur wirken können, was wirken wird, wie die lebendige Tat selbst; denn es gehörte eine künstliche Appretur der Geister, eine verdrehte, verzerrte Bildung eines ganzen Geschlechts dazu, daß jenes allgemeine Wohlgefallen an einer Bücherwelt, an körperlosen Gedanken, an einem wesenlosen Flattern des Verstandes, an einem umrißlosen Farbenspiel der Phantasie über uns kommen konnte; alles dies wird und kann nie wieder kommen. Die Buchdruckerkunst bleibt: kein Mächtiger der Erde darf es vergessen; in kleinen Händen ist sie nichts, aber in den Händen der ganz Tüchtigen, derer, die das Leben selbst geschmiedet, und das Leben demnach selbst schon in sich tragen, denen deshalb auch der Buchstabe gehorcht, ist sie furchtbarer als je; noch heut können Millionen Geister von dem rechten Feldherrn, wenn er kommt, wie mit einem Schlage ihr Losungswort erhalten; noch heut findet das Leidende,

Duldende, Unterdrückte ein Einreichungsprotokoll eröffnet, das ihre Appellation unmittelbar an die Menschheit selbst, und auch sicherlich wie alle ungerochene Ungerechtigkeit an die Richter der Nachwelt bringt.

- Wem kann dieser Gang der Sache zugute kommen, als der eigentlichen Beredsamkeit. Es wird nur gedruckt werden, was gesprochen worden: die Druckerkunst wird nur gelten als eine dienende Beihülfe für die eigentliche rednerische Tat. - Man liest die offiziellen Schriften, die von Staatsbehörden kommen, wie es sich ziemt, schon heute mit einem ganz anderen Auge, mit einer gewissen tiefer gehenden Aufmerksamkeit, als das übrige noch so geistreiche Privatgeschwätz in Büchern. So wie nun der britische Leser eine Rede von Pitt, Burke, Fox und andern wirklichen Autoritäten mit einem ganz andern Eifer ergreift, als was irgend ein glänzendes jüngeres Talent geschrieben, das sich noch nicht zu der Öffentlichkeit und Officialität jener großen Charaktere erhoben hat, wie er das Buch ganz anders anfaßt, und die Lettern in seine Seele hineindrücken läßt, und sich leidend verhält, während er bei der Lektüre andrer Schriften dieselbige Seele zwischen den Zeilen spielen und einfügen läßt, was ihr beifällt - diese alte Würde des geschriebenen Wortes muß auch bei uns zurückkommen. Nur dem in jenem Sinne des Wortes öffentlichen, nur der Officialität selbst, die jeder erlangen kann, wer mit Gehorsam und Fleiß einer großen Sache, wenn auch nicht grade einer Regierung dient, wird jenes Zaubermittel der Öffentlichkeit, die Buchdruckerkunst selbst, zu Gebote stehn: nur wer schon die Ohren eines Volks bereit findet, weil es ihn kennt, seine Persönlichkeit, seine Taten oder doch seine Gesinnung, wird durch die Presse reden dürfen.

Das Höhere, Prophetische, Umfassende, was allerdings einzelne verborgene Geister der Nachwelt zu sagen haben, weil die Gegenwart zu tief in sich selbst befangen ist, um sie zu verstehn, lebt im Manuscript eben so sicher fort; so sicher als die Werke des Homer oder des Platon wandeln sie durch die Stürme der Jahrhunderte hindurch. Die Kommentarien des Cäsar haben das Triumvirat, und alle Proscriptionen, und alle Barbaren in wehrlosen Rollen überlebt: der Weltgeist ist im Bunde mit allen empfundenen, großen, gottähnlichen Dingen; aus dem Schutte versunkener Städte treten sie zur rechten Zeit ans Licht: an die Nachwelt gelangt jede ordentliche

Adresse, und keinen zuverlässigeren Boten an sie gibt es, als den eigenen Genius eines großen Werkes. Aber auch für die Gegenwart ist das Werk besser besorgt in der Abschrift als im Druck: niemand liest weniger, als der selbst viel Bücher hat, oder die Zuversicht, daß er jederzeit erreichen kann was er braucht. Alles dies würde beim Manuscript wegfallen: die Hauptsache aber wäre: es würde mehr vorgelesen, also dem Geiste des Autors mehr nachgesprochen; er gefiele wenigen, diesen dafür aber auch desto mehr.

So wird es sein: die Excesse in der Anwendung der Schrift, der Buchdruckerkunst und des Metallgeldes sind zu Ende; alle echten Vorteile dieser großen Erfindungen verbleiben uns; die Losung der Folgezeiten wird sein: Rede und Schrift, Manuscripte und gedruckte Bücher, Metallgeld und persönliche Dienste oder Papier, welches sie ersetzt.

– Ich war mir und Ihnen den Beweis schuldig, daß es sehr an der Zeit ist über das Wesen der Beredsamkeit zu sprechen, da wir an der Schwelle eines Jahrhunderts stehn, mit welchem sich ein ganz neues, oder vielmehr das ganz alte Feld für die Beredsamkeit eröffnet: ich glaube nicht, daß man mit den gewöhnlichen Tugenden einer fertigen Feder, eines gewählten Ausdrucks, eines sogenannten blühenden Stils durch dieses Jahrhundert hindurch kommt; ich glaube nicht, daß man auf den Flügeln des sogenannten schriftstellerischen Ruhms sehr tief in die Zeit hineinkommen wird, welche sich eröffnet; ich glaube nicht, daß unter den 10 000 Namen lebender deutscher Schriftsteller in Meusels gelehrtem Deutschlande viele sein werden, welche sich dieses Jahrhundert merken, oder gar welche es lesen, oder vollends nach welchen es sich richten wird. Ich war ferner den Beweis schuldig, daß ich es nicht allein bin, der etwa aus Paradoxie, oder weil er grade durch vielfältiges lautes Lesen deutsche Worte artikulieren gelernt hat, worin sein ganzes Verdienst besteht, auf die Kultur der Rede dringt, vielmehr daß die Zeit und die unglücklichen Folgen des stummen schriftlichen Lebens, zumal unsrer Nation, viel lauter daran erinnern, als der gutgesinnteste Einzelne vermag.

Der Wunderglaube an die edlen Metalle und an die Presse, der noch vor zwanzig Jahren die Gemüter dergestalt beherrschte, daß er allen andern Wunderglauben der früheren Welt abgelöst zu haben

schien, ist zu Ende: kein Montecuculi der Nachwelt wird sagen dürfen, das erste Requisit des Krieges ist Geld, das zweite Geld, das dritte Geld; kein Friedrich der Nachwelt wird sagen dürfen, wer den letzten Taler in der Tasche behalte, werde siegen: kein Voltaire der Nachwelt wird ohne irgendeine große Tat eine Weltherrschaft über die Meinungen bloß mit der Buchdruckerkunst durchzusetzen unternehmen. Buchdruckerkunst und Metallgeld haben ihre Macht verloren durch den Mißbrauch: mächtig sind diese wie alle anderen Hülfsmittel der Menschheit, nur durch das Maß und die Schranken, in welchen sie gebraucht werden, mächtig nur neben den andern Dingen, welche sie in unsrer ausschweifenden Zeit zu verdrängen unternommen haben. Alle die von den Wundern der Buchdruckerkunst früher Bezauberten werden erstaunen über die ganz andern Wunder dieser Kunst, wenn das Manuscript erst wieder in seine Rechte getreten sein wird. Besonders nachteilig wurde die Buchdruckerkunst den Werken der Poesie, die, da sie der Ewigkeit angehören, wenn das Interesse der Neuheit vorüber war, nun, in der Vervielfältigung des Drucks, nun um so sichrer in den Bibliotheken vergraben wurden, wie wir vor zehn Jahren empfanden, als Schiller und Friedrich Schlegel uns nach langer Zeit zuerst wieder sagten, was es mit der Poesie für eine Bewandnis habe, und welche unermeßliche Schätze zumal das Mittelalter in unsere Bibliotheken niedergelegt.

Die Art der Öffentlichkeit, welche die Poesie durch die Buchdruckerkunst erhalten hat, macht auf mich einen widrigen Eindruck, etwa als wenn: eine Frau auf dem Forum, auf dem Markte öffentliche Reden vor Tausenden halten wollte, wie ich denn auch die Reden geistreicher Frauen viel lieber in zierlichen Abschriften lesen würde, als in dem Druck, wozu sie leider jetzt verdammt sind, da es nur diesen Einen Weg gibt, mit den verwandten Geistern ferner Zeiten und Örter zu sprechen. Der Poesie und ihrem weiblichen Wesen ist das häusliche Wesen der Abschrift viel angemessener, als der Druck für alle Welt, die nicht lesen kann, und die es doch für eine Gewissenspflicht hält, grade über das am strengsten zu urteilen, was sie am wenigsten versteht.

– Die Buchdruckerkunst demnach gehört vielmehr der Beredsamkeit an als der Poesie: sie ist ein Mittel die gewaltigen Schläge der Rede über entfernte Gegenden und Zeiten fortzupflanzen, ob-

gleich man auch hier gestehn muß, daß sich die eigentliche Wirkung nach Maßgabe der Entfernung, wie die Wellenkreise im ruhigen Strome, welche das Schiff zieht, nach und nach in weiterer Entfernung schwächer und schwächer werden, verhält. Die Werke Voltaires, Rousseaus, Raynals bestätigen diese Behauptung, wenn man untersuchen will, wie sie in Frankreich und wie sie in Deutschland wirkten: für Frankreich scheinen sie gesprochen, für Deutschland nur geschrieben, für die glücklicheren entlegeneren Länder eigentlich nur gedruckt.

– Aber was soll ich sagen zur Entschädigung, zur Rechtfertigung jenes stummen Treibens unsrer Nation, worin sie sich nun einmal so lange gefallen hat; jenes Fleißes, der versammelt hat was alle Jahrhunderte geschrieben, erläutert, erklärt, korrigirt, kompilirt. Sie erinnern sich der 10 000 Stummen, von denen ich im Anfange dieser Vorlesungen gesprochen: war es doch nicht vielleicht zu hart sie anzuklagen, da sie sich nicht verantworten können? Die ganze Erscheinung erklärt sich sehr natürlich. Es gab in der Zeit vor und auch noch lange nach der Erfindung der Buchdruckerkunst eine sehr fleißige Gattung von Menschen, welche dem mühseligen und höchst verdienstlichen Geschäft des Abschreibens und Revidirens und Korrigirens ihr Leben bestimmten. Dieses heilige, würdige Geschäft der Erhaltung der tiefsinnigsten Spur, der Pflege und Verwaltung des erheblichsten Nachlasses, welche ein Jahrhundert dem andern zurückließ; ein Geschäft, welches keinem andern ähnlichen Dienst bei den Heiligtümern der Menschheit an Bedeutung nachstand – kam durch die Buchdruckerkunst in Abnahme, fiel in Verachtung: und es kam über diesen ehrenwerten Stand der hoffärtige Geist der eignen, originalen Autorschaft. So entwickelte sich dann allmählich das beschriebene Unwesen: der Autorschaft selbst waren sie nicht näher gerückt durch die überkommene Eitelkeit; also entweihten sie nur die ehrwürdige alte Bestimmung, und die Autoren, welche sie extrahirten und kompilirten, durch den Schein einer Würde, die unbeschadet ihres eignen Ansehns ehemals nur den schmückte, der sie ganz unabhängig unter großen Taten und Leiden erworben hatte, der zu sprechen und zu leben wußte noch außer dem Schreiben.

– Die wohltätigste, erfreuliche Empfindung, welche die Erinnerung an die Excesse der verflossenen Zeiten zurückläßt, ist die, daß

auch das Maß der Ausschweifung schon überschritten ist, daß also die Dinge zurückmüssen in ihre natürlichen Schranken. Weil also die schriftstellerischen Excesse, zumal in Deutschland, das Maß ihrer Ausschweifung schon wirklich überschritten haben, so geht es zurück zur Ordnung der Natur, zur *lebendigen Rede*. Früher daran erinnert zu haben ist verdienstlich - besonders um der Erziehung willen, damit man nicht mit veralteten Unarten, mit völlig unnützen Künsten eine Generation quäle, der wir wahrscheinlich nicht viel mehr als die Erfahrungen unsrer Leiden und Irrtümer zu hinterlassen haben werden.

X. Von der Kanzlei-, Geschäfts- und historischen Beredsamkeit

Nachdem wir die Beredsamkeit in ihren Beziehungen auf die Kanzel und auf die Schriftstellerei erwogen, würde nunmehr zu erwägen sein, was sie mit Rücksicht auf das Staats- und Geschäftsleben sei und wirke. Die gerichtliche Beredsamkeit, der man in unsern Tagen nach dem Beispiele der britischen Staatsverfassung wieder einigen Einfluß zu vergönnen angefangen hat, ist nur ein Teil dessen, was ich meine. Der Staatsmann in allen gedenkbaren Funktionen seines großen Berufs agirt als Richter, indem ihm zwei streitende Parteien unterworfen sind, deren Interesse er zu versöhnen hat, aber auch wieder als Anwalt, indem er sein Departement, seinen Geschäftszweig gegen die übrigen, oder seinen Staat gegen die Nachbarstaaten zu vertreten hat: wie nun die gerichtliche Beredsamkeit nach Maßgabe der Stellung des Redners sich in die beiden Gattungen der richterlichen und der parteilichen Beredsamkeit teilt, so würde, wie es sich von selbst versteht, die gesamte politische Beredsamkeit eine bloße Erweiterung der gerichtlichen sein, und nach demselben Einteilungsgrunde in zwei Hauptgattungen zerfallen müssen. Die Stellung des Anwaltes würde beiden, dem Erskine und dem Burke gemeinschaftlich sein, wenn auch jener nur Individuen, dieser nichts geringeres als Amerika, Ostindien, Großbritannien selbst, ja den alten gesellschaftlichen Zustand von Europa zu vertreten hätte: die Stellung des Richters würde beiden, dem Lord Mansfield und dem jüngeren Pitt gemeinschaftlich sein, wenn auch jener als Oberrichter nur die Händel der Privatpersonen, dieser dagegen die gesammten streitenden Kräfte einer großen Monarchie zu vertragen und zu vermitteln hätte.

– Wir haben im Laufe dieser Vorlesungen an keiner Stelle der Poesie vergessen: wir wären sicher von unsrer Bahn gewichen, hätten unsers eignen Geschlechts vergessen, hätten den Standpunkt für unsre Untersuchungen und uns selbst verloren, ohne jenes leitende Gestirn, das, wenn auch nur Strahl aus einer andern Welt, dennoch das ganze irdische Treiben der Beredsamkeit ordnen, und ganz wie die Gestirne, den rednerischen Geschäften die Richtung und das Maß mitteilen mußte. Sie erinnern Sich jener dritten seligen Stelle

über dem Gewühl der irdischen Parteien, welche wir als den Wohnsitz und die Heimat des Dichters anerkennen mußten! Wir überzeugten uns, daß die Poesie kein einzelnes irdisches Interesse mehr als Anwalt zu vertreten habe, daß sie ohne bestimmten Zweck, ohne gemeines Ziel ihrer Tätigkeit wie die Frauen, blos die Verewigung des ganzen Geschlechts und aller seiner Heiligtümer im Auge habe. Sollte nun nicht der Staatsmann, der Richter, da er ja gleichfalls über den Parteien schwebt, und das Glück des Einzelnen nie abgesondert als Parteiangelegenheit, sondern nur wie es aus der Seligkeit des ganzen Gemeinwesens hervorgeht, betrachten darf, im Wesen eins sein mit dem Dichter, und die ganze Unterscheidung nur in der Unvollkommenheit und Unreinheit unsrer Gesinnung, die den Ernst und das Spiel nicht zu vertragen, und das Gedicht nicht von der Erdichtung abzusondern weiß, ihren Grund haben? Es ist wahr, nur in der gemeinen, tierischen Region des politischen Lebens sind der Staatsmann und der Dichter unverträglich: sie scheinen sich zu nähern und zu versöhnen, je höher das Leben steigt; sie erkennen sich: in welchem Bade soll sich die Seele des großen Staatsmanns erfrischen als im Bade der Poesie? Wenn ungeheure Sorgen ihn von sich selbst loszureißen und mit sich selbst zu entzweien, wenn die Lockungen des Ruhms und aller irdischen Größe ihn in sich selbst zu verstricken drohn, was soll hier die Knoten lösen, dort das Getrennte sanft verknüpfen? Braucht nicht Alexander den Homer, um die brausende Seele nur die wenigen Jahre festzuhalten, die sein ungeheures Dasein dauert? Was soll denn denjenigen mäßigen, von dem die irdischen Dinge ihr Maß erwarten? Was soll den selbst erziehn, dem ganze Völker zur Erziehung übergeben sind? In seinem Geschlechte ist er der größte, und alles von ihm abhängig; hier ist er selbst der Ausfluß aller Gnade, alles Lohns, aller Beruhigung. Es muß etwas geben, ein andres Geschlecht; seines Gleichen, und doch unendlich verschieden von ihm, welches dem Himmel näher steht und ihn schwebend erhält in seiner Höhe, ihn selbst wieder belohnt, beruhigt, und für dessen Wirken es im ganzen Umkreise der irdischen Dinge kein Gleichnis gibt als die Mutter oder die Hausfrau.

Wir reden von der Beredsamkeit, welche die erste unter allen Funktionen des Helden und Staatsmanns ist, wie denn alle Kräfte am letzten Orte doch nur bewegt werden durch das Wort: und so

können wir jenes andre, heilige Geschlecht, dessen Begleitung wir bedürfen, nicht zweckmäßiger bezeichnen als durch das Gegenteil der Beredsamkeit, durch die Poesie: handelten wir vom Staate oder vom Fürsten, wie Macchiavelli so würden wir es anders nennen, nämlich Religion, die Fürstin, Königin, in deren Gefolge die wahre Poesie aller Zeiten aufgetreten ist, wie denn überhaupt der Charakter der Poesie nicht aufrecht zu erhalten, ihr Geschlecht nicht zu behaupten ist, ohne die Religion, welche demnach, beiläufig gesagt, die letzte und reinste Quelle auch des Geschmacks ist, den wir von der Poesie entlehnen, und wie eine gute Gewohnheit auf das Gebiet der Beredsamkeit hinübertragen mußten, um ihrer fragmentarischen Wirksamkeit Form und Haltung zu geben. –

– Es fragt sich nun, geht der Staatsmann-Redner ganz über in den Dichter? Und da es keinen andern Umgang, keine Gemeinschaft für ihn gibt, da er sogar nach Art der Poesie in einer gewissen seligen Unbefangenheit über dem Kampfe der Parteien schweben soll – verliert er nicht den eigentümlichen rhetorischen Geschlechtscharakter? Und sollte nicht der gewisse blühende Stil und lebhafte Vortrag, den unsre Zeit nicht blos an den angehenden Geschäftsmännern rühmt, sondern überhaupt an die Stelle des alten trocknen Kanzleistils setzen möchte, eine Spur sein, daß sich die politische Beredsamkeit wirklich zu vermischen anfange mit, daß sie überzugehen anfange in die Poesie? –

Ich glaube nicht, daß ein reines Gefühl durch eine größere Geschmacklosigkeit beleidigt werden könne, als durch eine poetische Phrase in Staatsschriften. Ja die Lebhaftigkeit selbst hat in einem richterlichen Urteil, oder überall wo der Staat selbst spricht, etwas anstößiges: je höher der Staatsmann gestellt ist, je mehr er sich also erhebt, ich möchte sagen zum Niveau der Poesie, je mehr er meiner Voraussetzung nach des Umgangs der Poesie bedarf, um so mehr verlangt ein unbestechliches Gefühl in uns, daß die Poesie selbst in seinen Werken nirgends wahrzunehmen sei, als allein unsichtbar zu spüren in dem Geschmack, der in seiner Lage eben die Poesie ausschließt. Wir lassen uns viel lieber von ihm einige Trockenheit und Steifheit gefallen, wiewohl diese ebensowenig der Charakter des Geschäftsstils ist, als etwa die Magerkeit der Charakter der männlichen Form.

Dieses richtige, wenigstens unüberwindliche Gefühl scheint anzudeuten, daß bei aller Verträglichkeit zwischen der politischen Beredsamkeit und der Poesie dennoch die Geschiedenheit zwischen beiden fortdauern müsse, und daß die Beredsamkeit grade um so rhetorischer, um so prosaischer werden müsse, je mehr sie sich der Poesie hingebe, und je vertrauter sie werde mit ihr. Sie sehen, daß dieses wunderbare Verhältnis, mit dessen Erörterung sich bis jetzt die Kritik nur selten befaßt hat, unerklärt bleiben würde, wenn ich nicht durch den Lauf dieser Vorlesungen das einzige Gleichnis angewendet hätte, welches in dem ganzen Gebiete der menschlichen Angelegenheiten dafür vorhanden war, das Verhältnis der beiden Geschlechter. Grade in demselben Maße als das Bedürfnis des weiblichen Umgangs wächst, tritt der männliche Charakter deutlicher ans Licht: und ich behaupte, daß die wahre Poesie an dem Stil der Staatsschriften, die George Rex unterzeichnet sind, und die als unbedingtes erstes Muster dieser Art ausgezeichnet zu werden verdienen, dieselbige Freude hat, die eine echte Frau in der Betrachtung des wahrhaft männlichen Charakters empfindet.

– Die beiden Hauptgebiete der menschlichen Wirksamkeit, das häusliche und das öffentliche Leben, wollen eben miteinander bestehn: eines ist nicht ohne das andre. Das Gesetz, die Frucht des öffentlichen Lebens, ist nichts ohne die Sitte, welche aus dem häuslichen hervorgeht. Das häusliche Leben, die Familie, darin die Frau herrscht, ist an keine Zeit gebunden, ist in gewissem Sinne ganz unabhängig von der Zeit, ist immer vollendet und geschlossen, hat keinen äußeren Zweck, als das Leben selbst, die Erhaltung, die Pflege des Lebens, eben so wie die Poesie. Das öffentliche Leben, der Wirkungskreis des Mannes, ist nie vollendet, ist aber streng an Zeit und Ort gebunden: es sollen bestimmte Wirkungen mit bestimmten Mitteln hervorgebracht werden; es soll ein Haus gebaut werden aus ganzen Nationen, ja der Menschheit selbst, worin die Poesie oder die Religion walten soll, wie die Hausmutter in der Familie. Dies aber ist das Geschäft des ganzen Geschlechts: der einzelne Mann, nur vorübergehender Arbeiter in dem ewigen Bau; sein eigentlicher Lohn kann nicht in den bestimmten Erfolgen seiner Wirksamkeit liegen, die immer unvollendet bleibt; das Maß des Werkes kann nicht aus dem Werke genommen werden, welches nie fertig vor ihm dastehen kann. Woher nimmt er es? als aus dem von dem sei-

nigen ganz verschiedenen Wirken der Hausmutter: dieses bildet in engem Räume, eben so wie die Poesie, das ganze Leben und die Bestimmung des Geschlechts ab – und so erhält er aus einer ganz andern Sphäre den Glauben, die Hoffnung, die Liebe, kurz den eigentlichen Geist seines Werkes, den Geschmack, den Sinn, worin es getrieben werden muß.

Der ohnmächtige, vergängliche Arbeiter an einem ewigen Werke müßte verzweifeln in seinem hoffnungslosen Geschäft, wenn er allein stände: das erhabenste Staatsgeschäft wäre Festungsbau, Galeerenarbeit, ohne die prophetische Beruhigung, welche das häusliche Leben gewährt, dieses beständig aufgeschlagene, sehr leserliche Buch über die Bestimmung des ganzen Geschlechts.

Alles Leben des Mannes und alle Kräfte der Beredsamkeit sind gerichtet auf die Gesetze, auf jene großen fragmentarischen Ausdrücke des Allgemeingültigen, welches das Leben und die Taten der Nationen hinterlassen: immer ist an ihnen zu verändern, zu verbessern: wo aber, da das Ziel unsichtbar ist, soll die Richtschnur herkommen für die Verbesserung? Es ist die Sitte, es ist der Geist der Familie und des häuslichen Lebens, welche über die Ungewißheit des Ausgangs erhebt, welche die Wolken der Zukunft, die über den Erfolgen der männlichen Bestrebungen ruhen, zerstreut, und die Bürgschaften der fernsten Nachwelt für unsre Unternehmungen herbeibringt. Abschreiben lassen sich die Sitten nicht, auch lassen sich nicht unmittelbare Verfassungen der Völker daraus schneiden, so wenig man, wenn die Beredsamkeit verfallen ist, wie bei uns, sie durch einen Raub poetischer Phrasen, blühender Formen und kühner Wendungen ersetzen kann: Völker, die den Geist der Sitte nicht zu schonen wissen, oder die Sitten verloren haben, werden nichts gewinnen dadurch, daß sie selbige verordnen wie Gesetze: Sitte und Gesetz, häusliches und öffentliches Leben, die weibliche Wirksamkeit und die männliche, kurz die Beredsamkeit und die Poesie, durch deren Mund sich alle diese wesentlichen Unterschiede erhalten und befestigen, müssen alle ihren Geschlechtscharakter behaupten, wenn sie einander dienen und beruhigen sollen.

– Wenn also das häusliche Leben und das öffentliche von einander gerissen sind, wie in unserm Jahrhundert, wenn das Privatleben und die Poesie weichlich, ohnmächtig auf der einen Seite danieder-

liegt; das öffentliche Leben und seine Offenbarung, die Beredsamkeit hart, steif und rauh auf abgesondertem Wege geht, so ist nichts gewonnen dadurch, daß man sie vermischt, aus der Beredsamkeit und Poesie, aus der Sitte und dem Gesetz ein drittes geschlechtloses zu bereiten sucht. Vielmehr, man muß sie sondern, ihre Eigentümlichkeiten streng unterscheiden: in Ansehung der Poesie und der Beredsamkeit hat die Kritik mir dieses wichtige Geschäft überlassen. Man muß sie unterscheiden für immer, so daß sie für immer nach engerer Vereinigung streben können: dies war nur möglich nach dem Schema, nach dem Muster der beiden Geschlechter. Wie die Beredsamkeit der künftigen Jahrhunderte, zumal Deutschlands, beschaffen sein werde, weiß ich nicht: so wenig als ich von den politischen Formen der Zukunft und dieses teuren Vaterlandes weiß. Auch ich bin ein Arbeiter in jenem großen Bau: die Gegenwart ist mein Erbteil; aber Richtung und Maß empfange ich von jenem weiblichen, mütterlichen, heiligen Wesen, welches das häusliche Leben anordnet, uns durch alle verwickelten Geschäfte des Lebens begleitet, alle Rätsel des Lebens löst, die Abwesenheit der zukünftigen Dinge ersetzt, und durch die feindselige Freundschaft, in der es mit mir lebt, mich mir selbst bewußt macht. Alle Beredsamkeit ist fragmentarisch, wie alle Arbeit des öffentlichen Lebens: ich würde mit Verdruß mich selbst sprechen hören, wie mit Verzweiflung mein eignes Werk betrachten; wenn sich der Geist des Ganzen nicht mir ewig offenbarte in der Poesie und in dem häuslichen Leben. – Wenn also der Staatsmann, der Richter über dem Streit der Parteien schwebt, so befindet er sich immer noch nicht auf jener seligen Höhe des Dichters oder der Hausfrau über einem Ganzen: er hört deshalb nicht auf selbst Partei zu sein, er steht immerfort inmitten eines unvollendeten Werkes, und hätte er nicht mit Feinden oder Rebellen zu tun, ist denn nicht die Zukunft selbst eine ungeheure Gegenpartei, muß er nicht ganz nach Art des Redners unaufhörlich anklagen die Gegenwart, für die er wirken und sorgen will, und Partei nehmen grade für die Geschlechter, die nachkommen, und die er noch nicht kennt? Der Staatsmann ist in unzähligen Beziehungen Richter, in eben so viel anderen aber auch wieder Anwalt und Partei.

Wir werden also die politische Beredsamkeit einteilen können in die beiden Gattungen der richterlichen und der parteilichen. Ich

habe schon früher angedeutet, daß ich für das höchste Muster in jener den jüngeren Pitt, in dieser Burken halten würde, – wie überhaupt in England beide Gattungen auf das bestimmteste und deutlichste abgesondert erscheinen. Wo im Namen des Staates gesprochen wird, habe ich bemerkt, müsse jede poetische Wendung einerseits, und alle parteiliche Lebhaftigkeit andrerseits vermieden, also nur mit richterlicher Ruhe und Einfalt gesprochen werden. Hier nun könnte man mich erinnern an jene außerordentlichen Lagen der Völker, wo alle Kräfte versammelt und begeistert werden müssen, um das Ganze zu retten, wo der Staat selbst Partei wird und werden soll, wo die ganze Macht nach Einer Seite hin gerichtet werden soll. Auch da, könnte man fragen, sollen Staatsschriften nicht den ruhigen Gang, die Einfalt ihres Charakters verleugnen dürfen? – Ich fühle in der gegenwärtigen Lage der Sachen die Notwendigkeit die Völker zu haranguiren, sie durch Proklamationen zu elektrisiren, wenn das Heiligste auf dem Spiel sieht. Warum aber sind die Regierungen genötigt selbst zu sprechen, in eine Lebhaftigkeit der Rede zu verfallen, die nur dem Einzelnen anzustehen scheint? – Weil sie keine Anwälte haben; weil die Staaten stumm sind; weil niemand sprechen würde, wenn die Regierung nicht spricht. In den Staatsschriften von England, ja in den geringsten officiellen Berichten erlaubt sich niemand eine Wendung der Leidenschaft oder einen Ausdruck der Begeisterung. Es sind einfache Darstellungen der Sache oder des grade vorwaltenden Bedürfnisses: bei sehr feierlichen Gelegenheiten erinnert man still und einfältig an Gott, Vaterland und Gerechtigkeit, und gibt statt aller oratorischen Impulse dem Volke, welches große Dinge erfahren, oder zu großen Opfern angehalten werden soll, nur den Eindruck der Ruhe, der Keuschheit, der politischen Unschuld: alles absichtslos, weil man nicht anders kann, weil es sich anders nicht schicken würde. – Was macht diese Ruhe möglich? – Daß die ganze Nation spricht, daß alle Talente zum Worte kommen, daß der Gedanke der Regierung tausend Stimmen in Bereitschaft findet, die ihn schon mit der Lebhaftigkeit ausdrücken, welche dem Einzelnen ansteht gegen den Einzelnen. Die keusche Beredsamkeit des Richters schließt die glühende Beredsamkeit des Anwalts nicht aus: wenn aber die Nation spricht durch ihre Anwälte, durch die Talente, welche ihr Boden erzeugt, wenn ihr nicht ein rechtlicher Weg eröffnet wird öffentlich zu sprechen, wie in England, so spricht die Regierung allein, und ist

dann in außerordentlichen Gelegenheiten genötigt, selbst im Tone des Anwalts zu reden.

– Die französische Revolution schien ein ungeheures Feld für die Beredsamkeit eröffnet zu haben: jede der aufeinanderfolgenden Regierungen aber ist der andern gleich in ihren Deklamationen und Proklamationen. Der einzige Moniteur enthält so viel Ausrufungszeichen und Gedankenstriche, als die ganze übrige Literatur der Beredsamkeit zusammengenommen: die Gesetze selbst haranguirten die Nation; jede Regierung hielt sich ihren eignen Phrasenmacher: mehrere aufeinanderfolgende Regierungen hat in dieser Art ein reduzirter, höchst mittelmäßiger Poet François de Neufchateau bedient. Von dem was ich die richterliche Beredsamkeit nenne, nirgends eine Spur: das lakonische sans phrase eines Elenden beweist, daß bei dem schrecklichsten Gerichte, das auf der Oberfläche dieser Erde gehalten worden ist, grade am meisten deklamirt wurde. Überhaupt ließe sich, wenn es der Mühe verlohnte, eine Blumenlese des unbedingt Schlechten und Geschmacklosen aus dem Moniteur sammeln, welche den Unterricht in der politischen Beredsamkeit sehr erleichtern würde. – Wenn ich also klage, daß andre Nationen gar nicht zum Worte kommen, so will ich gewiß nicht jene verherrlichen, welche auf diese ärgerliche Weise zum Worte gekommen ist.

– In mehreren Teilen des nördlichen Deutschlands ist die alte deutsche Gewohnheitsform der richterlichen Beredsamkeit, der Kanzleistil, abgeschafft. Welchem Vorteil dieses ehrwürdige Monument besserer, keuscherer Zeiten eigentlich im Wege gestanden hat, weiß ich nicht: neue Gesinnungen brauchten wahrscheinlich eine neue Sprache. Ich glaube, daß Östreich viel erhalten, viel Wesentliches gerettet hat, indem es auch von dieser Seite keiner Neuerung Gehör gegeben. Was? ist es jetzt Zeit dem einzelnen Beamten zu gestatten, daß er nach Willkür im Namen des Staates rede? wohl gar die Beschlüsse des Staates in seiner eignen Manier mit seiner gewandten, blühenden Feder auszuschmücken und zu empfehlen sich unterfange? Soll etwa den Nationen, wie man es Kindern wollte, das Ernsthafte spielend beigebracht werden? Vergesse man nicht, daß die Autorität der Schulmeister dahin ist, seitdem sie sich zur Sprache der Kinder herabgelassen haben. – Jeder wahre Geschäftsmann weiß, daß es eine Beredsamkeit gibt eben sowohl im

Kanzleistile, als in der Sprache der Bücher: Blumen, Bilder, Ausrufungszeichen, Gedankenstriche, und der ganze Tand, den die schöngeisterische Lektüre absetzt, vertragen sich nicht damit; ja es ist eben das Verdienst des Kanzleistils, daß er diese Nichtswürdigkeiten, diese Geschmacklosigkeiten ausschließt, herauswirft möchte ich sagen; aber die Klarheit, die Gründlichkeit der Ordnung der Argumente schließt er nirgends aus. Deshalb ist er eine Schule des Geschmacks für die jungen belesenen, blumenreichen Geschäftsmänner: ernötigt, erzwingt sie das Anständige auf anständige Weise zu tun. Woher denn aber das Steife, das Geschweifte, alle die unzähligen Härten dieses Kanzleistils, und alles was unsern poetisierenden Stilisten widersteht? Daher, daß er nicht gesprochen, sondern nur geschrieben worden ist: man fühlt wie ihn die Feder, sich selbst überlassen, auseinander geschnirkelt hat, und wie die Weichheit der menschlichen Brust mangelte. Aber auch so ist es wesentlich, daß er bleibe, und jeder Bauer des Landes an der wohlbekannten, alten Wendung der Rede merke, daß es der Landesherr selbst sei, welcher spricht. In England hat sich durch den beständigen Einfluß der parteilichen Beredsamkeit der Kanzleistil allmählich veredelt, ohne jedoch sich von den altertümlichen Wendungen loszusagen. Wenn das politische Leben wieder mehr zum lebendigen Worte kommen wird, so werden sich die barbarischen Angewöhnungen der Feder aus unserm Kanzleistile von selbst herausläutern, und nur das echt Altertümliche, wahrhaft Würdige, Richterliche darin zurückbleiben.

– Aber, höre ich fragen, gehört denn der Kanzleistil überhaupt in das Gebiet der Beredsamkeit? – Der große Haufen unsrer Zeitgenossen spricht nur da von Beredsamkeit, wo sich die Rede erhebt, wo sie den Mund vollnimmt, wo sie sich mit einem gewissen falschen, erborgten poetischen Wesen vermischt, kurz wo sie, meiner Ansicht zufolge, von ihrer Art läßt, und einen fremden Geschlechtscharakter annimmt. Von der Poesie konnte sie nichts Wesentlicheres erlernen, als was sie selbst sei, wie der Mann im Umgang mit den Frauen vor allen Dingen auf sich selbst, auf die männliche Eigentümlichkeit seines Charakters, halten lernt; und wenn es der Geschmack ist, den die Beredsamkeit aus dem Umgange mit der Poesie davon trägt, so ist die erste Lehre dieses Geschmacks, daß er ein Redner bleiben, und nicht beide Geschlechter der redenden Kunst

in sich vermischen wolle, damit er der Ehre des ferneren Umganges mit der Poesie würdig sei. Niemand überzeugt mich, daß er das Wesen, daß er den Geist eines Dinges suche, der mit habsüchtiger Voreiligkeit sich die Äußerlichkeit dieses Dinges anzueignen sucht. Ich spreche von England als einem Muster in Sachen der Beredsamkeit und des öffentlichen Lebens: aber wehe dem Staate, der die Äußerlichkeiten britischer Verfassung sich anzueignen suchte: er ist schlimmer daran als die, welche hartnäckig bei dem beharren, was sie aus sich selbst sind, wie wenig es auch sei. Die wahrhafte Bewunderung und das gründliche Verständnis einer großen Sache offenbart sich nirgends so deutlich, als in der Scheu sie nachzuahmen: die fromme Hingebung des bildenden Künstlers an die Natur, die Antike oder den Raphael erkenne ich nirgends so bestimmt als in dem gründlichen Widerwillen vor der Nachahmung der Natur, der Antike oder des Raphael. Alles was sich nachahmen läßt, hat nie gelebt: nur das im strengen Sinne des Wortes Unnachahmliche, also die eigne schöpferische Kraft anregende, zu eigenen unabhängigen Werken erweckende, begeisternde ist schön und gut. Die Schönheit der Poesie beruht darin, daß sie den Redner zwingt in seiner Art das rechte, d. h. ganz etwas andres zu sein als sie. Als die Syrakusaner sich vom ersten Erstaunen über die Wirkungen der Maschinen des Archimedes, und über die Resultate seiner Berechnungen erholt haben, kommen sie zu dem Weisen gelaufen, und wollen lernen wie er die menschlichen Kräfte überstiegen habe, durch welchen Handgriff und mit welcher Kunst. Er antwortet ihnen nach Schiller: wer um die Göttin freit, begehre nicht in ihr das Weib. Die Sklavin meint er. Wer um die Poesie sich selbst bewirbt, um ihren Umgang, ihre Liebe, der sei zuvörderst durch und durch ein Redner; nur als solcher vermag er sich um das Göttliche und Unvergängliche in ihr zu bewerben.

– Was von der politischen Beredsamkeit gilt, gilt vom Geschichtsschreiber. Die Ruhe, die Parteilosigkeit scheint die erste Forderung, die an ihn gemacht werden kann: ganze Jahrhunderte liegen vor seinen Blicken da, wie das Leben und die Bedürfnisse einer Generation vor dem Staatsmann, dem Richter; aber ist denn sein Gegenstand geschlossen und vollendet wie der des Dichters? Rücksichtlich der neueren Staaten, als Gegenständen der Geschichte, beantwortet sich das von selbst. Aber selbst Rom und Griechenland?

Leben sie nicht fort: wächst nicht jede wirkliche Form längst verschwundener Völker noch fort; greift sie nicht ein in unser Schicksal; ist nicht jede Gegenwart ein neuer, tieferer Kommentar der Vergangenheit; und die Helden der Geschichte? wird die Nachwelt sie nicht besser verstehn als wir? was wäre denn die Herrlichkeit des Großen auf dieser Erde, wenn man seine Betrachtung abschließen könnte, und vorgeben, es sei nunmehr für immer erkannt? was wäre die Unsterblichkeit des Schönen, wenn es nicht wirklich auch fortwüchse, wie es fortlebt? Also täuscht euch nicht! als wenn nach vierzig oder so und so viel Jahren die Gegenstände reif würden für die Geschichte, und ihr sie nun unbefangen, parteilos zu betrachten wüßtet, weil ihr nicht mehr unmittelbar beleidigt werden könntet! Was? droht Brutus nach Jahrtausenden nicht noch jedem Tyrannen fort? Wie kann der Tyrann unbefangen von Brutus sprechen? Greifen die Ideen der Menschen, greift der Widerstreit ihrer Neigungen und Wünsche nicht weiter als über den Raum einer Generation? Ist denn das Große, was ich wollte, schon deshalb zur Ruhe gebracht, weil vierzig Jahre meine Asche decken? Können meine Irrtümer den Enkel nicht mehr blenden und bestechen, weil ich selbst schon lange nicht bin? – Mich dünkt sie sind verderblicher dann, wenn meine persönliche Schwäche nicht mehr neben ihnen wandelt, wenn meine Gebrechlichkeiten vergessen sind, die einst meine Zeitgenossen erinnerten, womit der Gedanke zusammenhing, der jetzt den Enkel bezaubert. Sie sehn, was es mit der Unparteilichkeit der Geschichte auf sich hat. – Ist denn ein schwaches Jahrhundert bloß deshalb weil es später gekommen, reif zum Urteil über ein starkes Jahrhundert? – So sollten die Helden der Vergangenheit sein, wie sie widerscheinen aus kleinen Seelen, die ein Gewerbe machen aus engherziger Unparteilichkeit? Ich sollte mir die Geschichte gefallen lassen, wie sie meine Zeit zu Markte bringt? Um Karl V. zu erkennen sollte ich Robertson fragen, um Constantin und Julianus den Abtrünnigen, den Gibbon? Gehen wir alle von dem Grundsatz aus, daß die Geschichte unendlich anders und größer sei, als sie in den meisten Geschichtsschreibern erscheint, die wenigen ausgenommen, die wie Macchiavelli groß genug waren in ihrer Zeit, um ein früheres Zeitalter fassen zu können?

Vergessen wir alles was wir von der Geschichte gelernt; dann sehen wir um uns, forschen wir wie es dem Zeitgenossen großer Be-

gebenheiten, womöglich wie es dem Teilnehmer großer Taten zu Mute ist, dann wird uns allmählich der Sinn aufgehen über die Geschichte! Erst sei man Redner, dann Geschichtsschreiber, der andre Helden andrer Zeiten reden läßt. Darum liebte die Historie der alten Welt ihre Helden sprechen zu lassen! – Es ist also immer eine Täuschung, wenn man glaubt der Geschichtsschreiber könne in der seligen Unbefangenheit des Dichters über seinem Werke schweben, er könne sein Werk abschließen, entlassen, emanzipiren wie der Dichter, oder wie die Mutter ihr Kind. Wie alle Werke des Redners, so sind auch die seinigen Fragmente, angewendet auf die Gegenwart, auf große Gedanken, auf große Taten, die zu vollbringen sind; für die Nachwelt viel mehr Dokumente, um seine eigne Zeit zu beurteilen, als die Zeiten, von denen er handelt.

Noch mehr als an den Geschichten, die ich von ihm lerne, erfreue ich mich an der großen Seele des Tacitus: Über die Sachen reden mir die Steine fast deutlicher und das Metall, aber was in einem verwandten Geiste vorging, unter ähnlichen Umständen, beim Untergang einer Welt, an die man geglaubt, auf die man gebaut, das erfahre ich nur von ihm. Den Geschichtsschreiber versteht nur, wer ihn als einen Redner versteht, als einen Freund der Poesie: er bringt sein Werk der Nachwelt, aber wie der Redner ohne Anspruch auf die Ewigkeit, die Geschlossenheit, die Unabhängigkeit des Dichters, dem keine Zukunft etwas anhaben kann, weiß er, daß er Vergängliches gebildet, daß die Nachwelt ihn in demselben Stoffe übertreffen werde. Dennoch bringt er es – opfert es, indem er es bringt.

XI. Vom Einfluß der christlichen Religion auf die Beredsamkeit

Ich hatte mir vorgesetzt die Beredsamkeit in den vorzüglichsten praktischen Funktionen, die ihr in unsern Tagen verblieben sind, darzustellen: nicht in der Absicht ihren Wirkungskreis zu umfassen, der unendlich ist, sondern um ihre Art, ihren Geschlechtscharakter so scharf als möglich zu bestimmen. Ich habe die politische, die schriftstellerische, die geistliche Beredsamkeit nicht sowohl selbst charakterisiren, als die Eigentümlichkeit des Redners in allen diesen verschiedenen Stellungen wahrnehmen lassen wollen. Die Lehrbücher unsrer Zeit, und so auch die über die Beredsamkeit, sind besonders mangelhaft in den Eingängen in der Bestimmung und generischen Absonderung ihres Gegenstandes: am lehrreichsten hingegen da, wo sie sich in das Einzelne verlieren, und der Natur gewissermaßen nicht ausweichen können, weil ihnen die Dinge selbst in ihrer praktischen Wahrheit zu nahe treten. Viele von den Kunstgriffen, welche ein solches Lehrbuch der Beredsamkeit lehrt, stimmen mit meiner allgemeinen Charakteristik der Beredsamkeit sehr wohl überein, und so vergeben Sie mir, wenn ich zuviel über das Verhältnis der Beredsamkeit zu andern Dingen gesprochen habe, indem Sie bedenken, wie meine Vorgänger allzu hartnäckig aus ihr selbst, aus ihrer abgesonderten Betrachtung haben entnehmen wollen, was sie sei. – Indes einen Vorzug meiner Behandlung dieser großen Angelegenheit einfinde ich zu tief, als daß ich ihn nicht aussprechen sollte: die Beredsamkeit jener Lehrbücher sollte den Gegner zum Schweigen bringen und ihn unterwerfen, die meinige geht vor allen Dingen darauf aus ihn zum Worte kommen zu lassen, und da wo sie ihn etwa bezwingt, immer mehr zu erheben als sie ihn unterwirft. Der Triumph des Redners ist jene erhabne Stimmung der Seele seines Zuhörers, welche Burke den *»würdevollen Gehorsam, die freie Dienstbarkeit des Herzens«* nennt.

– Fragt man was eigentlich vorzuziehen sei, die neuere Welt oder die alte der Griechen und Römer, so ist freilich die Antwort schon sehr natürlich, die sich für die neue erklärt, weil sie etwas von der alten wisse, diese aber nichts von ihr: ich aber sage, daß es einen würdevollen Gehorsam, einen Stolz der Dienstbarkeit gibt, dies

erhebt die neue Welt über die alte. Dies ist die große Empfindung, welche die größten unter den Alten entbehrten und welche selbst Platon nicht erschwungen hat. Diese Empfindung im Herzen, ist keine Vermessenheit zu sagen, daß wir von der Beredsamkeit mehr wissen als Demosthenes, Cicero und Quintilian. Denn wenn mit dem Gegenstande der Beredsamkeit, dem menschlichen Herzen eine solche Veränderung vorgegangen, ein so großes bis dahin unempfundenes entdeckt worden ist, wie möchte sich von den Alten die Beredsamkeit lernen lassen für unsre Zeit. Es geht durch das ganze Altertum eine Rede von der Freiheit. Die Alten bezeichneten unheimliche Dinge mit wohltuenden Namen: sie ahndeten die Wunder des Wortes: wo in der Wirklichkeit ein ungelöstes Rätsel zurückblieb, wo das Bild eines Dinges Schaudern erregte und Widerstreben, da suchten sie zu versöhnen durch die Milde und Freundlichkeit des Wortes. Euphemismus heißt dieser Kunstgriff der Sprache: die Forscher des Altertums haben unzählige solcher Euphemismen gesammelt, aber den ersten unter allen vergessen. Keiner springt in die Augen wie der des Wortes *Freiheit*. Die Dienstbarkeit, die Unterwürfigkeit ist das Los des menschlichen Geschlechtes: es kann also nur eine Freiheit gehen in der Dienstbarkeit, eine Würde im Gehorsam. Was war den Alten fremder, als die Freiheit zu suchen im Gehorsam? Dennoch läuft ein unheimliches Gefühl der Sklaverei durch alle Lebenslust des Altertums: dieses Gefühl ward überdeckt mit einem freundlichen Wortklange, mit einem Euphemismus: das ist die Freiheit der Alten.

– Wir also, in der Verschlossenheit unsrer Sinne, sind durch das eine Gefühl der Freiheit in dem Gehorsam, des Stolzes in der Unterwerfung größer als die Alten, beredter als die Alten. Sich selbst anklagen, habe ich gesagt, sei die Bedingung aller Beredsamkeit: haben es die Alten gekannt, so wie ich es meine? – Sterben konnten sie für ein Vaterland, aber nicht sich opfern: verspotten konnten sie sich, aber nicht sich geringachten, sich anklagen; sie trugen nicht das Größere in sich, welches den Menschen um so höher erhebt, als er sich tiefer unterwirft. –

Erwarten Sie von mir keine andre Rechtfertigung unsrer Zeit sowohl, als meines deutschen Vaterlandes, jetzt, wo sich diese unsre Betrachtungen ihrem Ende nähern. An eine Stelle, wo die neuere Welt anscheinend beschämt werden sollte von der alten, zur Unter-

redung über die große Materie der Beredsamkeit habe ich Sie eingeladen. Ich habe mehr zum Ruhme der Alten gesprochen als die meisten meiner Vorgänger, mehr von den Gebrechlichkeiten unsrer Zeit ausgesagt, als Ihnen vielleicht hier und dort wohlgefallen. Ich habe mich, meine Zeit, mein Volk erniedrigt – *weil sich eben nicht anders zeigen ließ, was uns erhebt.* Ein Virtuose der Redekunst bin ich nicht: wo ich Sie durch meine Rede unmittelbar getroffen habe, da war es ein größerer als ich, der durch meinen Mund sprach: mein größtes Verdienst war, daß ich den größten Redner meines Jahrhunderts, daß ich Burken verstanden hatte. Wenn aber durch meine Darstellung ausgedrückt worden ist jene freie Dienstbarkeit des Herzens, von der Burke spricht, dann habe ich meinen Zweck erreicht. Hat sich in allen Klagen über das Verstummen meines Jahrhunderts, zumal meines deutschen Vaterlandes, ein gewisses Gefühl der Freiheit, ich möchte sagen ein Vorgefühl künftiger Beredsamkeit, besonders aber ein Gefühl der Beruhigung in dem Schmerz, des Sieges in der Niederlage merken lassen? darauf kommt es an. Von dieser Seite, und es ist die einzige wesentliche, steht das Land, welches mich erzogen hat, über allen andern. Das Gefühl der freien Dienstbarkeit und des würdevollen Gehorsams ist das Palladium der Welt: Deutschland ist dessen Pflege anvertraut. Die erhabensten Gefühle des Lebens sind von den germanischen Völkern hinübergetragen worden in die bürgerlichen Verfassungen: wem gehört Karl der Große an, welchem Volke gehört dieser Ahnherr der Chevalerie? wo hat er die Gesinnung her, und wo Großbritannien seine Verfassung, als von Deutschen? ist nicht, was Burken begeisterte, nur deutsches Wesen, welches der unauflösliche Gürtel der See dort fester, reiner, unvermischter, jungfräulicher erhalten hat als bei uns? Deutschland hatte nicht sowohl durch seine Schlachten, als durch sein leidendes Widerstreben Rom überwunden, Deutschland hatte durch sein bloßes Wachstum Rom aus Europa verdrängt, darum nannte es sich heiliges Römisches Reich: es nannte sich nach dem Überwundenen, und fügte nur hinzu eine stille Andeutung der Waffe, womit es überwunden. Indem ich der früheren Zeiten gedenke, möchte ich mich fragen: wo im Leben, in den Sitten, in den Verfassungen der Deutschen sind die Spuren nicht, daß wir uns besser verstanden haben um jenes Gefühl, welches die neuere Welt über Rom und Griechenland erhebt, als die meisten übrigen Völker? – Dieses Gefühl – ich brauche die Quelle,

aus der es geflossen ist, nicht erst zu nennen, genug, daß Deutschland die eigentliche Pflegerin desselben war – ist die charakteristische Eigentümlichkeit der neueren Beredsamkeit.

Wer dieser Empfindung nicht fähig ist, der halte sich an die Alten und lerne ihnen nachsprechen: oder der schweige lieber ganz; auf den wesentlichen Gang der Dinge wird seine Beredsamkeit doch keinen Einfluß erhalten.

Unter allen Anwendungen der Beredsamkeit, die in unsrer Zeit vorkommen, ist keine wichtiger als die, welche die nächstfolgende Generation, ihre Bildung, Erziehung und Belehrung im Auge hat. Hier steht dem Redner gegenüber jene Frische der Empfindung, jene Empfänglichkeit der Organe, jene Offenheit des Sinns, der zum Reden begeistert: in den übrigen Verhältnissen des Lebens Gehör zu finden, eigentliches Gehör, wie es der Redner braucht, ist selten; die Beredsamkeit muß die hellen Intervalle tief in sich selbst befangener und verwickelter Gemüter benutzen, sie kann nur aufflammen, sie hat keine Zeit sich in ihrem eignen Feuer zu läutern und zu beruhigen. Der Erzieher der Jugend hingegen hat grade jene Jahre des menschlichen Lebens zu seiner Disposition, wo die Seele noch mit einer gewissen Frömmigkeit, mit Glauben und Ergebung hinnimmt was ihr geboten wird, wo sie ein Bedürfnis hat zu empfangen. Das Studium der Sprachen, wie der Poesie und Beredsamkeit, füllt diese Jahre sehr natürlich aus: die Alten sind dabei unentbehrlich, was der Einzelne kann und vermag mit eigner Kraft, was die Persönlichkeit des Menschen an sich und ohne Hülfe höherer Mächte vollbringt, das zeigen die Alten: wie weit die Gewalt der Rede in dem Munde des Einzelnen reicht, hört und lernt man von den Alten. Aber es ist noch viel größeres von ihnen zu lernen; das Studium der Alten ist noch viel wesentlicher aus einem andern Grunde, den die neuere Erziehung weniger beachtet hat. Mich dünkt, die Alten haben mich vielmehr belehrt durch das, was sie nicht sind, durch das, was ich in ihnen vermißte, als durch alle großen positiven Vorzüge ihrer Werke: in der Betrachtung der größten Meisterwerke der griechischen Beredsamkeit empfindet man, daß man noch ganz etwas anderes, und in ganz andrer Art zu sagen hätte als sie, und daß selbst die zerschmetternde Beredsamkeit des Demosthenes die eigentliche Kraft, die wir empfinden wollen, entbehrt. In der Klarheit der Argumente, in der Kunst der Anordnung, in der Äußerlichkeit

keiner Art liegt es: griechische und römische Redner lassen die Gegenpartei reden, sie sind Meister der Dialektik; auch wird ihre Rede getragen von der Aufmerksamkeit horchender und antwortender Nationen. Ungeachtet dessen geht ihnen die allerhöchste Wendung der Rede ab; diejenige Wendung, welche die Bezauberung, die sie hervorbringt, unmittelbar wieder selbst löst.

Der antike Redner entwaffnet und bezwingt, aber er muß seinen Sklaven festhalten, oder jene Leidenschaften, jene augenblicklichen, unnatürlichen Zustände, durch die er ihn bezwungen, verlängern, um die Frucht seines Sieges zu behaupten: der Redner der neueren Welt kann durch die Beredsamkeit in eine Region erheben, die der überwundene Zuhörer nie wieder verlassen möchte. Die Schande der Niederlage ist nicht mehr, das Empörende in dem Gefühl der Untertänigkeit ist verschwunden, sobald der Sieger oder Herrscher nur dadurch siegt und herrscht, daß er sich von einer höheren Macht überwunden und ihr untertäniger bewiesen hat. Nun ist in dem Zuhörer ein gewisses inneres Ohr, eine ganz andere tiefere Empfänglichkeit eröffnet: er kann mit größerer Würde gehorchen, als mit der der Römer und Grieche befahl – warum sollte er nicht gehorchen; er kann mit größerer, stolzerer Erhebung der Seele dienen, als jener herrschte, warum sollte er nicht dienen? –

Woher diese Umwandlung! Das Göttliche selbst ist sichtbar und deutlich geworden; bei den Alten konnte es dem Einzelnen zweifelhaft scheinen, da er nichts Höheres gewahr wurde als sich selbst, ob er selbst nicht vielleicht bestimmt sei zur Herrschaft; wenigstens war nichts da, welches verdiente, daß er sich ihm unterwarf; und so war die Knechtschaft wie die Herrschaft, wenn sie auch ein ganzes Leben peinigend und reizend, schwankend aufrecht erhalten konnten, gleich demütigend: nunmehr aber ist entschieden, daß alles dienen soll; wer herrsche ist nicht mehr zweifelhaft; über alles Geringere sind Mißverständnisse möglich, aber das Höchste ist erkannt: wer nunmehr gehorcht, gehorcht um dieses höchsten Gutes willen, wer dient, dient nicht mehr einem Wesen, was, wie groß es auch scheine, in der Folge der Zeit die eigne Gebrechlichkeit ausweisen, und den Dienenden in seinen eignen Augen erniedrigen kann: würdevoller Gehorsam, freie Dienstbarkeit ist möglich. Der Wahn, durch die Gewalt der Rede zu unterjochen oder von ihr unterjocht zu werden, ist zerstreut: eine ganz andre Gattung der Be-

redsamheit kommt, ein Unüberwindliches spricht durch den Mund des Menschen. Auch mit Beziehung auf die Beredsamkeit ist es wahr, daß, wie die Schrift sagt, das eigentliche Wort nunmehr in die Welt gekommen sei. –

Von Erregung der Leidenschaften, von allen jenen kleinlichen Künsten der größten Redner des Altertums kann nun nicht mehr die Rede sein in einer Theorie der Beredsamkeit: es kommt darauf an, ein Gefühl anzuregen, was im Menschen, tief unter aller äußerlichen Bewegung, unter allem Wechsel der äußeren Zustände, unter allem Haß, aller Liebe, allem Zorn, allem Ehrgeiz, und allem was die Welt noch Leidenschaften nennen mag, vorhanden ist. Es kommt darauf an ein Gefühl zu entbinden, welches vom Geschwätze des Tages und vom Tumulte der Weltbegebenheiten überschrien sein mag wie es will, dennoch in jedem einzelnen Bürger des christlichen Europas vorhanden ist, und antwortet, und einen vernehmlichen Widerhall gibt, wenn es von dem rechten Redner angesprochen wird. Welches Wort eines griechischen Redners hätte die Tiefe des Herzens treffen mögen, wie Burke in der oben angeführten Stelle, da er an die ritterliche Galanterie des französischen Volkes appellirt. Welches Wort hatte der alte Redner dem Worte *Ehre* an die Seite zu setzen: was ist, an echt rhetorischer Wirkung die Appellation an den Ruhm des Alten, gegen die an die ritterliche Ehre der neueren Welt: der Ruhm buhlt an der Oberfläche des Menschen, an den äußeren Sinnen umher, aber tief im Inneren des Menschen ist eine Stelle, von da aus unser ganzes Wesen mit einem Schlage ergriffen werden kann, die wir nicht kennen würden, wenn wir nicht das Wort Ehre aussprechen gelernt; eine Stelle, die Epaminondas nicht kannte und Themistokles nicht, und Alexander und Cäsar und Tacitus und alle Helden des Altertums, die doch sonst wohl zu Hause waren in sich selbst, nicht kannten. –

Die Eifersucht, mit welcher der Mensch über sich selbst, über seine Unbescholtenheit wacht, mit der er jeden Angriff dessen, was er seine Ehre nennt, bestraft, gilt doch nimmermehr ihn selbst, sein gebrechliches, wankelmütiges Wesen: nein, sie hat etwas von einer Tempelwacht, er scheint ein Heiligtum zu behüten, das er in sich trägt; es scheint eine Furcht vor Entweihung vorzuwalten, und dennoch kann er selbst in seiner Ohnmacht und Vergänglichkeit unmöglich das Heiligtum sein, das er schützt. – Er trägt also wirk-

lich, wenn er es auch nicht weiß, sondern nur an solchen unwillkürlichen Empfindungen seines Herzens merkt, ein höchstes Gut in sich, das der Grieche und Römer entbehrte. Dies anregen, dies entwirren zu können aus den verschlungensten Knoten des Herzens, ist der Vorzug des Redners der neueren Welt, ist seine Bestimmung, ist der Inbegriff seiner Kunst. Alles andre Reden, mit geringeren Zwecken und schlechteren Mitteln, wenn es auch im Umkreise der rhetorischen Kunst der Alten lag, die das Höhere nicht kannten, verdient jetzt keiner Erwähnung mehr. Sich selbst anzuklagen wissen, sich an allen Stellen der Rede demütigen vor dem Höheren, das durch unsern Mund redet, tief eingehen in das Gemüt des Zuhörers, in seine Eigenheit; nie vergessen, daß man nur Glied eines Gesprächs sei, daß es das Antworten des Zuhörers sei, welches unsre Beredsamkeit trage und steigre, und daß es jener dritte, jener Geist, welcher unsichtbar im Gespräch waltet, sei, dem alle Frucht und Wirkung der Rede zugeschrieben werden müsse, – dies sind die Erfordernisse der neueren Beredsamkeit – von ihnen findet sich im Quintilian keine Kunde. – Wie sie mit der ewigen Natur der Beredsamkeit überhaupt streng übereinstimmen, glaube ich gezeigt zu haben.

– Die Alten also sind eine Vorschule aller Erziehung, alles Unterrichts, besonders dessen in der Sprache und der Beredsamkeit; es ist unendlich viel von ihnen zu lernen; wie man die eigne Persönlichkeit, das ganze irdische Beiwesen unsrer unsterblichen Natur, das auch nicht weggeworfen werden darf, ordne, befestige, bewaffne, verteidige, ist noch heut direkt von den Alten zu lernen. Noch größeres aber ist zu ersehen aus dem was ihnen mangelt, und was wir Bürger dieses stummen Jahrhunderts, anscheinend verlassene, verwaiste Kinder besserer Geschlechter, dennoch in uns tragen als ein zwar dunkles, aber starkes Gefühl, welches sich offenbart in unsrer Art der Ehre und der Liebe, wie unedle Beimischung das eigentümliche Wesen dieser Empfindungen auch zu verbergen scheinen möge.

Dem Redner also, der an das unbedingt beste Publikum für die Beredsamkeit, nämlich an die Jugend, zu sprechen hat, wird sicherlich nichts gelingen ohne die von mir beschriebene neuere, und im Vergleich gegen das, was die Alten durch die Kunst der Rede beabsichtigten und vollbrachten, heilige Beredsamkeit. Wer nicht auf die

religiösen Unterschiede achtet, von denen ich gesprochen, der kann heute mit allem Strom der Worte nichts mehr bewegen, die Gemüter nur bestärken in ihrem Eigensinn: sowohl die Beredsamkeit, welche er übt, als die, welche er lehrt, gehen erfolglos vorüber; es sind ganz andre Kräfte in der Welt anzureden und zu ergreifen, als die, an welche er sich wendet. Die Rede, welche der Schüler nach dem Cicero und ihm gelernt hat, muß er erst wieder vergessen, selbst wegsprechen aus seiner Seele, wenn ein Mann aus ihm wird, wenn er nicht bloß andre, sondern zumal und vor allen Dingen sich selbst überreden und beruhigen will. Doch wozu Umschweife! es gibt nur eine heilige, eine christliche Beredsamkeit! Wenn alle Hausmittelchen der Überredung, wenn alle die ängstlichen Lehren der Alten befolgt und erschöpft sind, wenn man Hörer hat wie sie sein sollen, wenn sich die Kunst abgemattet, um eine große Wirkung hervorzubringen – dann fühlt man, daß ohne jene Quelle, aus der die Gefühle der Ehre, der Liebe, des Gehorsams, der freien Dienstbarkeit geflossen sind, die ganze Mühe der Rede, sowohl was ihre Form, als was ihren Stoff betrifft, nicht belohnt werden kann.

XII. Von dem letzten Zwecke dieser Reden über die Beredsamkeit

Die Scheu unsrer gebildeten Zeitgenossen vor der Erwähnung heiliger Dinge in der Betrachtung der weltlichen hat so verschiedene Veranlassungen, daß sie sich weder unbedingt loben, noch auch unbedingt verdammen läßt. Im schlimmsten Falle aber rührt sie aus wirklicher Gottesscheu her, wie ein geistreicher deutscher Schriftsteller diese Krankheit der Seele nennt. Ich will nicht grade behaupten, daß eine gemeine Natur dieser Krankheit fähig wäre; es gehört eine gewisse *Geschlechtslosigkeit* der Seele dazu, und eine gewisse Klarheit ihrer Organe, die glücklicherweise sich selten beieinander finden.

Ich hätte unrecht gehabt, im Laufe dieser Vorlesungen ein so großes Gewicht auf die Geschlechtsunterschiede gelegt zu haben, es wäre eine falsche Spitzfindigkeit gewesen, wenn diese Unterschiede bloß das körperliche Wesen des Menschen angingen, also in solchen Materien, wie die welche uns beschäftigte, nur gleichnisweise eingriffen. Es ist sehr geschmacklos, gewisse Gleichnisse in der Rede ohne Ende umherzuzerren, sie, ich möchte sagen, bis auf den letzten Faden abzutragen: es macht den Eindruck der Armut und der Schwäche, wenn der Redner gewisse Bilder, die ihn geblendet, nicht wieder loswerden kann, wenn sie wie das Bild der Sonne in einem schwachen Auge eine langnachklingende Spur hinterlassen, und die Gegenstände der Natur wie die Gedanken mit allerhand überflüssigen farbigten Flecken verunstalten. Dies wäre der Fall im Laufe dieser Vorlesungen mit den Geschlechtsverschiedenheiten gewesen, wenn ich mich ihrer nur gleichnisweise bedient hätte: so aber ist es nicht; dem ordentlichen Manne erscheint die ganze Natur weiblich; die Frau ist ihm nur das konzentrirte Bild seiner Welt; alle seine anderweiten Neigungen werden denselben Charakter annehmen, je trefflicher er wird, um so mehr.

Deshalb finde ich die Ritterzeiten schon an und für sich, ohne Rücksicht auf die Religion, welche sie adelte, viel menschlicher als die der Römer und Griechen. Was ist der Geist jener frommen Liebe, mit dem wir die Helden des Mittelalters geschmückt finden, anderes, als höchst entwickelte Männlichkeit. Die Tapferkeit, die

Haupt- und Kardinaltugend des Mannes, die seine ganze Wirksamkeit, die unendlich mehr als den Schutz der Frauen umfaßt, nimmt nichts desto weniger durch und durch die Farbe der Liebe an; sie wird mit der ehrfurchtsvollen Bewunderung des andren Geschlechts so getränkt, daß die späteren, schwächeren Nachkommen in dem Worte, welches diese vollkommenste Tapferkeit bezeichnete, nämlich Galanterie, nichts mehr fühlen als die Liebe, als das edle Betragen gegen das andre Geschlecht.

Man fühlt ganz deutlich die Steigerung, wenn in England, wo das Wort galant am besten die alte Farbe gehalten hat, im Parlament von einem Feldherrn, der den Waffenruhm der Nation auf den höchsten Gipfel erhoben, erst alle gewöhnlichen, ich möchte sagen römischen Beiworte für die Tapferkeit gebraucht werden, und nun zuletzt gesagt wird, er sei *a galant man*. Hier ist die Grenze; weiter geht die Steigerung nicht: vom alten Feldherrn, vom Cäsar kann man alles sagen, aber nie ihn nennen a galant man; in dem galant ist etwas, was den Cäsar überwindet. Sehen Sie da beiläufig einen solchen Drucker der christlichen Beredsamkeit: nicht bloß unübersetzlich in die römische Sprache; aber auch nicht zu umschreiben: der ganze Thesaurus der römischen Sprache reicht nicht hin, um dies eine Wort zu umschreiben. Ein einzelnes römisches Wort virtus spielt allerdings hinüber aus der Tapferkeit in die Männlichkeit und in die Tugend überhaupt: aber Sie fühlen das in Sich selbst gerichtete, einsame Wesen dieses Wortes und dieser Männlichkeit; es ist nichts darin als Tapferkeit, in dem galant ist noch außerdem die ganze Welt: in dem Worte ist schon verbunden was die Welt zusammenhält, die Tapferkeit und die Liebe, das Erhabene und das Schöne. So ist also auch das recht Göttliche und das recht Menschliche darin: nirgends sonst wird die Vereinigung beider in dem Maße empfunden; die in solcher Art vollendete Männlichkeit setzt die ebenso vollendete Weiblichkeit und also die Liebe voraus, ein Wort, das nun ebensoweit hinausgreift über den Begriff der gewöhnlichen Liebe unter den Geschlechtern, als das Wort Galanterie über das edle Betragen gegen das andre Geschlecht.

Wie eng umgrenzt, wie eingespannt sind dagegen die römischen und griechischen Worte, welche die Liebe bezeichnen? wie unfähig der einzelne Alte von dem Begriff der Liebe also des Geschlechtsverhältnisses hinaufzuklettern zur Religion, was in dem Worte Lie-

be wie mit einem Schlage, mit einem Klange geschieht. Das Verhältnis der Geschlechter hatte mit dem, was die Alten Religion nannten, nichts zu schaffen: das Verhältnis, woran die Natur die irdische Fortdauer der Menschheit geknüpft hatte, hatte nichts zu schaffen mit den Gedanken über die ewige Fortdauer: das Verhältnis, welches die irdischen Angelegenheiten des Menschen, welches den Staat zusammenhält und die eigentliche Kette formirt, die das übrige unhaltbare Wesen verbindet, war losgetrennt von dem Gedanken über seine ewige Bestimmung.

So bei den Alten: in der neuen Welt finden wir alle diese Widerstreite des Irdischen und des Ewigen versöhnt; es sind Worte möglich, welche die beiden großen Interessen des Menschen umfassen; es sind Empfindungen möglich, die jenen Doppeldurst des Menschen wie aus Einer Schale befriedigen; es sind Taten möglich, die wie mit einem Schlage beides erfüllen, das Göttliche und das Menschliche begehren. Gottesdienst und Dienst der Menschlichkeit sind Eins geworden. –

Sie verstehen nunmehr, was ich unter der Geschlechtslosigkeit des Geistes meine, und wie sie mit jener Verrückung der Gottesscheu zusammenhängt: ich finde sie bei den Alten; sind die menschlichen Angelegenheiten von den göttlichen getrennt, wie kann der Mensch Gott verstehn oder sich verbinden mit ihm? Wie kann der Mensch von göttlichem Wesen durchdrungen sein, wenn er kein Wort hat, keinen Gedanken, keine Tat, die beides umfaßt? –

Es existirt ein Jugendversuch in Versen von unserm Schiller: die Götter Griechenlands betitelt: eine gewisse kindische Freude an dem bunten Wesen der alten Mythologie, zugleich mit der bekannten Melancholie seines Geistes, die sich schon in seiner frühesten Jugend, als er noch schwerlich zu sagen wußte, worüber er klagte, äußerte, und seine Neigungen alle Zeit je weiter je besser aus der Gegenwart hinaus in die recht unbestimmte Ferne trieb, ließen sich in klagenden Versen aus über die Kälte und Unannehmlichkeit der Religion, und über das Verschwinden jener alten muntern, aufgeweckten Götterfamilie der Griechen. Da die Götter menschlicher noch waren, waren Menschen auch noch göttlicher, sagt er. Die Jugendzeit unsres Dichters, in der diese Worte niedergeschrieben wurden, war eine solche Zeit der Absonderung des Göttlichen von

den menschlichen Dingen; man abstrahirte und destillirte sich einen Gott aus der Welt, wie man jetzt will, daß überall von Gott abstrahirt werden soll; es drängte diese liebenswürdige Natur sich zu dem Göttlichen zu erheben oder das Göttliche herabzuziehn: er sehnte sich, wie jeder ordentliche und vollständige Mensch nach der Verbindung des Göttlichen und Menschlichen; der abgezogene Gott jener Zeit war ihm so zuwider, als in späteren Jahren die abgezogene, gottentblößte Welt seiner Zeitgenossen. Die griechischen Götter trugen wenigstens Masken von Menschen, und so übertrug er in rührendem Irrtume alle jene romantischen Empfindungen seines Herzens, welche er mit der Luft der neueren Zeiten eingesogen, auf jene alten, kalten, geschlechtslosen Gestalten; er übertrug das Eigentum christlicher Sprache und Beredsamkeit, das göttliche Wort Menschlichkeit auf Wesen, die nichts damit gemein hatten, eben so wie später ein ähnlicher Irrtum aus der römischen Welt das Wort Humanität erborgte, und des schöneren deutschen Wortes Eigentümlichkeit nicht eben glücklich auf dieses ungeratene Pflegekind übertrug. –

Brauche ich deutlicher zu sagen, worin das Wesentliche der neueren Beredsamkeit besteht? Ein ganz anderer tieferer Sinn der Worte, ein Hindurchklingen des ganzen Lebens durch jede einzelne Empfindung, die sich darin ausdrückt; in jedem einzelnen Menschen werden unendlich viele, ja alle angeredet, die neueren Sprachen reden in der Mehrheit an, das antike Du drückt den Sinn nicht aus, in welchem man den Einzelnen anreden will; man meint immer etwas noch viel Höheres in der Anrede; man will sagen du und die bürgerliche oder menschliche Gesellschaft mit dir, oder du und zugleich Gott mit dir. So wie das Du der Alten in das Sie übergegangen, so fühlt der echte Sprachforscher, deren es indes wenige gibt, in allen Worten der christlichen Sprachen den Übergang aus der Starrheit und Einzelnheit in die gesellige Mehrheit: in jedem Worte der neueren Sprachen ist für den rechten Kenner außer dem Dinge, welches damit bezeichnet wird, noch etwas Göttliches daneben wahrzunehmen. Man hat in neueren Zeiten Akademien errichtet, um diesen heiligen Nebensinn in den Worten totzuschlagen; gegen alle rhetorischen Meisterwerke unsrer französischen Nachbarn können wir stumme Deutschen nichts vorbringen, als das Bewußtsein, daß unsre Sprache sich auf solchem Wege nicht abtöten

läßt: dafür aber sind wir zu einer höheren Beredsamkeit berufen, als die französische.

Kann, frage ich wiederholend, die Regel des Cicero oder Quintilian angewendet werden auf diese ganz anders gebauten Sprachen? Muß nicht die Beredsamkeit der neueren in ihrem ganzen Bau verschieden sein von der der Alten, nachdem sie über ganz andre Mächte disponirt, nachdem ein Geist in den Worten, in den Wendungen waltet, den die Alten nicht ahndeten? - Diese Eigentümlichkeit der neueren Beredsamkeit hatte ich zu zeigen; ein geringerer Zweck bei diesen Vorlesungen war unter Ihrer und meiner Würde: ein flaches Gedankenspiel oder ein gemeiner Austausch von Kenntnissen konnte uns nicht genügen; der Leute, die solches Spiel und solchen Kram miteinander treiben, gibt es genug in der Welt, geistige Zerstreuung und Kenntnisse für den Hausgebrauch stehen überall feil. - Diese Vorlesungen aber haben gehandelt von der christlichen Beredsamkeit: alles andre, was wir vorbereitend beibringen mußten, war nur Gerüst: jene Formen des Gesprächs der Selbstanklage, des Geschmacks u. s. f. bildeten den Körper, der nur leben kann inwiefern ihm diese Seele eingehaucht wird, mit deren vorsichtiger Betrachtung wir schließen. Erst spät habe ich das Wort zu nennen gewagt, um das sich alle Kunst und alles Leben bewegt: ich habe Ihr Vertrauen und Ihren Glauben zu verdienen gestrebt, bevor ich an den gemeinschaftlichen höchsten Gegenstand des Glaubens und Vertrauens zu erinnern wagte: erst mußten wir auf dem gemeinschaftlichen Boden des wahren Gesprächs miteinander stehn, bevor ich auszusprechen wagen durfte jenes Einzige Gemeinschaftliche zwischen uns und allem Großen und Schönen dieser Erde.

Denn es ist nicht jene gebildete Verrückung der Gottesscheu, die man billig sich selbst und ihrer eignen Verzweiflung überläßt, die ich schonen will aber es ist eine sehr achtungswürdige Besorgnis vor der Entweihung des Allerhöchsten, welche lieber von göttlichen Dingen in solchen Unterhaltungen, wie die Unsrigen, nichts hören will. Trauen Sie mir zu, daß die ästhetischen Spielereien eines neumodischen Apostels der Religion, wie Chateaubriand, mir widerstehen wie Ihnen, schon ein gewisser natürlicher Sinn für den Adel und die Gediegenheit der Form, schon der bloße Geschmack empört sich gegen diese Barbarei aller Barbareien: auch Deutschland

verliert viele Zeit und viele Kraft, und manches schöne Talent in solchen Kunstfaseleien über die Religion. Aber dieses Unwesen ist viel zu vergänglich in sich, viel zu krankhaft, als daß es sich der Mühe verlohnte, sich viel daran zu ärgern. Welchem großen und ernsthaften Bestreben läuft denn nicht eine Karikatur nach? ist denn nicht überall das rechtverehrungswürdige in der Entweihung das Verächtlichste? –

Aber jene, welche vermeinen, daß von irgend einem Gegenstande, im Gebiete welcher Wissenschaft oder Kunst es auch sei, gründlich gehandelt werden könne ohne Erwähnung der göttlichen Dinge – diese sind ernsthaft und kurz abzuweisen. Vertieft euch erst in das Leben selbst, wie wir; erfahrt, erlebt erst ein zwanzig Jahre hindurch jene Zustände, auf denen die Welt beruht; forscht erst nach den Bedürfnissen der bürgerlichen Gesellschaft, nach den Bedingungen ihres Bestehens, ihrer Dauer, wie wir; geht erst ein in so viele Herzen, und ihre geheimsten Neigungen, wie in ihre verdecktesten Schmerzen; verfolgt erst eine Weile euer Jahrhundert und seine vielfältigen Deutungen; erhebt euch erst eine Zeitlang zur Mitleidenheit mit dem menschlichen Geschlechte; lernt erst ordentlich unter gehörigen Leiden die irdischen Mächte kennen, greift ein, praktisch in ihr lebendiges Gespräch – dann kommt wieder und antwortet auf die Frage, ob ihr der himmlischen Mächte irgendwo, in welcher Wissenschaft oder Kunst oder Lebensgeschäft es sei, entbehren könnt? –

Weil ich die irdischen Dinge mit tüchtiger Absicht behandelte, so hat mir frühe eingeleuchtet, daß ich der göttlichen nicht entbehren könne. Seht doch nur mit ruhigem, männlichen Blick auf die Erfolge: betrachtet doch diese lahmen, hinsterbenden, geistlosen Wissenschaften, die immer noch mit ihren Fortschritten prahlen, während das praktische Leben für dessen Nutzen sie zu arbeiten vorgeben, mehr und mehr in Staub zerfällt; retten denn diese von Gott entblößten Staatswissenschaften den Staat; bereichern ihn denn diese unzähligen Erfindungen der Naturwissenschaft; greifen denn diese Finanzwissenschaften den Finanzen unter die Arme; wird denn das Rätsel der Welt erklärt, das Herz beruhigt durch diese Fortschritte der Philosophie? Nichts von allem, kein praktischer Fortschritt, als in der Verarmung und in der Verzweiflung. –

Und diese Praktiker, welche ihr Einzelnes Rad in dem Mechanismus dieses entgöttlichten bürgerlichen Lebens mit verbundenen Augen treten, und die zurückscheuen wenn ein Sehender vorübergeht und ihnen vom Lichte erzählt, was bringen sie denn zu Stande? Erlassen Sie mir das Weitere.

Wie nur reine und göttliche Hände, und kein Talent, keine gemeine Geschicklichkeit, wie keine gemeine römische Tapferkeit, sondern nur Galanterie in dem alten Sinne des Wortes dereinst die Welt in ihre Fugen zurück setzen wird, und wie jedes ungöttliche Bestreben an dem scharfen Grund und Eckstein des Unglücks dieser Zeit notwendig zu Schanden werden wird; so auch wird das Gebiet der Wissenschaften nur Friede erhalten, und die Klarheit und den wahren Reichtum, wonach unser Geschlecht mit eigenmächtigem Vorwitz, und daher so unglücklich gegriffen hat, aus galanten, tugendhaften, d. h. christlichen Händen! Diesem tugendhaften, gerechten und galanten Sinn, wie es mir in meiner Mittelmäßigkeit gelingen wollte, durch diese Vorlesungen auszudrücken, habe ich gestrebt! Wer, wo mir meine Absicht gelungen ist, etwas anderes lobt, oder wo sie verfehlt wurde, etwas anderes tadelt, zu dem haben meine Worte, aber habe *ich selbst* nicht gesprochen.

– Je aufrichtiger aber ich es mit den göttlichen Dingen meine, um so mehr muß ich mich verwahren und sträuben gegen jene, welche die irdischen Dinge wegwerfen und vernichten wollen, um den göttlichen zu dienen. *Meine* Welt, das was mich hier erfreut, diese bestimmten Gegenstände, welche ich liebe, diese Familie, dieses Haus, diese Freunde, dieser Staat müssen sich vertragen mit dem Göttlichen: jede irdische Neigung, zu der mein Bewußtsein schweigt, kann ihm nicht widersprechen: wie sie sich wehren möchte, ich muß um ihren Gegenstand werben, und kann ihn nicht lassen; je mehr und je gründlicher ich das Menschliche empfinde, um so mehr und gründlicher das Göttliche. –

Die Scheu vor der Erwähnung heiliger Gegenstände in weltlicher Unterhaltung kann also auch den sehr vernünftigen Sinn und Grund haben, daß es uns widersteht über das Göttliche an sich schwatzen zu hören, daß wir es am liebsten unsichtbar in den menschlichen Dingen, wie die Seele in ihrem Körper walten sehn. Wir verstehn die Seele besser, wenn wir ein menschliches Auge

ansehn, als wenn wir einen schlechten Philosophen von Psychologie und den Eigenschaften der Seele schwatzen hören. Diese Art des Widerwillens gegen die Erwähnung des Heiligen lasse ich mir gefallen: der Name tut nichts zur Sache, meinen diese rechtschaffenen Leute, obgleich ich sie erinnern möchte, daß es das Eigentümliche unsers Glaubens ist, daß wir sagen und nennen können, und von Angesicht zu Angesicht sehen können, was wir glauben. *Ich habe es genannt,* weil ich mußte, weil es stärker war als ich. Der alte mürrische Cato schloß jede mögliche Verhandlung des Senats, sie mochte Karthago betreffen oder nicht, mit den Worten: nächstdem aber bin ich der Meinung, daß Karthago zerstört werden müsse. Ich habe die verschiedenen Reihen von Vorlesungen, die ich gehalten habe, auf ähnliche Weise, wie anscheinend unverträglich die Gegenstände auch waren, mit einer Erinnerung an die göttlichen Dinge beschlossen: ich konnte nicht umhin, alles drängte mich zu diesem Schluß, mein Gegenstand selbst am stärksten; ich wußte mich selbst nicht anders zu befriedigen; das Verständigste, das Scharfsinnigste was mir gelingen wollte, blieb ohne Haltung.

Indes Sie erinnern sich: der Standpunkt des Göttlichen selbst ist nicht die Heimat des Redners, wie wesentlich es auch ist auf ihm als Gast zu verweilen, immer muß er auf den Parteistandpunkt zurückkehren. Und so will ich mich denn daran erinnern, daß ich ein Deutscher bin, und daß ich der Beredsamkeit meines Volkes, die früherhin, da wir die rhetorische Kunst an sich betrachteten, neben der französischen zurückgesetzt werden mußte, jetzt, wo wir eine höhere Rhetorik kennen gelernt haben, eine glänzende Genugtuung schuldig bin. Erst muß man sich des zerrissenen bürgerlichen Zustandes unsres Volks recht lebhaft erinnern; man muß bedenken, wie keine vornehme Gesellschaft, keine Hauptstadt, kein Hof diese unsre Literatur getragen hat, bedenken, wie diese Sprache in einzelnen stillen Verbindungen näherer Freundschaft, aber nie in großen Versammlungen des Volks oder Parlamentern ausgesprochen ist, wie alle Rede sich in den Buchstaben flüchtete, wie die Luft, in die der große Dichter und Redner gesprochen hatte, keinen Ton zurückbrachte, keinen artikulirten Beifall, keine Antwort als etwa die des einzelnen schönen Herzens – alles dies muß man bedenken, um die innere, leider verdeckte und verborgene Kraft unsres Volkes zu fühlen. Wie haben wir in diesen letzten fünfzig stummen Jahren

sprechen gelernt? Wie hat sich diese Sprache gebildet grade in der Zeit, wo alle Glieder der höheren Gesellschaft sich von ihr abwendeten? Es lebt in ihr ein Geist, der sie bildet und keiner vornehmen Stütze bedarf: wer das recht Empfundene, aus den Tiefen der Seele, aus jenen geheimnisvollen Wohnsitzen des Heiligen Kommende, wo das Gefühl der ritterlichen Ehre und Liebe, des stolzen Gehorsams u. s. w. herrührt – aussprechen will, der kann diese Sprache nicht entbehren; und wer nicht so etwas zu sagen hat, der würde ihr und ihrer Ausbildung nichts helfen können. Von selbst in den Mund legt sie sich nicht! ohne Charakter, ohne Selbstständigkeit, ohne Ursprünglichkeit der Geisteskraft ist es unmöglich diese Sprache gut zu sprechen. Mit Phrasen, die für jeden Mund passen, mit künstlich appretirtem Glanz, mit einem Schein von Geist und Witz, den der Geistloseste sich aneignen könnte, kann sie nicht aufwarten: sie hat keine Corneilles, keine Racines, keine Bossuets, keine Akademien, welche ein ganzes folgendes Jahrhundert mit schönen Wendungen der Rede im voraus versehn; kein siècle de Louis XIV., das für lange Zeiten nachher das Vortrefflichste schon vorweggesprochen hätte. Es fehlt ihr, habe ich gesagt, die gesellige Vollendung: das Bestreben der einzelnen deutschen Redner und einige glückliche Wendungen des öffentlichen Lebens der Nation können selbige erreichen, darum muß auch an die mechanischen Vorzüge der benachbarten Sprachen erinnert werden. Ich habe es getan, mit Anklage meines Vaterlandes getan. Nichtsdestoweniger aber weil der neue, christliche Geist aller Worte und Wendungen dieser Sprache sich nicht töten läßt, so trägt sie das Siegel der Fortdauer an ihrer Stirn, wie keine andre Sprache. Um dieses Geistes willen kann man festiglich glauben, daß die Sprache der Besiegten länger leben werde als die der Sieger, und in diesem Sinne dann dreist verkünden, daß weil die Sprache fortdauern werde, auch das Volk nicht untergehen könne.

– Dieser Geist nun gibt der Sprache die Gewandheit und Beweglichkeit, mit der sie eingeht in die Meisterstücke aller Völker und Jahrhunderte; was alle Nationen in der Zeit ihrer Blüte ersonnen, gesprochen und gesungen, ist in Deutschland versammelt. Nur in deutscher Sprache sind Übersetzungen möglich: aus dem Standpunkt dieser Sprache läßt sich, was alle andere in ihren glänzendsten Tagen gedacht und empfunden haben, wie mit einem Blicke

übersehn. Diese Sprache kann es sich allenfalls gefallen lassen, wenn ihr der Zutritt in die höheren Kreise des vorübergehenden Gesellschaftslebens versagt wird; das Größte, was die bürgerliche Gesellschaft auf ihrer ewigen Laufbahn erschwingt, gehört ihr umso sichrer. Ihr fehlt nichts, als daß sie gesprochen werde, und glücklicherweise neigt sich die Herrschaft der Feder überall ihrem Ende entgegen: weder der Buchstabe noch das Geld werden unsre Staaten retten, dies Höchste, diese Bedingung aller unsrer Zukunft überhaupt gewährt nur das lebendige Wort und die lebendige Tat. –

Sehr natürlich ist am Schluß dieser meiner Betrachtungen über die Beredsamkeit, die ich von allgemeinen Gegenständen zu den besonderen, von den entferntesten zu den nächsten beruhigend zurückzukehren wünsche, die Erinnerung an einen früh verstorbenen trefflichen Freund, der diesem Lande Östreich, für das er lebte, und uns allen so wert als freundlich bleiben wird. Die Natur hatte ihm ein großes Talent für die Beredsamkeit gegeben. – Sie sehen, daß es Collin ist, von dem ich spreche; ein Talent für die Beredsamkeit, ein deutsches versteht sich, dem ein männliches seiner eignen Kraft sich wohlbewußtes Herz zur Seite geht. Dies war ein Mann, der wohl zu empfinden und auszusprechen wußte, wie einem Volke zu Mute ist; der keinen Vorempfinder brauchte, wohl aber Vormund war für andre im strengen Sinne des Worts, wie die vielen Bürger des Landes bestätigen werden, die ihre Gesinnung in seinen Worten wiedergefunden. Was hätte er leisten können, wenn nicht die gegenwärtige Verfassung der bürgerlichen Angelegenheiten in allen Staaten das lebendige Wort zurückwiese? Es ist unmöglich, die Ähnlichkeit seines Schicksals, seiner Neigungen und der innern Form seiner Werke mit denen von Schiller zu verkennen. Wie jener war er rethorischer Dichter, vielmehr Redner als Dichter, und so behauptet er einen ehrenvollen Rang in der Literatur seines Vaterlandes, einen noch größeren aber in den Herzen, die ihn selbst aus seinen Werken herauszufinden wissen, den Ton nachzufühlen wissen, in dem er diese tragischen Reden, die zuletzt doch alle an sein Vaterland Östreich gerichtet waren, auszusprechen pflegte. Es ist dem Charakter des echten Redners gemäß, zunächst für das Vaterland zu leben, an dasselbige in allen großen Gelegenheiten zu sprechen, und wo etwan ihm dieses versagt ist, das Vaterland wenigs-

tens mit edlen Werken zu schmücken. Das ist in kurzen Worten die Geschichte des öffentlichen Lebens von Heinrich von Collin.

Sie sehn, auch diese Beute nehme ich noch mit mir fort für das Gebiet der Beredsamkeit, das ich abgesteckt: es wird ihn jeder falsch begreifen, der ihn nicht als Redner begreift; es wird, meiner Beschreibung zufolge, niemand ihn ganz verstehn, der nicht seine trefflichen Werke ergänzt, aus den teuern Überresten seiner Persönlichkeit, die er selbst in den Gemütern seiner Freunde am besten niedergelegt; das Werk seines Lebensbeschreibens gehört notwendig zu seinen Werken. Und so möchte ich nur seine Bescheidenheit tadeln, daß er sich selbst zu sehr in seinen Werken versteckt, daß ich die Persönlichkeit dieses herrlichen Menschen, der ich selbst allenthalben ins Gesicht sehen möchte, nur selten finde; wie er denn überhaupt in allen Geschäften am ersten sich selbst vergaß.

Vergeben Sie mir dagegen, wenn Sie *zuviel*, auch für den Redner zuviel, von meiner Persönlichkeit in diesen Vorlesungen wahrgenommen haben. Aber zuförderst wollte ich die Wirkung zurückgeben, welche jede Spur der Persönlichkeit des Redners in der Rede auf *mich* macht. Sodann hatte ich die Irrtümer, gegen die ich sprach, an mir selbst erlebt, das Gute, das ich empfahl, in meinem eignen Herzen empfunden: es schien mir also am geratensten, die Empfindungen selbst wiederzugeben, unentkleidet von jenen Eigentümlichkeiten und Menschlichkeiten, deren man sich in dieser mittleren Region zwischen Himmel und Erde, wohin wir gestellt sind, doch niemals ganz entschlagen kann.

Anhang

Wie schon im Vorwort angedeutet wurde und hier nochmals ausdrücklich betont sei, hat der Herausgeber geflissentlich davon abgesehen, die unbefangene Aufnahme dieses Werkes durch kritische Stellungnahme zu dem Problemkomplex, damit dem Begriff »politische Romantik« bezeichnet ist und als deren typischer Vertreter Adam Müller gilt, zu stören. Diese Vorlesungen sollen durch ihren reinen Gehalt an Gedanken und Gesinnung wirken. Man lese sie so, als ob man nichts von »Romantik« und von der fragwürdigen Gestalt Adam Müllers wüßte. Gehört denn wirklich intellektueller Mut dazu, sich zeitweise von den schulmäßigen Kategorien und überlieferten Wertungen zu befreien? Die geistige Bewegung, die mit dem Begriff Romantik nicht sowohl zur Anschauung gebracht als vielmehr kritisiert wird, ist so reich an fruchtbaren Keimen, daß sie durch die übliche Systematisierung mehr abgetötet und verzwergt als erhellt und nutzbar gemacht wird. Die Romantik ist mehr und etwas anderes als eine bloße literarische Schule oder Moderichtung; in ihr als dem gemeinsamen Nährboden wurzeln nahezu alle geistigen Richtungen, die das, 19. Jahrhundert beherrscht haben: nicht nur jede Art des dogmatischen und liberalen Ultramontanismus, sondern auch die historische Rechts- und Staatslehre und der theoretische Sozialismus, dessen »romantische« Elemente noch nicht genügend beachtet sind. Schließlich führt eine gerade Linie der geistigen Entwicklung von der (französischen) Romantik über den Positivismus zu der jüngsten kollektivistischen Soziologenschule eines Durckheim u. a.

Es wird noch Gelegenheit sein, den geistigen Standort von Adam Müllers Gesamtwerk zu fixieren und ihn selbst in einen größeren geistesgeschichtlichen Zusammenhang einzuordnen, wobei ich mir freilich – dies sei schon heute und vorweg bemerkt – nicht das Urteil seines neuesten Kritikers zu eigen machen kann, der in ihm nichts anderes sehen will als eine giftige Schmarotzerpflanze am Baume des deutschen Geistes und einen höchst lästerlichen und unappetitlichen Menschen obendrein. (Vgl. Schmitt-Dorotic;, Politische Romantik, München und Leipzig 1919, ferner S. Elkuß, Zur Beurteilung der Romantik und zur Kritik ihrer Erforschung, München und Berlin 1918.)

Diese Einstellung heißt zu viel Verstand und zu wenig Verständnis haben. Auch ist nichts damit getan, wenn man wie Hebbel (Charakteristiken und Kritiken) apodiktisch erklärt: »Und daß Müller nur ein Träumer oder ein Heuchler sein konnte, steht doch gewiß fest, ist er doch als Protestant geboren und als Katholik gestorben!« (!!) -

Dem Bedürfnis des Lesers nach allgemeiner Orientierung ist wohl Genüge getan, wenn hier die wichtigsten Daten aus Adam Müllers Leben einfach nebeneinander gestellt werden. Eine Biographie Adam Müllers gibt es noch immer nicht. Materialien dazu liefert eine ausgezeichnete, leider Torso gebliebene Göttinger Dissertation von Alexander Dombrowsky (Aus einer Biographie Adam Müllers, Göttingen 1911). - Adam Heinrich Müller (seit 1827 Ritter von Nitterdorf) stammt mütterlicherseits aus einer gelehrten protestantischen Theologenfamilie und ist 1779 in Berlin geboren. Er studiert in Göttingen Rechtswissenschaft, ist mit 21 Jahren ein begeisterter Gegner der Revolution und Konservativer, der seinen Kameraden Vorträge hält, geht dann zum Studium der Naturwissenschaften über, das er nach der Rückkehr aus Göttingen in Berlin fortsetzt. Gentz, der schon frühzeitig in Müller das Interesse für Politik wachgerufen hatte, lenkte ihn jetzt wieder ins politische Fahrwasser zurück. Müller wird Referendar in Berlin und reist in Dänemark, Schweden und Polen. Im Winter 1805 betritt er in der schicksalhaften Stunde seines Lebens zum M. de Bonald, ein französischer Emigrant von 1791, lebte in Heidelberg, später in Konstanz, wo 1796 seine Theorie du Pouvoir Politique et Religieux dans la société civile erschienen ist. In seinen späteren Werken (Essai Analytique sur les Lois Naturelles de l'ordre Social 1800 und La Législation Primitive 1821) hat er seine Ansichten weiter ausgeführt. Bei ihm bildet die Lehre vom Wesen und Ursprung der Sprache das wesentliche und grundlegende Bestandstück einer antirevolutionär, antirousseauistisch oder antirationalistisch gerichteten Geschichts- und Gesellschaftsphilosophie. De Bonald bekämpft die Lehre vom Gesellschaftsvertrag und von der Souveränität des Volkes als oberster gesellschaftlichen Autorität (die sich aber auch schon in der Staatslehre der Jesuiten findet und später von Lamenais leidenschaftlich verteidigt wird); er will zeigen, daß diese Lehren mit den Tatsachen der Geschichte in Widerspruch stehen. Nach ihm ist die Gesellschaft

nicht eine willkürliche und konventionelle, sondern eine primäre, notwendige, gottgegebne Tatsache. Das sogenannte Individuum, das mit anderen zwecks Bildung der Gesellschaft zusammentritt und sich verträgt, sei eine reine Fiktion, Abstraktion oder – wie Ballanche sagt – eine reine »Potentialität«. – Jede konkret gegebne Gesellschaftsform hänge von einer ihr vorangehenden ab, die sie fortsetzt. Dasjenige, wodurch die gegenwärtige Gesellschaft von der früheren abhängt, sei die Verfassung, und das Werkzeug, dank welchem sich die gesellschaftliche Verfassung von Zeitalter zu Zeitalter fortpflanzt, sei die Sprache, das Wort. Autorität und Tradition und nicht Willkür und eine vorgebliche Souveränität des Volkes seien also die Grundlagen jeglicher Gesellschaftsverfassung. Die Gesellschaft aber, la race, sagen die Franzosen, ist letztlich in Gott verankert, der sich jeweils in einer aller individuellen übergeordneten allgemeinen Vernunft der Menschheit offenbart, deren Schatten sozusagen erst die individuelle Vernunft ist.

Von dieser durchaus kollektivistischen Grundeinstellung aus gelangt er dann zum Traditionalismus und zur katholischen Glaubensübereinstimmung, wobei er sich stark mit orientalischen, insbesondre islamischen Theoremen (idjma!) berührt.

Die Lehre vom Wesen und Ursprung der Sprache ist das geistige Band, das die einzelnen Glieder dieser Gesellschaftsphilosophie zusammenhält, zugleich ihr Prüfstein gegenüber den geschichtlichen Tatsachen. Wenn der Mensch nämlich die Sprache erfunden hätte, so hätte er auch Gesetze erfinden können. Bonald leugnet aber, daß der Mensch Gesetze erfinden konnte, daher konnte er auch die Sprache nicht erfinden. – Die Sprache ist vielmehr wie alle sozialen Urtatsachen überindividuellen und göttlichen Ursprungs. Sie ist nicht vom Menschen »gemacht«, Totalität aus und begnügen uns mit nichts Geringerem«, worauf Müller sofort in ähnlichem Sinne erwidert, daß seine Ansicht von der Welt eine ganze und vollständige sei ...

Was Müller gelegentlich als die spezifische Aufgabe des deutschen Geistes bezeichnet: das »Mittlertum des Geistes«, dafür ist er selbst vielfach die lebendige Verkörperung in der Aufnahmebereitschaft und Verwertung oder Anverwandlung des fremden Stoffes.

Edmund Burke ist in der Tat kein unwürdiger Gegenstand der Verehrung und ein hohes Muster vollendeter Beredsamkeit und adeliger Gesinnung. Diese rückhaltlose Bewunderung Burkes kommt doch zuletzt auch Adam Müller selbst zugute: denn ein wenig ist der Mensch doch immer so wie die Vorbilder, die er sich setzt und die Dinge, vor denen er Ehrfurcht hat. Zumindest engherzig wird man Müller nicht nennen dürfen, wenn man bedenkt, daß er sich zugleich zu de Bonald, dem Verächter des englischen Verfassungslebens und der Engländer überhaupt, die er als die am meisten zurückgebliebene unter den zivilisierten Nationen bezeichnet, und zu Burke als dem größten Parlamentsredner aller Zeiten und zum englischen Parlament als der einzigen Rednertribüne der Welt, bekennt.

Was Müller an dem Redner und Staatsmann Burke zunächst bewundert und was er sehr richtig als dessen besondere Eigenart erkannt hat, das ist die geistige, literarische *Bildung*, die Burke auszeichnet. Burke ist – eine seltene und fast schon ausgestorbene Art – ein Politiker mit *Bildung*, was, nebenbei bemerkt, verständlich macht, daß auch schwächere Charaktere, wie z.B. W. Wilson sich gerade von ihm angezogen fühlen, und es ist wohl auch nicht zufällig, daß Disraeli sich besonders geadelt glaubte, wenn er sich nach dem Wohnsitze Burkes Beaconsfield genannt hat.

Burke zeigte – so sagt sein Biograph J. Morley von ihm –, daß Bücher für die Laufbahn des Staatsmanns eine bessere Vorbereitung sind als frühzeitige Übung in untergeordneten Stellen und der ermüdende Dienst in den Kanzleien einer behördlichen Abteilung. Der Einfluß der Literatur auf Burke lag einerseits darin, daß sie ihn vor den mechanischen Formeln der praktischen Politik schützte, anderseits daß er durch sie die Verknüpfung zwischen Politik und den geistig-moralischen Kräften, das Band, das zwischen politischen Grundsätzen und den Urwahrheiten der Moral besteht, erkannte, daß sie ihn lehrte, selbst da, wo es auf Nutzen und Zweckmäßigkeit ankam, an die höchsten und weitesten verstehenden Gefühle zu appellieren, und schließlich lehrte ihn die geistige Bildung die Mannigfaltigkeit und Buntheit des menschlichen Charakters und der Situationen kennen und gab so seiner politischen Methode eine unvergleichliche Schmiegsamkeit. Es hat größere und wirksamere, auch tiefere Redner gegeben als Burke – so fährt Mor-

ley fort –, aber niemals einen, der es so wie Burke verstand, die großen Ideen des Denkers auf die konkreten Probleme des Staatsmanns anzuwenden. Nie ist jemand mit den Einzelheiten der praktischen Politik in so nahe Berührung gekommen und war sich dabei doch stets bewußt, daß auch diese nur verstanden und behandelt werden können mittels der umfassenden Begriffe der politischen Philosophie. Und was mehr ist als alles andere: er war einer der großen Meister in der hohen und schwierigen Kunst sorgfältiger Komposition. –

Dies ist also das eine Moment, was Müller an Burke anzog und worin er ihm geistig verwandt war: die hohe, klassische Bildung, die sich auch in der Politik und gerade hier bewähren muß.

Sodann aber fesselte ihn der moralische Charakter, die Gestalt Burkes; die tiefe und ernste Leidenschaft für adeliges, ritterliches Wesen, gerade das Element, durch dessen unverlierbaren Besitz alle Völker, die ein »Mittelalter« hatten, reicher sind als die Antike und was Müller schlechthin mit dem christlichen Charakter der modernen Beredsamkeit gleichsetzte, obgleich, historisch angesehen, das ritterliche Element, die freiwillige Dienstbarkeit des Geistes, die Demut des Intellekts nicht gerade christlichen Ursprungs ist. Burke war in dieser Hinsicht ein wahrhaft königlicher Redner, der immer den Stil seines Gegenstandes hatte, die Weite, das Gewicht, die Sorgfalt, den hohen Sinn und Flug, die Großartigkeit eines Mannes, der fürstliche Themen behandelt: die Schicksale großer Gemeinschaften, die Heiligkeit des Gesetzes, die Freiheit der Völker, die Gerechtigkeit der Herrscher.

Und schließlich führte Müller etwas wie eine schicksalhafte Verwandtschaft zu Burke hin, indem Burkes Leben zeigte, was Müller hätte erreichen mögen und wozu er es vielleicht gebracht hätte – wenn die gesellschaftlichen Bedingungen in Deutschland für einen gebildeten und politisch interessierten Mann so günstig gewesen wären wie in England.

Der in den Vorlesungen erwähnte Brief Burkes aus dem Jahre 1796 ist ebenso wie die Betrachtungen über die französische Revolution unter dem Titel: Edmund Burkes Rechtfertigung seines Politischen Lebens. Gegen einen Angriff des Herzogs von Bedford und den Grafen Landerdale bei Gelegenheit einer ihm verliehenen Pen-

sion, von Gentz meisterhaft übersetzt und mit einer Vorrede versehen (Berlin 1796). Die Szene des offenen Bruchs zwischen Burke und dem Verteidiger der französischen Revolution Fox, die Müller so wunderbar darstellt, ist in der englischen Parlamentsgeschichte berühmt.

Über den großen rhetorischen Geschichtsschreiber des Schweizer Volkes, den Verfasser einer Weltgeschichte, seinen älteren Zeitgenossen Johannes von Müller, den er hier (S. 158 ff) einen »Geisterbeschwörer« nennt, wie Burke ein »Geisterseher« der Vorzeit gewesen sei, hat Adam Müller auch in den »Ölzweigen« geschrieben. Über ihn und seinen problematischen Charakter lese man bei Goethe und in Mme. de Staëls Buch über Deutschland nach.

Die in der dritten und vierten Vorlesung erwähnten Blair, Priestley und Batteux sind berühmte Ästhetiker und Lehrer der Rhetorik des 18. Jahrhunderts. Der als Ossianforscher bekannte Hugh Blair, ein schottischer Geistlicher (1718–1800), war Professor der Beredsamkeit und der schönen Literatur in Edinburg. Seine Predigten (Sermons) sind deutsch von Sack und Schleiermacher in 5 Bänden herausgegeben. Ferner schrieb er Lectures on rhetoric and belles lettres (1783), deutsch von Schreiter (1785).

Joseph Priestley (1735–1804), bekannt durch seine chemischen Forschungen, schrieb wie über alles andere so auch über Rhetorik.

Charles Batteux (1713–1780) ist einer der Begründer der französischen Kunstphilosophie, dessen Ansichten bis auf Lessing und Winckelmann auch in Deutschland von Einfluß waren: Les beaux arts reduits à un même principe (1746), übersetzt von B(ertram), Gotha 1751. In einem Auszuge von J. G. Gottsched (1751). Mit einem Anhange eigner Abhandlung (und vielen Anmerkungen) von Joh. Adolf Schlegel 1752 und 1770; ferner dasselbe Werk sehr erweitert unter dem Titel Cours de belles-lettres ou principes de la litterature 1747–1750, deutsch (und auf Deutschland bezogen) von Ramler in 4 Bänden 1756–1758.

Die Zeit der klassischen französischen Kanzelberedsamkeit (S. 179), verkörpert durch die Namen Bossuet, Bourdaloue, Massilon, Flechier, ist unlöslich mit dem Zeitalter Ludwigs XIV. verknüpft, zu dem und dessen Hof sie alle in naher Beziehung standen. Der Jesuit Bourdaloue (1652–1704) und J.B. Massilon (1663–1742), »der Racine

der Kanzel«, waren Hofprediger Ludwigs XIV. - Berühmt sind Massilons, vor dem jungen Ludwig XV. gehaltene Fastenpredigten (Petit carême, deutsch von Pfister, Regensburg 1866) und seine Trauerrede auf Ludwig XIV).

Flechier (1652–1710) war auch Lehrer der Rhetorik und Historiker, bekannt ist seine Leichenrede auf Turenne. Bossuet (1627–1714) ist als Redner, Geschichtsphilosoph und Politiker (vergl. seine Korrespondenz mit Leibniz) jedermann bekannt. Der liebenswürdige österreichische Dichter Heinrich Joseph von Collin, zuletzt Hofrat bei der Creditshofkommission (1771-1811), den Müller am Schlusse der Vorlesungen so warmherzig erwähnt (S. 269ff.), ist heute selbst seinen Landsleuten nur mehr oder kaum noch als der Verfasser der Romanze »Kaiser Max auf der Martinswand«, den literarisch Gebildeten vielleicht durch seine Wehrmannslieder, die er für die österreichische Landwehr im Kriegsjahre 1809 dichtete, und höchstens noch durch sein Drama »Regulus«, das Bürgertugend in römischem Kostüm verherrlicht, bekannt. Er war ein ungemein fruchtbarer dramatischer Schriftsteller und als solcher auch von Goethe - allerdings sehr bedingt - geschätzt.

Seine sämtlichen Werke sind in sechs Bänden (1812 bis 1814 bei Anton Strauß in Wien) erschienen. Im Schlußband steht auch eine von liebender Bruderhand geschriebene Biographie dieses Ilassischen »Österreichers«, den Joh. von Müller gelegentlich den »österreichischen Corneille« genannt hat. Darin wird mit allem Respekt (S. 326 ff.) auch auf das Urteil Adam Müllers in den in Wien gehaltenen Vorlesungen über Beredsamkeit Bezug genommen. Adam Müller scheint (Biographie Collins S. 443) den Dichter erst in dessen letztem Lebensjahr (1811) durch den Legationsrat Buol persönlich kennen gelernt zu haben und schrieb ihm dann im österreichischen Beobachter einen warmen Nachruf.

Über Collin vgl. auch Nagel und Zeidler, Deutschösterreichische Literaturgeschichte, Wien 1914, II, 1, S. 468ff.

Es muß den Fachgelehrten überlassen bleiben, die Stellung von A. Müllers Vorlesungen über die Beredsamkeit innerhalb einer allgemeinen Geschichte oder innerhalb einer Geschichte der deutschen Beredsamkeit zu bestimmen. Nur soviel scheint mir sicher zu sein, daß sie nicht vom Standpunkt der gewöhnlichen Kunstlehren über

Rhetorik zu beurteilen sind. Die überaus reichhaltige Literatur über Beredsamkeit aus älterer Zeit findet man bequem zusammengestellt bei Sulzer, Allgemeine Theorie der schönen Künste (1792); die spärliche neuere Literatur steht in der deutschen Stilistik von R.M. Meyer (München 1913) der, soviel ich sehe, Müllers Vorlesungen nicht einmal erwähnt.

Über tredition

Eigenes Buch veröffentlichen

tredition wurde 2006 in Hamburg gegründet und hat seither mehrere tausend Buchtitel veröffentlicht. Autoren veröffentlichen in wenigen leichten Schritten gedruckte Bücher, e-Books und audio-Books. tredition hat das Ziel, die beste und fairste Veröffentlichungsmöglichkeit für Autoren zu bieten.

tredition wurde mit der Erkenntnis gegründet, dass nur etwa jedes 200. bei Verlagen eingereichte Manuskript veröffentlicht wird. Dabei hat jedes Buch seinen Markt, also seine Leser. tredition sorgt dafür, dass für jedes Buch die Leserschaft auch erreicht wird.

Im einzigartigen Literatur-Netzwerk von tredition bieten zahlreiche Literatur-Partner (das sind Lektoren, Übersetzer, Hörbuchsprecher und Illustratoren) ihre Dienstleistung an, um Manuskripte zu verbessern oder die Vielfalt zu erhöhen. Autoren vereinbaren direkt mit den Literatur-Partnern die Konditionen ihrer Zusammenarbeit und partizipieren gemeinsam am Erfolg des Buches.

Das gesamte Verlagsprogramm von tredition ist bei allen stationären Buchhandlungen und Online-Buchhändlern wie z. B. Amazon erhältlich. e-Books stehen bei den führenden Online-Portalen (z. B. iBookstore von Apple oder Kindle von Amazon) zum Verkauf.

Einfach leicht ein Buch veröffentlichen: **www.tredition.de**